让每一寸土地都美

郝敬东◎著

文汇出版社

图书在版编目（CIP）数据

让每一寸土地都美 / 郝敬东著. —上海：文汇出版社，2019.12
ISBN 978-7-5496-3098-1

Ⅰ.①让… Ⅱ.①郝… Ⅲ.①散文集—中国—当代 Ⅳ.①I267

中国版本图书馆CIP数据核字（2019）第276392号

让每一寸土地都美

著　　者 / 郝敬东

责任编辑 / 甘　棠
特约编辑 / 项纯丹
封面装帧 / 薛　冰

出版发行 / 文汇出版社
　　　　　上海市威海路755号
　　　　　（邮政编码200041）
经　　销 / 全国新华书店
排　　版 / 南京展望文化发展有限公司
印刷装订 / 上海新文印刷厂
版　　次 / 2019年12月第1版
印　　次 / 2019年12月第1次印刷
开　　本 / 720×1000　1/16
字　　数 / 330千字
印　　张 / 22

ISBN 978-7-5496-3098-1
定　　价 / 48.00元

序

读完郝敬东先生嘱我作序的书稿《让每一寸土地都美》,我的心潮久久不能平静。我为书稿中所记录描述的史称"九州之险"的鄂西北荆山深处,党和人民一起几十年来始终不懈为改变城乡面貌史诗般的壮丽画卷所深深打动。他们思痛定,筹长远,聚民心,汇民智,斗贫穷,求发展,转方式,调结构,固农本,利民生,奔小康,保环境,促和谐,树文明,思长治,谋久安……不靠玉皇,不靠龙王,靠党和人民磐石一样的团结,靠百折不回的实事求是,靠勇往直前的真抓实干,靠水滴石穿的不拔坚韧,咬定青山不放松,立根原在群众中,令荆山开道路,让石头献珍宝,挽流水成烈焰,使九溪吐骊珠,筚路蓝缕,发愤图强,硬是从那一片穷乡僻壤的危岩巉石之中,燃出一派火红的壮美涅槃!

《让每一寸土地都美》共收录了作者的六十篇散文,虽然分为"用脚步去乡村行走""徒步古城外""稚拙的步履""让每一寸土地都美""记忆不会远去"五辑,但细阅作品,你会发现它们之间没有明显的界限,而是一个充满情感的整体。它细腻的笔触,满含作者这个大山之子、荆山之玉的无限真情,字里行间流溢着作者的深挚感恩之心。作者多以"侧笔"行文,感情别具厚重、彻入骨髓,让我们看到了荆山深处世外桃源般的生活状貌,体会到那里的生灵曾经浓郁又缥缈得像山雾一样的清丽与温情;让我们看到了历史悠久、代富人杰的襄阳之"古",看到了热气腾腾、蒸蒸日上的襄阳之"今";看到了荆山人民世代传承的劳动智慧;看到了妈妈勤俭节约,任劳任怨,孝老教子,从善如流的天高地厚的恩;更看到了大山深处打造"中国十大幸福山村"的一份生动样本——尧治河脱胎换骨的变迁，对这个三地接壤、偏僻闭塞、三十年前"吃粮靠供应，用钱靠救济"的极贫村，在其经过三十年的艰苦创业，把村子建成"中国十大最美乡村"、"中国十大幸福山村"、"中国最美休闲乡村"、国家生态旅游示范区、"国家绿色矿山"的历程中，作者三上尧治河，一次比一次深入地总结"尧治河精神"，一次比一次有影响地宣传"尧治河精神"，让"尧治河精神"发扬光大。还有作品里的一幅幅图景、一个个我们多么熟悉的剪影——父亲、母亲、孩提的我，外公外婆和我的叔；还有"三龙齐舞"的擘画者刘代启，深化发展战略的实施者李远继；艰苦创业的领头雁孙开林，献身农村小水电建设事业的田国基……一个个，一串串，一点点，一大片……那是怎样的一批改变山乡面貌的践行者啊，那又是怎样的一个个值得称颂的人民好公仆啊——不老的荆山，一幅幅最新最美的图画正是他们精心所绘！先后担任保康县县委书记的刘代启和李远继曾是作者的老上级，在随同他们做调研、访贫困、解难题的过程中，作者亲眼见证了一级党组织的书记在落实党的政策、关心山区群众、带领保康发展方面所付出的艰辛努力与无私奉献。作者真实记录的两位书记朴实、务实、扎实的人格魅力，感人至深，催人泪下。"悲歌可以当泣，远望可以当归"，两位可敬的故人值得我们永远怀念，对他们的记忆不会远去。

郝敬东先生在县委办公室、市委政策研究室工作三十五载，甘做机关"码字匠"三十五载，他起草讲话、汇报、致辞等各类公文，他撰写社会经济发展调研报告，他通过文字表达思想、研究问题、资政建言……这需要一种坚守，需要一种担当，更需要一种责任。写公文，他却不放弃自己写散文的爱好，从理性思维转换到形象思维，经年累月，集腋成裘。可以说，《让每一寸土地都美》是他大半生奋斗的结晶，是他大半生经历的写照。

让每一寸土地都美！作者说得多么好啊；让每一寸土地都美，不只是集老、穷、边、险于一身的保康人民的心愿！

在山泉水清如冰，笔底毓秀凝衷情！书稿中所吐露的那一派火热的生活，丝毫也掩不住作者叙述文字的泥土芬芳，那荆山当地的语言，当地的人情，当地的风物，当地的根本，作者手足仿佛绕着荆山的云路，血脉仿佛攀拊着荆山的心脏跳动，胸膺贴着荆山肺腑的呼吸，魂梦随着荆山云雾缭绕卷舒……那一片魂牵梦绕的土地啊！

素昧平生，并不影响我从书稿中认识郝敬东先生，因为我们的心灵是相通的。

是为序。

项纯丹

2019 年 11 月 12 日　星期二

目 录

第一辑　用脚步去乡村行走

秋日雾晨，我拾到一首小诗　/ 003
山中平川　/ 005
穿行歌山　/ 008
故溪的重量　/ 012
皮家坡之忆　/ 014
故乡的"玉笛"　/ 018
十二里半　/ 021
一个有村志的村子　/ 024
沮河源头马坡行　/ 028
又上黄龙观　/ 032
草原在南顶　/ 037
用脚步去乡村行走　/ 041
尧治河的树　/ 050
南河岸边观音沟　/ 055
茅山岩探矿印象　/ 061

第二辑　徒步古城外

山城店名咏叹调　/ 067

南城北市"商"似锦　/ 070

探访临江仙　/ 072

蛋酒·米窝　/ 075

徒步古城外　/ 079

古城四树　/ 082

家乡那城　/ 090

搬来庞公住　/ 098

大美襄阳　/ 103

住过的房子　/ 110

第三辑　稚拙的步履

我的老师妈妈
——写给母亲八十华诞　/ 119

见晓苏　/ 127

天上有三个月亮　/ 134

构筑
——魏琦素描　/ 136

捉蜈蚣的孩子　/ 139

稚拙的步履　/ 141

童言味觉　/ 144

祝你一路过关　/ 146

难忘"萝卜丁饭"　/ 148

"洒了心疼"

——写在外婆诞辰一百周年之际 / 151

家有灵龟 / 154

高中毕业三十年 / 158

党校不了情

——我的三次党校学习琐记 / 162

有缘那片山水

——我的尧治河记忆 / 167

漂移在故乡里 / 178

故园有痕 / 193

水田琐忆 / 203

第四辑 让每一寸土地都美

引擎之力

——记小水电给保康县带来的经济变化 / 211

飞流吐珠绣山乡

——保康县实现农村初级电气化掠影 / 214

一个新型茶乡的崛起

——店垭镇发展茶叶生产纪事 / 218

绿色旋律

——保康县发展绿色企业见闻 / 224

冰霜磨炼后 能开天地春

——记我国第一个野生蜡梅自然保护区 / 229

满眼葱翠 秋实盈枝

——小记保康林特珍品 / 232

大山通途 / 234

"龙"腾县跃
　　——湖北省保康山区记变　/ 241

一切为了群众
　　——保康县尧治河村调查纪实　/ 247

让每一寸土地都美
　　——保康县尧治河村践行"四个着力"、实现共同富裕纪事　/ 265

第五辑　记忆不会远去

茶乡魂　/ 289

莫道桑榆晚　余霞尚满天
　　——记共产党员、退休干部尚宗光同志　/ 292

望粮山上望苍翠
　　——记湖北省人大代表、望粮山村党支部书记郑兴寿　/ 297

他，遂宏愿而去
　　——记已故全国农村电气化先进工作者田国基　/ 301

追忆刘代启同志　/ 304

记忆不会远去
　　——追忆李远继同志　/ 313

怀念岳父　/ 324

送二叔走路　/ 334

后记　/ 338

第一辑

用脚步去乡村行走

秋日雾晨，我拾到一首小诗

浓雾，乳白的浓雾，把这秋日的清晨包裹得分外严实。

雾中的山径是潮潮的，雾中的旷野是润润的；晶莹莹的露珠在渐趋枯黄的草叶上颤悠悠地晃荡，似乎刚刚落过了一场小雨。

走过滑溜溜的小桥，我沿着溪畔古老的石堤，像每天早晨那样跑步——

我跑啊跑，溪水哗哗地鼓掌："加油，加油！"

我跑啊跑，溪畔柳梢上的小鸟似在对我讲："歇歇再跑，歇歇再跑！"

溪水经了浓雾的映衬，显得更加澄澈。

小鸟呢，我不知它落在哪根枝梢上对我鸣叫，心里委实感谢它对我的关照。

也是累了，歇下脚步。雾中，百步以外的景色难以觅见。而耳畔的声音却彼此起伏——呵，不只有溪水潺潺，不只有鸟儿婉转，那小溪两岸的责任田里，秋播的人们比我起得更早——

在雾中吆喝耕牛——"叭……哧哧！叭……哧哧！"

在雾中粉碎坷垃——"沙……噗噗！沙……噗噗！"

在雾中担肥送粪——"吱……呀呀！吱……呀呀！"

在雾中笑语欢声——"哈……嗨哟！哈……嗨哟！"

听着这糅杂着快乐的晨雾小曲，听着这饶有情趣的劳动乐章，我的眼睛瞬息摄下了一幅幅生动画面——

粪堆在雾中消失了。田野在雾中平整了。泥土在雾中酥软了。种子在雾中绽芽了。大地在雾中更新了。人们在雾中欢畅了……

那高卷裤管掌犁的汉子，那腰围护裙忙施肥的婶子，那劲头十足拢麦行的小伙儿,那纤手轻扬丢豆种的姑娘,那打土坷垃的老人……

一幅幅画面,一处处景致,一个个人影,一张张笑脸,一双双巧手……往我心里奔涌,在我脑海里跳跃,定格,特写,停留……

我的心底升腾起一种炽热的祝福——庄稼人啊,如今,你们迎来了希望的春天,已经成为土地真正的主人,劳作的汗水再也不会白流,辛勤的耕耘再也不会空手,你们一定会使责任地更加厚实,更加肥沃,在希望的田野里收获甜美的生活!

是的,过去,你们有过毁林开荒的损失、有过"割尾巴"的遭遇、有过难耐的饥寒,甚至有过苦难的岁月。但这一切,都已烟消云散,不再会有后患,不再会有余悸。

如今,在联产承包责任制的阳光下,在你们心爱的责任田里,播下艳春,收获金秋——土地,一定会丰厚地回报你们的希望……

在这秋晨的浓雾里,我听到了一种声音,那是庄稼人奋进的脚步声,那是庄稼人激昂的欢呼声;在这秋晨的浓雾里,我看到了一种希望,那是庄稼人摆脱贫困的希望,那是幸福生活就在明天的希望……

在这雾晨里,在我家乡的田野里,我拾到了一首小诗。

看啊,浓雾在隐退,化作晨空的一抹朝霞。一轮鲜红的太阳,升起来了!

(稿于 1982 年 10 月,原载 1982 年第 4 期《神农架》文艺季刊)

山中平川

来到曾经生活过的山中平川，躺在河岸绿茵如毯的蚂蚁草上，听沿岸蛙声起伏，看蓝天燕雀掠影，闻油菜花儿释放的馨香……脑海里渐渐映现出少年时的一幅幅生活画面——

是河里涌流洋芋叶子水（半混浊半清澈的春水）的季节，经了冬霜的深山里的枯草败叶，乘上第一只春汛的舟车，在河里欢快地随波逐流。河面上的木板桥，原是在衔接处凿眼用篾绳一块块结牢了的，此时，一改一冬半春横跨两岸的英姿，温顺地泊于彼岸，伴随着柔风软浪轻咏着古老的歌谣。

山中平川的第一个春汛很有耐性，往往要延续两到三天。它不像夏日洪流那样暴躁，也不似秋水那般浩大，乍暖还寒，却也给过渡人带来不便。

周末，我随父亲去最宽的那段河面，看他照护自己的弟子——我的同学们过渡。父亲做初二（2）班的班主任，这个班的一部分学生家住河那边高山。为此，平川娃常笑他们"旱鸭子"；为此，每逢河水发胖的周末，父亲总要护送他们过河。

父亲把裤管绾至大腿根部，脚穿一双咖啡色的老式塑料凉鞋，与几名大个儿男生把小个头及女生一个个背过河去。待送完最后一个学生，对岸二十多双纯朴的眼睛又目送父亲蹚过河来。末了，振臂高呼"难为老师"。那刚脱童音的声调，朗读课文一般地齐整。这时，我看见父亲因在河水中浸了大半个时辰而些微颤抖的嘴唇和那张清癯的面孔，是那样的慈祥、愉悦、生动……

初夏布谷鸟的歌声催熟了麦浪。那个时候讲究学农结合,学校照例要放一礼拜夏忙假,老师照例是要去义务支农的。

父亲对我严,他并不让我到十里外的母亲所在的小学消闲,而是把我带到金黄的麦地,让我经受热浪洗礼。我学着老师和农人们的招式,叉开双腿,弓腰挥镰,汗自然多,腰自然酸。半天下来,两只前膀更被麦芒扎成了一片片红斑,汗水一浸,那钻心的疼痛不亚于烧伤。一位姓张的阿姨对父亲说:"让东东下午别来了。"父亲连沉吟也没有:"孩子正长身体,锻炼锻炼好!"于是,下午麦地教师们的中间,仍有一个少年的身影。自然,劲头是没有上午的足了。

当太阳挨近平川西山的峰峦,我们这块从四边开镰的数十亩大田,人头攒动,一片欢声笑语。这时的我已坐在麦捆上用麦秆制作好了两支麦笛。忽然,那边合围到一处的人群,响起了一阵阵"逮住逮住""打死打死"的喊声。我奔过去,发现好几个大人手中提着正踢腾的野兔,麦茬上则赫然躺着几条带血的"土不呆"(一种毒蛇)。父亲告诉我,这是山中平川收麦常有的"特别节目"——割麦人先围田,随着收割面积的缩小,兔、蛇或田鼠便成了瓮中之鳖。

山中平川的农人爱戴"公家人",他们把野兔送给了教师。收工路过农舍,更有大婶大娘送些刚熟的杏、桃。自然,满心欢喜的要数我了。我爱吃那酸甜可口的平川杏,一掰两瓣,杏仁落地的工夫,一瓣已送入口中……父亲却说:"东东,桃饱杏伤人,多吃些桃子吧。"

秋的天空无际的碧蓝。田野上稻谷收尽,田渠中泥鳅正肥。

星期天,我与父亲汇入撮泥鳅的行列。我们的撮鱼工具是盛农家肥用的篾筐。父亲让我执掌筐把,他从丈余开外的田渠里用脚左右搅和着前行,待至篾筐处,他和我合手猛然提起篾筐再倒扣至渠埂外,污泥中必有五六条蹦跳的泥鳅……傍晚,我们的收获虽不如农家孩子们的专用渔具撮得多,但连泥带水也总有五六斤重。

母亲和妹妹已在家中化好了盐水正等我与父亲。泥鳅命长,大部分还活着,我和妹妹把它们倾入盐水盆里,只听泥鳅打着响鼻,一会儿便将肚里的泥浆吐尽了。

月亮升起来了,母亲烧开了油锅。泥鳅拖面下锅,那香味引得我与妹妹直咽口水，母亲让我俩尝了，说："去帮爸叫叔叔阿姨来。"

我们风似的出门，帮父亲叫来了住校的叔叔阿姨。刚好一桌，菜并不多，油炸泥鳅自然是主菜，叔叔阿姨给我和妹妹夹了满碗，我们便端出去看月消受，屋里则传出了父亲与叔叔们"杠子、老虎、鸡啄虫"的酒令及母亲和阿姨们清脆的笑声……

冬，山中平川却不落雪。冬阳下，平川真暖和，至今难忘。

（稿于1990年5月，原载1995年12月24日《亚太经济时报》副刊，获全国"我的人生"散文征文三等奖，收入香港新世纪出版社《我的人生》一书）

穿行歌山

鄂西北荆山，扼秦蜀至中原之咽喉，这里是"昔我先王熊绎，辟在荆山……以事天子"（《史记·楚世家》）的地方。作为楚国的发祥地，从古至今，秦巴荆楚文化在此交汇、撞击，积淀了深厚的民间文化基因。著名的荆山"薅草锣鼓"便是其中一枝绚丽多姿的奇葩。

七月流火，山苍水茫。如果你有幸去荆山走走，在领略秀丽山水风光之际，你更会感到自己是在穿行一座座歌山。这个时候，坡塬田畔，苞谷正竞抽天花，赛舒红缨，草儿也在苞谷林里疯长。在荆山南北，在随山势绵延起伏的千里沃野，在七月搭起的青纱帐里，到处都滚动着锄声歌声锣鼓声。山民们锄草护稼的歌喉与响板，似图腾，似精灵，吼得震山动地，旷野回荡……这种伴耕而唱的劳动之歌，以大地为舞台，把太阳当灯光，让清风和鸟语做伴唱，兴之所至，尽情抒发，那歌声像荆山深处碧亮的溪流，与天地共鸣，随梯田跌宕，或欢快，或炽热，或哀婉，如诉如泣，摇曳多姿。

打开你采风的行囊吧。这种完美的劳娱结合形式，乡土气息浓郁醉人，文化底蕴厚重引人。噢！这山里其实不穷不苦不寂寞，枯燥而繁重的劳动，自有一种古朴的文化艺术来刺激和调节，它有着你想象不到的勤劳与智慧的艺术结晶，有着你想象不到的把锣鼓和歌声喂给庄稼的浪漫……

劳动创造艺术，艺术形式也必须适应劳动的特点。清早开工了，由三人组成的锣鼓班往田头一立，铿铿锵……铿铿锵……一通俗称"闹台"的锣鼓响过之后，领班的歌师起唱：

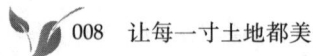

> 歌声开了台，
> 黄花遍地开；
> 一声锣鼓响，
> 请出八仙来
> ……

这一"开台歌"每唱一句，就敲一小节锣鼓，领唱旋律悠扬舒展而富于华彩；后两句则由全体薅草成员齐声复唱，高亢激越，声如响雷。一时间，苞谷林里热闹非凡，大伙顿成"八仙"，心收在田，劲放至锄，场面令人感奋不已。

接着就是《薅草来》《苞谷叶儿像把刀》《开山歌》《扬阳歌》《望郎歌》等等。更有机敏过人的歌师，现场拈来大伯子与弟媳或小叔子与嫂同在一起劳作的素材，即兴编成调侃的歌词，套上"薅草锣鼓"曲调，有意怪诞地唱出来，引得众人发出一阵阵激越而善意的欢笑。顿时，人随曲走，曲追人步，你超我撵，劳动节奏加快。却听锣鼓师转而唱道：

> 莫图快，莫图快，
> 吊须草，要作怪。

所谓"吊须草"，就是根没薅断的草，一夜露水滋润，立马又会活过来。锣鼓师这样一"警示"，一些薅草"快手"便会注意手上功夫了。

荆山薅草锣鼓，唱词五、七、十言不等，还有绕口令般的"疙瘩句"。但无论五言七言还是十言，音韵总是和谐悦耳。根据早、中、晚不同的劳动时段，唱腔程序一般分为"潦子——对口号子——高声号子——加声号子——扬阳号子——落阳号子"。清早曲调欢快热烈，午间明朗流畅，傍晚则鼓点急促紧凑。这一庆劳祈丰的响板，内容十分广泛，远唱历史人物，近唱时政新事；上唱天文气象，下唱山川草木；旧唱教化礼仪，新唱智慧警句；还唱逗趣歌助乐，还唱爱情歌促劳……

有一首"扯白歌"是这样唱的：

> 说扯白来就扯白,
> 哄起人来了不得,
> 半夜三更日头亮,
> 中届午时月儿黑;
> 十冬腊月开梨花,
> 五黄六月下大雪
> ……

又如,领班歌师先唱:

> 蛤蟆要吸烟,
> 急得团团转。

另外两位歌手和声"搭白":

> 薅草就薅草,
> 吸个什么烟。

唱词简洁明了而活泼风趣,还可激将那些烟瘾大的山民不能只去歇脚吸烟,而要专心薅草。

爱情是人类生活的永恒主题,她在荆山"薅草锣鼓"中亦有尽善尽美的体现:

> 太阳出来晒高台,
> 高台脚下桂花开;
> 妹是桂花香万里,
> 郎是蜜蜂万里来
> ……

再有:

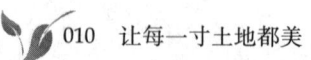

山上杉树高又高,
爬上树尖把妹瞄;
铜打眼睛都望穿,
铁打心肝想成痨。

野中含情,味中有味。不知是心痴意笃的爱情孕育了瑰丽多彩的艺术风格,还是魅力无穷的艺术手法滋养了缠绵深厚的不老爱情?

穿行歌山,你或许可以找到答案。

(稿于1996年5月,原载1996年10月20日《亚太经济时报》副刊、1997年第1期《农村工作通讯》文艺栏目)

故溪的重量

我的故乡保康，意取"保民康乐"，古代卞和得玉之荆山贯其全境。依了荆山之灵秀，故乡虽地遥山高，然泉多水长，千涧百溪，终年不绝。若说茫茫群山是故乡之灵骨，那盈盈绿水便是故乡的血脉。

乡谚曰：一方水土养一方人。在故乡，人类对水的依附似乎更其紧密。河道溪径，路水相伴；水随山行，山兜水走。山中的路，是水日日夜夜流出来的；沟底的径，是泉朝朝暮暮滴出来的；山里山外的世界，是溪曲曲弯弯接起来的。五道峡、皂角沟、月亮溪……有多少故乡村落，就有多少"一水护田将绿绕，两山排闼送青来"的风景。

曾在夏日，久久观故人踩溪水出山；曾于冬日，呆呆看故人履卵石进山，那恬适，那况味，那孤寂……淡淡勾起我对大山幽闭的缕缕愁思，亦悠悠引发我对生活的激情……

也曾纳凉于月夜的饼桃树下，听祖母讲那遥远而近极的溪河故事——韩湘子粉青水中斩鱼精，何仙姑两河口岸救贫民，神笔马良沮漳河畔斗财主……几乎故乡的每一条溪河，都有一个美丽的传说，每一个传说都蕴含着故人的喜怒哀乐、爱憎善恶，每一个爱憎分明的故事都陶冶过我的灵魂……

也曾驻足于南河堤岸，痴痴凝望着回旋的清波——一颗二十岁的心，无缘无故有时欢悦有时浮躁，老是渴望外面的世界，似乎故乡的碧流，可以捎走我无端的欢欣、莫名的怅惘……有那么一天，我蓦地怦然心动，即使在漩涡里，碧流也没有淡化奔向大江大海的意识。依然无缘无故，许多个晨昏日月，捧着书本，复习着功课，我深深感受到了南河流动的欢乐和沿岸蛙鼓的急促；依然无缘无故，通过参加补习、成人高考，我跻身于被历史阻隔的"末班车"——走进了迟到的高等学府……

也曾行进于鳝鱼河谷，追寻着响彻山谷的水碓声——一位父老告诉我："鳝鱼河，两头尖，七十二道脚不干。"简洁的民谣，说尽了故人生活的艰难。如今，公路缠山绕水，险是险矣，但故乡老辈脸上的皱纹是愈来愈舒展了，后生们是少体会往日蹚水出山的艰辛了。鳝鱼河谷，不只有旷古而孤独的水碓声了，那一辆辆外运矿石、毛竹、干果、茶叶、香菇的汽车，扬起的长长的白雾般的尘埃，点缀于青山绿水间，是一幅超乎山水画的画；那奔驰的高高低低的音韵，回响于宁静的河谷，是一首跨越进行曲的曲……然而，那么多故人依然拘泥于一方水土，夹岸的水碓声依然旷日持久地在制造着火纸（用毛竹做原料生产的一种祭品），这是长期自然经济停留在故乡的烙印呵……

也曾徜徉于刺滩沟沿，细细体味寒冬花开的底蕴——在这条绵延二十多公里的溪沿谷畔，密布着数十万株不以年轮而以世纪计龄的第四纪古冰川遗留的野生植物群落——蜡梅。作为中国蜡梅属新植物，其馨口、檀香、黄白、红心、紫蕊等花型，品种之全，密度之大，是迄今世界上唯一发现。最是岁末，夹山野梅对峙竞放，远远望去，上下重叠，依阴迎阳，雪一样蓬松，云一样舒卷；细碎的谷风掠过阵阵幽香，清逸芳洁，沁人神骨，更兼溪声娓娓，鸟语婉婉，置此梅之丽而不冶、香而不艳，景之水随人意、鸟添佳音的梦境之中，我感到了大自然的恢宏浩际和刺滩沟历史的恒久厚重。在沧桑岁月里，在地壳裂变中，有多少动植物毁于一旦？而稀世的故乡蜡梅，却能在不名的刺滩沟的怀抱里，以亘古不染的傲志，崛起为我国第一个野生蜡梅自然保护区……

故溪的殊荣哟，一部深邃的历史！

历史的重量哟，诠释在故溪的风景里。

（稿于1994年7月，原载1995年第3期《芳草》文学月刊）

皮家坡之忆

鄂西北保康县最北端的几个村庄，地形神似"飞鸟"。鸟头往北，两翼舒展，鸟身四周皆为房县所辖。皮家坡所在地——"鸟尾"，似蓦地横衬出的一枚脱而未落的"羽毛"，恰到好处地充当了"飞鸟"与母体（保康县）的焊接点，使皮家坡一下子有了拽拦"飞鸟"展翅他乡的力道。

据说这一著名的插划界，形成于明弘治十一年（1498年）。当时，保康归房县所辖，可房境辽阔，县令鞭长莫及难以施治，上奏朝廷新置保康县。可在划定县界的时候，"飞鸟"周围的几个村庄死活都不愿意被划走，从而形成了现在奇特的"你中有我，我中有你"的县界切割。

我至今难忘皮家坡——

1979年冬天，我在保康外贸局初践公职，时逢局里引进一批长毛兔投放到农户喂养（兔毛由外贸出口）。我由一位股长领着到寺坪公社调查发展情况，宣传饲料、剪毛技术，社员都亲切地叫我们"外贸员"。

股长拟带我去皮家坡的那天，局里让他回去出远差，而皮家坡是我们调查的最后一个生产队。也许认为我已有半月的实习经验，股长放心地把到皮家坡的任务交给了我。

沿着盘山公路，我寂然地走在冬阳下。那时客车极少，偶尔撵上来又迅疾超过我的长途货车，很神奇地拖扬一路尘埃。大约走了上十里路程，我抄近路登上一个山垭，垭下是一条很深的峡谷，谷流轰然作响，水竟是由东往西而流。在谷东三里许，隐约可见一座公路桥。我想起公社王秘书说的地形特征，峡谷对面该是皮家坡、谷流该是马拦河了。

山里的路，看得见，走半天。为免涉冰冷的马拦河水，我绕道公路桥，这又多了五六里路程。搭上皮家坡的界已是中午。想到自己首次单独下队，虽不惧山险路远，不愁肚饥口渴，却极怕村犬咬腿，担心参加工作后的首次公务难以完成，心头不禁一阵忐忑。但奇怪的是，人在忧惧无援的时候，往往倒生出不寻常的胆量和坚毅。就着一眼山泉，我吃了挎包里的馒头，又拾到一根竹棍，用作防狗壮胆和登山拐杖，步子陡然拿得快了……

攀至半山，我撵上了一个荷柴而上的后生，向他打听队上哪几户养有长毛兔，后生回答："我家就有啊。同志，你是外贸员嘛？"见我点头，他高兴得丢下柴捆："走，走，到我家去！"

我们在山路上折折回回，彼此问起姓名、年龄、读书情况来。后生叫龚顺，与我同龄，亦十七岁。不同的是，我出身于教师家庭，读完高中，顺利做了"外贸员"；他生在皮家坡，初中未毕业便当了"打柴郎"。但他不自卑，我不自傲。说不清那个时候人与人的交往为何那样简单、纯朴、自然。

我们上到塬上一家场院，场边两棵枝繁叶茂的古樟，在众树枯黄的冬季里自成一处风景。院本不是院，是"一步檐"的两正一偏，坐南朝北，单门独户。偏屋出檐下，兔舍鸡笼各居一处，一位中年妇女正在给长毛兔喂着萝卜叶。

龚顺走过去："妈，来了稀客，您烧点开水喝。"随之又小声说了些什么。龚顺妈对我笑笑："小同志，不简单呢！这兔咋养，你教教顺子，我烧水去。"

在兔舍边，我将股长传授给我的养兔常识，现蒸现卖给顺子。我抓起一只毛兔，捋好毛路，轻握剪刀，平贴兔皮，示范了剪毛技术。顺子听得认真，看得仔细，使我觉到了初做"外贸员"的快乐。

在顺子的引导下，我不仅没有了村犬之虞，而且很顺利地搞清了全生产队的长毛兔发展情况。走塬串户间，我发现，皮家坡其实很美，它的右侧淌着粉青河，左侧流着马拦河，两河碧水，蔓缠藤绕，在西侧的山根汇合一处。在河下时，我觉得皮家坡陡若插笔，不想这"笔"的腰间，却"闪"出一个缓坦的塬来。塬上人家，大多三、五户合一场院。场院皆依弯就坳，房前屋后，修竹依依，伞樟碧碧，鹊起鸠落，深冬里透出一丝春意来。

每每路过或来到一处场院，冬闲的农人皆用好奇的眼光打量我。顺子道明后，户主不是诚恳留我们吃宵夜（晚饭），就是热情捧出柿饼、核桃招待。一些同龄后生则问我到县城路有多远，城里楼房有多高……几位妇女则奇怪我穿的黑红相间的毛衣是怎样织成的……把我这个县城来的小同志看得高大而神奇。

那个时候，我自然不知道是封闭的地理环境幽闭了皮家坡人的视野，倒觉得在社会上做个"人物"很容易，便极兴奋地给他们讲了城里刚上映的电影、身着"喇叭裤"的青年、枪毙犯人的场景等新鲜事，后生们听得煞是有味。

当太阳嵌入西山峰峦的时候，顺子把我带回他家。走进暖融融的火屋，我闻到了一股特别的香味。顺子妈边递洗脸水给我边说："饿了吧，好客无好待，我炖了一锅菌子吃。"顺子爹把我让在小方桌的上席。桌上四菜一汤，腊肉焖萝卜干、炒白菜、炒土豆丝都盛在大土碗里，另有一小碗辣子酱，小方桌中心炭炉上的炖锅煮得"噗噗"直响，扑鼻的香味正是从炖锅里溢出来的。顺子说："我妈说你是稀客，专门杀了一只鸡。"顺子妈把满满一碗鸡肉炖香菇放在我面前："吃吧，吃饱吃好不想家。"

我感动得不知说什么好（家在百里外的保南小镇，每天都真的很想家呢）。那个时候，农村普遍不得温饱，冬季昼短夜长，村里人更是一日两餐。我和股长在几个村庄转了半个月，村里人对我们的最好招待，也莫过于擀面条、做蛋汤。在顺子家受到如此接待，在那种农村生活状况和我个人工作景况的特殊氛围下，我说什么也表达不了一种独特的内心体验……

枕着皮家坡一个普通农家的亲情，那个冬夜，我觉得特别温暖，特别香甜。

转天醒来，朝阳已染红了窗棂。吃过早饭，顺子家来了三个后生，我见都是昨天见过面的，便打趣说："你们这么齐整，是不是要随我进城去？"

"进城？我们想都不敢想哟。"

顺子说："他们约了来送你的。"

"送我？"

"是的。你昨天给他们讲城里的事，他们对你的和气与亲切好感得不

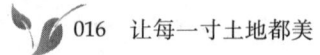

得了呢！"

我心里一热："谢谢！谢谢你们的好意！"

与顺子父母告别后，连同顺子，我们五个差不多大的孩子，一路说笑，踩着山路上晨霜的滑润，就着下脚路的惯性，很快便到了马拦河边。

这时，太阳还未来得及光顾谷底，河滩上游动着一缕缕冷雾。我准备与昨天来时一样，再绕河多走五六里路程，以避免涉过冰冷的河水。而对岸必经的归程近在咫尺，设若蹚水过河则可省下不少时间与脚力。却不料顺子他们齐刷刷地脱了鞋袜，绾了裤管（那时农村孩子冬季穿得很单薄）。我还愣怔着，个儿大的柱子往我面前一蹲，两手往后一围，已把我放在了他结实的背上。

我终于明白，顺子他们送我，实则是要背我过河，不让我走冤枉路，不让河水冻着我。面对山一样厚重而沉默的盛情，我的泪水一下子盈满了眼眶。

在柱子的背上，我颤声说："难为大伙儿一片心意，天冷水寒，请大家穿上鞋，就让柱子哥一人背我过河吧。"

可是，"扑通，扑通"，顺子和另外两个后生已经一左一右一后，搀扶着柱子及柱子背着的我，一步一吸气、一步一咬牙地蹚在了冬晨的马拦河里。虽是枯水季节，但河心水仍齐膝，看着他们哈出的一口口热气很快被寒冷的河风吞噬，听着他们为抵御刺骨的河水而紧咬牙关的"咯咯"声，在柱子温暖的背上，我忽地又涌出一股泪来。

后来的道别，我的眼睛是红着的，我的情感是醉着的，我的双手在握过他们粗糙的指头之后，还握住了那个年代浓烈的人间亲情，握到了心灵载不动的真诚与纯朴，握到了一生一世善待他人的真谛……

弹指一挥间，这事已过去数年。后来我又上大学，又调换工作，再未到过皮家坡。倒有数次，对着保康县的地图，我久久凝视着那枚脱而未落的"羽毛"，体味其焊接故土的赤诚情怀的时候，便忆起纯朴的顺子他们——

这么多年里，他们该跨出山间，走过平原，见到大海了吧！

（稿于1995年8月，原载1996年第11期华中师范大学《语文教学与研究》杂志）

故乡的"玉笛"

粉青河,我故乡的美丽的河。带着古老的传说,载着缤纷的落英,闪着翡翠的波光,一次次从我梦中流过。

离开故乡很久了,前些日子出差路过,我盘算停留一日。车到故乡小镇,已是夕照时分。我匆匆将行李放入伯父家,便直奔粉青河而去。

啊,这就是我梦中的河吗?河水虽则依然透明,卵石虽则依然多彩,可昔日宽展的水面,如今怎么只有河中央一线涓涓细流?记得童年,粉青河的数十米平流可容我与小伙伴们用小石片打十数个"水漂儿",有时候,石片甚至可以顺劲儿漂到河的对岸去。多雨季节,粉青河发起胖来,那波澜则像大江一样壮阔。

粉青河——我童年的河呢?我怅然若失,且平添一种疑虑。

蓦地,浅浅的流水里泛起了一道道碎银,抬头四顾,见是对岸一家工厂初上的华灯辉映粉水。我不知何时兴建的工厂,可工厂背后那脉酷似屏风的山岗却于我极熟。

那是童年嬉戏擎兔的极好去处。岗顶是一片田地,野兔啃了庄稼即躲到岗屏里去,我们就在岗顶投石惊兔,竟然常常在岗壁下拾到"猎物"。而今,岗顶该是我观赏故园景色的极好去处了。

登上山岗,西眺巍巍神农架,但见远峰衔日,近峦染辉,一条九曲长渠在一色水杉护送下,依村傍堨,逶迤东来。夕照之下,渠水如同一条银龙在翻滚,"龙头"只钻我脚下山岗之腹,又从岗下厂房底层穿奔而出,浩浩荡荡,沿渠跳跃东去,隐身于秀丽的牛角山下……

景致未看到极致,我的疑虑却已荡然无存。岗下的工厂哟,你是一座容量不小的水电站啊！原来是你汲取了粉青河的数十个流量，我还有什么理由惆怅呢？

在我估算这座电站该是装机多少千瓦的时候，暮霭悄悄弥漫了故园。

故乡是个小盆地，周围山坡是"盆帮"，小镇坞居是"盆底"。且不说这"盆底"之夜是灯的世界，灯的海洋，荧光剔透，明澈辉煌；单是那"盆帮"上的千沟万壑，百岭十坡，也是数盏电灯点缀，远与繁星相连，近和小镇争辉；就连数十里粉青细流和电站引水大渠也变成了两条星与灯的飘带……一时间，天上地下，分不清哪是星，哪是灯，我深深陶醉了。

"东侄，回家吧！"不知什么时候，伯父来到了我的跟前，"见你许久不归，伯就知道你在这里，可不要被家乡的胜景醉痴了呵！"伯父在家乡教了近四十年书，如今退休在家，他晓得不少家乡往事。而今晚，我倒要看他如何给我谈故乡建小水电的故事。

一听我的要求，伯父爽声朗笑，津津乐道：

"有水就有福啊！粉青河横贯保康县西北，境内流程七十四公里，落差高达两百多米，水利资源十分丰富。1984年，国务院将保康列为全国首批一百个农村电气化试点县之一，县里组织技术力量，对粉青河的水能资源进行了全面勘测，采取'资金上、下、内、外多家筹，办电县、乡、村、户（个人）一齐上'的办法，对粉青流域实施梯级开发。各个层次兴办的水电站如雨后春笋，各显其能。

"眼前这座装机五千五百千瓦的电站，只是粉青干流的二级电站，上游十公里与神农架接壤处有座装机六千四百千瓦的一级站，下游牛角山根有座三千千瓦的三级站，再往下游五六十公里，电站如同长藤结瓜，一个大过一个，六里坪、寺坪、过渡湾、清泉沟、南河、庙子头……这些电站的累计装机容量已突破了十五万千瓦。"

伯父滔滔不绝，颇为在行地列举完县办电站。又说故乡办电，口气变得愈加自豪：

"仅我们镇，镇、村、户所办的小水电站就有十多处。海拔一千六百多米的尧子河村，靠磷矿开发积累办电资金，先后在尧子河上办起了三级总装机达四千多千瓦的水电站，矿电结合，兴办企业，成为全省脱贫致富的明星村。村民朱祥吉建的家庭电站，使林涛溪水喧闹了不知多少个世纪的深山峡谷，白天响起了机器，夜晚亮起了电灯，给山里人带来了如意的生活，被群众赞誉为'吉祥电站'。说起办电的好处，乡亲们有道是：'小型电站投资少，容易建管效益好，米面加工它代劳，确是山区致富宝'。其实，电在山里不仅仅只限于米面加工，灌溉排涝、炒茶榨油、香菇烘烤、孵鸡饲畜、家用电器……样样用的都是小水电之电，这叫'一业带百业，电使百业兴'！"

记得小时候，伯父描述故乡典故是绘声绘色，却不料他讲起现代故事来也是这么引人入胜。

抚今思昔，我想到了广为流传在故乡的古老传说。很久以前，八仙之一韩湘子，在粉青河斩了为害乡里的鲤鱼精之后，又见粉青河两岸山荒岭秃，地瘠民贫，人们愁眉不展，便吹响玉笛，为乡亲们排忧遣愁。

可是，上下几千年，四乡人民生活依然愁苦不堪，世世代代照明用的都是松脂。即或是我离开故乡的时候，也是"水在河下流，人在山上愁"。而今，这些说来像是天方夜谭的旧事，都像梦魇一样消失了。

纵横几百里，悠悠粉青流。外人说你偏僻落后，故人说你是一块璞玉。在改革开放的春风里，你得到了雕琢，成为一个玉人，奏起了真正的玉笛——

那一座座电站，就是一支支玉笛！

那发电机的歌唱，就是美妙动听的玉笛声！

那纵横交错的高低压输电银线，就是玉笛乐章的五线谱！

那只只五彩缤纷的灯盏，座座生机勃勃的乡镇工厂，就是玉笛演奏的一串串音符！

啊，玉笛！你吹醒了沉睡的故乡，奏亮了故乡的村村户户，奏甜了故乡的现代生活，奏出了故乡的崭新面貌……

粉青河"玉笛"，我故乡美丽的笛！

（稿于1989年5月，原载1989年6月17日《中国水利报》副刊，获该报散文征文优秀奖，收入漓江出版社《当代青年散文一千家》一书）

十二里半

沮河沿岸有许多有趣的地名，十二里半，是其一也。

沮河自望夫山出，在荆山（湖北名山）深处流经歇马、马良两个古镇，至重阳由通城河入长江。而马良至重阳二十五里沮水，二十五里平川，在其二分天下的十二里半处，恰有一片青翠的竹林，一脉甘冽的山泉。这竹与泉因十二里半而闻名，这十二里半亦因竹与泉而灵秀。

十二里半不似上游的滴水岩因形而名，也不似下游的余家岗子名出有主，更不像五里铺、十里堡那样有处店铺或城垛，它只有一片青翠的竹林，一脉甘冽的山泉。它还不是一个整数，仅仅是一段平凡里程的标记。可在十二里半，你无法不想到它是一根扁担，一头担着繁华而不失古韵的马良镇，一头担着壁屻对峙、天线一开的重阳峡。

在十二里半，你不由会生出一丝历史感来。

历史上，尽管沮河上游南蔽北障，地理幽闭，但地处沮河、鸡冠河交汇口的马良，仍是被商贾们弄得日渐发达，竟至有了"小汉口"之誉。那个时候，方圆百里的山货，山外的布匹、盐巴、陶器以及针头线脑……无不在马良成交，无不于沮水进出。然而，因为重阳峡两山突逼，吊滩跌宕，商船只能到通城河而止。于是，熙来攘往的脚工（又称"挑脚子"或"背脚子"），便历史地担当了这一区域物产交流的使者。他们背着商人们的发财梦，挑着自己的活命碗，一身重负，一路汗雨，步履维艰地丈量着脚下的山水。尽管山高水长，路途坎坷，但智慧的脚工们还是准确量出了十二里半来。而十二里半，则用那片青翠的竹林供脚工们小憩去乏，用那脉甘冽的泉水供脚工们解渴消暑，天道酬勤，生生不息……

上世纪七十年代中期，名不见经传的十二里半，突然成为一朵盛开在深山的"大寨花"，一时间名扬四州八县。

原来，村后有条响水河，由于无遮无拦，河水今年东，明年西，频仍更改的河道，占去大片土地不说，每至雨季，远山的"竹筒子水"（暴涨暴消的洪水）暴滚下来，常常吞没田禾与牲畜。一位夏姓大队长借助"学大寨"东风，提出了"往上看，花果山；往下看，水田畈"的改天换地口号，带领村民将横亘村后的山岗拦腰凿穿，在上游筑坝引水经穿山洞直入沮河。至此，响水河一改放荡不羁的野性，涝可排洪，旱可灌溉，人民把响水故道改造为良田平畴，结束了村子被响水分割、村人被河汛惊扰的历史。

我那时刚读初中，学校组织步行去参观"穿山洞"，十多里路程，到村头十二里半处，大家都走得脚酸腿软，便席地坐在柔软的竹林里，喝着甘冽的泉水，看着沮河对岸山岗半腰悬挂的瀑布，听着雷鸣般的瀑声，领略着"人定胜天"的底蕴，心里由衷涌起对那位已是全国劳模的大队长的敬佩……

物换星移，韶华飞逝。若干年后的一个初夏，我从县上到十二里半总结一家养殖大户的经验，特意去看记忆中的那片竹林和那脉甘泉。可是，公路已逼退了竹林，接泉而出的木笕亦不翼而飞，唯有河对岸穿山而出的人工瀑，仍在响雷般的飞溅……我怅然地上了河边的小船，拽住固定在岸坡上的钢丝绳，把小船与自己轻易地飘到了对岸。

进入村子，秀美的田园风光一下子涤荡了心头的惆怅。村南桑园桑果如墨，村北梨园梨似青杏，樱桃罢园不久，杏、桃呼之欲"熟"。农家菜园呢，莴笋挺拔，豌豆疯长，黄瓜架上黄花密布，土豆、蒜瓣刚刚收成，辣椒苗、茄子秧补入的空畦才饮过了活苗水……田野上，农人吆耕，犁耙水响，挥鞭的人，奋蹄的牛，无不满身水渍与泥污。随着水灌焦土、肥入泥田的那种特殊土香味的弥漫，金色的麦畈不知不觉间就变成了嫩绿的秧野……

那晚，我住在专业户家，主人按城里的钟点给我开过晚饭，陪我去村里走动。一弯新月之下，万千蛙声齐鸣，阳雀在山岗上"豌豆……满谷……"地啼着强音符，蛐蛐儿在脚边的和弦也特别起劲。我们走过数十户场院，家家都菜香酒醇。我知道，这个时节，村妇们无一不把饮食安排得跟过年一样，而汉子们呢，却要比过年节吃得更香甜，喝得更酣畅——那种劳作后特有的口福之享，是要比年节里闲吃闲喝充实得多也醉人得多的……

十二里半，沮河上游不经意间的一个小村。然而，其名不朽，其竹不枯，其泉不竭，连同酷若天成的"穿山响瀑"，如诗如画的田园风光，一起永恒见证着岁月的轮回、世事的变迁与沮河的兴衰……

（稿于 2005 年 5 月，原载 2005 年 6 月 28《襄樊日报》副刊、《地名古今》文学微信平台）

一个有村志的村子

盛世修志,志修至村,华夏鲜见。

村,作为我们这个泱泱大国最小的行政细胞,在志书史册里本应有其一席之地。可囿于社会认知、人气文脉的现实缺失,详尽描述村级地理、历史、风俗、教育、物产、人物等状况的方志,可谓凤毛麟角,难得一见。

己丑年冬,我到鄂西北保康县店垭镇隔拦坪村访友,友人向我隆重推荐了一本装帧美观、图文并茂、序跋凡例齐全、章节像模像样的《隔拦坪村志》。志书洋洋三十万言,所载内容甚是详尽,堪称隔拦坪村的一部"百科全书"——既有包括建置沿革、自然环境的"山河概览",又有涵盖人物简介、人物名录的"人物纪略";既有列举农业生产、水利工程、绿色产业、小手工业发展的"经济长廊",又有回顾革命遗迹、政党群团工作、建国后历次运动的"政治举要";既有表述医疗卫生、文化教育、历史古迹、乡土文化、风俗习尚的"文化传承",又有描述整村推进、新农村建设的"现实变革"……无论纪略还是举要,都客观真实地记录了全村社会经济、人文历史、乡土习俗等变迁之概貌,且文字直白简练,文风清新质朴,非常适合村民阅读。

在荆山深处、静谧一隅,能够读到这样一部散发着书卷气息的村志,我在惊喜之际,深深钦佩修志人——隔拦坪村人氏——徐佳儒、常继祥两位有识之士!

对于隔拦坪村,我自然不陌生。上世纪七十年代初,我随母亲在店垭读小学,说起隔拦坪,幼小的心灵就非常神往。店垭虽为古镇,但它却是

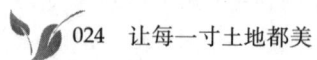

个名副其实的山垭,因其自古就是南(漳)保(康)宜(昌)远(安)四县交通要塞,人们才在这个风多水缺的垭口设点摆摊,搬石筑屋,逐渐形成一纵两横之古街,成为历代区(镇)级政权治所。而仅相距五公里的垭东隔拦坪,四面环山,两溪缠绕,地势坦缓,水美林茂,稻麦飘香……单从人居角度看,怎么也得是店垭一带政治经济文化治所之宝地啊!

据传,早年楚王发迹荆山、开辟基业(《史记·楚世家》记述:"昔我先王熊绎,辟在荆山……以事天子")之时,曾在隔拦坪修筑过楚王殿。上世纪八十年代末,有村民在楚王殿遗址挖掘出直径七十公分、单个重达半吨、比旧县衙的磉凳整整大一倍的四个鼓形石磉;至今,在约有三十亩遗址的地层,仍然埋藏着大量石条与青砖,而在一些农户的房前屋后,更是散落着多个大小不等的磉凳。还有始建于清朝嘉庆年间、毁于民国战乱及"文革"时期的徐家花屋,从其残存的建筑上看,那门槛门墩、立柱磉凳、门窗檐头,经古匠人打磨、雕凿、镌刻的吉祥动植物图案,栩栩如生,美轮美奂,实乃叹为观止的民间艺术珍品……这些弥足珍贵的遗迹,足以证明隔拦坪村历史的辉煌。

然而,历史既公正又残酷。集店垭之精华所在的隔拦坪村,仅在解放初由南漳县划归保康县管辖时在此设立过短暂的乡政府。好在质朴的隔拦坪子民,并不在意治所不治所,也完全淡忘了昔日楚王殿与徐家花屋的奢华。千百年来,他们活在自己的祥和天地里,陶然于大荆山的皱褶里,虔诚地守望着一方美丽的风景。

隔拦坪于我之不陌生,还在于1988年仲春,我随时任保康县委书记刘代启同志在此调研。记得那是个风和日丽的日子,我们坐在一家农业科技示范户的稻场上,促膝交谈扶农政策的落实情况。不经意间,我的眼前浮现出了一幅桂林山水画——从稻场至数百米开外的山根下,拔节有声的小麦酷似一江碧绿的漓江水,而突兀矗立的一座小山分明就是漓江边的"卡斯特"地貌,更有金色的油菜花点缀其间,绿波中透出盎然的生机,春风徐徐,鸟影点点,景色美不胜收。我的灵感蓦地迸发,涌泉般构思了《农业升温后农民为何仍有满腹怨言》的调查报告(该调查被《经济信息报》《内部参考》和中央人民广播电台刊播)。

时隔二十一年,应友人之邀,我驱车五百里故地重游。赶到隔拦坪,已是向晚时分，在淳朴民风的熏染中一夜好睡。

翌日天刚亮，我便登上友人屋后的小山，但见山上林木茂密，残叶待落的花栎树在无风的冬晨里显得异常宁静；常青的松杉树，以其坚忍的意志倔强地透着春的消息；鸟们起得比我还早，在山上飞来飞去，啁啾个不停。我兴致勃勃地沿着小山顶处的村级水泥公路往山畔走去，拐过一个山嘴，一冲百余亩好田突显于山畔之下，田的右侧溪流淙淙，田的左侧修竹依依，溪声环绕着山间，翠竹掩映着人家，好一处山间坞居，好一处人间仙境！

抬眼往上看，一条未及铺设水泥的盘山公路尽头，似有一抹绿云若隐若现，我快步登上山梁，不禁为眼前的另一番景致所折服——那一抹绿云原来是一片茶园，而在茶园内侧，则是一畈令人称奇的种着油菜苗的水田。茶园开在山梁上尚有道理，水田何以种在山顶上呢？原来，这里山高水高，正是山顶有一处终年不竭的泉眼和一畈肥沃的好地，才有几户人家祖祖辈辈不舍不弃地生活于此。看看那白墙红瓦、屋顶安装着太阳能热水器和地面卫星电视接收器的新建房，你便不难想见山顶人家的殷实了。

回路上，我细致地俯瞰全村——三湾五沟尽收眼底。纸厂河如一根碧绿的飘带，从村西头的上坪曲曲弯弯绕过村东头的下坪，在其两岸开阔的平地上，到处都布满了翠绿的油菜畦；缠绕在小山丘上的茶园，更是绿得深沉，绿得肆意；一片一片的松杉，也不遗余力地以其惹眼的浓绿泼洒着沟沟凹凹。而村居呢，约有七成为近年新盖，三成老居虽显陈旧，却不论新宅老屋，或翠竹掩映，或碧樟点缀，或绿堰相衬。正是做早饭的时辰，却不见了旧时屋顶的炊烟；还值冬闲时节，倒可以瞧见田野上劳作的农人。在通往向家湾的村道上，一大群人有的提着一篮青菜，有的扛着一袋米面，有的担着豆腐筐，有的擎着"猪后座"……兴高采烈地向一户新落成的宅院走去——很明显，这是一群送"恭贺"的亲朋挚友。果然，鞭炮在新居的场院上响起来了，加上鼎沸的人声与欢快的器乐声，又一个喜庆的日子诞生在隔拦坪的早晨了……

我顿感，隔拦坪的冬天是绿色的冬天，这里没有冬天的凋敝和肃杀，只有春天的葱茏与生机！这里的地生金，山涌银，水养人；这里的女人素来不愁嫁，小伙儿从来有好娶；这里的风景可入画，可上影视；这里的风土人情能净化人的灵魂,能醉倒任何一个外乡人;这里的建设越来越漂亮,发展越来越繁荣……

这就是隔拦坪——一个藏在荆山皱褶里的古老村子,一个积淀着厚重人文历史的村子,一个乘着时代车轮飞速前进的村子,一个有着自己村志的村子!

(稿于2013年4月,原载2013年12月10日《襄阳晚报》副刊、中共中央宣传部《党建》网)

沮河源头马坡行

去过一个地方，梦里竟还神游这个地方。这就是马坡带给我的魅力。

马坡是沮河源头，相传唐中宗李显当年被贬房州（今湖北房县，古辖今湖北保康大部），其乘骑在此饲养而名。因被幽深的峡谷切割，被厚重的大山阻隔，幽闭的地理环境造就了马坡的自然之美，也于不经意间保护了其古朴风貌。

布谷欢歌时节，我们去马坡了解传统村落情况。从欧店街头往西，九公里的通村水泥公路，静静蛰伏在风景如画的响林沟中。初夏的沟岸青翠欲滴，路下的溪流清澈透底，青山绿水，相依互衬，直把人的心灵也衬映得一片柔润，把林中鸟儿的歌声也浸染得分外脆亮。

从进入沟口的那一刻起，我的眼睛就不够用了。夹岸山岩，或灵秀、或雄伟、或险峻，更有似仙姑、像老汉、如牛鼻、形野猪的象形山峦与岩石，让人充满无尽的联想。神清气爽地穿出响林沟，趁着在村委会换乘越野车，我到溪边连掬几捧泉水送入口中，甘甜爽口，渴消乏去。

越野车在还未硬化的土路上颠簸不一会儿，眼前的山体陡然竖了起来。仰视山脊，但见山的翠绿与天的蔚蓝紧密相衔，两种色泽的分界线显得分外明丽、流畅。水呢，竟在山的顶端分为两股，顺着山岩，跳过绿丛，比赛似的哗哗下淌，看谁流得急，看谁唱得响……当然，在山根沟口，它们又汇聚一处，去作刚才赛事的交流。路是盘山而上的，弯度小，断面窄，在两处急拐弯，我们不得不下车，让司机打几把倒车才能顺正车身，再起前行。

好在险路不远（大约四公里），车子很快就上了山脊。未及下车，一幅"梦中桃花源"的画卷便跳入了我们的眼帘——"土地平旷,屋舍俨然",农人出没于田畴内,隐显于桑竹间,古意与生机相融,人与自然相依,和谐,温馨,静谧。只不过,武陵人发现桃花源是"便舍船,从口入",我们来马坡是"乘越野,自(山)脊进"。

从山脊进入,正是马坡的奇处所在。在山下,谁也不会想到,这山脊之上竟有如此天生平畴,精妙地承载着四百七十七亩耕地,恰到好处地支撑着三十二户人家的生息。

马坡坐北朝南,进村的山脊为南,往北进深约五百米,东西宽约八百米。村北兀起一道山梁。梁很蹊跷,面对村子中心它平行无奇,而在村子东西两头,却蓦地向南伸出两只粗大的臂膀,将村子搂于怀中,像护佑婴儿一样精心呵护着腋下的一方水土。

站在村子正中的场院上,细看马坡形势,我不禁被大自然造物的神奇所震撼。马坡其实是把太师椅,靠背是山梁,多树,环保,厚重;扶手是山梁伸出的两只臂膀,结实,耐用,舒坦;座板自然是那畈平畴了,牢稳,平整,宁静。坐在这把太师椅上,你尽可以把修长的双腿从村南的山脊伸下去,舒畅地在响林沟的泉水里沐足……

我不懂风水学上说的"左青龙、右白虎,后有靠、前有照"的内涵,但观察马坡,感觉上倒是真缺那么"一照"。所谓"照",也就是应当在平畴中央开凿一口堰塘,蓄起水来,成为村子的"镜子",照清村子的物事。水为财,蓄水还寓意聚财。然而,马坡单单不缺水,山梁上的那股清泉,四季不枯,村人吃它用它之后,任其从平畴里的溪涧奔下山脊,成就了洭水之源。

或许,马坡人不需要"镜子",也没有意识到铸造一面"镜子"会使村子更加美丽。但他们骄傲地告诉我,马坡还是只"簸箕"呢。它三面有挡边,一面是敞口,山梁为后挡边,村子东西两头的臂膀是左右挡边,敞口就是那进村的山脊。这只巨大的"簸箕"可谓栩栩如生,惟妙惟肖。更重要的是,这种"簸箕"地形光照充足,避风聚气,加之洭源从不断流,即使大灾之年,马坡也总有收成,堪为千古农耕佳地。而簸箕正是装粮食的器具,所以马坡人崇拜着这只"簸箕",对自己的故土充满着自信,极少去山外打拼。于是,在这里,我们可以看见很多青壮年或在平畴里忙着耕作，或在老屋边修建烤烟炉，或在山谷间采撷药材，或在畜栏禽舍饲养家畜……一派生机，活力尽现。在他们的眉目间，看不到一丝忧虑与烦恼，却可以领略到一种祥和与朝气。

马坡民居，皆为旧宅。屋龄轻者逾花甲，老者过百年，一律"干打垒"土墙，一色木质门窗，一概自制黛瓦，建筑简朴，构建大众，无雕饰，少阁楼。十多个屋场，依山就势，伴源随湾，自然布局，错落有致。房屋格局大都为简洁的"明三暗五"（外观三间，厅堂两边正屋内套隔墙变作五间），最奢华的几户也莫过于山墙外延两米余，形成廊檐（俗称"跑马干檐"），用于避雨遮阳，晾晒衣物特产。再阔气一点的则在正屋两侧增建偏屋，左为火拢（烤火取暖的小屋）灶房，右为禽畜库房。整个马坡，没有一处荆山固有的"天井院"、"四合院"式豪华古民居。这表明，马坡僻壤由来已久，虽然山好水好，但终究发达容量有限，拓展空间断裂，不曾被大户人家相中。至于能有幸成为唐中宗乘骑放牧之地，大抵纯属偶然（如果李显未被贬至房州）。可以想见，当年这畈平畴只不过是水丰草美一隅、饲养良驹之所。

漫步马坡，虽然不见历久弥坚的古旧深宅，也不见光鲜华丽的现代建筑，但户户场院干净，家家室内整洁，人居畜（禽）舍井然，原生态的自然风光醉人，古老的农耕文化元素犹在。

在这里，生土垒墙造屋、石磨制豆腐、铁锅熬麻糖等生产方式至今仍在延续，而原木土榨打油、水碓传统造纸的器械与工艺更是得到了完整保留。当土法榨油的传承者靳阳禄为我打开封尘了八年的榨屋，我平生第一次看到了直径达一点八米和一点五米的漆籽蒸锅、蒸笼（榨漆油专用），第一次看到了直径达三米独占一间房子的巨大碾盘（榨菜籽油专用），第一次看到了古拙而智慧的木质土榨机（当地称它为"油坊的榨"）。在我了解到土榨的动力来自吊在横梁上的粗大撞杆、由人力撞击土榨转换压力、挤出清香四溢的食油的时候，我为古老荆山的农耕智慧而倾倒，我被因为岁月风蚀而得到完好保护的土榨及其传承者而深深感动。

在当下我们为众多传统遗存持续衰败而发出扼腕之慨的时候，马坡——一个深隐于荆山皱褶的自然村落，以其养在深闺的特质风貌，以其深厚的农耕文化积淀，以其沮水之源的灵秀和超然物外的旷达，默默守望着荆山一隅，悄悄珍藏着荆楚祖先"筚路蓝缕"的丝丝印痕……

（稿于 2013 年 6 月，原载 2016 年 6 月 13 日《作家网》、2016 年第 6 期《汉水》文学杂志、中共中央宣传部《党建》网，入选长江文艺出版社 2017 年《襄阳散文卷》）

又上黄龙观

初上黄龙观是在五年前，那时的进村公路，像一条蚂蟥紧紧吸附在三十度的坡面上，弯大拐多自不必说，路还是毛面，凸凹不平，车子每至拐弯抹角处，望见砌得很高的驳岸和驳岸下幽深的沟壑，着实让在山里长大的我也手心攥汗。

路往高处走，与天上的云愈近，与河下的水渐远。上到一个垭口，垭脊却有一口土堰，水很清澈，山风袭来，涟漪漫开，别有意趣。我很惊奇，往前是深不见底的仙姑崖，往后是左旋右盘的进村路。前是峭壁，后是陡坡，垭脊并不宽厚，何以能肩起一堰绿水，而水又源自何处呢？

细察之，原来这垭脊并不孤立。它呈马鞍型，左边连着土地岭，右边依着观尖山。土地岭巍峨多土，树大林密，岭后的层峦叠嶂没有规则地往西肆意铺排，一直绵延至神农架深处。在其山腰，有一奇泉，平时几近干涸，可只要天有响雷，奇泉便水量大增，咕咕涌泉，哗哗入堰……于是，堰居垭脊而不涸，水至土堰而清洌。

观尖山呢，则雄奇多石，灌木丛生，山体呈正三角形急骤往上收敛，形成异峰，突起入云，四周几乎皆是绝壁，唯有垭东一条险径通向山顶。裹着一身汗水，我们登临观尖。观尖仅有十余平方米，不知何年何月建造的宫观，小则小矣，却秉承规制，布局精到。宫观坐北朝南，飞檐高低叠错，楼台阁窗对称，简陋而不失古朴，古朴中又透出轩昂。

立于绝顶之上，脚下是万丈深渊，头上是无边蓝天，于虚幻仙界中沉静下来，近听苏溪河水吟唱，远眺马桥平川风光……一时间，大有脱尘离俗、六根清净之感。中国佛教的庙宇和道教的宫观建筑，其环境要求相差无几。不论如何大的庙宇，亦无论如何小的道观，选址几乎都在天然胜地或深山奇险之境。黄龙观生于深山，观尖山长于绝壁，奇险幽静，空气清新，旧时交通阻隔，更有与世隔绝之妙，的确是道士潜心修炼和善男信女登高祈福的佳地呢。

其实，古往今来，在方圆百十里庶民的心目中，黄龙观自有玄妙，自藏奥秘。

黄龙观民谣曰："七道梁子八条沟，十六个畔上光石头"。这说的是黄龙观的地貌，却未道明其高寒、陡峭、缺水、少田的生存境况。可是，黄龙观人偏偏就热爱着黄龙观，踏踏实实在这个不宜生存的贫瘠之隅代代繁衍，生生不息。也许这就是宿命吧，终于，黄龙观的奥秘揭开了——村里的"石头"竟然是宝贝疙瘩，厚重神秘的大山蕴藏着大量的磷矿石。

但是，开矿先得修路。村里用上全部劳力，劈山炸石，绝壁凿洞，苦干数年，啃出了十多公里毛坯路。一车车矿石就从这条毛坯路运出了山，丰富的物资和山外文明也从这条毛坯路输进了山。祖祖辈辈的坚守，世世代代的祈福，曾经的苦难生存形态倏忽间消失了。黄龙观凭着"石头"闯市场，谋发展，很快兴修了村委会、学校、水利、电力、通讯等，经济、村务、党建、治保调解等诸项管理制度也迅速建立健全起来。过去因为贫穷为山田地界、为牛羊互吃青苗、为丢一只鸡、为少一棵树而扯筋闹绊的各类纠纷，一下子销声匿迹了，人们忙于开矿赚钱，倾力建设文明新村。那次上黄龙观，我正是带着乡村纠纷调解的调研课题而去的，不想却发现了一个风光无限的宝地，也知晓了一个带领村民治穷致富的典型人物——章祖良。据说他勤劳致富后，毅然接受乡亲们的挑选，回村担任党支部书记兼村主任，第一桩事就是个人垫资八百万元改造进村公路。我为章祖良的无私而感动，但遗憾的是未能见着他的面，他为村里的发展正奔波在外呢。

五年后又上黄龙观，有幸由祖良同志作陪。坐在他的三菱吉普车上，轮下的路依然蜿蜒曲折，但平整光滑，阔绰大气，宽度、厚度、弯度，乃至边沟、护栏、警示牌……无一不具国家二级公路标准。仅仅十来分钟，我们就从山下上到了垭口。下得车来，啊！垭口的坡面居然耸立着一道漂亮的村门，门楣上"黄龙观村"四个大字笔力遒劲，金黄耀目。进入村门，笔直俏丽的镇村石，台阶式的迎宾走廊，级级升高的漫水池，扇形、圆形、梯形、矩形等多形状的花坛，一步一景，景随坡转，坡赋园形，精巧地组成了一个颇具特色的花园广场。

广场上端，七、八栋别墅式的农宅全为新建。我急切地奔垭脊的土堰而去，想看看堰里的水是否依旧清澈，却见着堰无滴水，一班工人正把土堰改造着，水泥已完全覆盖住浮土，堰面还在建着亭榭……我并不担心土堰变洋水会清澈不再，也不顾虑山风吹来水而涟漪不兴，只是感到土堰没了原汁原味有点缺憾。好在土地岭上的奇泉犹在，它会伴着一声响雷重生一池碧水并护佑池水永不涸竭吧。

站在垭脊，最想看的当然还有观尖山了。但见五年前的那条险径已为石级蹬道所替代，蹬道如练凌空下垂，两边钢索护险，上达观顶，下接垭脊，计有四百六十余级。让人叹为观止的是，一条三百余米的索道，从土地岭右侧延伸出来的臂膀顶端（此处修建了聚贤亭），越过仙姑岩幽深的峡谷，连接到蹬道的半腰，更增添了入观先登神路、拜神须攀险峰的神秘感。

聚贤亭是观赏和拍摄仙姑岩的最佳位置。调焦时，我的镜头里赫然出现了一位酷似现代美女的"仙姑"。她乌发高绾，脸罩黑纱，身着青衣，丁字步态，亭亭玉立；左臂自然弯曲，作伸手邀请之状；右臂匿贴身后，姿态幽雅，惟妙惟肖，似一幅巨大的油画与整个岩壁浑然一体。我像发现新大陆一样把我的发现描述给大家，大伙看了都兴奋起来：像，像，太像妙龄美女了！作为黄龙观旅游开发顾问的修平兄感叹道：仙姑岩的名字不知始于何时，岩上的"仙姑"却一直未被发现，今天"仙姑"现身显灵，让仙姑岩名副其实，黄龙观从此又多了一个有价值的看点喽。他和祖良对我说，带你去看看正在开发的苏溪河景区吧，那里有几个景点还没有名字，去帮助命名吧。

车子穿过马虎营隧道，停在后庄居住小区的花园边，我们从庄子后山西侧穿过响水洞隧道，苏溪河景区赫然在目。沿着人工开凿的游道，我们小心翼翼地攀上第一个岩头——夫子岩。相传黄龙观早年状元宦古风，不愿为当朝皇帝已有身孕的女儿做替夫，自刎身亡，回乡安葬时突然狂风大作，雷雨交加，棺材不翼而飞。雨过天晴后，人们发现棺材飞走的苏溪河畔陡生一座山岩，乡亲们为了纪念宦状元，便将此岩称作"夫子岩"。如今，夫子岩上建起了夫子亭，想必可以更好告慰这位有骨气的先人了。

绕过夫子岩，我们攀上第二个岩头。小憩于亭，修平兄说这亭子还没名呢，我当下就说叫"溪声亭"吧。大家噤声一听，果然，岩下苏溪河的水声，透过对面大山的回音，反射到亭子周围，溪声清脆，余音沁心。两人异口同声：定了，溪声亭，名儿美！的确，端坐亭内，呼吸着富含负离子的空气，聆听大自然的天籁之音，那种美的享受，足以让久居都市的疲惫身心得到彻底放松。

在攀越第三个险岩的蹬道中，一株岩柏形似虬龙，凌道当舞，我们弯腰低头扶柏而过。拍摄完这棵至少有五百个年轮的岩柏，我感慨万千，岩上几无寸土，水分不保，而这棵在石缝中生存的岩柏，主干直径竟逾半尺，其旺盛的生命力与沧桑的历史感远远超出了我的想象。修平兄对它关注在先，已将此岩命名为"龙柏岩"，确哉。

过了龙柏岩，便是彩虹桥。桥为钢构，长约十米，漆铁锈红，架深壑间。壑深目不可及，桥似悬空而卧，人步其上，胆战心惊，实为探险游之一绝。

捏着一把汗过了桥，反过身去看桥下的千仞绝壁，但见银色的石壁犹如九天飞瀑，激越地从峭壁上一泻千尺，散坠岩下，掷地有声，蔚为壮观。我提议此岩为"飞瀑岩"，得二人赞同。

再往前走，险岩变为缓岭。一道山脉，却有二致。山的质地不同，所分布的植物亦大相径庭。险岩为石所造，岩缝中生长的铁匠树、高山柏、油松三大树种皆具石性，木质坚硬如铁，在寒风冷雨的轮回中，宁可扭曲自己的躯体，也坚守着与岩石互为依存的信念。因了石的光秃，它们偏要四季常青；因了岩的奇险，它们才去点缀衬托。于是，苏溪河就这样美丽了。

缓岭则为土构，那些花栎、杉木、楸树就生得端庄挺拔，一棵挨着一棵，树尖直指蓝天，葳蕤茂盛，集结成林。我们突破树林的包围登上太阳山，山顶所建亭子还未完工。祖良说，从山东购置的石料正在运输途中，不妨先给亭子起个名吧。众人左观右看，发现太阳山的名字起得真好——从太阳升起到落下，这里竟可全程观日，叫"观日亭"再美不过了。

我没有再到矿山去看，站在太阳山顶却看见了九曲回肠的矿山公路和攀爬其上的运矿汽车；我也没有去看饮水工程，站在太阳山顶却听见了提水站水泵的歌唱——那是从八百米深处的苏溪河把清泉抽上山顶的激越的高歌；我还没有去看千亩核桃基地，站在太阳山顶，祖良指着一片正抽嫩绿的半大林子——那就是村里的"摇钱树"。当然，我问到了村里整个基础设施、矿山植被恢复、旅游、经济林等富民项目建设投入。祖良实话实说：全村这些年各种建设的总投入已达七千三百多万元，其中用于村、户公路的建设资金是一千九百多万元，用于矿山水土流失治理投了一千二百多万元，用于新村建设的投资近一千万元，用于群众安全饮水工程的投资是八百多万元，发展核桃、旅游产业已投了一千一百多万元，旅游及其他产业后续项目还将有超过两千万元的资金注入。

祖良接手村事的2005年，村里尚欠外债四百六十多万元。如今，村里兴办了磷矿开采、立体农业、生态旅游等十家企业，2011年实现工农业总产值七千二百余万元。村里有了积累后，将分散居住的两百多户集中到四个片区，由村里补助部分资金，统一建设别墅式新居，并配套建设基础设施，彻底解决了吃水、行路、就医、入学、用电等难题。

来到村委会中心广场，我记得五年前村办公楼是挂在沟边的，根本没有可容七八百人集会的广场。祖良见我疑惑，说这沟被填了上百万方土石，整整垫高了四十七米，才有了建广场的地盘。在祖良办公室，我得到了一本由中国文联出版的《黄龙观民间故事集》，粗略翻翻，印在书上的故事竟有一百二十多个，而故事中的人物涵盖面亦很广泛——神话人物、盛朝君臣、乱世武将、起义领袖、游医盐商、民间艺人，甚至本地状元秀才、近代革命者等等，皆有囊括。祖良说，黄龙观一带流传的民间故事数以千计，大都是教人从善如流，正派做人，口口相传，流布很广。他还告诉我：村里的那些龙、仙、神的传说，是先辈们抚慰多难灵魂的精神支柱，更是他们对美好生活的期盼，现在我们请民间文化专家整理这些故事，不仅仅是抢救村里的"口头文物"，重建乡村记忆，更重要的是用行动去圆祖先的梦想，有载体去既富口袋又富脑袋！

一个经受过长期贫穷的地方，一旦发展起来，其速度与业绩往往是惊人与非凡的。但是，我没有想到黄龙观人还生活在故事里，也没有想到一个九百余人口高山村的当家人，在带领群众走上富裕之路后却要去村里历史的长河与神话的云雾里行走……

（稿于2013年7月，原载2013年8月13日《襄阳晚报》副刊、中共中央宣传部《党建》网、《地名古今》文学微信平台）

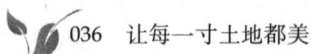
036　让每一寸土地都美

草原在南顶

草原在南顶，南顶在龙坪，龙坪却是保康之屋脊。

在微信朋友圈看到大家竞相转发的南顶草原风光摄影，我不禁为南顶的大美所震慑，为南顶的大隐而惊讶。在我再度转发过程中的"这一刻的想法"里，我忍不住捎上了一句话："在保康待了那么久，没想到在高山之巅还有如此美丽的草原！一定要去看看。"

初夏的一个周末，出差回襄阳，天还在下着小雨，不想翌日却晴得出奇地好。望着瓦蓝的天空，我的第一个念头就是要去南顶看草原。

从襄阳市区出发经南漳县城上薛坪镇，再由薛坪三景社区入保康龙坪镇，不过百余公里。轻车熟路，仅仅两个小时，我们便浸染着满身的翠绿，醉闻着山花的芬芳，在阳雀脆亮的"豌豆瘪谷"叫声中，驰上了通往南顶的盘山村道。村道窄而陡，好在已经硬化，且有山体护卫，险而不惊。车子经过十来分钟的盘桓爬升，停在了南顶半坡。镇上的许委员告诉我们，从这里下车步行一公里，便可见到南顶草原了。

我当然知道荆山是座内涵丰富的山，楚之先祖"筚路蓝缕"于此，楚国开疆拓土发祥于此。但我却不曾想到，在这海拔一千五百余米的南顶之侧，却兀自有着"土地平旷，屋舍俨然"的景致。地是"大寨式"梯地，呈条状覆盖的白色地膜，与层层叠叠的梯地石坎相映衬，构成了一幅幅不规则的几何图形，三五成群的农人分布其间，正为茁壮成长的高山反季节蔬菜摸芽理枝；农舍呢，则为荆山深处常见的"跑马干檐式"房屋，在荆山平川，人们大都将祖屋更新为钢筋水泥结构的小洋楼了，而眼前的农舍依然保持着荆山祖屋的古朴风貌；路旁的几株桃树，满挂着的毛茸茸的幼桃,像一群群小猕猴探出的脑袋,在枝头用新奇的眼神注视着络绎不绝去看草原的外乡人……

常言说"一方水土养一方人"。兴许荆山的土分外厚、水格外长,她所孕育的历史才那么悠久,沉淀的荆楚文化才那么深厚。即使在这高高的荆山之巅、静静的偏僻一隅,也自有充足安宁的生存空间,也自有出其不意的迷人风景。在这荆山主峰的南顶之侧,从看似随意为之的几处即景里,我蓦然读懂了"昔我先王熊绎辟(业)在荆山……以事天子"(《史记·楚世家》)的历史注脚。啊,有时候,一方普通的水土竟然可以这样给人启迪、予人教益!

"叮当、叮当、叮当",一阵清脆的牛铃声在耳旁响起,不知不觉,我们已步入了南顶草原。抬眼望去,青草遍地,牛羊满岗,密集的树林蓦地隐退,青翠的草原闪亮登场。

我曾感受过内蒙古大草原的辽阔,也曾领略过神农架大九湖草甸的浩瀚,而眼前的南顶草原,既没有内蒙古草原无边无际的平坦,也没有大九湖草甸的幽深与广大,但却自有一番清秀端庄的韵味,自有一种安然祥和的气质,她似荆山深处待嫁的小家碧玉,也如潜身僻静自然环境静心修炼的隐士,在这个喧嚣嘈杂的世界里保持着一份难能可贵的清纯与从容。

细看南顶草原之"原",如果单纯从地理意义上说,我倒觉得称其为"塬"或"丘"才更为贴切。因为整个南顶由三个丘陵连贯组成,四边陡峭,相连部位与丘顶平缓,颇像黄土高原因雨水经年冲刷而形成的"塬"地。据说十年前,村民还在这片近两千亩的塬上种植反季节蔬菜,随着近年退耕还林还草实施力度加大,村人才完全退出耕种。又因丘塬土质肥沃、雨水充沛、海拔较高、气候多样,丘塬很快变"菜"为"草",形成高山草甸。

细观草甸植被,构成十分丰富。起伏的丘塬上,既有蚂蚁草、灯芯草等苔草属,又有艾蒿、蓝茎蒿等蒿草属,还有开着紫、红、白、蓝等各色小花的叫不上名的蓼属植物。且草儿有低有高,层次明显。丘塬凸突处,贴地而生的禾草则低;丘塬低凹处,亭亭玉立的蒿叶则高;而所有丘塬凸凹处,则都间杂着各色小花,她们不知疲倦,轮流着要把南顶草原一年最好的季节开满开够；她们默默无闻，细心装扮着南顶草原的旮旮旯旯、沟沟峁峁，为南顶的美丽做着平凡而执着的贡献。

我一边观景，一边拍摄，在选择拍摄背景与主题的过程中，也不断捕捉着南顶草原特殊的美丽。高处，蓝天清澈透明，白云轻轻漂移，空旷无垠的天幕虚中透实；远处，茂密的森林随了山势起伏而更加错落有致，经了明丽的阳光照耀，那醉人的翠绿绿得近乎失真，看上去有些实中显虚；近处，青青的草地，成群的牛羊，挥鞭的牧人，五彩纷呈的驴友帐篷，数台冒险开上丘顶的越野车，还有那神清气爽的游客似乎个个都成了拍客，忙碌着用手机、相机留下美景与靓姿，此伏彼起的欢声笑语，更是充溢回荡在丘塬甜爽的空气中……一幅幅实中更实的浓郁生活场景，着实让我忙得眼睛看不过来，相机拍不过来。

我不得不调整拍摄思路，把镜头转到一处草叶丰美、牛羊聚集的洼地。洼地下端，数百株高山青枫比肩向上，似天然自成的篱笆护卫着洼地内的小草。一位全身蓝旧衣服、身板硬朗的老妇拿着牧鞭，悠闲而慈爱地放牧着一群牛羊。走近老人，我问她高寿几何，养有多少只牛羊。老人耳聪目明，口齿清楚。她告诉我她已八十有三，放养了八头牛、二十三只羊；还说人老了在家闲着身子骨不舒坦，赶着牲口一上山，腰身、腿脚也灵活些，眼睛、耳朵也畅亮些。我感佩老人朴实的话语，更钦佩老人的生活方式。如果说是生活教会了老人的终生勤劳，一生的勤劳又成就了老人的健康长寿；那么，老人在南顶这个"天然氧吧"里劳作、生活大半个世纪，才是其无病无痛、幸福美满的重要因素吧。

南顶草原的最好看点当在最高处的第三个丘顶。踩着松软的草丛上到这里，顿有"会当凌绝顶，一览众山小"的感受。四望众山，无一方向不能看远看透。原来，荆山并非只是一成不变的单一土石堆积物，它不但有着"横看成岭侧成峰，远近高低各不同"的魅力，更有着"群山万壑赴荆门"的真实图景。当成百上千个山头如大海波涛一般一览无余地呈现在我的视野中的时候，我赞赏的不是荆山的树大林茂，不是荆山的泉甜水长，而是荆山重峦叠嶂的磅礴气势，而是荆山之巅——南顶的奇妙与绮丽。我想，荆山的性格莫非正在于此吧。否则，她怎会孕育出楚之先祖以及卞和、屈原、宋玉、昭君等一干有声有色、可歌可泣的历史人物，又怎会发育那多姿多彩、绵延传承的荆楚文化！？

呵，草原在南顶，南顶之草原，我必将还会再来！

（稿于2015年5月，原载2015年6月19日《襄阳晚报》副刊、2016年第6期《汉水》文学杂志、《地名古今》文学微信平台，入选长江文艺出版社2017年《襄阳散文卷》）

用脚步去乡村行走

1

很久都不曾用脚步在乡村行走了。

或是没有足够的闲暇,抑或偶去乡村也是以车代步。真正用双足去踏步乡村的田野,用两眼去观察乡村的物事,用身心去感知乡村的变迁……竟然成了一个夙愿。

暮春时节,我领命去精准扶贫包保村驻点,终于有了属于自己的散淡时间,去实实在在地走走久违的乡村,去真真切切地感受乡村的律动,当然也有着一种用乡村的静美去涤荡心灵尘埃的奢望。

进村已是傍晚,与村里干部接洽后,我提出次日无须引导,自个儿随意走走。

或许上天是要考验我的真诚,夜里落起了小雨,翌日仍淅沥不停。但我还是毫不犹豫地背起相机,逍遥自在地走进了幽深的观音沟。我的目的地是村里作为旅游项目正在开发的观音寨,当然,沿途的农户,那是必须拜访的对象。

观音沟长约七公里,夹山迎面紧逼,沟底水流细小,零星的土地像农人的蓑衣披挂在郁郁葱葱的林坡间。走在沟中,有些窒息,好在树木繁茂,雨水把翠绿的枝叶洗刷得一派亮绿,布谷的啼叫与林中的雨滴交相呼应,让人感受到大自然的勃勃生机。

硬化的盘山公路并不难走,不到半个小时,我便上到了山的半腰。回望山下,幢幢农舍白墙红瓦,条条村道参差相接,块块农田连绵延展。把视野拉远，山峦起伏，苍翠如濯；南河萦绕，碧澈似镜，细雨中别具韵味。因为上下游拦河筑坝建成了多级电站，村前的一段南河已然成湖……人在山下，身陷其中，美景只能管窥一斑，登高俯视，村子的自然颜值竟然如此之高。

2

走上一段坡度很陡的公路，山体蓦地闪出了一爿弯塝。弯前塝后，聚集着七八户人家，有鸡鸣，有狗吠。从两栋连为一体的楼房内传出来乒乒乓乓的声音，我寻声走进楼门，见一位老人正往木垛上一根一根地码放着一米余长的木段，木段经过了初步加工，材型四楞方正，散发着浓郁的木香。我走上前去要帮老人一把，老人连说不敢劳驾。我问老人年庚，他说虚岁七十二了。我惊讶地说，您这么大年纪了还做木活，怎不带个徒弟打打下手。老人说如今的年轻人不愿学这粗笨手艺，他这也只是打制一些老式木椅、板凳，趁身子骨还动得了，自己糊个口，不给儿女们添负担。我说把这么漂亮的厅堂当木工房不心疼？老人说楼房不是他的，主人姓易，全家都外出打工了，房子仅以每年八百元租金供他使用，主要是图有个照看。

说话间，楼的山墙边走过来一位五十多岁的妇女，打过招呼，我见她家山墙头竖挂着"农家乐"牌子，上书土鸡、腊肉等菜名及订餐手机号码，白底红字，十分醒目。紧挨山墙搭建有两间平房，平房前的场院颇具规模，东边邻公路砌着围墙，西边与山体相连，放养着许多土鸡，鸣叫声此起彼伏；场院北侧是猪圈，圈边卧着一条黄狗，见我进到场院也不叫唤。

这个时候，男主人从平房出来，热情邀我进屋喝水。我应声走进平房，第一间是火屋（冬季烤火取暖的屋子），墙壁上挂着许多腊肉；第二间为厨屋，与正屋相通。男主人把我引入正屋，地板、墙壁都装饰一新，厅堂的两个里间设作餐厅。我问男主人生意如何，他说平均每天基本有一桌，鸡、猪、羊都是自己养的，时令蔬菜、葱蒜佐料也都是自己种的，加上自己加工，不算人工成本，每桌可赚百把块钱。我问客源来自哪里，他说大都是襄阳、谷城、老河口等城市驴友,骑车者居多。我说你这房子设计不错,啥时盖的。他说房子是他兄弟俩四年前联手盖的,盖房钱是他老兄弟俩打工十几年攒的。现在弟弟两口子仍然在外打工,房子租给王木匠使用。我说那你也姓易喽,孩子们呢?他说年轻人在山里扎不住,大儿子二十七了在珠海打工,小儿子二十四岁在县城找活;我与孩子他妈年纪慢慢大了,再在外漂泊不是个事儿,何况还有十来亩山场、几分菜地丢不下,便回来办了农家乐。

当知道我来村里的意图后,老易连忙反映山里手机信号不好,驴友们的订餐电话常常打不进来,盼望能够得到解决。我回应帮助反映,却不知道电信部门在这只有七八户人家的山弯里安装信号基站成本有多大,什么时候能解决?

看得出来,老易两口子是村里会兴家的人。他们家楼前晒场不宽,且被公路占据,便把山墙处的空地拓为场院,利用自然山场,放养百余只土鸡和十多只山羊,圈养五头土猪,打生态环保牌开办农家乐自产自销。客人虽然不多,但不断天地都有接待,给人以兴旺和希望之感。

告别时,老易见雨下得密了,拿出伞来让我撑上,并说前面的弯子叫邓家弯,几户人家都姓邓。

3

邓氏屋场是百年老屋场,场角枝繁叶茂的古皂角树是明证。七十七岁的邓老妇人告诉我,她十八岁嫁到邓家来树就这么大,快六十年了,皂角树好像没长一样。邓氏屋场共有四户人家,其中两户房屋为新盖,白墙红顶,两层格局。邓老妇人的新楼是屋场中心,硬化的晒场东南面依次布局着柴棚、猪圈、牛栏。屋后是茂密的树林,对面是苍翠的山岭,野花点缀其间,鸟语回响林中,幽美恬静得让人心醉。

邓老妇人能说会道,她说自己没有生养儿子,只有三个女儿,老头子高血压中风,被嫁到山下的老二接去住了,她随大女儿、大女婿住在山上,外孙在外地打工,大女儿两口子一早把旧年的油菜籽拿下山换油去了。

这时,一位穿着灰色旧夹衣的高个子老汉围了过来,两眼直直地看着我。邓老妇人告诉我他有智障,年过花甲一直未娶,平时靠帮四邻干活吃饭,人有低保,生活不成问题。老妇人又说,观音寨南边还住着两个七十多岁的鳏夫,两人的屋子隔得老远,连说个话都不方便,啥门儿("没有办法"的意思)呢。

邓老妇人的话让我有了一种责任感,须得给村里建议,请求民政部门支持把村福利院办起来,让住户偏远、劳动力丧失的孤寡(鳏)老人集中居住,颐养天年。

4

细雨越来越密,去观音寨顶尚有两公里多,而公路却只通至邓氏屋场。我找了根树棍当拐杖往寨顶攀登,走完一段嵌在林中的之字路,我累得气喘吁吁,恰有一处凉亭(村里开发观音寨配套而建)歇脚。亭边的坡地种满了菜豌豆,一层一层已成熟和未成熟的豆角泛着绿茵茵的光泽,豆秧上又盛开了一层紫白相间的花,正笑呵呵地喝着细细的雨水,与嫩绿的豆秧舒展着柔柔的身姿。可是,满地的豆角却无一点采摘的痕迹。鲜美、绿色、安全的菜豌豆变不了商品,换不了活钱——也许,只是因为雨天不方便采摘,种植者才未前来收获吧。

登上寨顶,却不见有寨,只有几尊奇特的巨石兀起于山顶,在把山的海拔增高的同时,没忘腾出一方平台。平台之上供奉着一尊两米多高的观音石像,为风雨中的寨顶增加了一缕仙气。在寨下路旁,我是看到了有一块虽不精致但确为古物的石碑,刻字已很模糊,隐约可见观音寨兴盛于明朝。寨子有些历史,亦为方圆百里制高点。雨雾里,仍然看得见山脚下水波浩渺的南河,西边的茫茫群山,重峦叠嶂,峻岭巍峨。但我却奇异地感到,那些山都不如观音寨高,都不如观音寨秀,更不如观音寨近水而有灵气。看来,村里选择观音寨与南河旅游资源配套开发,这个路子是走对了。

雨仍不住点,山路起泥脚滑,路旁灌木上的雨珠已经湿了裤腿,我不得不返程下山,遗憾未能去看看两位孤鳏老人。不过,这一天的手机计步器显示,我步行了两万两千一十四步,总长十六点五公里。

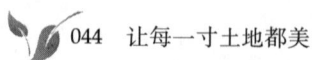

5

晚上，在南河边一处农家乐旅馆一夜好睡，转天醒来，太阳已升上了观音寨顶。雨后的阳光似乎带着一丝湿润，空气像洗过一样清新。蓝天下，青山更绿，绿水更碧，披着温馨的晨阳，端着相机，我把倒映在水中的青山，把投射在湖中的阳光，把晨捕的渔船，把摆渡的艄公，把从渡船上下来上学去的孩子，把湖岸上袅娜的杨柳，把河滩边葳蕤的芦苇，把村落里的田野，把绿树间的农舍，直至把矗立在两山相交处的南河大坝，一一都收入了镜头。可是，渔船与渡船的咿呀，田野沟渠内一阵紧似一阵的蛙鼓，河湖里水鸟、野鸭及岸滩上山鸡的欢鸣，还有南河电站水轮机的歌唱……这支多声部的《清晨协奏曲》，却只能由早行的人分享了。

对岸是九里坪村，从南岸看去，三座起伏有致的山峦低缓而葱茏，齐齐倒映于湖中，只把湖水染得愈发碧翠。山脚下，田野平阔，村舍严整，绿树环抱。我寻思过河看看，便向渡口走去。

小船刚好渡过来一位抱着小孩的少妇，少妇站在船的中央，艄公在船尾咿呀摇橹，晨阳，绿水，船移……画面无比静美，我接连按着快门，直到小船抵岸。艄公个子不高，清癯的脸颊上挂满了笑意，同志，过河不？我说，过呀，怎么收费？他说一人一元，一个人也渡。上得船去，艄公说他这个渡口村里人年票六十元，散客过河一次一元；他家就在岸边的台地上，渡河者无论啥时来都随叫随到。我问河水有多深，鱼还多不多。艄公说河中心有十几米深，这几年鱼少了一些。又说这里水好景美，夏天城里来人很多，在此游泳、唱歌、跳舞、烧烤，热闹得很。下了渡船，艄公说往上游走不远是笋峪村，渡口这儿算是笋峪和九里坪的地界。

6

既然去笋峪不远，不妨去多走一个村子。

沿着紧贴河岸的公路西行一公里，但见收紧的山口飞架着一座渡槽，渡槽一打两用，槽面封盖，是为公路桥；槽内流水，是为渡渠。顺着渠口的通户公路右行百步，山弯幽静，树花杂陈。渠畔与弯塬上自然分布着六七户人家，户户皆为新盖的小洋楼，楼房周围，果树密布，樱桃正红，几棵杏、桃树下，有数枚被淘汰的稚果洒落。山弯峪边，几块水田正待秧苗植插，新鲜的泥土味儿直扑鼻息；峪下则是南河库区清澈的尾水，渔船轻荡，树影婆娑……我一边按着快门一边喃喃自语——桃花源，桃花源，现代版的桃花源！

照风景啊？不知什么时候，我的身旁来了位长者。我回话说，这么好的地方，常有照风景的来吧。老人说，每个季节都有好多波人来呢。我说，您这里是神仙住的地方啊，养老绝了呢。老人说，可不是，也只能是养老了，你看弯子里哪有年轻人的影子？老人指指弯塬上的两栋新楼说，房子盖在那儿，长年都无人居住，只有过年才回来热闹几天，农村就是农村，山旮旯里再美也留不住年轻人。我问老人，峪对面的房子也盖那么漂亮，和您这儿是一个村组吧。老人说是啊，并给我指路说，走渡槽过去，绕过山嘴往前走，就是峪对岸。

7

走过渡槽，我才知道渡槽之水来源于南河大坝导流洞，下游不远处的一座小电站正是导流洞的引水出力。然而，导流洞的功效还不止于此，紧挨洞口，依山凿有水渠，渠水逆向西流，灌溉着峪南岸的一畈水田，也为峪上人家提供着不竭的生活用水。

山有两重，水呈立体。惊奇着南河边还有这么一处美地，几栋漂亮的农舍映入了我的眼帘。可是，细细观之，那楼门或紧闭，或半掩，楼前的晒场上少有挂晒的衣物，楼房的上空少见缕缕炊烟，甚至听不见一声狗吠一声猫叫——楼比人多，笋峪寂寥。

我遗憾美景无人分享，却见公路下的水田里有位老者正在平整田泥。走上湿软的田埂，我到田头问老人，老人家整田啊。老人指指耳朵说耳背，我提高了嗓音，老人还是没能听见，遂将锄头立于泥田，穿着深筒胶鞋走上田埂。离得近了，我说您老高寿了，他说已满八十五了，我惊讶地瞪大眼睛——老人除了耳背，满头浓密的花白短发，炯炯有神的双眼，挺

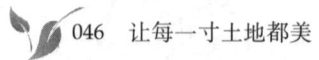

直的腰板，怎么也看不出八十有五。却又听他口齿清楚地讲，他大儿子快六十了，跟孙子、孙媳一块在外打工；二儿子五十多了，是个残疾，做不了活，地里的活只得自己做。再说这三亩水田旱涝保收，必须替娃子们种好守好，你不种，别人就会想法子弄走，地是根，丢不得呢。

别过老人，我往峪的深处走去，仍是不少人家大都大门紧闭，我想，或许是"乡村四月闲人少，才了蚕桑又插田"、人们都在忙地吧，可是，地头又哪见着人呢。

又是一栋新楼，楼檐下一位老汉站在木梯上合上电闸，让扶着木梯的老妇进屋看灯亮不亮，老妇进屋又出屋说楼上亮楼下不亮。我问老人家贵姓，只有您俩老在吗？老妇笑着说他们姓邱，又说同志你错了，他是娃儿他叔，电源保险烧了，让他帮着修呢。我连忙说对不起。老妇说，娃儿们在外面打工的打工，上学的上学，我一个孤老婆子看家，他叔也是老两口在家看门。我问地都种上了吗？老汉接话说他们是从山里面搬迁出来的，在此无地可种，迁到山下来图的是走路用水方便，用钱全凭娃儿们打工。

8

返至九里坪渡口，我特意走上台地——艄公的屋场天生就是摆渡人住的地方，处于三岔路口，聚人气，近河湖，渡口到他家不足百米，房子虽是明三暗六的老样式，但墙白瓦黑，干檐宽敞，别具风格。房前坎下有条小溪，溪的深处是一个自然村落；屋后是低岗，岗上多树，树下有渠，流水哗哗……艄公见我在观赏他的屋场，放下锄头笑眯眯地问我，回吗？我说您下地啊，我去溪里面看看再回。艄公说他的地就在溪里面，一起往里走吧。路上，艄公说他姓杨，今年六十六了，娃儿们不愿在家里种地，自己又不舍得不种，种种地，摆摆渡，这日子倒是溜得快呀。

溪的二面，低处是田，高处是林，林田之间散居着数户人家，房子新旧参半，公路只通了里许。在公路尽头，我走进一栋百年老屋的天井院子，一位七十多岁的老伯在做篾活，见到我连忙起身招呼。我说您忙吧，我是路过进来看看您这老屋的。老伯竟随了我意，自个儿去刮弄篾片了。细看老屋，经年的风火墙已剥蚀得千疮百孔，门楣上的龙凤呈祥雕饰则栩栩如生。跨步室内，一束阳光正从房顶的四片亮瓦里投射下来，堂屋正中是旧式神柜，右墙壁处的高低柜上摆放着一台老式彩电——这是一户家境不济的农户，不仅未盖新房，连老屋也无力修整。不过，老屋具有一定保护价值——应是南河流域古老民居的代表建筑。

越过小溪，我来到一处热闹的农户，只见晒场边的樱桃树上攀爬着一个全身蓝衣的小伙子在摘熟透的樱桃，树下三名妇女则在朗声说笑。老年妇女对我说，她已赶了两天雀子，樱桃红了雀子也来吃，孙子吃不着心里过不去，前天就打起电话，总算把老三从县城给请了回来，让他摘些樱桃带给孙子，了了心意。

9

摘樱桃的小伙子三十四五岁，是我进村以来看到的第一位年轻后生。可是，他穿的却是城里一家知名企业的工装。联想这两日走村进户的所见所闻，我的心头蓦地涌上来一种隐忧——

乡村自然风光的美丽，为何却黏滞不了年轻一代外出的脚步，而使农村成了老弱病残的留守之地？传统挚爱的乡土亲情，为何却因了对财富、物质的现实攫取，而使乡村只能在一年一度的春节才上演亲人团聚的喜剧？源远流长的乡村中国、农耕社会，为何却阻挡不了工业化、现代化的长驱直入与无敌侵袭，而使大量农村人口与土地相连的血脉被割断，让他们融不进城市的繁华，也回不去乡村的宁静？

还有，乡村幢幢小洋楼春笋般崛起的表象之下，却潜伏着社会层面的深层危机。比如大龄男人难以婚娶，下无子嗣，养老送终存悬。比如年轻一代或因是独生子女，或因兄弟姊妹极少而正在消失着诸如姨父、姨母、姑爹、姑妈之类的称呼，正在缺失着互帮互助、孝老爱幼、祭祖拜祠等传统伦理文化，使延续千年的人文美德传承乏力。比如年轻人蜂拥城市谋生，老人长年留守乡村，一弯一塬、一冲一畈自然聚集的人气发生裂变，使古老的乡村正在失去着人脉乃至生命扩展的冲动……

而在公共管理层面，白色垃圾下乡，生活垃圾集中清运处理困难，劣质产品周游乡村兜售，留守儿童父母之爱残缺，留守妇女权益保护不够，基础设施维护乏力，粮补低保等涉农服务有疑，等等，也都在优美的乡村风景背后显露着诸种隐患。

当然，乡村并未衰败殆尽。新楼林立，坚守有人。南河边的张华农家乐，靠山养家，靠水兴家，饲土鸡，喂土猪，牧山羊，网河鱼，渡游客，种植绝无化肥、农药的蔬菜，父勤子慧，婆贤媳孝，三代相守，其乐融融。他家烹饪的农家菜，材料天然，味道醇美。其中一道凉拌黄花苗（蒲公英），嚼着略苦且甜，清香悠长，让我想起了儿时的纯真，忆起了在儿时的春天里提着竹篮在田野寻觅蒲公英的情景……

可是，那种陈年的乡愁，能够与眼下的乡愁同日而语吗？

（稿于 2016 年 4 月，原载 2016 年 5 月 9 日《作家网》、中共襄阳市委机关刊物《领导参考》2016 年第 6 期）

尧治河的树

走进尧治河,就走进了树的海洋。

两河四湾,七梁八岔,远看近看,左看右看,上看下看,除了树还是树。

树,包围着村子,包裹着河流,缠绕着公路,覆盖着矿山,掩映着村民别墅。以至在陡峭的岩头,险峻的绝顶,都有着居危不畏的树,都有着倔强生长的树。

当然,在山腰退耕的梯地里,更是有着人工种植、精心管护的树——或为红豆杉,或为水杉,或为杜仲,或为香椿,或为核桃,或为枣皮……各踞一片一洼,各领一隅一景,递次续接,连片成园,极高颜值的背后,蕴涵着不菲的经济价值。

而在八公里长的尧帝峡内,河下碧流淙淙,夹岸林深树密。基于石多土少的地质特性,一眼看去,十之六七的树们固然主干不够粗壮,冠幅不够阔大,但却终年青枝绿叶,四季英蕤秀濯。走在曲径通幽的游步道中,你会不期频频遇上一棵或数棵株连一体的桢楠、榆椰、青檀、巴山框、篦子杉们,这些常绿乔木犹如一个个巨型盆景,活生生地挡在面前,你唯有低头弯腰或侧身扶树才能通过。每每至此,你遇见的便是一个又一个伸手可触、与自然无间的惊喜。

要是去到磷矿博物馆、农耕博物馆、太极养生馆、村民广场、村民别墅区及地质公园,必要见着与城市公园、场馆一样规范种植的银杏、垂柳、香樟、水杉、刺槐、马尾松、华山松、红枫、红叶石楠等。像是有一种使命,这些树们或葳蕤,或轩昂,有风度、有色彩地驻守一隅一角——那具有"植物活化石"之称的银杏树,无疑是在烘托博物馆收存的历史的厚重；那婀娜多姿的垂柳、冠大荫浓的香樟、"霜叶红于二月花"的红枫，一定是在渲染村民广场与村民别墅区的现代氛围；而那些枝叶茂密的水杉与刺槐，四季常青的马尾松与华山松，以及树形整齐的红叶石楠等等，分明是在弥补磷矿采空区曾经的疮痍……

或许蛰伏于华中屋脊神农架裙脚的时间太久，也或许得益于神农架植物王国的真传，更或许缘于山高水高、气候立体的独特环境，尧治河的植物资源极为丰富，在境内一千一百余种被子植物中，木本多达五百零九种。因了地形、土质、光照、温度、湿度等自然环境，那些松、杉、柏、栎、栗、楠、桦、杨、柳、楸、漆、榉、椿等主要树种，那些紫荆、青檀、桂树、厚朴、猕实、合欢、毛竹以及葛类、藤本等等，从峡谷向半高山、高山依次漫延，随意而恣意地或乔乔伴生，或乔灌混生，或阔叶针叶交织，或木本藤本纠缠，你攀着我，我拽着你，勾肩搭背，亲密无间。而各属各科又有种类之分，比如松树，其中就有巴山松、白皮松、马尾松、华山松、日本落叶松；比如柏树，其中就有岩柏、龙柏、塔柏、刺柏、黄柏；比如杉树，其中就有水杉、湘杉、红豆杉、篦子三尖杉；比如栎树，其中就有栓皮栎（俗称花栎树）、青枫栎、刺叶栎、锯齿栎。即使是四季常青的阔叶楠树，也有桢楠、闽楠、黑壳楠之别；即使是果实为山珍的栗树，也有板栗树与锥栗子树之别；当然，更不用说柳树有垂柳与麻秆柳之分、杨树有枫杨与白杨之分、楸树有刺楸与鹅掌楸之分了。

有趣的是，尧治河的树还形、物具备，色、香兼有。有的依叶子生长形状被冠以动物或器物名称，如鹅掌楸、马尾松、老鼠刺、锯齿栎、篦子杉；有的依果实成熟形状被称作锥栗子、巴核桃、拐枣子；有的依色泽被叫作青枫栎、白皮松、白玉兰、红豆树、映山红、紫荆树、黄皮树。还有相当多的树到了一定季节，就散发出四溢的清香或幽幽的暗香，那不外乎就是香椿树、香樟树、玉兰树、桂花树、蜡梅树、刺槐树等等了。

神形，类物，有色，寓香。尧治河的树们活到这个份上，便是有了妙趣，有了灵气。

说到树香，其实是树之花香——尧治河的树大都是开花的树。每至春季，满山枝头含苞吐翠，恰似望不尽的鹅黄色小花，却是依了海拔高度的逐步上升，那柔嫩的、似花的新绿，随了时序的渐进而递次上延，直到河谷的树叶舒卷变圆，风过声回，山顶的树们才始发新芽，枝梢染妍。这个时候，最吸引眼球的便是山洼里的乌桑了。因为野樱桃、野桃树早在众树发青之前就开得热闹，开得妖娆，先报了春的消息，先引了人的视觉，如果说它们是"花开千树复苏前"的话，那么，乌桑则是"蕊绽万绿葱茏中"。在尧治河高大的乔木中，乌桑为数甚多，每山每洼都有它朝气蓬勃的身影，每沟每岔都有它自成一家的格调。因其花儿紫得纯净，紫得执着，它在植物学上的名字叫紫荆。最是仲春，乌桑盛开，万绿丛中，一簇簇，一片片，宛如紫色的浪花雀跃在茫茫绿海中，又若一抹抹紫霞飞落在密实的丛林间。

然而，尧治河大多数开花的树都是低调的、朴素的，以致低调得不觉得它开过花，朴素得不觉得它会开花。比如松、杉、栎、漆，比如柿、栗、核桃，它们的花开得悄然，开得普通，花色与枝叶几无二致，散碎或条状的花形不堪称之为"朵"，既无月季之鲜艳，亦无牡丹之妩媚，更无蜡梅之暗香。开花时节，它们是被忽略的，是被不屑一顾的。到了收获季节，松树与杉树的果实像褐色的小小宝塔，满坡滚落，溢出的籽实是松鼠们的美味，剩下的果壳则是火屋里最好的燃料。栎树漆树呢，栎籽也叫橡子，拾捡回家，磨粉制作为橡子豆腐，口感绝佳，营养丰富，是绿色食品中的上品；漆籽榨汁成油，淡黄透明，芳香沁脾，所含不饱和脂肪酸，具有降血脂、抗动脉硬化等多种保健功能。柿树的风景更是火在深秋，淡霜初上，满树叶落，红柿闹枝，谁能想到柿花开时的如金沉默？当然，对于板栗、核桃，纵有"七月阳桃八月㱮，九月板栗笑哈哈"的俚语，总结的却也不是其开花的状貌，而是人们收获时的喜悦。

这么说来，尧治河的树，春天倒似显清淡，夏天才浓酽，秋天才丰厚。而冬天呢，常青树们一如既往地披绿上阵，忠诚勤勉地装扮山川，传递冬的信息则全由落叶乔木承载。尤是数九严寒，它们裸身承接雪飘，承接雾凇，往往一夜之间，本已枯瘦的枝梢胖了起来，本已灰暗的树身一片晶莹洁白，宛如琼树银花，纯净无瑕，舒爽着冬晨的空气，缤纷着人们的视野，令恭候的摄影爱好者惊呼雀跃，"咔嚓咔嚓"拍得数张精美的赛贴。

其实，无论春夏秋冬，尧治河的树都是受看的，都是抢镜的。远山近丘、河谷岩头、场馆庭院、矿区梯地、景区路旁……凡是有树的地方，没有一处不是摄影家镜头里绝伦的构图，没有一处不似画家重墨积染的画作。那漫无边际、层次分明、比肩绵延、铺天盖地、浩浩荡荡、密密织就的生态篱笆，多姿多彩，雄浑磅礴，撼人心魄。

可是，尧治河的树也曾饱经沧桑。

六十年前，县里的铁厂办到了尧治河腹地，原始森林惨遭砍伐，参天古木毁于一旦，熊熊炉火吞噬了大量树木，满目灰烬里却并不见"大办钢铁"之成效。违背规律的铁厂尴尬下马，依然贫穷的尧治河，无奈又步入伐薪烧炭、砍树卖柴讨生活的歧途。"越穷越砍，越砍越穷"，一年一年，遍是古木、遮天蔽日的原始森林，曾为贺龙元帅率领的红三军第七师驻扎提供过给养的红色土地，几近山光岭秃，地无成林。水土流失，生态失调，以致一方水土难养一方人。

上世纪八十年代末，地下蕴藏的磷矿成了尧治河致富的宝贝"疙瘩"，修路，开矿，遍山毁林木，满山打矿洞，追求所谓"有水快流"。数年下来，戴家湾、老屋沟、雷打岩、石草坪等地段都成了采空区，满山乱石，树断林稀，地表植被奄奄一息。缺乏科学规划的乱挖滥采，使脆弱的生态雪上加霜，河下水流不畅，沟岔废渣成山，村里尘土飞扬……

磷矿致富了尧治河。磷矿也带来了"环境病"。

"这样下去，迟早有一天我们会无处容身。"村党委经过冷静思考，决心带领大伙走"矿开到哪里，树植到哪里，景建到哪里"的路子。从2005年开始，先后关停不符合环保要求的十五个露天采矿点和八家矿粉厂，投入六千万元治理戴家湾、老屋沟、雷打岩、石草坪等矿区生态环境，填垫采空区，遍植景观树，建设以"节约苑、环保苑、和谐苑、生态苑"命名的地质公园和高山农业观光园。将堆成山的矿渣有序转填建设村民广场，粉碎制作建筑材料为村民兴建别墅；将地下数十公里矿洞，建设成白酒博物馆、防空博物馆、地质博物馆等观光旅游项目。投资四亿多元引进先进设备，跳出村域兴办磷化工业园，开发磷化精细产品，增加磷矿附加值。投资五亿多元，开发尧帝峡、野人谷、老龙宫、中国磷矿博物馆、农耕博物馆、太极养生馆等一批设施配套、景观相连、富有个性化的旅游产品，打造国家4A景区。村里还通过村规民约严格保护林木，"砍伐一棵树，罚栽一片林"成为村民规范，禁伐禁烧、义务植树成为村民行为自觉……十多年来，累计投入二点三亿元，完成植树造林二千六百亩，美化、绿化村庄道路三千一百亩，实施退耕还林六百七十七亩，使全村森林覆盖率达到了百分之九十五。

徜徉尧治河，村里留住青山绿水的精雕细琢无处不在，保护自然生态的杰作无处不有——长八公里的尧帝峡游步道，全程运用落地与栈道、与吊桥、与拦河坝相结合的办法，不砍一棵树，不挖一块石，依山就势，随水附形，绕树而筑；为防止水土流失，用钢筋焊接筐篮，就地取材，装上河里的卵石，码放于游步道山根一侧，形成集过滤山水、遮挡泥沙、美化游道、为树保土等多种功能于一体的"风景墙"；而峡内旅游公路，则紧贴山岩凿石铺筑，开凿总长三点八公里的隧道，最大限度地保护了沿途山体树木景观。村里还别出心裁，把自来水厂、污水处理点建成了生态园，把为填沟造地挖取土石方遗留下来的小山头建成了石径盘桓、亭阁飞檐、绿树掩映的观景台……

这些景区建设中的细微之处，彰显的是尧治河人呵护自然、珍爱一草一木的时代手笔，诠释的是尧治河人践行"绿水青山就是金山银山"的生动图景。

这些绿色发展中的浓墨重彩，绘就的是尧治河"村在园中、厂在绿中、房在花中、人在景中"的生态画卷，换来的是国家五部委授予的"绿色矿山"、"生态公园"等"国"字号金牌。

没有绿色，发展就无以为继；没有绿色，生活就不会溢光流彩。尧治河人踏准时代的鼓点，阔步绿色发展之路，正是他们以树为本，以树为美，植树成瘾，爱树成癖，才把一个曾经频遭生态重创的高寒边远山村，一个曾经满目疮痍的磷矿开采区，建设成了"中国十大最美乡村"、"中国十大幸福山村"、武当山—神农架旅游线上的黄金节点。

而这一切，树，功不可没。

树是尧治河的服饰呢，随了四时变幻，春有春装，夏有凉裙，秋有华服，冬有素衣。

树，呵护尧治河；树，福佑尧治河！

（稿于2019年1月，原载《汉水》文学杂志2019年第3期、中共襄阳市委机关刊物《领导参考》2019年第5期）

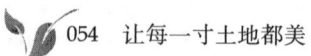

南河岸边观音沟

1

南河岸边观音沟,是我们单位驻点扶贫的村子。

村子位于南河出山的门户,地貌便有些奇特——南宽北窄,西高东低,宽而高处层峦叠嶂,窄而低处河库浩淼。南北纵贯的三道山梁,身段虽是由西向东渐次放低,却亦未违地理之规律,依了山势起伏,生出一急一缓两条沟来,形成"三道山梁夹两沟,一库碧水锁村口"的自然景观,造就了村子的天然之美。

急沟在西,生得匆忙、仓促,大约是因沟系发达不够,辖域纵深难延,才逼得山峻坡陡,异岭突兀。可是,在突起的山巅之上,有一巨石,神似观音菩萨侧影,背北面南,神态安详地手执净瓶与杨枝,似在虔诚地为山下的一方水土祈福请安。山顶因之而名观音寨,山壑因之而名观音沟。

缓沟在东,端的是山坦岭缓,以致山腰缓得植了半坡油茶,山根缓出了一冲田亩。比之急沟,缓沟天宽地阔,水润土沃。村民依湾就片,造屋而居。尽管不是统一布局,却错落有致,家家明堂敞亮,户户宅后有靠。因了缓坦的地势,全村大部分农户聚居于此。

2

然而,山环水抱、风景优美的另一面,却是山多田少,壑深岩迭。村里产业不旺,村民致富路窄。不得已,绝大多数青壮年们常年外出务工,村子剩下的多是老弱妇幼病残。

第一次进村驻点，退伍军人出身的村党支部书记陈敬超给我介绍，观音沟是个隧道专业村，外出打工者大都在在建的高速公路或高速铁路上打隧道。虽很挣钱，但易得矽肺病，村里已有多例染病者回乡休养，观音沟仍是他们的根啊。

老陈的"根"论是有道理的。老家在哪儿，根就在哪儿，老家在乡村者更其如是。最终，乡村依然是村人外漂后的归根之处。只有把这个"根"建设好才是根本。

我们驻村抓的第一件事，便是依据山水资源禀赋，请来专业团队制定旅游发展规划。通过挖掘村名底蕴，依附历史传说，在观音沟口以观音宝瓶造型，帮助兴建了简洁、通透、形象的村门。

自打宝瓶状的村门成为村里发展旅游产业的标志性建筑之后，南来北往的游客，南河上下的村人，无不对"宝瓶门"兴趣盎然，甚至把其当作了到南河一游的留影宝地。

当然，村里干部群众亦与我们同心协力，劲使一处。通过争取扶贫项目，匹配资金投入，兴办光伏电站，兴修和完善环村公路，布点建设孤寡老人集中居住点及全镇易地扶贫搬迁安置点；运用筑坝拦水、衬砌固堤、植树护岸等工程措施，综合治理小流域；流转百余亩冷浸田，开挖梯级鱼塘，种植观赏莲藕；引种牡丹、芍药、四季菊、格桑花等观赏花卉；扶持村民住宅立面改造，支持兴办"农家乐"……四年下来，累计投入超过一千七百万元，一个以垂钓、赏花、民宿、山水生态游为主的休闲旅游村落已具雏形——观音沟成了全市扶贫攻坚先进村，老陈被评为全省扶贫先进个人，村子更是被国家旅游局授予"中国乡村旅游模范村"称号。

3

规划定了不随意变更，路子才会走稳，发展才会长远。在组织村、支两委干部学习借鉴外地乡村旅游发展经验的同时，我们从单位行政经费中挤出专项资金，为村里制作发展规划沙盘，在村子中心竖立"中国乡村旅游模范村"标识牌。标识牌材质钢构，单体字三米见方，白底红字，简洁

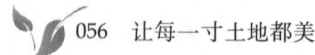

亮丽，点缀在青山绿水间，村民开门见之，便生荣誉感、自豪感。还有让人意想不到的是，以标识牌为背景的观音沟风光，像长了翅膀一样在微信朋友圈飞快传播，在摄影爱好者的镜头里频频聚焦。于是，节假日里游客接踵而至，"农家乐"里一片繁忙。村民种的蔬菜、养的土猪土鸡山羊，包括南河里的鲜鱼、山塬上的野菜，都一下子俏了起来，游客品尝之后，更喜欢买了装入小车后备箱带走……

游客多了，游的内容需要丰富起来，切入点在哪儿呢？

走村串户，问计于民，讨策山水，自然是最好办法。

那天，我与驻村工作队员先走盘山公路，再攀山间小径，用了一个上午登临观音寨。在寨顶鸟瞰，山峦起伏，林海茫茫，南河波光潋滟，村子静美如画。美，果真是可以启人智慧的——设若在林中布建一条通往寨顶的旅游步道，让游客亲密接触自然，在森林氧吧里舒畅心情，认知丰富的植物，体验登高的乐趣，那必是别有一番意趣吧。

把想法说于村支两委干部，大家意见高度一致，皆称这个建议是提升村里旅游发展层次的破题之作。格外兴奋的是老陈。他说，村里二千八百九十二亩山场，经过近二十年的封山育林，圪圪都树茂林密。他还说，观音寨这道梁子，在山下仰看陡峭逼窄，真上了梁顶，那山脊则跟老宅的屋脊一样，人在脊上，两边的山坡都能尽收眼底；锁于村口的南河，因了下游庙子头电站蓄水，满河碧波从高处看去，如是一条游龙在村头嬉戏。如果游人能借助游步道登山入林，在青山之上观赏绿水，不知有多安逸呢。

修建步道，势在必行。

4

初夏时节，我们与老陈等村干部一起，在向导易小五的带领下，去实地踏勘观音寨森林旅游步道。

登山入口在易家新建的住宅旁。抬步伊始，山便给了我们个"下马威"，坡陡得每挪一步都需拽紧林间的荆丛才可上移。小五顺手给每人砍了根拐杖，大家才省了些力气。许是多年无人上山打扰，山上的落叶形成的厚厚的腐殖质，踩上去如同踩在松软的地毯上一样。林中无路，老陈预先安排小五等人用两周时间，砍去密集的荆棘，探了一条毛路，免去了我们登顶的羁绊。很佩服小五他们的眼光，毛路中一些绕不开的粗大树木，都原封不动地保留着，甚至连树干上低矮的枝丫也没舍得伤及，留作未来登山游客或攀附省劲儿，或弯腰通过时增加体验。

小五其实不小了，已四十有五，不仅能吃苦，人还特别热情。途中一边不断地拉我一把，一边滔滔不绝地给我介绍一些我不认识的树木花草。林中除了大众化的栎、栗、松、柏、栌、楸之外，还有榆榔、黄杨、岩柏等珍贵树种，林下野生花卉、草本药材、地耳比比皆是，更有羊木奶、八月炸、野板栗、野樱桃、山核桃、苦李子、茨檬子等众多野果树。有趣的是，在林间攀爬，各种鸟儿的叫声长短不一，音韵各异，此起彼伏，响彻山脊，引得人特别想寻声找鸟看鸟。可是，密集的枝梢连同翠绿的树叶把视线挡得严严实实，使我们只能聆听森林里那些美妙的音符。

当然，山上不止有树有花有果有鸟，还有奇异的岩石。在接近寨顶的一处山坳，我们在一抹岩石前驻足良久，饶有兴致地欣赏着大自然的神工鬼斧。那足有上千吨的青黑色岩石，像筑于森林里的一处古宅，又像是行驶在绿海中的一艘舰艇。散围在四周的石头，有的如展翅冲天的战机，有的如古拙沉稳的石器，有的如在那里等了千年供你休息的座椅，更有一对如同母子对话的大熊猫"石雕"，惟妙惟肖，栩栩如生，令人称奇。

上得寨顶，如果说刚才看到的那些象形岩石是一个个单体器物或动物的话，那么脚下的岩石便是山巅上的一座巨型假山。"假山"规模约有两千余平米，仅有几棵耐旱、抗寒的岩柏、黄杨与栌木装点，陡峭险峻自不必说。寨顶天生一个不足二十平米的寨台，有古人建寨遗迹，残破的古碑记载的文字已难完全辨认。寨顶向北一面的岩石犹如一截截城墙，虽比寨顶低矮，却把石寨拱卫得愈加气势非凡。下寨往东南移转百步，抬头侧身西视，一尊高约十米的岩石便是大自然造化的观音石了。此石相对独立且背靠石寨，身有数处裂缝，却恰到好处地"裂"出了眼睛、鼻子、嘴巴以及左手捧净瓶、右手执杨枝的观音祈福神态。其实，聪明的古人早就发现了这一奇石，并以此命名了观音沟地名。只是，缘于观音石向南一面凭临绝壁，无法朝拜，才在观音石后筑寨，以便拜谒祈福。自古以来，每逢农历二月十九观音诞辰日,从四面八方来此朝拜者络绎不绝,寨上爆竹震耳,异常热闹。

让人惊喜的是,在总长三点五公里的山脊上,有两处百余平米的台地,台地内有多处不规则条石,台地周围则有序挺拔着一圈宝塔状刺柏。且两处台地间距千米,极适于修建亭台,供游客小憩观景。而在寨顶西侧险要处,有三棵百年黄杨,树干虬劲,枝丫繁茂,碧叶滴翠,堪为绝地绝景,尤令游客向往。

5

四个小时的踏勘,让我们人人兴奋不已。整条游步道虽还只是条毛路,但生态完整性、原真性非常之好,线路长度适中、缓急相宜。而且,沿途植物品种丰富,森林景观苍翠原始,自然山石奇特有趣,适建观景亭台地址天赐,地域观音文化源远流长。可以说,布建这条森林旅游步道,可为游客提供生态植物认知、森林氧吧冲浪、休闲健身强体、自由摄影采风、南河小吃品尝等多种体验,让游客在美好的体验中享受大自然的恩赐,释放生活工作中的压力。

在接下来的"诸葛亮会"上,大家根据实地踏勘感受,就如何建设游步道各抒己见,供献智慧。有的提出游步道宽度要达到八十公分;有的提出以每步行半小时为一距离段,设计建设游步道休憩点;有的提出游步道两侧要配建缓冲带;有的提出要融森林、景点、野径为一体,注意与林中天然景点、山间小径相连接,避免断头路、死角路;有的提出要注重利用原地土石,就地取材,节省成本……大家群策群力,归纳汇总出了科学规划、量力而行、先易后难、分期实施、确保质量的游步道建设原则。

我最关注的自然是生态保护,建议开发建设前一定要请林业部门对珍稀古树"定古",实行挂牌保护;建设过程中能不砍的树一律不砍,能保持原生态的一律保持,游步道缓冲带以原始植被全覆盖,沿途制作警示牌,禁止一切乱挖滥采林中植物行为。对易小五探砍毛路注意树木保护的做法,我特别表示赞赏,称他是村里建设事业的热心人,鼓励村里多培养、多使用易小五这类能够扎根村子、为村子建设出力献策的能人,多争取外出务工者特别是成功人士的支持,把群众积极性调动起来,争取年内把游步道主干线建成。当然,我也代表工作队表态积极帮助争取建设资金,驻村队员具体帮助把好关键环节,倾力支持游步道建设。

6

四年观音沟扶贫,村里每年都有项目重点,每年都有变化亮点。经过真心帮扶与干群共同努力,村子已经摘掉了贫困帽子,但要实现永久脱贫,必须要有产业支撑。森林旅游步道作为观音沟脱贫摘帽后的重点项目,应乡村产业振兴之运而生,可谓生逢其时。

随着经济发展,周边城市休闲游将会持续稳定增长。观音沟地理交通优越,南河水清山幽,乡村风貌古朴,我们与村里的干部群众信心满满——一个更富特色的美丽乡村,必将在南河岸边璀璨展现——那便是观音沟呢。

(稿于2019年5月,原载中共襄阳市委机关刊物《领导参考》2019年第9期、《地名古今》文学微信平台)

茅山岩探矿印象

仲春,倘乘车于鄂西北的波峰浪谷,你会无限感慨大自然的神奇造化。这个时候,在河谷平川,到处郁郁葱葱,花红柳绿;而在海拔千米之上,那些落叶乔、灌木依旧满目萧然。你只有仔细观察,才能发现其蕴含的勃勃生机。我坐在矿山采买车上领略这番情趣,心里不禁升腾起一种向上的力量。

汽车在"急弯"、"陡坡"、"连续拐弯"路牌的警示下,凭临数不尽的沟壑和山岭,小心翼翼地盘桓着、盘桓着……终于,保康县城至茅山岩地质大队宿营区一百余公里的路程到了尽头。

一下车,旅途的委顿就被眼前别具一格的建筑引起的新奇心境所取代。那用白铁皮制作的盒式房屋,依山而立,密密麻麻,高高低低,小巧而紧凑,白花花的太阳照在其上,熠熠生辉,给人以动态的美感。

司机小李按了两声喇叭,一位大嫂走出营房:"小李子,跑得快呀!我正等着卸车呢。"小李介绍说:"这是王大嫂,我们陈队长的爱人,随队为大伙做饭好几年了,手艺可好啦。"

"你瞎说什么呀。"小李的夸奖使王大嫂颇不好意思,"猜您是采访的吧?今天不巧,井上突击,同志们都去那儿了。"

"钻井在哪儿?钻塔什么样?"想到就要一睹钻塔风采,我急切地问。

王大嫂指着营房背后一条"之"字小路:"沿那条路登上后山,再走过一个撇坡,钻塔就竖在那里。"

小李关切地说:"郝同志,我还有任务,不能陪您。上山路险,您还是在这儿等大伙吧。"王大嫂也一再挽留。我谢过他们的好意,心想,山上还有山，坡上还有坡，这也许正是茅山岩巍峨、陡峭、秀拔之所在吧。

走在"之"字路上，仰望，峭壁直插苍穹；俯视，万丈陡坡不见根底。我瞻前顾后，亦步亦趋，可脚下风化的碎石子仍不停地直往下蹦。好不容易爬到山脊，俯瞰来路，茅山岩之险峻尽收眼底。山下的无名沟谷愈发显得幽深莫测，似乎除了地质队的营房可以挂在山坳、矿山公路像一根飘带浮于山岩之间外，其他任何东西都难以在此存身。这样高的山，这样险的路，钻工们每天三班来回走，即使月黑风高的夜晚，雨雪酷暑天气，他们也照样上下班。还有王大嫂，为使队友们吃上热饭菜，一个人背着饭篓，往返于此……不要说他们所受的艰辛有几多，不要说他们克服的惊吓有多少，不要说他们付出的体力有多大，单是看看那钻塔顶端飘扬的红旗，听听那钻机激越的歌声，想想那几十吨重的设备是怎样搬上山的，你就不得不对钻工们的毅力和勇敢生出钦敬之情。

在二十一号钻井，陈队长告诉我，湖北第八地质大队开进鄂西北山区二十多年了。通过一百四十多个钻井取样，证明这里是一个多矿之地。仅他们分队在保康境内就探明矿产资源二十多种，其中磷矿石为最佳，不但储量大（五亿吨）、品位高、矿表浅、矿层厚，而且随山脉走向延伸到邻近三县一区，形成了为中部地区所仅见的大型矿山，开发前景十分可观。目前，保康、兴山两县建立了以磷化工为主的工业体系，数十种磷化产品俏销国内外。长期封闭、贫困的山区，已经依靠磷化工业插上了经济起飞的翅膀。

由于兴奋，陈队长的眼睛溢出了光彩："我这班人不错，在保康大山里一住就是十几个春秋，钻井进尺总数相当于凿穿了三十座茅山岩。"

"实在寂寞了，队长就让汽车把我们拉到山下小镇，看一部电影，打一场篮球，洗一个流水澡，这能消除疲劳呢！"操河南口音的青年插话说。

"其实，我们钻工要占好多便宜呐，清新的空气，可口的山果，还有蘑菇、野鸡、雪兔、黄麂等山珍，大山对我们慷慨极了。"这个乐观的小伙子是武汉人。

近旁一位山东汉子接过话头："看你美的，前年冬天一场大雪，封了下山路，买不来蔬菜，俺们在白皑皑的世界里，硬是吃了三天油盐炒白饭，你咋不说说？"

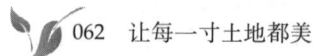

他的话引起了钻工们一阵善意而畅快的笑声。我原来想问：习惯山里生活吗？可听了这纯美的笑声，听了这实在的话语，我觉得这样问是多么多余啊。

告别的时候，陈队长代表钻工要求我写一篇让人们理解地质队员的文章。是啊，地质队——这支长年深入大山，与山外世界近乎隔绝的工业战线的尖刀部队，不怕牺牲，不怕辛劳，就怕被遗忘，就怕不被理解。

理解，理解万岁！何为理解？你能理解这些登高逾险的钻探英雄别离千般温馨、万般亲情的家庭是为了什么吗？你能理解他们久居深山、长期野外作业，有的因此吹了女朋友，有的因此落下病根是为了什么吗？你能理解在这海拔一千九百余米的茅山岩上，既无丰盛的物质生活，又少多彩的娱乐活动，而他们却耐得寂寞、忍得清苦是为了什么吗？

请到茅山来！来看看，听听，想想。他们甘做游子，乡音不同，信念一样，向地层进击，探测地层秘密，那是在为山区人民寻找宝藏，那是在为山区经济起飞插添翅膀——他们生活的真谛就在于奉献、开发——开发、奉献……

（稿于1990年4月，原载1990年5月3日《中国开发报》副刊）

第二辑

徒步古城外

山城店名咏叹调

入夜，漫步山城保康，笑语四溢，市声如潮。艺术书法、电子翻转、立体显示……各等店名荧光剔透，竞领风骚。更兼星夜纱幔，光晕效应，几回黏滞你的脚步，几度网罩你的思绪。

店名，是古今中外文化之现象。但它又何尝不是社会发展的一个缩影。曾几何时，这座位于和氏璧产地荆山之腹的小城，有过这么多的茶楼酒肆、商行杂铺？有过这样奇巧华丽的店名？工笔、抽象、大写意，满街皆是；个体、集体、国营，比肩辉映。热烈，清新，浑厚，凝重。"土"和"洋"说尽了小城店名之特点：

——"张天宝客栈""金记水果铺""李大头废品回收""田氏印雕""请喝二两"……土否？

——"神怡商行""乐园酒家""万宝电器东方表""楚燕音乐茶座""OK发屋"……洋乎？

"土"店牌皆为山中上好木材制作，或繁体，或简笔，书法自由；或浸桐油，或染山漆，工艺独到；色泽则以黄褐为主，间有朱红点缀，古朴自然，令你萌生思古之幽情。

"洋"招牌规格各异，长方、椭圆、多边……或为丝绒剪字，镶嵌彩灯；或经由霓虹灯组名，绮丽华美。灯光此暗彼明，人群彼进此出……纷然的色彩迸耀出时代的璀璨火花。

土洋，本是矛盾的两极。然山城店名，无论土洋，行隶楷草囊括，大街小巷并存。

土洋，本是对立的两面。而山城旋律，不论迪斯科、荆山唢呐，共讴时代颂歌，同舞最新潮流。不统一中显露出同一性，不和谐中昭示出小城的脚步。

本地私营主，大多店名很"土"，但他们有着山里人特有的厚道。卖木耳、山茶等土特产与外地人打交道，售牛仔裤、滑雪袄等"舶来品"同乡胞论质议价，都是规规矩矩，唇软舌轻。货好请再来，有故可退换。不管生意多少，买卖不在人情在。山里人价值观颇为平实。且说河街"孙虎火补"，那日，某省城"蓝鸟"急修轮胎，司机递上三张"大团结"可孙虎仅"笑纳"五元了事，使见过大世面的司机感慨系之："山里人真敦厚，倘在外地，敲此进口车五十元不怪。"山里人就是这样，重秤平斗满，不赚昧心钱，淳朴的乡风常令外人沉醉！

"洋"店名，也许"家底"厚实。是否高一层次？不妨入店浏览——啊，"人无我有，人有我精，人精我变"以及"亮牌经营"、"有奖销售"、"信誉货卡"……这些流行的经营之道，一点也不比大城市逊色。那品种齐全、琳琅满目的商品，那选购者底气儿很足的话语，那喜上眉梢的张张笑脸，令人难以想象，曾几何时，这些山里人还眉峰紧蹙，偷偷购买火纸、黄裱，祭祖求神，以期摆脱贫困之苦。愚昧与贫穷相连，文明和富裕相依。看来，那延续千百年寻求神灵保佑的陈古乡俗，也将成为一部"断代史"被束之高阁了。

山里人说："自己的活自己干，自己的梦自己圆。"这些年，他们"圆"了许多梦，可终究还有"活"不会干。于是，有朋自远方来——"广州迷你服饰店"、"武汉风味小吃部"、"上海超时代美发厅"……这些名城冠首、特色突出的"外来经济"，堂而皇之地跻身于小城的街头巷尾，弥补了小城之不足，构筑起信息之"雀巢"，启动着山里人之脑筋；也在市场经济的洪流中，与山里经济形成鼎立之势、竞争之旅。

山里人啊，是知足常乐，还是开拓进取？是在竞争中显本事求发展，还是在暂有立足之本的优越感中滋生惰性？山里人自有选择，自会拼搏！

改革开放深入大山，"七十二行好买卖，不如在家打土块"的古训，再也不像过去那样禁锢山里人的头脑了。历史上耻于经商的保康山城，再也没有人把店老板视作"喻于利"的小人了。旧观念的堡垒早已坍塌，自然经济的藩篱已经拆除。土洋不一的店名，一如雨后春笋，伴随不同成分的经济应运而生——十里街市，五百店家，小城历史五百载，何载胜今朝？店家是明证，店名是明证。

店名，文化之现象，经济之象征。地域文化、外来文化能在深山商业化，这是商品价值作用的充分体现，也是市场经济条件下的发展产物。

店名，印记着保康山城前进的轻盈脚步，承载着巍巍大山变迁的历史足音！

（稿于1989年3月，原载1989年3月18日《羊城晚报》港澳海外版，1991年8月23日《华声报》副刊，获该报"中华文化"散文征文二等奖）

南城北市"商"似锦

襄阳"南城北市"的格局由来已久，以穿城而过的汉江为天然分界线，江南是以政治文化为中心的"城"，江北是以商贸为核心的"市"。

然而，眼下无论是"南城"还是"北市"，襄阳商圈之美丽之多姿之厚重，让人感到繁华如梦，商海似锦。那种数年前商楼低矮陈旧、市场杂乱无章、街道通行不畅带给人们的困扰，似乎只是在转瞬之间，被数栋标志性的现代化商楼、规范有序的市场、宽阔通畅的街面所取代，展现给人们的变化如梦似幻。

但凡一座城市，商业无不是其灵魂，而现代城市的发展，排在首位的要素便是让人们生活得更加方便、更加美好。于是，襄阳立足有机更新和转型升级，借助四通八达的交通物流，厚植"商甲古城"之优势。

如今，拥有"北市"桂冠的樊城，无论是万达、沃尔玛、武商，还是银泰、中商、华洋堂，抑或是拉美步行街、九龙广场、光彩市场……白天总是车水马龙，人潮似涌；夜晚更是溢光流彩，市声如潮。"北市"因了这些商圈而名副其实，因了这些商圈的布局而轻盈地迈着向高端化、国际化、品质化进军的步伐——高端商品、商业休闲、人文景观……正在悄无声息地集聚，引领着襄阳的时尚，成为鄂豫陕渝毗邻地区人们体验经典商业的最佳去处。

而"南城"的鼓楼商圈、长虹桥南商圈、檀溪国际商都等与"北市"相呼应，展示着另一样的风情。就拿鼓楼商圈来说吧，它既是人们品味襄阳历史文化的"酒吧"，也是襄阳笑迎八面客人的"客厅"。在这里，你既可欣赏临汉门、古城墙、仿古街、昭明台等古色古香、雕梁画栋的楼阁以及青石青砖青瓦等建筑元素，又可随意出入一家挨一家的时尚品牌旗舰店，体味那种历史文化与现代商业碰撞的奇妙景象。

外地人来襄阳，鼓楼、北街都是必去之处，必游之地，这里蕴含着商业与文化、传统与时尚、生活与创业的丰富内容，尽显着历史与现实交汇的独特韵味。这里不止有美丽的服装还有美妙的夜市，可以让你感受襄阳浓厚的商业氛围；这里不止有美景还有美食，可以让你不由自主地停下脚步去细细品味襄阳的饮食之美；这里不止有美观的古建筑还有美好的时光，可以让你尽情玩味襄阳的休闲之妙……所有这些，都更加膨胀了襄阳商业的标志性空间，使这座富有历史文化底蕴的古城锦上添花，现代商业、历史文化互为渗透，两相繁华。

"旅客三秋至，层城四望开"。或许大多数人都曾穿越过城市的繁华，如今在襄阳，无论你从"南城"去"北市"，还是从"北市"到"南城"，一个又一个商圈，一处又一处商业综合体以及各类旗舰店内的驰名品牌，还有那铺天盖地的广告，琳琅满目的商品，无不如破茧而出、振翅飞翔的美丽蝴蝶，与丰收而多彩的金秋一样精彩纷呈，同频播映，彰显着汉江流域中心城市"现代商贸集聚区"的魅力。

（稿于 2016 年 11 月，原载 2016 年 11 月 25 日《襄阳晚报》副刊）

探访临江仙

临江仙,词牌名。我的同乡陈红艳却以此为店名,在"外得山水之秀、内得人文之胜"的襄阳护城河畔,打造出了别具一格的临江仙景观美食园。

随着近年"鄂西生态文化旅游圈"建设的推进和襄阳城的不断变靓,属于襄阳人的休闲场所多了,一批崇尚品质生活的餐饮店开到景区,形成了襄阳特有的景观餐饮集群。在这些餐饮店中,临江仙——这个襄阳新字号特色菜名店可谓独树一帜,别有洞天,为诠释襄阳人对餐饮生活的理解搭建了一处美丽的平台。

初到临江仙,你会惊喜地邂逅到丰盛、实惠中蕴含着的随意与放松,你更会沉淀一种景观餐饮情结,体悟到"临江独钓一湖月,对城醉饮千年秋"的历史文化底蕴,真真切切地感觉到这里的确是怡情悦性的佳境,传送亲情的乐园,催发灵感的沙龙,商战过后的港湾!

2006年春天,年刚不惑、一直从事服装经营的陈红艳突发奇想,她对做军人的爱人讲,想接手经营阳春门公园内的一处餐饮店。爱人为她的想法很感吃惊,服装生意做得风生水起,为何要再费周折地转行餐饮呢?

陈红艳并不向爱人多做解释,而是带着他到阳春门公园散步,一起考察这家餐馆的周边环境。

2002年,市政府花大力气开发了襄阳护城河景观,在护城河东岸兴建了阳春门公园,园内配套建设了一批融历史文化与现代景观于一体的亭台楼阁。位于公园中门的楼阁极为灵秀,那里绿树成荫,鲜花遍地;草坪如锦缎,湖水似明镜;水榭拱桥、假山喷泉、休闲座椅、卵石步道等一应俱全，更有对岸绵延数里的古城墙透着悠久的历史气息，城郭外岘山的细腻剪影与护城河的渺渺波影相映成趣，雄伟的古城墙和宽阔的护城河完全阻隔了喧嚣的市声。在城市中央，竟有这样一处闹中取静、自然风光与历史文化、古老与现代完美结合的胜地！爱人不禁在心底赞许着陈红艳独到的眼光，坚定地支持她以四十万元的价格，获得了阳春门公园中门楼阁五年的租赁经营权，吹响了进军景观餐饮的号角。

"把店办在景区，就等于把自己推向了襄阳的窗口，唯有将餐饮办出品位，把服务做精做细，才对得起襄阳源远流长的历史文化和无与伦比的美丽风光。"陈红艳如是说亦如是做。凭着不干则已、干就干好的闯劲，凭着一定要发挥好护城河这一稀缺资源优势、将最美的风景与最美的菜肴完美结合而呈现给消费者的勇气，她从基础做起，一个人悄无声息地去市区最有特色的餐饮店考察学习，遍尝百菜，品味正宗特色；虚心求教，获取管理真经。陈红艳竟然一下子逾越了"万事开头难"的一般规律，顺顺当当把店办起来了。

陈红艳明白，始建于汉的护城河是祖先留下来的瑰宝。先人为了御敌，北以汉江为天堑，从东南西三面开掘的护城河，平均宽度一百八十米，总面积达九十一万平方米，被誉为"华夏第一城池"。整个护城河呈U形，如一块巨大的翡翠环抱着古城。

既然上天赐予自己机缘，在风景如画的护城河畔做餐饮，这是一种福分，更是一种责任。陈红艳暗下决心，一定要保护好护城河的一池清水，一定要让食客在一个优雅的环境里欣赏自然风光、品尝美上加美的特色菜肴。

她倾其积蓄，投资一百二十余万元，重新修整下水道和排污池，做到了不让一滴污水油垢浸入护城河。对餐饮店的装饰，她更是别出心裁，将"临江仙"这个词牌名设为店名的同时，又把鹧鸪天、浣溪沙、清平乐、望江怨、蝶恋花等词牌名作为餐厅名。进入餐厅，墙纸古色古香，墙壁上的仿古书画既有历代诗人吟诵襄阳的经典诗词名句，又有三国历史人物脸谱；既有临湖通透硕大的玻璃墙，又有品味尽现的红酒杯皿。

在餐厅外的场院上，你可以一边聆听流行歌曲，一边观赏翠竹与鲜花，场院边绿树间的一长溜红灯笼，则充满喜气地迎接着八方来客。站在湖边的回廊上，你既可以远眺岘山的苍翠，又可以近览护城河的碧波，还可以检阅古城墙的沧桑，甚或体味仲宣楼的风雨……这种亦古亦今、集古朴厚重与简约明快于一体的人为和自然之布局，巧夺天工，独具特色地传递着一种历史文化遗存和自然风光遥相呼应的艺术美感。

骏马配好鞍，美景匹佳肴。为了确保食材新颖，富有特色，安全环保，陈红艳把家乡保康作为食材定点采购地区，定期亲自出马，回老家购买木耳、香菇、魔芋、元荷、香椿、土豆等高山无公害蔬菜以及猪牛羊鸡肉和土鸡蛋，还将家乡特制的腌酸菜、麻黄豆、酱豆子、香豆渣、豆腐乳、炸胡椒等特色小吃引入美食园，用家乡的食材与厨师一起试制出香菇炖土鸡、土豆炖腊蹄、炸胡椒（酱豆子）炒腊肉、油炸小溪鱼、白蒿烩鸡蛋、糖水冲葛粉、懒豆腐等数十种色香味俱佳的新品菜肴。五年多来，临江仙景观美食园因富有特色而名气隆盛不减，经常客满为患。

经历了闹市中太多的喧嚣之后，在临江仙这个闹中取静的地方，不论你独处还是群聚，那种恬适、淡定、和谐的况味，那种亲近自然、贴近历史的感触，可以瞬间涤去沾染你身心的世俗与喧扰。最好是在仲秋，在临湖的平台上，摆放一张简易小桌，邀约三两知己，点三五个特色菜肴，要一瓶红酒抑或几听啤酒，闻着空气中流动的桂花清香，仍凭跳跃在湖面上的秋阳折射着自己的脸庞，仍由清逸的情绪漫过疲惫的心灵，不需要理会太多的职场潜规则，不需要牵挂纷繁的工作任务，唯有值得你注目的是近前的湖光、城郭外的山色以及这湖光山色间古朴的城墙……且把岘山与城墙当作一双筷子吧，且从护城河这个海碗里挟起一道历史文化名菜吧，你杯中的美酒或许下得更快，你心中的烦恼或许解得更开……

游览护城河，先到临江仙吧——也许，当你沉醉于这里无可替代的空灵环境和着意制作的景观美食的时候，你会蓦地发现，自己这才真正读懂了王维"襄阳好风日，留醉与山翁"的诗句！

（稿于 2011 年 11 月，原载 2012 年第 1 期《商界》杂志）

蛋酒·米窝

上世纪八十年代中期，我在襄阳师专读书，每逢周日，我们几位同学都会约到一块儿，从位于古隆中（诸葛亮曾经隐居此十年）的学校到樊城劳动街转悠。

那个时候的劳动街非常破旧，房屋低矮，街面不宽，但热闹异常。从解放路正中的一个南北向的巷子进去，直至毗邻汉江的东西向炮铺街，不仅大大小小的门面商铺，而且整个街道都摆满了各种各样的小商品。我们去那里，夏天无非是冲着便宜的汗衫、短裤、凉鞋而去，冬天则是去挑选手套、帽子、围巾之类。这些东西品种齐全，样式繁多，价格低廉，非常适合我们这些囊中羞涩的学子。

转悠得饿了，我们最喜欢去的餐点就是炮铺街的东端街口。那里有一家蛋酒米窝店，店面仅有一间房子大，分两列摆着四张条桌，室内光线不足，无论什么时候去都亮着一只四十瓦的日光灯。门外较宽的台阶上，一字儿摆着制作蛋酒和米窝的两个煤炉及操作台。小店陈设简陋，但收拾得干干净净，因而生意很是红火。小店的蛋酒香甜，喝了解渴，米窝油腻，吃了充饥；且干稀搭配，素"荤"兼备，蛋酒助米窝入腹，当吃下三两个米窝、肚子有些饱感后，喝上几口蛋酒，米窝的油腻立即被冲淡。而那清雅的蛋香和酒香，与米窝在口中的余香纠缠到一起，直把还差稍许饱感的肚子填充得恰到好处。而且，那蛋酒与米窝味美价廉。一碗蛋酒零点三元，一个米窝零点二元，一碗蛋酒加三四个米窝只花1元左右，就足以把肚子吃饱。

蛋酒的制作，说白了就是在米酒（也称米糟）煮沸之时，店主顺手拿起一枚鸡蛋,在锅沿上"当"地一磕,极快地将清亮亮的蛋清和黄澄澄的蛋黄挤在准备盛给你蛋酒的瓷碗里搅匀,倾倒在沸腾的米酒里,用长把铁勺伸进锅内搅和一下,顺势舀起半勺米酒倒入瓷碗里荡一荡,将碗里粘存的蛋腥味除去,再回倒入锅。这个时候,锅内的蛋酒已经涨了许多——蛋清与酒中所带的米粒翻滚着白花花的波纹,蛋黄则似金灿灿的菊花盛开其中……一碗嫩香的蛋酒便是好了。

端在手上,如果是冬天,在暖和双手的同时,喝了更是暖口暖胃;倘是夏天,则需用瓷勺舀起来释放一下热量,喝着才爽口润肺。

米酒,是襄阳地区乃至整个长江中下游地区把稻米做得最好的一种特产。其制作工艺并不复杂——将稻米或糯米淘净浸泡,沥干后放入特制蒸笼,用猛火将之蒸成松散柔软、膨胀发亮的饭粒,出锅后用少许凉开水浸一浸,待饭温降至三十六摄氏度左右后撒入酒曲,再予以拌匀并转装专用的坛子内进行发酵(冬天需采取一定保温措施),大约三天后开坛,米糟便绵软化瓤了,且汁液乳白,气味芳香,酒味沁人肺腑而不冲鼻。如此,即可连同米粒一起制作蛋酒食用了。

如果要酿制纯度高一些的米酒,则需加大曲酒配量,延长发酵期限,并加上开坛提料、过滤压榨、保温糖化、澄清陈酿等工艺。等到去渣(米粒)装坛的时候,米酒略浑且浊,却香味浓厚。襄阳流行经年的早餐——吃牛杂面、喝黄酒,这黄酒其实就是那不带米粒的米酒。

而米窝呢,号称米窝却无丁点米质,端的是典型的面窝。其基本制作则更为简单——先将小麦面调水搅匀,再将切好的红薯丁或萝卜丁掺入继续搅拌为糊状(红薯丁面泥添加稍许白糖,萝卜丁面泥则放些许食盐),用一个直径十公分左右的扁平漏勺,伸进面盆作三百六十度旋转,那干稀适度的面泥便将漏勺装得满满当当。

这个时候,油锅必然是已经烧开,只见店主左手端着漏勺入锅,右手拿着一双筷子,炸上片刻,捞离油锅,右手的筷子上去协助把半熟的米窝翻一个面继续炸,又是片刻工夫,米窝就在扁平的漏勺里变成了香喷喷、金灿灿的油窝了。

这油腻的米窝外黄内嫩,除了共同的香软可口外,红薯丁米窝甜而面,容易饱腹;萝卜丁米窝咸而雅,勾人食欲。两样米窝,一种风味,甜咸兼有，客人可以根据自己的口味各取所需。我们往往是各要两枚，配一碗蛋酒，吃喝得美美的。

只是不明白，明明是以小麦面为主要原料制作的窝窝，怎么会叫米窝呢？

直到今天，我仍然记得那爿蛋酒米窝店的主人是一位个头不高、一副喜相的中年汉子，他主要负责左边油锅里的米窝制作，而他穿着朴素、留着短发的妻子，则轻松地主持着右边锅里的蛋酒操作。不过，她还要去忙一些辅助性工作——或补充着面盆里的面泥，或添加着洋瓷碗里的鸡蛋，或照看一下煤炉，还兼带着收拾碗筷和收银……

每每想起那爿三十年前的蛋酒米窝店，心里便像那锅里的热油在翻滚。时易世变，从毕业离校回县直到再来襄阳工作，我曾几次去炮铺街口寻找那家蛋酒米窝店均告无果，当然也就再也没有品尝到那飘香的蛋酒米窝了。如今，随着城市的扩张和改造，劳动街已是没有了当年的模样，炮铺街也重换了新颜，那家蛋酒米窝店所在的位置更是易为了宽阔的街道。而东边的"九街十八巷"，那些古老的会馆、码头、街巷都在改变着亘古未有的命运，那些富含历史文化元素的城市符号都难以再现往日的古香古色——尽管在开发中也有一些保护，但冰冷灰茫的水泥森林还是在不可避免地削减着历史的深厚积淀，拆迁、消亡、变易的主题词是谁也更改不过来了。

抚今追昔，很多东西都让我们唏嘘不已。蛋酒和米窝也许不是襄阳城市专属的小吃，好像长江流域中下游城市的巷口或弄堂都可见到。每每见到，都感到它总是与这座城市的这条巷子与弄堂的称谓联系在一起，而巷子或弄堂里飘溢的那种富有地域特色的香味，便是那座城市的一幕生活图景和一种文化传承。

在日益繁华的襄阳城里，数家肯德基、麦当劳等洋牌餐饮店已经营运多年，众多火锅店、海鲜馆等域外特色食店也生意火爆。可是，唯独颇有襄阳特色的蛋酒米窝店似乎没了踪影；偶尔，在背街小巷遇着临时摊点的制作，赶紧掏出比当年贵出数倍的价钱买了来吃，却总是吃不出早年炮铺街口那家蛋酒米窝店制作的味道。

我在想，同样是简单的原料，简单的工具，简单的工艺，现在的蛋酒和米窝为何不再那么香了？还有它那种特有的与城市古老街巷或弄堂紧密相连的地域文化因子，也在渐行渐远着缥缈的身影……

——真的，我不知这种演变是一种进步还是一种遗憾或遗弃呢。

（稿于2015年12月，原载2016年1月5日《襄阳晚报》副刊、2016年第6期《汉水》文学杂志，收入长江文艺出版社2017年度《襄阳散文卷》）

徒步古城外

其实，居家至古城墙只不过一箭之遥，徒步古城外是件很容易的事。可是，或困于琐事锁身，或囿于惰性作祟，抑或是随着年岁的增大而少了些情趣，真正从躯体到心灵都步出古城，到郊外的大自然里放松一下身心，已然成了一种奢侈。

"十一"长假，为避景区人满之患，我选择了"三个一"式的静处——看一本书，登一回山，沿古城边的汉江堤岸徒一次步。有时候，难得的奢侈休闲又是可以这样易得的。

穿过沧桑的古城墙门洞，走过游人如织的护城河匝道，从闸口二路北端登上汉江堤岸，便是地理与地名意义上的古城外了。

阳光静好，风轻气爽。上得江堤，豁然开朗。宽阔的汉江在蓝天的映衬下显得更加清澈，江北的樊城、甚至江东北更远处的襄州，在如洗的碧空下，林立的高楼竟然一眼望不到尽头；正东方向的渔梁洲，被浩渺的碧波环绕，一如静静的处子，孑立一隅，独享清宁；往西回望，汉江铁桥飞架南北，往来的汽车忙而有序，偶有列车驰过，铁轮滚过铁轨，声响铿锵有力。

沿着堤岸，我顺江缓步而下。启程至此不过一刻来钟，却闻到了泥土的芬芳，赏到了秋实丰硕的田园风光。堤南的田野上，收割后的芝麻秆搭起来的"人"字架整齐划一，仍凭秋阳烘干着自己的躯体；一群群喜鹊、麻雀沉浸在秋收的兴奋中，喳喳、啁啾个不停，在田间地头起起伏伏，寻觅着农人的遗漏；菜农开着手扶式耕机平整土地，新翻的土壤潮潮的，黑黑的，田头的农家肥散发着久违的特殊气味。凭借前段秋雨留下的好墒情，下一茬的蔬菜应该不赖——看那一畦畦娃娃菜、小白菜、韭菜、菠菜……虽然个头不齐，田块不一，却无不绿得醒目提神，绿得惹人爱怜。

临江的滩涂上，牛羊正悠闲地咀嚼着青草。当然，临江不只有滩涂，还有一片水杉，大约四五公顷，密度略厚，树干挺拔，横竖成排。三五成群的市民，或在林间拴上网状吊床，或在空地搭起纱质帐篷，怡然自得地躺进去享受着从树梢间渗漏下来的阳光，聆听着微风轻激、细浪拍岸的江波；有一家老小，拾捡树上落下的枯枝，就地架起烧烤，美滋滋地品尝着自己的手艺；更有善玩的一群，竟在树阴下支起简易麻将桌，醉心地卡上了"五星"；务实的自然要数江边一字儿排开的垂钓者，他们个个都专注于江面钓竿上的"浮子"，但凡哪位鱼儿上钩，必定引来钓友同乐……

从古城闹市走来不远，就可以看到安静闲适的田园，就可以看到养眼洗肺的森林，就可以看到碧波荡漾的汉江……这使我不禁想起了孟浩然"故人具鸡黍，邀我至田家；绿树村边合，青山郭外斜"的诗句；同时，我也有些诧异——这片因诞生"凤雏"庞统（刘备将其与诸葛亮同拜为军师中郎将）而命名为庞公的土地，为何在当今剧烈城镇化的冲击下，能以两万余亩的面积偏安古城一隅、保持田园风貌呢？倘若庞德公在天之灵有知，也当为自己美丽的故土而感佩不已吧！

其实，稍微放大一下地理空间，也不难知晓这片珍贵的土地得以留存的原因。就从脚下的江堤说起吧，它西自万山始，东南延续余家湖止，长约二十五公里，平均宽约二十米，宛如一条巨龙，自上世纪七十年代建成以来，一直确保着襄阳古城与庞公片区没有洪涝之虞。而兴建于上世纪六十年代末的焦（作）柳（州）铁路，经汉江铁桥，擦护城河东，势如破竹，虹贯南下……正是这一不经意的铁轨布建，人为切割出庞公片区，成功阻挡了城市东进的脚步。滔滔汉水，绵绵岘山，却似上天派来护佑庞公的使者——东头，汉水接纳唐白河后断然南折；南面，东进的岘山遇上汉水后戛然而止，二者似有默契，联臂环抱着腋下的一方水土……

庞公四周，山遮水隔，堤挡路护，可谓天造地设，焉能不生好地，焉能不诞"凤雏"？

可是，细看这块风水宝地，我也心生一丝担忧。西侧，房产商们的开发咄咄逼人，空旷的土地上已经长出了高耸的楼宇，且大有雨后春笋之

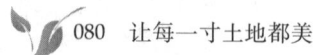

势。南边，城市内环通向汉江五桥的马路，足有百米之宽，绿化带、行道树、景观灯，漂亮得几近奢华。占地数千亩、拍摄影视剧的唐城，也即将竣工投用。据说，整个庞公的开发规划早已敲定，命名"庞公新区"，只欠某股"东风"拂来……

  作为历史文化名城，襄阳的优秀在于山水，在于地理，在于物产，在于民俗，在于古城墙、护城河，更在于深厚积淀的历史文脉。文化是城市的灵魂，在城市建设中，现代化元素固然要彰显，但保护和延续城市历史文脉，留存珍贵的历史记忆，更需要在城市开发强度上做减法——只有控制好城市开发边界，杜绝"摊大饼"式扩张，我们的城市才不会外强中干、底气不足，才不会因为我们的浮躁和无知而丢掉宝贵的历史遗存！

  徒步古城外，特别有期待。

  我真的特别期待——就像我现在的踽踽独行，非但没有一丝一毫的孤独，疲惫的身心竟可以得到完全彻底的恢复和放松——因为，我的左边有江浪放歌，我的右边有田园牧曲……

  是啊，这个城市再怎么喧嚣、浮躁、变迁，却终有无可替代的历史文脉和无与伦比的自然山水永在！

（稿于 2014 年 9 月，原载 2014 年 10 月 14 日《襄阳晚报》副刊、《地名古今》文学微信平台）

古城四树

我所生活的襄阳古城,不仅是一座历史底蕴深厚的文化名城,更是一座树木品种繁多的森林之城。我热爱古城,更热爱古城枝繁叶茂、浓荫匝道的树们。

也许是上天特别眷顾襄阳这片丰饶的土地,让其成了亚热带季风型大陆气候过渡区域的典型代表——四季分明,光照充足,雨热同季,土壤肥沃……这些得天独厚的植物生长环境,使襄阳的树们更显君临天下,更具万千仪态。

在浩浩荡荡、葳蕤轩昂、风姿绰约的树的队伍中,有长虹路的银杏树、檀溪路的桂花树、东西街的玉兰树、枇杷山路的枇杷树、前进路的女贞树,还有各个公园里的合欢树、樱花树、槐树、柏树,以及我所居住的小区内的水杉树、泡桐树、七叶树等等。林业统计显示,襄阳古城的树木多达六十多种。但我最喜欢的还是护城河畔的垂柳、滨江路的香樟、荆州街的梧桐,以及岘山上广大的花栎。我常常扮作将军的模样,不知疲倦地在这些地方检阅树的队伍,日深月久地用眼神、用思想与树们交流,看着树们随着四时节令的交替更换新装,演绎着落尽铅华、含苞吐翠、披绿挂金的"树生"规律。古城的树们没有一点自己的功利,因而也就没有了生长的羁绊,年复一年,周而复始,以依附时空、超乎尘世的天地境界,沿着自己的生命轨迹,义无反顾地履行着绿化古城、美化古城、净化古城的义务,默默无闻地发挥着无可替代的城市生态价值和城市生命支持系统不可或缺的功能。

古城的树们生长的意义颇值咀嚼,当该推崇。那么,我就说说我所喜爱的四种树木吧。

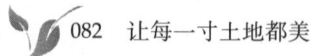
082　让每一寸土地都美

垂　柳

　　垂柳素以生命力强、观赏价值高而深受人们喜欢。而垂柳遍及襄阳护城河畔便是其前世修来的福分了。且不说护城河的历史厚重如山，其阔、其幽、其妙及其完好的保护驰名天下，号称"华夏第一城池"；单是那一池碧水与绕水而筑的坚固壕墙，在令人体味"铁打的襄阳"之内涵的时候，更让人为古人不朽的智慧而沉醉，为眼前这块巨大的翡翠而感慨。可是，且缓发思古之幽情吧，当把视野放开，却不知是湖因有垂柳装点而更美，还是垂柳因有湖映衬而更秀。

　　尤是早春二月，徐风轻拂，湖水微荡，正值河畔垂柳酣畅吐翠之时。这个时令，古城人无有不去护城河畔看柳的。那间距有序的垂柳，树干粗壮遒劲，一派古拙沧桑，显示着植根湖畔岁月的久远。然而，它们仍是在不遗余力地擎着繁星一样的满树芽苞，远远看去，就像是一朵朵反向燃烧的绿色火炬，只把九十一万平方米的护城河映照得更加澄明通透，映衬得更加春光明媚。

　　不知是人工修枝而为，还是自然天成而就，早春的护城河垂柳就是一幅幅水墨画。且看那主干半腰之上的枝干，层层叠叠，绕来弯去，虽是不尽规则，却无一不似穿戴轻纱、长有羽翼的虬龙，引颈向天，款款腾翔。那轻纱，那羽翼，却实为"万条垂下绿丝绦"的柳枝，它们纤若蛛丝，薄如蝉翼，淡似轻烟，密密地黏贴在虬龙般的枝干上。若论整体色彩，鹅黄才是其主打，绿则居次，那种特有的鹅黄绿的配搭，整体看上去就像一幅幅精致入微、沉稳工谨的水墨画，传神地表现着早春垂柳的质感与自然的光感，让人爱不释"眼"，欲取不能。

　　当然，这样的水墨画在护城河布展的时间不会很长。随着时序推进，气温日升，垂柳一天一个样地迅速膨胀，先是柳条上的芽苞由星状变为椭圆的条状，次是色泽上紧紧跟进由鹅黄变为纯粹的嫩绿，再是密度上的柳叶覆盖由轻纱变为厚重的绒布，直至把虬龙般的枝干包裹得严严实实，"龙"体不再。于是，一年一度的护城河水墨柳画展算是落下幕来。

　　但是，幕落并不意味着人散，从这个时候开始，护城河畔的"柳中乐"却愈演愈烈起来。一早到晚，一月到底，四季如歌，或在宽敞一些的垂柳林里，或在临水的单株柳下，或在两岸的行道柳中，拉琴的，吊嗓的，下棋的，跳舞的，走步的，垂钓的，谈情说爱的，外地来观光的……不一而足，络绎不绝。及至夜幕降临，安装在柳丛间的灯柱亮起，光照斑驳，柳姿绰约，湖色迷离，却恰是古城人晚餐后散步休闲的佳期与美地。河畔柳间，古城墙下，但见人影幢幢，且听笑语声声……我们又该感叹了，是谁赐予了古城人出门见柳见湖见城（墙）的眼福？又是谁绘就了古城如此之美的画卷？当然是自然，当然是历史。而一个能把自然与历史融合得天衣无缝的地方，那必是一方福地了！

　　福地生福柳。古城的垂柳是古城所有落叶乔木挂绿时间最久的树种。每年春节过罢周余，护城河畔的柳们便开始生机萌动，先是柳色遥看近却无，仅需半月时光，便是新绿满覆河湖岸了。古城之柳色欣于春，盛于夏，熟于秋，延于冬，直到元旦过后，最后一抹老绿才会依依飘落。这个时候，古城已大抵经过了几次寒潮，甚或已落过了一场初雪。可是，古城的垂柳却能挺着身子，顶着寒风，已显稀疏的树冠上，细巧的柳叶直到最后飘落仍是不愿枯黄……

　　屈指算来，一年里，柳们落尽铅华、生机待发的蛰伏期仅有两月，而郁郁葱葱、袅娜湖畔的满绿期却长达十月之久。其抗寒耐湿、固堤护岸、净化空气、美化环境等综合特性，其柔弱、坚韧、美观却大众的低调姿态，总是让人心生一份感动。

香　樟

　　香樟在古城分布很广，几乎所有住宅小区、机关大院、公园以及城南的岘山，都可看得见它的身影。但作为景观树，把它集中布局于穿城而过的汉水两岸，你就不得不佩服古城人审美眼光的独到了。

　　流经襄阳古城中心的这一段汉水，因为下游建有崔家营蓄水大坝，河已成湖，七十多平方公里的湖面四季皆清。而香樟是常绿大乔木，遍植于河湖两岸，便像了规整伫立在那里的一把把绿色巨伞，朝夕与湖水相映，与江堤相伴，与日月相守。春天，散发着沁人心脾的芳香；夏日，默默为行人遮阳添凉；而在"无边落木潇潇下"的秋季，香樟愈显生机盎然，愈发蓬勃向上；到了隆冬，护城河边的垂柳铅华尽落，岘山上的花栎树叶全部凋零，大街上的多数行道树也一派萧瑟，唯有古城中心的河湖两岸，展现的是一道亮丽的绿色风景。这个时候，江水虽然没有了夏秋汛期的浩大，却轻轻荡漾着冷冬独有的碧波。而在湖的两岸，一朵一朵的伞状深绿便是香樟的身影了。在满目的冬的底色上，湖低水碧，岸高樟绿，锦绣别具，一如一篇文章里表达最为完美而被称作"文眼"的那段句子，香樟便是"浴水古城"这幅画的"画眼"了。

其实，香樟的耐寒性并不是很强。好在襄阳冬季不长，冬天也不特别寒冷，加之香樟喜光喜湿，适宜砂壤土质生长，即便古城的江岸满是水泥世界，为香樟生长留有的余地不过米余见方，香樟亦能以其发达的根系，深深扎根于江岸砂壤，坚定地生长于水泥丛中。伫立于光照充足的河岸，它抗风遮阳，涵养水源，固土护堤；作用于环境保护，它吸烟滞尘，释放负离子从不间断；装扮于古城景观，它任凭绿化工人剪枝去杂，删繁就简，修整成型。

古城香樟，树姿秀逸，春叶鲜绿如濯，夏秋浓荫罩地，冬也枝叶幢幢。让人惊奇的是，从未见其受过病虫害侵袭，更不曾见其枝头有过蜂巢或鸟窝。它的洁身自好，它的清静幽雅，大抵缘于它的春花、它的秋实、它的枝叶以及它浑身透出的特有的樟脑气息，与生俱来有着一种防虫害、拒异类的功效。然而，它所展现的无尽春色，却绿满了古城江岸；它所过滤的清新空气，却造福了古城众生；它所释放的幽幽暗香，更是滋润了古城人的心灵。据说，长期生活在有香樟树的环境中可以避免患上诸多疑难杂症。因此，在古城，无论是园林、广场、堤岸，还是工厂、校园、机关、小区，凡能植树的地方都有香樟的身影，或丛植，或群植，或孤植，它们一点都不拘泥于存在的形式，一点都不计较所处的位置。

香樟，生长随意，品质高洁，颜值高雅，受到我等古城人的青睐，这是必然。

梧　桐

古城梧桐素称"法国梧桐"。从北到南，不论城市大小，几乎都可见得着其威猛高大的身影。我曾质疑，这样一种在我国具有普适性的树木，何以冠上了"法国"名号？可终是没有细究其因。

为了本文描述准确，我查阅资料得知，我们司空见惯的城市梧桐原本名叫二球悬铃木。它是十七世纪欧洲人用美国一球悬铃木与法国三球悬铃木作亲本杂交而成，后由法国人带至上海作为行道树栽培，至今植根中华大地已有两百余年。因其叶似中国原产地梧桐而误为梧桐，也从而人云亦云为"法国梧桐"。

法国梧桐能够在我国历经两个多世纪，并为众多城市所接纳，大抵是因为其拥有较耐寒、易成活、耐修剪，以及对土壤要求不苛刻、生长迅速、枝叶茂盛、吸收有毒气体和滞积灰尘作用强等众多优点吧。

20世纪八九十年代，法国梧桐遍及襄阳大街小巷。进入新世纪，城市发展步伐加快，城市绿化不再单一。而并非没有缺憾的法国梧桐，每至春季，花絮似雪，满街飘浮，不便清扫不说，还往往扑入眼睑、嘴巴甚至鼻孔，影响视觉与呼吸，更有花粉过敏者发出反对之声。园林部门权衡利弊后，伐掉了众多街道上的法国梧桐，换上了香樟、银杏、玉兰、女贞、桂花等树种，实现了城市绿化多样性。而荆州街现存的梧桐，据说是一位老市长干预后才得以保留的。这位老市长讲，梧桐遮阳降暑作用非其他树种所能比，可进行修枝嫁接，改变其春天多花现象，用科学绿化造福市民。按照老市长的指点，城市绿化工作者通过嫁接技术，不仅解决了荆州街梧桐春季花絮漫卷、影响行人问题，还将这条千余米的古老街道改造成了景观秀美的绿化示范街。

每天，我都要走过荆州街，看着修剪艺术、间距规整、枝繁叶茂的梧桐，不光有一种视角上的享受，而且炎夏里，浓荫蔽日，倍觉清凉；深秋里，树叶金黄，风儿吹过，叶片婆娑，似是在提醒人们添加衣裳。

当然，荆州街梧桐最美的季节还数春天，它是襄阳城里众多落叶乔木最早萌芽的树种之一。几乎是紧踩着护城河畔垂柳飘绿的脚步，早春刚过的某日，悄然一夜春雨洒落，在醒来的荆州街头，梧桐密集的枝条上，忽然便有了如豆的新绿。先是大气的芽苞，不出一周，豆绿即嬗变为三角状嫩叶；随之，嫩绿的叶片三面展开，三角渐尖，再经半月春风吹拂，全叶成形，状却似了枫叶。后来的日子，便是梧桐的新枝与嫩叶竞相疯长的时光，及至上遮蓝天、下蔽阳光，大抵已是初夏的太阳有些暑气了，却也是荆州街梧桐最为妍雅的时候。但见一棵棵逢中截断的粗壮主干之上，嫁接的三五分枝四散开来，分枝上又有若干分枝，构成多个层级的茂密枝系，那些个枝系皮青如翠，枝上重叠拥挤的叶片妍雅华净，已大有遮阳消暑之功能了。

《诗经》中的"凤凰鸣矣，于彼高岗；梧桐生矣，于彼朝阳。"颂扬的自然是古老的中国本土梧桐身披灿烂朝阳，引来凤凰和鸣，大约象征品格高洁、爱情美好。而荆州街的梧桐长在闹市，凤凰不会来栖，枝头偶有鸟语，却也是些胆大的城市麻雀，当然也就说不上它有什么象征意义了。

可是，这条街上的梧桐，我年年看，天天见，却总也看不厌，总也见不腻——吸引我的是它们的平凡、质朴与坚韧；还有，即使冬天树梢上不着一叶，我也觉得那是一种坦荡，一种胸襟，一种储备——不是吗？来年春开，它又是一树擎天，葱郁满眼！

花　栎

花栎树之于我似故友。

小时候，我在荆山深处一个满是花栎树的村庄度过了大约四年时光。到了秋天，我们小孩子总会去拾捡橡子。橡子就是花栎树的果实，它尾端平滑、乳白，全身棕色，头部呈圆锥状，极像野生"锥（板）栗子"。拾到之后，在其尾部正中插上竹签，将竹签捏在拇指与食指间，用力一搓，丢放桌面，橡子可自转好久，是种有趣的玩具。那年，供销社五分钱一斤收购，整个秋天，我拾捡橡子三十斤，卖钱一块五角，揣在衣兜直到过年。花栎树干上的枯枝曾经为我童年的柴捆作了很多贡献；花栎树的果仁磨制的橡子粉，曾经缓解了众多山里人的饥饿；花栎树断筒为耳杆，生长的黑木耳曾经增加了生产队的不少分值。花栎树高大、磁实、耐火，极具奉献精神，除了制作家具、工（犁）具、是上好的柴火外，它还让荆山深处的房县、保康成为著名的木耳之乡。这两个县利用花栎树干种植的木耳，肉厚、朵大、质优，营养丰富，被誉为"山珍之王"。

1997年初夏，我调到襄阳工作。首次去登岘山，邂逅的竟是漫山遍野的花栎树，那橄榄形的叶子刚刚成长圆满，稚气的嫩绿尚未淡出；一阵风儿吹过，翻卷过来的叶片经了太阳的照射，一片银白，煞是耀眼。置身密实的树林，想起儿时的花栎树，不禁伸出手去，轻轻抚摸着一棵棵树干，感到特别亲切——花栎，不仅仅栖身于荆山老林，在我新来的这座城市近郊，它一样生长得葳蕤高大，一样铺展得满山满岗。感慨系之，不由涌出一句诗来：常上岘山看花栎，犹忆初心在孩提。

　　二十年来，每个季节，我都是要去岘山看花栎的。尤其春秋两季，我更会多次登临岘山，去抚摸一下花栎树干，去饱览一回花栎树的风姿……唯其如是，那些躲避在隐处的纷争与喧嚣，才会真正离开疲惫的心灵。

　　与城内的行道树不一样，岘山上的花栎树广大浩繁，没有规整的株距，没有根部人工砌就的或方或圆的护基，没有园林工人精心修剪后的造型；当然，也就更没有播着音乐的洒水车定期为其浇水抗旱，洗尘净身。但是，它们却有着一种旷达的自然之美，有着一种恬然的放浪之趣。整个岘山，沟沟坎坎，旮旮旯旯，到处都是无序排列的花栎身影。密集的是壮年树，好似正在集结却永远排不整齐的队伍；疏散的自是一些老树，犹如得到了岘山的照顾，专门为其腾出了静养的空间。可是，无论疏密，无论置身高岗还是低坳，岘山的花栎树们都无有拘束，无有顾及，满坡枝丫交错，比肩恣意生长，直至长成了古城的风水林，长成了古城的生态屏障，长成了古城人放松身心的森林公园。

　　前些年创建森林城市，政府在岘山兴修了数十公里绿道，山坳间、树丛里，弯弯曲曲的绿道宽窄适度，色彩斑斓，为满山的花栎树增添了时尚之美。每天，岘山绿道上都有成千上万的徒步爱好者，身着五颜六色的运动装，肩背轻便的行囊，端着相机或握着手机，一边谈笑风生，一边捕捉绿道边的风景。于是，那些满山的花栎树们，无一不随了徒步者的风采而被定格，而被拍摄，而被网晒。而随了季节的更迭，岘山花栎树春有春色，秋有秋颜，夏则酽绿养眼，冬犹幅幅素描遍布……古城人登山赏景健体，四时不亦乐乎。

　　岘山花栎树的今生是华丽的。每次登临，我却总会揣想它前世的模样。因为长满花栎树的岘山是一座非凡的历史文化名山，它西接古隆中，东连习家池，孔明躬耕地、马跃檀溪处、风林关古战场、羊祜堕泪碑、习郁与刘表墓、杜甫衣冠冢、孟浩然与皮日休故里、伏羲庙、谷隐寺、真武观、张（唐朝宰相张柬之）公祠……这些响当当的历史遗迹无不都在岘山宽厚的怀抱之中，说它遍山皆名胜、处处有古迹一点也不夸张。唐代田园派诗人孟浩然在家门口与诸子登岘山赋诗曰："人事有代谢，往来成古今。江山留胜迹，我辈复登临。水落鱼梁浅，天寒梦泽深。羊公碑尚在，读罢泪沾襟（《与诸子登岘山》）。"

在浩瀚的历史长河里，岘山可圈可点、可歌可泣的人文典籍不胜枚举。这使我对岘山花栎树的前世揣想，没有了空穴来风，而是深深感到了它的璀璨源远流长，它的辉煌无与伦比；它与丰厚的岘山一起承载历史的风风雨雨，一起见证襄阳的兴衰更替，以超然的淡定，以自然的延续，默默守护着这座历史文化名城的根脉——

伟哉，岘山花栎树；幸哉，襄阳古城人！

（稿于2017年11月，原连载于2017年12月5日至8日《襄阳晚报》副刊、《地名古今》文学微信平台）

家乡那城

1

谁不说俺家乡好，我的家乡是真好。

这不，盛夏七月，家乡又传来好消息——经过持续攻坚拔寨，精准扶贫顺利通过国家检查验收。一顶如家乡大山一样沉重、戴在数代父老乡亲头上的贫困帽子——如今，轻纱般地抹去了，尘埃般地吹走了，仪式般庄重地收进了历史博物馆。

按说，经过七十年的沧桑、几代人的奋斗，摘掉这顶贫困帽子极是不易，但却未见家乡有什么庆祝，也未见媒体有什么宣传。家乡再怎么低调，也抑制不了我对家乡的关注与感佩；而家乡面貌的每一个变化，家乡事业的每一项进步，我都无不为之兴奋，为之自豪。

我已离开家乡二十二载，在社会上却始终融入不了异乡的圈子，而离不开的仍然是家乡朋友圈。生活上呢，家乡风味是入了骨髓，且不说喝的一直是保康茶，吃的大都是保康菜，就是家中常备的木耳、香菇、葛粉、蜂蜜等等，也都产自保康，源自保康。工作层面的事儿只要与家乡沾边，专题调研也好，经验总结也好，我从来都是不遗余力，力求完美达成。即或是业余以闲文抒发情感，我也大都记录的是家乡物事，描述的是家乡经历。文自根来，家乡是我的根。文以载道，不敢说我的一些拙作对故乡"筚路蓝缕"的精神有什么弘扬，但我确然是凭着对荆山的敬仰之情，凭着对养育我故土的感恩之心，来字斟句酌、谋篇作文。

当然，家乡也是记挂着我的。这不，县上文联的同志日前"微"我，邀约参加庆祝建国七十周年"我和我的家乡"征文比赛,并附带誉词,似乎是鼓励,更似乎是一项硬性任务。我想,我也有义务为家乡七十年的巨变而讴歌,为我们祖国走向繁荣富强征程上的一个美丽缩影、一份生动样本写点什么。

2

打开家乡的记忆,脑子里装载很满。那山,那水,那城,那路,那村,那景……更有那勤俭善良、朴实厚道的家乡人——家乡的美无处不在,大荆山的美一文难表,无以言尽。

那么,我就姑且说说家乡那城吧。

家乡那城是县城。县城是县级行政区域的龙头。我在县里工作时,曾经有位省委领导同志到保康视察,他讲,我们很多山区群众一生都难走出大山,那么把县城建设好,让老百姓来县城看看,在他们眼里就等于看到了首都北京,看到了我们社会主义建设的成就。这位领导的话现在看来或许有一定局限性,但在当时,其鼓动性是很强的。

对于建好县城,或许自明弘治十一年(公元 1498 年)置保康县以来,历朝历代,无不都想把这座大山皱褶里的县城建好。可是,悠悠岁月,唯有开启县城建设的首任县令苏惠和青史留名。史料说,苏公为建保康县城,"以家人父子视其民,以家事综理报其国,以休戚劳苦体其闾阎",走巷进户,游说民众,捐资捐物,投工投劳,历经五载,建房三百间,筑城五百十一丈,且辅修迎晖、迎秀、迎明、迎恩、迎翠五座城门,环以壕沟;又封东坡为"官山",保护植被,搜寻泉眼,凿山开渠,引泉自迎晖门进城入井,解除居民下河担水之劳顿。民众享了方便,敬称此井为"苏公泉"。

我曾有幸与"苏公泉"相邻居住十一年,少不了常去井边悠步。其井甚圆,井口直径四尺有五,井深六尺,井台由六块扇形青石拼接而成,附近居民仍取此冬暖夏凉、清甜爽口之水饮用。有时月夜,我登泉亭(上世纪八十年代中期兴建)赏月,不免怀想苏公励精图治、构筑一域龙头之业绩。其实,正德年间的《湖广图经志》早就对苏公褒奖有加:"开创县治,凡百庶务，亲身规划，九年满去，士民流涕载道，至今思之"。可见，即便是封建时代的官吏，只要他对一个地方的建设做出过贡献，百姓都不会忘记，史迹都留有佳评。

五百余年前，苏公所建土城奠定了保康县城之基，所筑泉井成为县城最具人文情怀之古迹。可是，在相当长的一个历史时期，保康一直都是闭塞、落后的代名词。县城或因天灾，或因匪患，或因经济不兴、人口不旺，城垣颓落，市井若墟；甚至屡屡街巷俱废，城址尽失。有史为证，清康熙四年（公元1665年）在旧址修葺城垣，以茅草代瓦，覆顶为屋……凋敝状貌，可窥一斑。直至新中国建立之初，一首形象描述县城之小之陋的民谣仍有流传："保康县，赛猪圈，堂上打板子，河里大听见"；就是解放十余年后，"一无一处工厂，二无一寸公路，三无一支电灯；一个喇叭响全城，一支烟卷游全城，一盏汽灯照全城"的新民谣，依然让人倍感县城之寒碜；至于"宁到光化拾破烂，不到保康当知县"的笑谈，更是道出了保康贫穷落后的辛酸。

3

1979年10月，十七岁的我从保南小镇到县城临时就业，首次进城，竟未费吹灰之力就找到了要去的单位。那个时候，县城最高、最漂亮的建筑是保康旅社。说它高，连同楼西可见、楼东隐形的房屋地基总高四层；说它漂亮，是其建筑规模较之周围房屋阔大一些。而其对面的百货商场，要算是当时县城最热闹的地方，可商场建筑仅为一层，远不如保康旅社气派。

整个县城，无论民居还是机关，土房占半，平房当家。街道主构架大致为三角形——底边是河街，呈南北走向，南交东沟街，北接东街；东沟街与东街分别起自保康旅社及电影院，呈A形依山就势斜挂于官山坡脚，交汇于县医院正门，充当着三角形之两边。在这个三角形构架内外，不规则地布局着南关街、顺城巷、东后街、西街、西后街等短街小巷，连同穿城而过的三一六国道"将就"出来的沿河路，构成县城主城区，总面积不足一平方公里。

沿河两岸，"七五·八"特大洪水（冲毁半个县城，夺走四十条生命）毁损痕迹犹在，房屋破旧，凌乱不堪。我工作的外贸局，除了两层楼的职工宿舍有点看相，办公室、仓库皆为一层式简陋建筑，门前是城关生产队的菜园（今文化局、影剧院），仓库后的西后街及尚未成形的西街北段，包括沿河路均为土质路面。而东街的路面则具古街遗风，鹅卵石铺就，间杂的已踩磨得发亮的青石块，显露着岁月的风霜。街巷民居，不少墙面是木质板壁，打开为店面，闭合为墙体，方便生意，颇有古意。至于今天的新街、河西、夹堤一带，或为菜园，或为耕地，一派乡村景象。

而去往河西或从河西进城，跨越清溪河的是上、下游的两处闪闪桥。所谓"闪闪桥"，即以三五根钢丝绳牵连两岸，在横铺其上的木板两端凿眼，用铁丝穿眼拴绑钢丝绳加以固定而成。清溪河宽虽仅百米，但由于河心无固定桥柱起缓冲作用，人步桥上，一步三晃。如不顺势挪步，步履一乱，极易发生坠河危险，让人心惊胆战。所以亦称"颤颤桥"。

在县城短暂的日子里，我却时刻都感到有种轻松、明快的氛围裹绕，从电影院放映的内容（如《英雄虎胆》里比较暴露的伦巴舞）到街头小商贩的经营，从人们的衣着打扮（有年轻人开始穿喇叭裤）到精神面貌等等，都发生了不可名状的变化（后来才明白是改革的春风吹到山城，长期禁锢人们心灵及行为的枷锁得以打开）。不过，未及对县城续享更多美好，翌年四月，我正式招工去了马桥电站。

4

再返县城，已是 1984 年 5 月。

四年过去，县城变化明显。首先，因有马桥电站的稳定供电，城区不再有随时大面积停电或电压不稳、电灯忽明忽暗的情况发生；很多地方已盖或正在新盖三五层高的楼房；西街完全成形，影剧院开始动工兴建；新街菜地里连接车站（现紫薇广场）的马路即将打通；沿河路的路面已为水泥覆盖，路二面的街市雏形已延至夹堤一带；更让人振奋的是，清溪河上第一座钢筋水泥公路桥，于上年"七一"竣工通车，桥高八点五米，宽十点五米，连同引桥全长一百七十米，东接沿河路，西抵县城旧景"万卷书"。夜晚,桥上灯光亮起,辉映河水,波光粼粼,市民流连忘返,成为县城最抢眼的新景观……

变化远不止这些,最大的变化是发展思路的跃升。在党的十一届三中全会精神指引下,县委、县政府重新打量山,重新认识山,针对山场、矿藏、水能资源优势,时任县委书记刘代启组织论证提出的"以多种经营(木龙)为主的农业结构,以磷化工(石龙)为主的工业结构,以小水电(水龙)为主的能源结构"的"三龙齐舞"治穷致富方略,极大地鼓舞着全县干部群众的士气。

县里还把凌霜傲雪的野生蜡梅定为县花,在进入主城区的路口塑立"九牛爬坡"县标,以此倡导一种奋进精神。尽管我所在的县委机关依然在简陋的平房办公,许多干部职工在老旧的土房居住。但从县领导到一般干部,人人劲头十足,上下齐心协力,迎难干事蔚成风气。

5

从 1984 年 5 月到 1997 年 5 月,我在县委办公室工作十三年,先后服务四任县委领导,零距离地见证了他们接力舞"三龙"、实干兴百业的精彩作为。他们团结带领全县人民,以"筚路蓝缕"、"九牛爬坡"的精神艰苦创业,持续发展以多种经营为主的农业经济,农村大面积的极贫状况得到扭转;有效开发水能资源,电力实现了自给自足;大力兴办磷化工业,突破了原矿原卖的单一生产方式。

特别是蓬勃发展的小水电接上了国家电网,使以电兴工变为现实。于是,磷化加工厂、硫酸厂、纤维板厂、家具厂、水泥厂、精密铸造厂、印刷厂、酒厂、淀粉厂、食品厂等一大批工业企业,在县城主城区外围如雨后春笋般崛起,人流、车流爆发式增长,县城开始变得拥挤。

1993 年,深具战略眼光的时任县委书记李远继,提出把过境国道改至河西,变沿河路为真正的城市街道,并组织规划兴建了清溪河三桥(1990 年建成了清溪河二桥),但限于财力,河西改道关键节点难以打通,以致搁置成了李远继同志的一大憾事。

建设事业,遗憾难免。但在那十三年里,县城建设突飞猛进。几十家

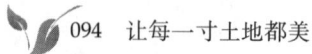

行政机关从低矮、阴暗的平房或土坯房里搬进了敞亮的办公楼；绝大多数干部职工告别了集体宿舍或筒子楼，住上了单元房；学校、医院、商场、银行、供电、供水、影剧院、体育场、汽车站、宾馆、公园等一大批公益和生产生活服务设施，以崭新的容颜释放着一个县城应有的活力，以年轻的姿态发挥着一个县级行政区域的"龙头"功能。

小街小巷曾经破旧的民居，曾经木板为壁的墙体，曾经鹅卵石铺筑的街面，皆封存进了历史相册。取而代之的是变高变靓的舒适住宅与商业门面，是规整通畅的下水道，是平坦而不再硌脚的街面。

似乎一夜之间，大街小巷还涌出了许多门店。个体、集体、国营，不同成分经营应运而生。门店牌匾，或是玻璃镶嵌，或是电子翻转，或是艺术书法，霓虹闪烁，绮丽华美。店牌是一种文化现象，是一种经济象征，何尝不是家乡那城汇入时代步伐、鼓荡岁月脉动的印记。

6

1997年6月，因工作需要我调离了家乡。但每年都要数次回家，或看父母，或过年节，或因公务……而每次回家，县城发生的新变化我都看在眼里，喜在心里，常常为整洁的街道、摩天的高楼、丰润的清溪、欢悦的沿河公园、花红百日的紫薇林、树稠林密的官山发出由衷的赞叹；更为清新的空气、纯净的蓝天、爽口的饭菜、浓烈的乡情而恋恋不舍。

2016年春节，我回家过年。车子从新开通的麻（城）竹（山）高速保康出口轻快驰出，我新奇地发现路边、河畔及至山坡高处，有许多人在那里朗声说笑，目送呼啸而过的车辆，喜悦之情溢于言表——原来，大家都是来看高速通行的。

那一年，回家过年的人可真多——因为，在新年前的腊月二十八，麻竹、保（康）宜（昌）高速同时开通。别说家乡人对此有多么激动、兴奋，就是我们这个小家庭的归程也是一路欢畅、无比开心。是啊，过去想都不敢想的进山如履平川的高速公路，却在"荆山，九州之险"（《左传·昭公四年》）的保康四通八达，却以四条高速（谷竹率先开通，保神即将竣工）、东南西北皆可畅达而一跃为湖北山区县高速里程最长、覆盖区域最广的地区。

据说那年春节,保康境内凡有高速通过的地方,都有络绎不绝观看高速"飞"车的热闹人群。年后回襄阳与友小聚,我说这个春节过得最高兴、最幸福的是我们保康人。大家听我说了缘由,无不拍手称快。

7

父母居住于河西,住所位置较高,数年来每次回家,我都会伫立窗台或上到楼顶观赏县城全景。而近些年再到相同地方赏景,视线却被一栋栋高楼遮挡,难以再看全河东主城区依山傍水、鳞次栉比、错落有致的"小香港"模样。为此,我在心里嘀咕过林立的高楼让县城"破"了相、"改"了样。其实,这是我多年形成的视野惯性在作祟。

那天,与家人一起经官山去茶埯,在城东的山脊上俯瞰县城,十数里的密集建筑,宛如一条不见首尾的巨龙静卧于青山绿水间。夹城两山,青葱浩瀚;清溪一水,碧波润城。城南处的麻竹、保宜高速互通,及其南北分道扬镳的高架桥梁,连同改道河西的穿城省道(原三一六国道,实现了李远继同志的愿望),犹如有序构筑的城市精灵,流淌其上的车辆更添一份城市的灵动……

因是登高远眺,市声得以屏蔽;因是换了视角,眼福得以饱足——此刻的家乡那城,静美如诗,灵秀似画。那向东南蔓延数公里的城市骨架;那依地势起伏而建的重重楼宇;那顺河道拦筑的梯级橡胶坝;那长堤卧波、垂柳依依的沿河步道……其精巧布局自然天成,其秀美格局终是人造。

还在新世纪之初,家乡那城就有鄂西北深山明珠之誉。如今,这颗明珠更加绚丽,更加璀璨,不仅摘取了"全国文明县城"桂冠,还荣膺"国家生态文明建设示范县",阔步前进在绿色发展之路上。

我知道,家乡的觉醒很早。从上世纪末抓"两林"(长江防护林、天然保护林)建设开始,县里就忍痛割爱,陆续关掉了纤维板厂、水泥厂、矿粉厂、磷肥厂、硫酸厂等一批不利生态环境保护的企业。这些企业是当时县里的经济支柱,纤维板厂的税收甚至占到了全县财政收入的三分之

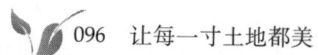

一，可它也是吞噬林木的超级老虎，其他诸厂更是环境污染的心头之痛。为此，县里决策果断，关闭彻底，还山以树茂林密，还水以河畅流长，还城以清新宁静，还民以蓝天碧水……直至把自己"还"成了襄阳的后花园，"还"成了人们爱去的"福窝窝"。

眼下，我同家乡人都在期待——随着郑（州）万（州）高铁的全线开通，保康山水生态游必呈井喷式增长，绿水青山之生态优势必成金山银山之后发优势。

家乡那城"福窝窝"，抑或该叫"金窝窝"了吧。

（稿于2019年8月，原载《野花文艺》2019年第2期，获庆祝建国七十周年"我和我的家乡·城乡巨变看保康"征文一等奖）

搬来庞公住

襄阳古城的疏减终是在做了。

机关,学校,医院,居民,从古城拥挤的空间向外迁移渐成大势。想来也巧,像是上天早就为古城的腾挪量身定做过——庞公这片十三点六三平方公里的土地,在古老的护城河外,闹中取静千载,近在咫尺几无惊扰,如同一位静待闺中的处子,契合时宜地成为古城过多现代功能疏减的绝配之地。

庞公是一块不简单的土地。东汉名士庞德公及其侄子庞统诞生于此。而庞德公这么一个有名望的人,德公只是其字(又字尚长),名却不详,生卒年亦待考,由此为我们留下了一抹历史烟云。后人尊称其庞公,大抵是敬仰他为司马徽起了"水镜"、为诸葛亮起了"卧龙"、为庞统起了"凤雏"之名。这是何等的了得呀——为三大三国风云人物命昵称者,至少与他们有着非长即友、非友即师的关系。这在习凿齿《襄阳记》中也有印证:"孔明每至其家,独拜床下,德公初不令止。"又载:"统少,未有识者,惟德公重之……"可见,当年诸葛亮是以师礼对待德公的,而对于庞统的成才,德公更是起了决定性作用。

我原本居住于荆州街(刘表任荆州牧时的治所所在地),那里离象征着"铁打的襄阳"的古城墙、护城河仅有一箭之遥。出得门去,目之所及,遍是壮丽的历史画卷;步之所至,皆有丰饶的文化典籍……这种奢侈,常常让我豪情满怀,思绪翻飞,每每品味古城蝶变,陶醉于历史文化,心中都不免升腾起缕缕思古幽情。

可是,古城疏减,势在必行。遵循"宅不西移"的古训,经过一番比

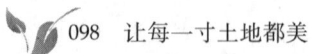

较，我选择了位于古城以东的庞公某小区，倾尽积蓄买下新居。设计，装修，通风，折腾年余。戊戌年春夏之交，我家正式搬离古城，住到了尚显空荡的庞公。

原以为，搬离已住二十一年的古城，走出那沧桑的古城墙门洞，会有一种惜别悠久历史气息的不甘与失落。可是，自打搬到庞公新居，却有一种迁离古城愈觉古城历史厚重、居住庞公方知庞公迷人的愉悦。

其实，庞公的古迹也有很多。庞公祠、习家池、谷隐寺、凤林关……稍稍向岘山扩展，还有汉代的桃林亭，晋以后的岘山亭、羊侯庙、羊祜堕泪碑、杜甫衣冠冢等等。这些古迹不仅印证了襄阳历史上便是英豪聚集之地，而且历久弥新地传承着襄阳灿烂的历史文化。与之相匹配的当然是绝好的自然山水——庞公南依岘山，汉江呈半圆环绕，地势平坦开阔，山环水抱，藏风聚气，当称襄阳文脉延续福地。目下，除了规划待建的几片土地还种着菜园、栽着果树，间或有几幢未及拆迁的民居显得有些落寞外，整个庞公，已然是个热火朝天的大工地。

每天走过建锦路，我都可以看到居家附近好几处工程一天一个样的变化。

譬如在建的庞公大桥，是世界上第四座三塔式悬索桥，从其在汉江中心立起主桥塔开始，它的建设进展每每都要摄入我的眼帘。先是北岸引桥竣工、南北两岸主塔浇铸成型，次为南岸引桥、南北两岸地锚、悬索"猫道"等同步施工，再是承重主缆索骨架设、牵引系统安装、桥面铺设……一天天，一步步，一座结构美观、连接二城（樊城、襄城）的跨江大桥建成在即。它以二点七公里的长度，使穿城而过的汉江不仅又多了一处（汉江襄阳城区段已有八座各类过江桥梁）桥景观，而且其带来的根本性交通结构改变，使庞公新区无缝融入了襄阳城市发展。

再譬如汉江国投还建小区，年前还是一片空旷的菜地，越冬经春历夏，不过三个季节，数十幢高楼拔地而起，喜封金顶。那警示安全生产的座座黄色吊塔，那显示环保施工的网状绿色楼罩，那为消减扬尘安装的一排排龙头喷洒的白色水雾，如同保护神一样，细致呵护着工区环境，见证着楼群主体工程的日渐丰满，也在为拆迁居民搬入新居执掌着倒计时的秒表。

还譬如正南方向的襄阳四中迁建项目，投资八点六九亿元，净用地二十一万六千平方米，建筑面积十二万六千平方米。不足两年，教学楼、图书馆、体育馆、食堂、宿舍，以及操场、道路、绿化等一应设施，均以优质工程大功告成。秋季开学，荣膺"全国百强中学"的襄阳四中，如期从古城整体迁入新校。想必学子们在这座宽敞的校园勤学苦读，实现自己人生梦想的路也会更宽更畅吧。

庞公的发展过去是慢了一步，但慢有慢福，后来居上。从新区定位到规划布局，从设施配套到民生关怀，从建设风格到功能发挥，都在新的理念下展现了"城市生态新区"的魅力。今日庞公，东有滨江居住区、滨江文化旅游区；中有正待崛起的中央公园、商务文化中心等公共活动区；西有古城协调区、滨江综合区。

按照功能区分，建设者们将庞公交通轴线与公共活动轴线实行分离——以南北向的庞公大桥、星光大道和内环线为依托，构筑两条交通联动轴；以公共活动区为核心呈"十"字形展开水系和绿地建设，形成两条城市公共活动轴；以东西向的庞公路为依托，西接古城、东连滨江大道、会同庞公祠打造三国文化轴。"三轴"功能互补，唇齿相依，"血脉"（路网）联通。眼下，宽阔美观的星光大道、庞公东路、江华路、向阳路已经开放了交通，新规划的十号路、常青路建设紧锣密鼓……在路网先行中，管网入地，绿化亮化跟进，供水供电供暖配套，极致体现了民生关怀……

一早一晚，从古城出来到庞公滨江路段散步的人越来越多，因为这里有着一条既有历史文化记忆、又有现代游园特色的景观通廊。在六公里的临江沿线，长藤结瓜式地布建着闸口记忆、林间漫步、雨水花园、庞公广场、滨江步道、凤雏记忆、花海漫步、阳光草坪、芦苇荡、艺术公园、岩石园、诗词园、农田景观、林间木屋等十八个景点，一段一景，景景相连。那些大量栽植的树木、花卉、草坪、芦苇，那些精致构筑的石山、景墙，那些用环保砖、草坪砖铺设的园路和步道；还有那安装了休闲座椅的市民广场，那描摹在诗词墙上的历代诗人写襄阳的诗词，那以各种景观灯来增强夜间景观效果的精妙构思，那特别设置保留的田园风光……处处都体现了"以人为本"理念，景景都令人流连忘返。

搬来庞公住，我诧异的是，火热的建设场面却并不打扰这里的清静与安宁。这里有异于古城拥挤的疏朗与空旷,甚至能够很好地消弭傍晚广场舞的音乐与夜市的喧哗。最是清晨,新一天最早的阳光总会宁静地照耀着我家的窗棂,欢快的鸟们偏要打破清晨的静谧,或婉转、或高亢、或短促地齐声和鸣,却使晨光益发清亮,益发安怡。

休息日里,骑上共享单车,或顺新修的马路,或沿正待改造的陈年村道,时快时慢,走走停停,把眼里看到的物事在心里比较。虽则高楼阔路就在眼前,虽则松软的土地还要被坚硬的钢筋水泥覆盖,庞公最后的菜农们(皆为老者)却仍在见缝插针地种着蔬菜。常常是清晨,我会遇见他们把或许是最后一季的辛劳装在篮子里,挑在担子里,载在电动三轮车斗里,去往城内的闹市。那些葱苗、蒜苔、白菜、黄瓜、辣椒、西红柿……色泽鲜嫩,品质上乘,散发着泥土的芬芳。但它真的只是庞公最后的菜农们最后一季的辛劳了——眼看要告别忙碌了几代人的菜园,眼看脚下的土地渐变为水泥钢筋王国,心中的遗憾与不舍终是难免。

我还常常溜达到江边,看那清澈江面上的行船,有时看得久了,恍若对岸的高楼装载上了行船,船移楼动,波翻浪卷,那意象,颇让人喜欢,仿佛面对的是一幅写实油画。倘把视野放远,对岸鱼梁洲的靓影,再远一些鹿门山的剪影,往往引得我随了那"远",去体味"汉之广兮中有洲,洲如月兮水环流"(皇甫冉)、"水落鱼梁浅,天寒梦泽深"(孟浩然)的意境;抑或吟起孟襄阳的《夜归鹿门歌》:"山寺钟鸣昼已昏,渔梁渡头争渡喧。人随沙岸向江村,余亦乘舟归鹿门。鹿门月照开烟树,忽到庞公栖隐处。岩扉松径长寂寥,唯有幽人自来去。"便觉到古时隐士的灵妙——相隔五百年左右,孟浩然追随庞德公隐居鹿门山。即使某天进城办事已晚,也要夜归鹿门,而捷径便是乘船自渔梁渡口登岸。待进到山中,已是月儿高照,却也到了庞公曾经的栖隐之处;虽然山岩相对如门,小径铺满松针,而对于"幽人"来讲,飘逸来去,那是多么的自由自在。孟浩然抒发隐逸情怀,诗中的"幽人"一定不是只指自己,更包括了他追随的先贤庞公。

庞公之所以去鹿门山做隐士,那也是有故事的。当年,庞公不止与司马徽、诸葛亮、徐庶、庞统等或友或师,过从甚密,他更以婉拒刘表延揽而带妻儿隐居鹿门山采药不返而名响天下。面对刘表昏妄的"先生苦居畎亩,而不肯官禄,后世何以遗子孙乎"的追问,庞公回答说,世人都想追权逐利,把危险的权势和钱财留给子孙,我则留给子孙耕读传家与平安生活,只是所留不同罢了。一席话说得刘表只好叹息而回。

庞公的"去"与"留"很是特别——"去"的坚决,隐居鹿门而彻底无返;"留"的清醒,平安乃子孙最好财富。庞公之先见、之睿智、之超然,两千年来谁能企及?这使我想到,诸葛亮在命悬一线时大叫"德公救我",一代名相弥留之际,唯呼救于德公。也曾隐居隆中十年的卧龙,或许到了此境,才明白德公隐居不返的奥秘吧。

搬来庞公住,如同住在了不朽的文化符号上。这里有千年的历史品位,有千年的沧桑感怀。可是,历史群贤超然的思想智慧,庸常吾辈抑或终生难能悟透。

(稿于2019年8月)

大美襄阳

襄阳，山南水北，水是汉水，山为秦巴余脉。三千里汉水，自沈湾入襄境，河道顿宽，流速骤减，从此才称得上真正意义上的江。

或许是人与自然的天合之作，筑于秦巴门户、水域面积逾千平方公里的丹江口水库，让汉水这个发育于秦巴山谷的小家碧玉，在走出崇山峻岭之际在此梳妆休憩，沉淀内涵。而秦巴余脉的东南分支，犹如恋恋不舍的情侣，低眉顺眼，绵延起伏，缓缓盘踞于南岸，忠贞坚守着自己的护佑。北岸呢，一马平川，无有遮蔽，似是一位敦厚的大哥，敞开宽广的家园，迎接着千里奔波的"汉妹子"的到来……于是，汉水因之而心净几许，因之而从容舒展，因之而恬然俊秀。

本是一路匆匆，到了襄阳大地，汉水却步态优雅，温良谦让。及至襄阳城，竟顺应由北而南的小清河、唐白河，包容互接，同向往南。善解"水"意的岘山，也居然收住东进的脚步，以"十里青山半入城"的优美姿态，静静聆听着"一江两河"的混声合唱。三水角力，迂回砥砺，积淀成洲。于是，在"一江碧水穿城过"的水中央，诞生了东有鱼梁洲、西有桃花岛（总面积达三十余平方公里）的梦一样的"诺亚方舟"。于是，江畔有山，山下有城，城中有江，江上有洲，山、水、城、洲浑然一体，有致布局巧夺天工……或许，在中国的城市群中，还没有哪一个城市有这样足够大的水上客厅、这样足够美的天然氧吧、这样足够好的城市之肺！

富有聪慧的古人，为了城防需要，巧借汉水，沿城开挖壕沟，依沟砌筑壕墙，形成了外为壕堑（护城河）、内有城墙的防御屏障。自汉始，经过一代接一代和一次又一次的拓宽、掘深、垒实，至宋代，襄阳护城河的平均宽度已超一百八十米、城墙长达七千三百多米。如今，九十一万平方米的护城河，因其宽为全国之最、保护为全国最好，而被誉为"华夏第一城池"。她如一块巨大的翡翠，自西由南而东环抱着古城（北为汉江天堑），与饱经沧桑的古城墙一起，向世人昭示着襄阳历史的悠久与厚重。

这就是襄阳——侧卧一江内陆腹地唯一可以直接饮用的清水，扼守汉水中游百分之七十的沃野，相伴二千八百多年厚重的历史文化，坐拥得"中"独厚的区位优势，以及四季分明、物产丰富、生产要素齐备的宜居宜业条件……没有人不向往，没有人不痴迷。

可我在这里居住许久了，至今却没有一篇赞美的文字，不是因为我懒惰，亦非我无审美力，而是襄阳之美实在是美得无从着笔。

不过，凭着我的慢品细阅，我可以断言，在古老的华夏大地，在浩瀚的历史典籍中，与襄阳这座古城相提并论的城市当是凤毛麟角。

遥想先楚，"辟在荆山"（司马迁《史记·楚世家》），开疆拓土，先后统一数十小国，鼎盛时期领域东至海滨、南达粤界、西接黔境、北到黄河，威霸春秋战国八百四十余载。而在襄阳就经历了开辟基业、强盛国力的两个重要而又长期（达五百多年）的发展阶段。古邓城、楚皇城、九连墩……这些名响华夏的荆楚遗址（所出土的绣、锦、纱、绢等图案千姿百态，车马、青铜器、玉器、漆器等工艺精美绝伦），端公舞、牵钩戏、唢呐巫音……这些传承千古的楚风遗俗，楚辞（楚国辞赋家宋玉系襄阳人氏）、楚神话、楚礼仪……这些熠熠生辉的文化结晶，无不闪耀着先楚智慧的灿烂，至今仍根植于襄阳大地，滋养着楚之子民精神。可以说，楚国的强盛之基积累于襄阳，楚文化的历史地位奠定于襄阳。这不仅在同时代的中部区域独一无二，就是在整个华夏大地也难有它域望其项背。

说到历史，让襄阳引以为豪的莫过于三国争雄。东汉末年，群雄并起，战事频仍，作为"天下之腰膂"的襄阳，命中注定会是群雄逐鹿的战略要津。一篇千古名策《隆中对》，使襄阳成为无人不晓的三分天下策源地，也使襄阳城西诸葛亮隐居十年的古隆中成为名垂千秋的智慧摇篮。在这里拉开帷幕的一场精彩纷呈的历史大戏，分分合合，斗智争勇，刀光剑影，撼天动地……三国鼎立不足半个世纪，所演义的一百二十回故事，却有三十二回发生在襄阳。司马荐贤、三顾茅庐、马跃檀溪、水淹七军、大意失荆州等可歌可泣的英雄故事，彪炳史册，千古流传；刘备、诸葛亮、庞统、徐庶、司马徽、刘表、简雍、习祯、黄承彦（诸葛亮岳父，襄阳名士）等一大批久历襄阳的三国人物，他们或为具有一定政治抱负的仁人志士，或为慕名流寓襄阳的智者隐士，或为襄阳本土成长的良将勇士，不但改变着当时的政治、文化、军事走向，也对未来的中国社会产生了深远的影响。

当然，因之而名的历史遗存也千秋永在。如大名鼎鼎的古隆中、刘备脱险地檀溪、司马徽隐居地水镜庄、刘表呼鹰台、徐庶庙、庞公祠、凤林关与水淹七军古战场……还有三顾茅庐、伏龙凤雏、攻心为上、龙翰凤雏、千头橘奴、心绪如麻、指日成功等等在襄阳诞生的三国成语典故，无不广为流传，家喻户晓。

纵观三国历史，始有隆中对策拉开魏、蜀、吴鼎足大幕，中有凤林关之役和水淹七军等惨烈战事，末有杜预发兵襄阳，东进灭吴，促成三国归晋。如果说三国这段历史是一个圆圈，那么它发端在襄阳，精彩在襄阳，终结也在襄阳。可以说，走进襄阳，就走进了三国，走进了龙腾虎跃、英雄辈出的那个年代！

在冷兵器时代，襄阳易守难攻，这得益于北有汉江之险、南凭岘山之峻、城据壕墙（护城河、古城墙）之固。然而，历史并不以一地之固而不变迁，朝代亦并不因一地之坚而不更迭。纵使号称"铁打的襄阳"，也只不过是没落政权的最后屏障，或新兴政治力量登上历史舞台的临时阶梯。作为"兵家必争"之地，有时候，这里是战争策源地，是两军决战场；有时候，这里是一个朝代终结的风向标，是一些武装叛乱的据点。几乎历朝历代，襄阳都有战事发生，仅有史记载的大小战役就达一百七十二次。三国姑且不表，前秦苻丕（苻坚之子）率十七万大军攻襄阳，萧衍镇守襄阳反齐（后在南京称帝），宋朝岳飞抗金收复襄阳，宋元于襄阳大战六年，明末李自成攻陷襄阳……从历次大的战事看，襄阳之得失，每每都关系到天下大势。尤其是当中国出现南北政权对峙时，襄阳更是谋求政权统一的基地。如蒙元不惜耗时三十九年，攻下襄阳之后，南宋很快灭亡。而在动乱时期，襄阳也曾沦为割据叛乱中心。如安史之乱后，李璘、梁崇义等人在此起兵割据，虽然维持时间不长，但却代表了一种草根政治力量。

无论是战乱频繁、战争间隙，还是历史终有那么几段兴盛安定的时期，襄阳总能以其惊人的修复力和特殊的吸引力，为天下有识之士所倚重，所偏爱，甚至屡屡成为全国性移民的重要通道和承载区。

从东晋至宋，历次战乱都有西北难民南迁。如唐末安史之乱，导致大量难民从西、中、东三路南迁。襄阳是最好的中路通道，此路北连首都长安和东都洛阳，关涉人口多，南下道路畅。一时间，"荆南井邑，十倍于初"（《旧唐书·地理志》），史载这次南迁中路难民达二百五十万之众，留居襄阳者十之二三。历史上，由于南迁人数常常多过土著，朝廷不得不在襄阳采取侨置州、郡、县的管理措施。如南宋永初年间，祖籍西域（西晋时迁入西北）的康穆，率乡族三千余家迁至襄阳岘山以南，朝廷为之专设华山郡。靖康元年，金兵攻陷开封，官吏弃城而逃，百姓弃家避乱。襄阳进士王之望返乡时，发出了"岂无新人民，往往皆旅寓"的感慨。

伴随着被迫的"旅寓"，或在一些相对安定的历史阶段，襄阳往往是一代俊杰或文人墨客的首选之地。比如，刘表治荆州的十九年间，诸葛亮、王粲、徐庶、司马徽、王叔和（晋太医）、杜夔（音乐家）、宋忠（古文经学家）、梁鹄（书法家）等一大批社会精英从外地寓居襄阳。《后汉书·刘表传》载："关西、兖、豫学士归者千数聚集荆州。"这表明，当时的荆州首府襄阳堪为全国人才洼地。杜甫的祖先即在这一时期迁居襄阳（从襄阳东进灭吴的杜预系杜甫十三代祖先，后杜甫的曾祖父杜依艺自襄阳迁至河南巩县）。东晋时期的佛教学者释道安，南下襄阳建寺弘法十五年，成为中国最早的佛教领袖。唐、宋安定时期，杜甫、李白、王维、白居易、杜审言、皮日休、王昌龄、岑参、李贺、张继、温庭筠、范仲淹、欧阳修、苏轼、黄庭坚、陆游等文坛巨擘都纷纷游历襄阳。还有唐朝吏部尚书刘晏（《三字经》里"唐刘晏，方七岁，举神童"说的就是他）随难民流落襄阳；北宋书法家、画家米芾（自称"米襄阳"）迁居襄阳；元朝淄州人杨宏道（其诗与元好问齐名）、平州人王元粹（著名诗人）、韩若拙（著名画师）为避乱而来襄阳……

这些大师级的文人画家游历或定居襄阳，留下了众多赞美襄阳的名篇佳作。如李白的《襄阳歌》："遥看汉水鸭头绿，恰似葡萄初酦醅"；杜审言的《登襄阳城》："旅客三秋至，层城四望开。楚山横地出，汉水接天回"；还有白居易感佩这里"南船北马"的地理之优："下马襄阳郭，移舟汉阴泽"（《襄阳舟夜》）；王维醉中咏叹："江流天地外，山色有无中。襄阳好风日，留醉与山翁"（《汉江临眺》）；李贺美中不足："莫指襄阳道，绿浦归帆少"（《大堤曲》）；岑参念念不忘："不厌楚山路，只怜襄水清。津头习氏宅，江上夫人城"；杜甫归来兴叹："江汉思归客，乾坤一腐儒。片云天共远，永夜月同孤"；更有襄阳本土诗人孟浩然感触至深："江山留胜迹，我辈复登临。水落鱼梁浅，天寒梦泽深"……

　　据当代学者研究搜罗，自先秦至民国，描写襄阳的诗歌辞赋达四千多首（篇）。其中唐、宋名家吟咏襄阳并留传至今的诗词达一百二十多首，加上襄阳本土作家群的作品，这两个时期讴歌襄阳的诗词超过五百首。可见，历史上游历襄阳的文人何其多矣，对襄阳本土文化产生的影响又何其深矣。比如与王维齐名的唐代山水田园诗代表人物孟浩然，同王维、李白、杜甫、王昌龄、张九龄等都是好友，在他们游历襄阳和孟浩然去长安求仕时有很深的交往。李白称赞他"红颜弃轩冕，白首卧松云……高山安可仰，徒此揖清芬"（《赠孟浩然》）；杜甫也赞"复忆襄阳孟浩然，清诗句句尽堪传"；王维曾在郢州亭子里为他画像，题曰"浩然亭"。《全唐诗》收集了孟浩然两百多首诗，其中有三十余首是他歌颂家乡襄阳的。可以说，在中国封建社会文化走向顶峰的唐宋时期，也是襄阳历史文化积淀的一个高潮期。

　　如果说襄阳历史上的政治中心、军事要津与文化高地，是为独特的地理位置、富庶的自然条件和包容的社会环境所铸就；那么，其商贸的发达则与汉江"来如行云，去若流水"的集散与流通功能分不开。所谓"南船北马"，说的是南方的物资从汉江运至襄阳后起岸，再由马车从陆路运抵长安等北方地区；而"七省通衢"的美誉，则缘于便利的水上交通使襄阳成为周边七省人口、物资、信息乃至风俗的集散地。早在春秋战国，襄阳便有商贸交易场所，楚国设"市令"官职，专门管理市场。随着商业文明的勃兴，到了明清时期，各路商人纷至沓来，襄阳江边会馆林立，码头多达二十多个，江、浙、闽、徽、山、陕、豫等省在襄阳设立会馆二十余家。南（瓷器、丝绸等）北（皮货、木材等）物资在此汇集交易之后，一些有头脑的商人就地兴办布匹、印染、铁器、木业等加工企业，吸引了大批工匠云集襄阳。他们带来的先进工艺和商业理念，不仅夯实了襄阳近代工商业基础，也加速了襄阳南、北文化交融地和经济桥头堡的形成。

因得汉江之便，天南海北，人来客往，互为浸润，孕育了襄阳开放豪爽、兼容并包、多元复合的地域文化特质，铸就了襄阳人重情讲义、贵和尚美、崇文善谋的精神气质。今天，我们从襄阳的饮食、着装等生活习俗，说话、口音的言腔语调，性格、行为表现特征等方面，都可感受到"不南不北，不东不西，不排不斥"的魅力。

如今，南下北上的火车、西进东出的高速，早已替代了汉水繁忙的帆影；沃尔玛、家乐福、电子商务，则已完全取代了旧时会馆商业洽谈；城市的有序膨胀、工业的转型崛起，更是荡尽了传统农耕社会拙朴的图景……可我一直觉得，那悠悠岁月的巨磐打磨的一个个人物依然灵动鲜活，那渺渺历史的长河淘漉的一滩滩故事依然斑驳陆离……生活在这样一个随地都可拾捡到历史的碎片、随处都可钩沉一段封尘的故事的城市，那种时刻沐浴着古风古韵的陶醉感，那种驰骋古今之辉煌的豪迈感，那种乐天享地般的幸福感，实谓享之不尽的精神大餐！

每天，我都照例或去十里江堤游走，或去护城河畔徜徉，或去古城墙上漫步。驰目临眺，汉江碧波似镜，岘山苍翠如濯，迤逦转折的古城墙静默地透着悠久的历史气息，城垛上的仲宣楼、临汉阁、夫人亭以及古城中心的昭明台，不论日月星辰映照，还是风霜雨雪浸蚀，都一直保持着古雅的遗韵，那层叠的楼阁、欲飞的翘檐、镂空的花窗，似乎在向人们诉说着古城兴衰更替的过往。而城区段的汉江已然为湖（因崔家营水利枢纽的兴建而形成七十多平方公里的湖面），与古老而宽阔的护城河焊接成一把硕大的Ｕ字锁，"锁"出了一方"道法自然"的古城布局，"锁"出了一幅"浴水古城"的天然巨画。城郭外，岘山的细腻剪影与河湖的渺渺波影相映成趣；近郊处，中国园林的鼻祖——习家池，则隐伏着汉、唐时期习氏家族（东汉襄阳侯习郁、东晋文艺评论家习凿齿等）的风云……整个古城，亦古亦今，其集古朴厚重与简约明快于一体的人为和自然之布局，独具特色地传递着一种历史文化遗存和自然风光遥相呼应的艺术美感。

当然，最富生机的还是这幅画里的芸芸众生。在每天的步行中，我都会观察到，清澈的汉江一年四季都有畅游的泳者，垂钓的闲者，捣衣的浣者，放生的佛者；而在岸边、堤上、湖畔、城头及岘山绿道，走步的，骑车的，爬山的，摄影的，练嗓的，跳舞的，遛狗的，打太极的，抽陀螺的，甩响鞭的……不一而足，各司其"好"，各得其"怡"。那种恬适、淡定、和谐的况味，那种亲近自然、贴近山水的执着，是一种意趣，更是一种生活的智慧。

　　有人说，休闲的质量就是城市的质量。但凡一座美丽的城市，必定首先是一座宜于休闲、宜于居住的城市。而一座伟大的城市，也必定是一座文化元素根深叶茂的城市。襄阳二者兼备，美伟比肩。然而，古城人并未因天赐之美而止步，更未因历史的辉煌、先贤的眷顾而浑惑。"解放老城，重塑古城，打造新城"，这不仅仅是决策者们的一种理念，而已是古城人扮美古城的一种行为自觉。做实文化软实力，致力现代制造、服务业，以及正视交通拥挤、环境污染而去打造汉江中心城市交通枢纽，实施"绿满襄阳"生态工程等举措，硬是在把襄阳城市的质量推向更高……

　　那天，在临汉门广场，华灯初上，游人如织。幽蓝的天空下，临汉阁显得更加秀雅，古城墙显得更加瑰丽，一群勾肩搭背的青年男女，喜笑颜开地燃放着孔明灯；一位外地来的老摄影家，架好摄影机，对准临汉门，连续不断地摁着快门。老摄影家见我对他的拍摄充满疑惑，无比自得地对我说："难得的良辰美景啊！在同一地点、同一背景与不同时间，能够拍摄到不同的人文景象，这是一种美的邂逅呢。"

　　在老摄影家的相机显示屏上，我果然看到了镜头里的一种不同时空的美！

（稿于2013年9月，原载中共襄阳市委机关刊物《领导参考》2014年第2期、《地名古今》文学微信平台，获"筑中国梦·舒襄阳情"全国散文大赛三等奖，收入作家出版社《襄阳情》一书）

住过的房子

"房",从户音方。《说文解字》对其字形与字源的考释确切之至——一方百姓,一户老小,居家过日子,有房才可居,有居才为家,有家才叫过日子。

当然,童年时代,父母带着我们过日子并无属于自己产权的房子。那个时候,我们兄妹随做乡村教师的父母,辗转于鄂西北荆山深处多个乡村学校,虽非颠沛流离,却是迁徙频密。好在那时搬家简单,一根扁担,一只背篓,请上一个老乡,有时甚至只是父亲自己,挑起装有衣被的木箱,背上锅盆碗盏,在某一个暑假或寒假行将结束、新的学期将要开始的某一天,全家人便缓缓走在了一条通往新的地方的崎岖山路上。少则大半天,多则一整天,我们便会来到另一所学校。像搬离原校没有任何欢送一样的没有任何迎接,父母自己找到新校已经腾出来的一间土坯房,再如搬家时拾掇物品一样简单而迅速地安顿好新家,我们便在又一个新的环境里开始了新的生活。

为使那间土坯房干净一些,母亲总会用糨糊黏上报纸贴在墙上,并特别注意在安放床铺的墙壁处贴好报纸后,再在报纸上贴一层光洁的白纸,我们兄妹常常在入睡前把脚蹬上去,高兴地打着脚的"响板",不用担心睡梦中蹭上墙壁会弄脏身体。那个年代没有复杂的家具,土坯房虽窄,安两张床铺一家人睡觉,摆两张课桌父母批改作业,放一个木质脸盆架洗漱,足矣。

上世纪六十年代末,教师遣散原籍,我们回到外婆所在的天宝寨,寄住于外婆家,母亲到大队小学任教,只有父亲在外乡几所学校调来调去。

但终归是结束了那种频繁迁徙、飘忽不定的生活。

外婆家的房子是土改分的地主的老房子，前后两个天星院，我们住的前院有四间房，相比以前住一间房，自然是宽敞了许多。但房梁因遭白蚁蛀噬已成危房，母亲申请生产队支援了几根修房木头，利用暑假请乡亲们帮忙以"干打垒"方式在天星院南北二面新盖了厨房与火屋（冬天取暖用），并打通"暗龙"（天星院下水道），重立院门，使老屋面貌焕然一新。

在这幢新旧参半的土屋里，我们度过了五个春秋。喝的是寨上的土堰水，吃的是从八里外小镇买的商品粮，烧的是自己上山拾的柴；外婆带着我们养猪养鸡，垦地种菜，靠着一种传统的勤劳，消弭了许多艰难岁月里生活的苦涩。

外婆的土屋濡养了我的童年，也给我留下了刻骨铭心的记忆。土屋紧挨后山，我们养的鸡不仅常被狐狸与黄鼠狼骚扰，而且有次半夜我们已经入睡，安置于天星院刚孵出小鸡的大母鸡疾速煽动羽翅的声音惊醒了全家。我随母亲、外婆打着煤油灯察看，惊见大母鸡正与一条乌蛸蛇酣战，母鸡夸张地伸展着羽翅，左扑右腾地极力护卫着腋下的小鸡。母亲找来一根竹竿，未及打蛇，蛇便溜进了天星院"暗龙"。为防乌蛸蛇再来偷袭，我们将母鸡一家转至堂屋，外婆一边安顿鸡窝一边给我讲，竹竿是蛇的舅舅，见到竹竿蛇便会逃掉。我惊魂未定，将信将疑，上床许久，不能入睡。

童年的胆小更表现在夜里如厕。土屋的厕所设在屋东百米开外的山根下，非常简易，就是在地上挖一个一平方米见方的土坑，用石板将坑底及坑周嵌实，坑面铺数根原木，在中心处的两根木筒间对称凿去一些木块，形成直径大约二十公分的孔洞作方便之用。蹲坑外围，则用六、七根高约三米的花栎树干，呈喇叭状围搭至顶处收为一体，树干用篾片编织系牢，表层以干透的包谷秆搭盖封严，向山一面留厕门，挂半截土布门帘，俗称"茅司"。只要天黑下来，我们上"茅司"都是要约伴的。因为紧靠"茅司"的山边有许多坟茔，如果有风，后山松林发出的阵阵吼声，以及林子里传来的夜鸟或小兽的叫声，更会增加阴森恐怖的氛围。我们小孩子尤其害怕深夜如厕，我竟由此养成了晚饭少吃稀、饭后少饮水的习惯。

1975年，我随父亲到重阳公社读初中，十三岁的我第一次住上了砖瓦结构的房子。所谓砖瓦结构，也就是墙为青砖，房顶盖的依然是与土屋一样的黑瓦。重阳中学共有两排这样的平房，前排为教室及学生寝室，后排是老师宿舍及食堂。父亲的宿舍约有十二三平米，用竹篾编织、双面粘贴报纸的"隔子"，将房子一分为二，里间安放床铺及衣箱，外间临窗摆一张三抽桌及一把高背椅供父亲批改作业，进门"隔子"处的拐角放洗脸架，去里间过道处的独凳上是一灯捻式煤油炉，有时从食堂打的饭菜凉了，父亲与我用以加热饭菜。

次年秋，母亲从天宝寨调至距重阳十多里的白腊小学，大妹也来随父读初一，一间宿舍难以栖身，只好长年借住于单身女老师那里；周六，母亲带小弟小妹来相聚，晚上住不下，我则需去炊事员那儿借宿。不过，这个星期天却是快乐温馨的，母亲用煤油炉蒸一铝锅米饭，再煮一铁锅两角钱一斤的猪脚汤，配上土豆、青菜之类，摆在三抽桌上，全家人吃得香香的。

1977年秋，父亲调至马良高中，我与大妹随父就读（当时初高中合计四年），学校分给父亲一间半房，空间大约多了六、七平米。半间为妹妹起居兼放杂物，大间仍然一分为二，不过隔墙为砖砌。父亲在外间为我支了张小床，里间则为父亲作息。"马中"房子的结构与"重中"也有所区别，虽然仍是青砖黑瓦的平房，但室外有方形砖柱撑起的屋檐，形成宽约一点六米的走廊。凡是有家有口的老师，都在走廊依柱砌一柴火小灶，用以改善生活。父亲也仿效砌了小灶，但作为班主任平时较忙，我们大多时候都吃食堂。当时，母亲仍在白腊小学，两地相距三十五里，家人往来全凭步行，我们离多聚少。母亲偶尔带小弟小妹过来，小灶才会发挥作用。记得用小灶做得最多的一道菜是菠菜煮豆腐。小镇上卖的豆腐是传统工艺制作的老豆腐，三分钱一斤，而小镇周围田好水好，盛产菠菜，这道菜我们常吃不厌。只是后来才知道菠菜煮豆腐，两者的营养成分是互为抵消的。

我们姊妹四人分随父母就读，看起来是父母工作两地分离，其实是受当时条件所限住房不便，一家六口不得不"天各一方"。暑假里，我们会用一整天时间，先步行到母亲所在的白腊，再一起行走二十多里回到天宝寨的土屋，在那里团聚一段时间，帮外婆干些力所能及的事儿。整个寒假,则完全在土屋度过,直到过完正月十五,我们才分别返回学校。

1978年10月,作为共和国最后一批下放知青的一员,我来到水田茶场劳动锻炼,住的是"干打垒"二层楼房。我们男生住二楼,木楼板很不隔音,室内说话、走动,甚至夜里梦呓、打鼾楼下都清晰可闻,男生们为此常受女生抱怨。

好在改革春风吹来,次年夏,知青返城待业。等到初冬,县知青办通知我到外贸局临时就业。首次只身来到保康县城,高高低低的街道,密集的房屋,挂着大牌子的众多单位,县城的热闹超出了我的想象。局里安排我跟一名何姓大哥住二楼最西端的房子,何哥对我很是关照,他领我买饭票、打开水,教我学习长毛兔养殖、剪毛技术(当时外贸局引进了一批长毛兔分至农户饲养,并收购兔毛出口)。不久,我被派到寺坪公社为兔农传授养兔知识,示范剪毛技术。白天,我到镇子周边几个大队登记长毛兔繁殖情况,帮助兔农剪兔毛,遇到哪家饭点就在哪家交半斤粮票、一角二分钱吃饭;傍晚,我则要匆匆赶往镇上小旅馆住宿;每周回城报告一次工作,报销一回每天零点三元的补助及两元的住宿费。整整一冬,两点一线,往返城乡,重复着单一而有趣的"兔业务",却极好地锻炼了我独立工作的能力。

1980年4月,我正式招工到马桥水电站,十二平米的宿舍住着我们三个小青年,集体配发的三张单人床依次摆放,几乎不剩多少空间,我们装衣物的木箱只能置放于床下。工余喜欢读读写写的我,只得把被褥掀开伏笔于床板上。有天,做木匠的小叔来看我,见我正在床板上用功,便比着房子的空间剩余,用包装发电机拆弃的木板,给我做了一张长一米、宽零点五米的写字台,我如获至宝。在这张写字台上,我读唐诗宋词,读当时流行的"伤痕文学",自修《山西青年》创办的"刊授大学"中文专业课程,尝试着写一些小散文和新闻报道,居然不断被县广播站采用,后来又屡屡见诸报端。

不曾想,读读写写竟改变了我的命运。1984年5月,一纸调令让我来到县委办公室。由于住房紧张,单位让我在值班室居住。值班室只有八平米,且要频频接听电话,但它毕竟是我一个人的领地。夜深人静看书写字,灯亮着不怕影响他人休息,也无他人打扰你神思遐想。1986年,组织上给了我脱产学习的机会,在离全国成人统一高考不足两个月里,小小值班室没日没夜伴我重温高中课程,使我幸运地搭上了上大学的"末班车"。经过大学中文专业的系统学习,我回县从事文案工作的能力明显提高。

成家时,我与妻子的婚房是妻子单位的办公楼,楼有四层,三楼住人,无厨无卫,生活很不方便。1989年有了儿子需请保姆,经妻子单位领导同意,让保姆住在了妻子工作的打字室里。两年后,我们终于住上了老职工腾换的两室一厅单元房。房子大了,小叔为我做的写字台却显得小了。恰好县委启用新办公楼要添置办公桌椅,我顺便买了张长一点三米、宽零点七米的写字台。这张暗红色烤漆的实木写字台,放在卧室兼书房的窗台边,与新做的白色书柜相搭配,一下子就增添了房间的书卷气。

房间大了,读书环境好了,写作也好似有了瘾。那些年,工作时间写公文,业余闲暇写散文、新闻、言论。因为小有成果,1997年6月,组织上把我调到了襄樊(现襄阳)市委政研室。初来乍到,时值房改,我却无房可分,只好与次年也调市工作的妻子及儿子在单位阅文室里栖身。

进入新千年,机关新单元楼竣工,我分到了老主任腾出来的房改房,专门拿出一间大房做书房,在放置写字台时,不想,我舍不得丢弃、特意从县里带来的一小一大两张写字台,怎么摆放都与宽大的书房不相谐调,我不得不去买了张"老板桌"当写字台。

老主任的房子建于上世纪八十年代,虽然结构不尽合理,但功能齐全,一百平方米,三室一厅,有厨有卫,暖气配套,院内绿化美观,管理规范。更让人舒心的是,房子东头紧邻襄阳古城墙,城墙下便是被称为"华夏第一城池"的护城河,家里待着,就能领略历史文化名城的厚重。

世易时移,儿子成家并有了女儿,他看中我们住的老房子周边从幼儿园到小、中学皆很近便的环境,提出买套新房我与他妈妈居住,他们住旧房方便女儿就近入学。很快,我们在庞公新区(刘备谋士庞统故居地)选了套一百三十八平方米的电梯房。买房带装修虽然花光了所有积蓄,但住在这套南北通透、宽敞明亮、位于九楼的房子里,北可观穿城而过的汉江碧流,南可赏"十里青山半入城"的岘山风光,东可览孟浩然讴歌的鹿门山之美景,西可觅诸葛亮隐居地古隆中之清幽。夜晚,汉江南北的高楼大厦,灯光璀璨,景色迷人;清晨,第一缕阳光总会执着而柔和地照耀着我家的窗棂，催人早起，长人精神。

得益于改革开放发展，我家的住房同千千万万个家庭一样，逐渐变宽变好，居住环境越变越优。不仅父母及兄妹们都各有宽敞的住房，而且渐次长大成人的后辈，无论工作在沿海还是内地，也都有着属于自己产权的房子。

人始终是有了归属才会有安全感，而房子给人的归属是与生俱来的，有了这个归属，才能静下心来创造生活。回首住过的房子，让过往生活的酸甜苦辣漫过心头，让成长岁月的艰涩与畅达直击灵魂，又有谁能不感慨——

如果没有伟大的新中国，就不会有我们这个光彩夺目的时代，更不会有我们今天美满幸福的生活！

（稿于2018年10月，原载中共湖北省委机关刊物《政策》杂志第十期"纪念新中国成立七十周年"专刊，入选中共中央宣传部《学习强国》"我和我的祖国"征文，获2018—2019年度"石花杯"襄阳文学大奖赛优秀奖）

第三辑

稚拙的步履

我的老师妈妈
——写给母亲八十华诞

1

祖国七十，母亲八十。也就是说，解放那年，母亲整整十岁。

十岁本是学堂的孩子，母亲却因家境贫寒，还未能发蒙读书，在家与兄长或上山拾柴，或下堰抬水，甚或握着把柄长过身高的农具去田间挖茆菏头、打堡子、薅草……帮衬着由于他们的父亲被拉壮丁而一去不复返的母亲艰难度日。

土改时，乡贫协主席秦大茂看到外婆日子恓惶，主张将地主的房子分给外婆，外婆带着一双儿女（姨母已出嫁）才算结束了住窝棚的历史。雇农出身的秦主席因此赢取了外婆的芳心，母亲与舅舅也因此有了待他们如同己出的继父。

1951年，秦外公送舅舅及母亲读书。舅舅已是半大小伙儿，不愿与六七岁的稚童为伍而弃学；母亲亦年有十二，便直接去了二年级教室。在二年级里，母亲不仅补齐了一年级课程，而且二年级的功课也很优异。读到五年级时，县里师资力量匮乏，应急开办简师（两年的师范教育压缩为一年）补充教师队伍，除招收六年级毕业生外，另从五年级里挑选优生参考。不想，母亲竟被录取。这样算来，母亲只念了五年书，便做了乡村教师。那时，她才十七岁。

母亲发愤读书，颇有古人车胤"囊萤照读"之坚。由于买不起煤油、作业本、毛笔，母亲采撷松脂照明背课文、赶作业，借助月光用针线缝缀草纸当大字本；写字的毛笔，则用鸡绒毛、山竹管制作。为减轻家里负担，母亲常常天不亮上学扛一捆干柴卖到小镇，下午放学归途中，再顺带打一篮猪草回家。以致从天宝寨到店垭街八里路途上红土湾、擂鼓台一带的人家，对母亲所扛柴禾还拴带一只竹篮的印象十分深刻。

当然，母亲的励志苦读并未获取晋人车胤那样的声名。但她从此改变了自己的命运，从世代贫困的家族里走了出来，为我们这个家庭未来的美好奠定了根基。

设若母亲那时候不去上学读书，就不会遇到我的父亲。说起来，母亲与父亲的缘分真像前世修来的一样。父亲的父亲是旧时私塾先生，父亲因之得以适龄就读，十六岁师范毕业分到店垭任教，母亲恰在父亲班上，这样，父亲便做了母亲的老师。对于这位入校即读二年级的"大龄"学生，父亲大约多付了些心血。母亲从父亲那里学到了最早的知识，也从父亲孜孜不倦为学生解惑中感受到了当老师的魅力。所以，在区里告诉秦外公有意想培养母亲做妇女干部（那个年代保康也缺干部）时，母亲毅然选择去上简师、当老师，实现与父亲志同道合的愿望。

2

从1957年到1988年，母亲从事小学教育工作三十一年，辗转鄂西北荆山以南多所乡村学校。在频繁的迁徙中，我印象最深的是1969年教师遣散原籍，父母带着我们兄妹从歇马茅坪迁回天宝寨。近百里路程，由于不通公路，我们步行两天才到达天宝寨外婆家。这次迁徙，留给我童年记忆的不是路途遥远，而是生活环境的巨大落差让我幼小的心灵平添了深深的忧伤——过去生活的茅坪，河水欢唱，阡陌稻香，而天宝寨不仅山深坡陡、缺水少坪，连说话的口音亦有差异，以致我们讲话常遭小伙伴们讥笑。加之我们住的下院是地主的老房子，阴暗潮湿，分给外婆时屋梁已遭白蚁蛀噬，几成危房，住在里面很不安全。

回寨不久，母亲便去大队小学任教。次年公社中学复课，父亲先赴断缰复教，后又调往万寿、重阳等地。母亲与父亲两地从教，尽管距离只有几十里，但因秦外公长期患病干不了重活，家中体力活父亲周日才能回来帮一把，平时都落在母亲身上。母亲除了操心教学及全家吃饭穿衣，日思夜想的就是修整老房子。在那个年代，修房子是件惊天动地的大事。1972年春节过罢，弟弟尚未断奶，母亲便着手准备修房木头。她与父亲上后山伐木断筒，活木头沉得上不了肩，父母便用绳索绑缚着一根根拖回家，又请木匠打好墨线，趁活木锯好橡子、砍好檩子，利用暑假请乡亲们帮忙新盖了厨房与火屋，更换了正屋梁柱，并疏通"暗龙"（下水道），重立院门，终使全家住上了安全房。

母亲在天宝寨任教六年，正值我们兄妹读小学，她既是我们的启蒙老师，又是全家生活的操持者。这一时期，母亲的月工资只有三十二元五角，加上父亲的三十七元五角，养活着连同外婆、秦外公在内的八口人。每至放学或周日，母亲都要带着我与大妹或拾柴寻猪草，或帮外婆种菜园，或到店垭街购买我们的商品粮。除了养猪，母亲还买回一只母羊繁衍小羊，连续几年饲养，使我们过年有猪有羊宰杀。而每逢过年，全家老小个个都有新衣新鞋穿。我们小孩子每每穿上新衣新鞋，兴奋之中都仿佛长高了一大截。

可是，那新衣新鞋是来之不易的。做新衣，需新布，买布得凭布票，每人每年五尺布票远不够用，母亲便与寨上无钱买布的人家协商，用洗干净的旧衣服换取他们余下来的布票，积攒起来去买布为我们缝制新衣。而新鞋呢，则完全由母亲量身定做。她将夏天里用糨糊把废布裱在面板上暴晒而成的"壳子"，比照我们脚的大小剪好鞋底，一层一层粘贴四五公分厚，经过木板重压定型，一针一线纳好"底子"（俗称"千层底"）；再比照鞋帮纸样裁"壳"成帮，帮面粘敷崭新灯芯绒，用麻绳及倒钩锥将鞋底与鞋帮双向走线缝合，一双结实、舒适、美观的"千层底"鞋才算完工。做这样一双鞋，大约需要五六个工日。单鞋加鞴鞋（过冬穿），全家老小十多双，不知占去了母亲多少休息时间。然而，最让我感念的是做鞋工序的精细和母亲的耐心。那"千层底"的针脚，横成行，竖成线，横竖皆到边，整齐又密实，当一双双鞋底纳好，极像了一幅幅精美的针绣。而纳"底子"会把钢针用涩，母亲便将针尖平抵自己的头发润一润，有时每纳一针都得润一下；有时"底子"过厚，即便中指戴着铜质顶针，也要费劲才能穿透底芯，还往往崴断钢针，刺破指头。可以说，每双"千层底"的一针一线都浸透着母亲的耐心与坚韧，都充盈着母亲的慈爱与深情。

对和父亲加一块七十元的工资，母亲每月都精打细算，买完米、油（含照明用的煤油）、盐、牙膏、肥皂等日常生活品外，总是挤出几毛钱为我们兄妹购买连环画小人书，记得《黄继光》《敌后武工队》《列宁在一九一八》等等，都是那时候我们最喜欢的画画书；我读四年级时，母亲花"大钱"买了套三卷本的《水浒全传》，父亲则买回一本浩然的《幼苗集》，引得我费了家里的许多煤油，煤油灯也多次熏黑了我的鼻孔。大约是1973年，母亲挤钱买了部收音机，每晚熄灯入睡前，母亲都调至文艺台，让我们兄妹在歌声里进入梦乡。

母亲千节万省下的一点钱，还常常接济解放前就出嫁的姨母。姨母家大口阔，几乎每年都来找母亲借钱，无论多少，母亲从不让姨母家人空手而归。那些名义上借的钱，后来都不了了之，母亲也绝少提及。对秦外公的噎食病，母亲更是四处求医弄药。终于寻访到一位老中医，开出由冰糖、枇杷叶、金银花、地牯牛等组成的偏方。母亲把糖票全部用于购买冰糖，又命我们一齐动手采回土方成分，通过煎汤口服，竟渐渐治愈了秦外公的病。

日子再苦，母亲也不忘对我们兄妹进行礼貌教育。她要求我们站有站相，坐有坐相；吃饭不允许高声说话，大人说话小孩不可插嘴；家里来了客人吃饭，小孩不可上餐桌；出门见到长者必须先叫叔或婶、爷或奶；过年绝不能说"破""死""杀""病"等不吉利字眼。还常给我们讲"吃亏是福""先苦后甜""好心好报"等故事。对秦外公的亲戚和母亲拜认的李氏干妈，每年都带着我们或去拜年，或去祝寿。母亲的言传身教，让我们从小就懂得了尊老爱幼、知恩图报、诚实善良、勤劳节俭等传统美德。

3

母亲对一家老小呵护备至，对她钟爱的教育事业更是尽心竭力。

那个年代的天宝寨普遍不得温饱，家家户户每天仅吃两顿饭。入夏后白天变长，为使孩子中午减少饥饿，部分家长会用细篾片串一串生土豆让孩子带到学校。母亲作为唯一的女老师，为孩子们蒸土豆、烧开水责无旁贷。一蒸一烧，六载如此。母亲尽的是义务，更是尽的一名乡村教师的神圣之责。

为解决学生练毛笔字缺墨汁问题，母亲发动大家带去铁锅底部烧结的炭灰、采来马桑果（果汁是紫黑色）、寻到牛骨与干牛皮（含骨胶，有黏结定型作用），掺和一块用铁锅熬制成墨汁，供学生使用。母亲还与其他老师带着我们开垦勤工俭学基地，种植二丑、桔梗等中药材。记忆最深的是二丑，花呈喇叭状，花色有红有白、有蓝有紫，藤茎满架缠绕，叶片亮绿，生机无限。深秋里，母亲领着我们去采撷外壳似扁豆、内实黑褐色的二丑，大家无比兴奋，我满脑子闪现的却是二丑开花的影子……勤工俭学培养了我们热爱劳动的意识，其收益也满足了学校购置粉笔、乒乓球拍、学生奖品等之需。

母亲关爱学生的细心，在她后来任教白腊、紫阳、西坪、鸡冠河等小学时，我都了如指掌。开学时，她必备一摞新作业本，送给家庭困难的学生；我们兄妹穿过而不再合身合脚的旧衣服、旧鞋袜，她总是洗得干干净净，收捡好以备捐给班上的苦孩子；对因故辍学的孩子，她一定会上门家访，苦口婆心地劝说家长让孩子重返学堂；对调皮捣蛋的孩子，母亲大都用讲故事的方式加以引导，从不大发雷霆，高声斥责……母亲始终教的是小学一、二年级，语数不分，知识简易，但对学前无幼儿园可上的乡村娃娃，要教会他们拼音识字、读数计算，也是不易之事。母亲凭着一种特有的爱心、耐心、细心，摸索掌握了一套自己的方法，驾轻就熟地任教着一、二年级，年复一年，无怨无悔。

4

1986年，父亲调至县财政职工学校，县城小学因教职员工超编，母亲难以随调，仍坚持在马良"镇小"任教两年。直到1988年为解决两地分居，母亲才不得不改行到县中医院从事收费工作。

离开三十一年的教师岗位，母亲非常失落，初始改行的那段日子，常常失魂落魄一般，以致有时竟做错家务。有个周日，我（那时在县里工作）与妻子回家，母亲端出我爱吃的糖包，不好意思地说味道酸了一些，但还能吃。接着又告诉我们原委，面发好后，本来是记着要放碱的，可脑子里老是过去班上娃娃们的影子，招惹得忘了加碱。不几日我又回家，却看到母亲在卧室的墙壁上贴了一圈尺余见方的娃娃头像，有男孩，有女娃，张张笑脸，纯真可爱。母亲笑眯眯地对我说，舍不得娃娃们嘛，有他们伴着，晚上睡得安稳。

母亲的话听似随意、轻松，却让我鼻子一阵发酸。我知道母亲从骨子里热爱教师职业，却没料到她对教了大半辈子、年复一年更迭的学生娃们有如此深的依恋——学校，学生，讲台，教鞭，课本，作业，甚至操场与教室里的喧闹……那才是母亲的精神世界，才是母亲心灵深处难泯的挚情！

临近五旬不尽人意的改行，对于母亲来说是将从前的一切归零，重新再来。母亲还能"凤凰涅槃、浴火重生"吗？

我的担心很快烟消云散。母亲以无畏的姿态，把克难敬业带到了新的岗位。医院收费看似简单，却责任不小。从收费开票、收整找零到入账缴存、工班衔接，稍有不慎弄错钱账，在母亲看来便是对岗位的亵渎，对职业的不敬。因此，母亲对经手的钱账倍加用心，在收费室已有工作条件下，自己又制作一个随身专袋，用以收纳钱款票据，确保安全。直到退休，母亲做了七年收费员，没有出现一分钱的差错，其爱岗敬业精神，受到医院上下一致好评，年终多次被评为先进工作者。

有意思的是，母亲转行七年，又退休二十五年，不仅医院上上下下，而且走在街头巷尾，大家都仍然叫她"郝老师"。每值此时，母亲心里都乐开了花，把舒心的笑意写在脸上。是的，这么多年来，母亲一直乐意人们叫她"老师"，这并不是她好为人师，而是神圣的老师情结已经融入了她的血液，系在了她的心间。

5

母亲打小养成的勤劳、节俭习惯，一直沿袭至今。

那年退休，母亲没了全薪，又不愿在家使闲，便自己去找零活，到土产公司分拣木耳、香菇等级，一季下来，竟将退休扣除的工资双倍挣了回来。她踏实肯干，分拣的等级达标度高，土产公司欢迎她连续几年去干一季。母亲说，勤可补拙，趁着身体好，不信退休扣减的工资挣不回来。

保康是山城，为建财校，砌了很高的驳岸才平出场地来。这样，单元楼前的驳岸一侧形成了一处满是砂砾的死角，面积约有四十余平米。母亲

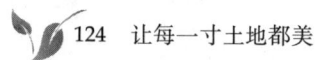

觉得闲置着可惜，便与父亲一筐一筐地搬走砂砾，挖高垫低垦平，然后到城郊请拖拉机运来熟土，将其改造成了一块菜园。自从有了这个菜园，不会玩扑克、麻将的母亲，便有了自己的最大爱好。她几乎把所有精力都投了进去，像绣花一样地经营着菜园。除了常年种植葱蒜、韭菜、芫荽等作料外，还分季分畦种植白菜、紫菜、辣椒、豇豆、茄子、黄瓜、西红柿等。盘整菜园时，母亲只施有机肥，决不打农药，菜叶上长了青虫，她花时间一条条捉走。精植细作，竟使小菜园时常"产出过剩"，自己消化不完，除了让在县城工作的老三、老幺剜走一些，还常常给她的老同事、老朋友送上一两把，让大家分享她与父亲的劳动成果与快乐。我和大妹在外地工作，每次回去看望老人，离开的车上都会装上母亲的绿色无公害时蔬，那是俩老给我们的最好礼物。

晴天种菜园，雨天母亲也不闲着，她捡起旧手艺——纳鞋垫。她说现在买的鞋美观耐穿，大家都不穿旧式布鞋了，那就为大家做鞋垫吧。每年回家过年，母亲都会拿出一沓绣花鞋垫，针脚仍是那样横竖到边，整齐密实。大人小孩，人人有份，我们选择着花形，夸赞着母亲的手艺，心里幸福满满。2015年春节，母亲给大家分完鞋垫，叹息着说，不服老不行啊，眼睛看不见了，今后妈妈做不了鞋垫了。母亲的话使我们骤然发现——这么多年来，我们脚下的鞋垫全是母亲一针一线的杰作。可是，为什么只有在母亲发出叹息的时候，我们做儿女的才能感受到鞋垫的珍贵和母亲的付出呢？

节俭是母亲困难年代熬成的一种习惯。她对食物的敬畏几近虔诚，即便生活条件好了，亦从不倒掉剩饭剩菜，总是收捡至冰箱热热再吃。而对用水用电的节省，简直做到了极致，夏热冬冷不到难耐程度，绝对不会开启空调；只有她与父亲在时，晚上客厅亮的必是瓦数最小的灯；洗衣洗菜的水一定会留用冲厕。逢年过节我们为她购买衣鞋，她总说多的穿不了了，坚持让我们不要乱花钱。

母亲从不佩金戴银，从来素面朝天。布衣素食、粗茶清汤是她的最爱，其简朴、素淡与生俱来。至今，在她身上和储物柜里都找不到一样可与奢侈沾边的物品。这一方面缘于她穷苦的身世，本无祖传之宝；另一方面在她脑子里根本没有奢华概念。她不以有珠宝为荣，不以持饰品为尚，母亲之于金银财宝，清澈得如同荆山里的溪涧，纯净得宛若荆山里的桢楠。

然而，她与父亲一分一厘节约的钱，却很大方地用于孙辈上大学、成家，且不分内外孙，不分男女孙，各人标准一样，数额不菲；去年我装修新房，母亲与父亲也给予两万元支持。这么多年来，俩老为我们晚辈提供支持达十数万元，都是从他们不高的退休工资中节省的。

母亲有一个信念，只要自己还能动，决不给子女们添负担。退休后，她与父亲通过学打太极拳、参加腰鼓队、种植菜园增加活动量等方式，坚持锻炼身体，保持身心健康。一般小恙，从不对我们张扬，甚至有次母亲在菜园摔折腰椎住院治疗，也不让在保康的弟妹告诉在外地的我与大妹，生怕耽误我们的工作。这么多年来，母亲与父亲就是这样默默站在我们背后，暗暗给力我们的工作，不仅在经济上不让我们有负担，更在精力上不让我们有牵扯。每每想起这些，我们兄妹都无比感叹，都说"天下父母心"，而我们父母的心却是那么细密，那么强大，那么灿然！

6

2019年，普天同庆，母亲也迎来了自己的八十华诞。可是，母亲却是从不过生日的。她说过，生日是妈妈遭罪的日子，这天最应想着的是妈妈。所以，在秦外公去世母亲将外婆接至县城一起生活的十五年里，每逢自己生日那天，她都会为外婆做好吃的。而外婆生日那天，她则会邀约我们回家为外婆祝寿，却唯独不过自己的生日。外婆以九十二岁高龄安息后，母亲仍然不过自己的生日，每年生日那天都与父亲"躲生"。即便是她七十大寿，也只是与我们儿女一起吃餐饭，拉拉家常，而不去收礼待客，讲排场，挣面子。

岁月汩汩，流年似水，母亲八十了。八十年风风雨雨，母亲从旧社会跨入新中国，见证了祖国的巨大变化；六十载与父亲相濡以沫，母亲含辛茹苦，养育了我们儿女子孙。家国情怀，行孝尽忠。亲爱的母亲，亲爱的老师妈妈，在您八十华诞之际，请允许您的儿子写下这篇文字，恭祝您生日快乐，祝福您与父亲健康长寿！

（稿于2019年2月，原载《长江丛刊》2019年第12期，获襄阳市作家协会举办的庆祝新中国成立七十周年"我和我的祖国"征文优秀奖）

见晓苏

1

人与人的际遇有时像谜,如水之交偏偏常系心间,神交已久往往却少谋面。我同晓苏的相交便是如此。

其实,我与晓苏小时候都生活在店垭镇,那时叫公社。公元1962年1月,他出生于油菜坡;6月,我出生于天宝寨。如果从千担沟走捷径,油菜坡与天宝寨也就七八公里。按讲,我们小学同不了学,中学是有机会做同学的。但我在店垭只读了半年初中便随父到重阳就读,他读初中则在万寿,从而与晓苏失之交臂、无缘同学。

1978年夏,我从马良高中毕业下放水田茶场,次年知青政策松动,我返校复习准备参加高考,临考前夜却突发高烧,染上痢疾。高考泡汤,却也无憾,因我自知功课力有不逮。这年,全县仅有四人考上大学,且全是"店垭娃",其中三人都与我同过学,唯独晓苏不是同学。店垭地面不大,一下子考上四名大学生,其余十个公社包括县城都剃了光头,成为那一年全县最大的新闻。作为店垭人,我着实为他们高兴、自豪,也以他们为榜样,后来经过努力,我终于从工作岗位考入襄阳师专中文系。

1994年秋,我到武汉参加会议,特意去拜访晓苏。彼时,他的小说创作已很有名气,我已读过他的《山里人山外人》《黑灯》《狗戏》三部小说集。因为也曾揣有文学梦,我对有缘同乡无缘同学的晓苏特别景仰。

在华中师范大学他不够宽展的居室里,最吸引人的是一架架整理得整齐有序的书刊。为我沏上茶后,他随意抽出几本文学杂志,上面都刊有他的小说。他告诉我他正在创作大学校园黑色系列小说,已陆续发表了十余万字。我向他吐露自己喜爱文学,业余尝试写过散文,但公文压身,常怀"鱼与熊掌不可兼得"之憾,只能把文学作为一种业余爱好。他鼓励我这样便好,主次分清,不患得失,心有安处。并谦虚地说他自己也是业余爱好,教学及校刊编辑任务重,创作用的都是业余时间。他对我讲,以后如有散文作品,可以寄给他帮助推介。他说得极为真诚,没有一丝虚套。交谈中,他圆圆的脸庞始终挂着微笑,比他印在小说集上的肖像笑得还要本真,质朴中透出儒雅,和蔼里显出善良。那时我们三十二岁,知晓他已有经年,见着他却是首次。但一见如故,似老朋友一般。

回到县里,我记着晓苏对我说的有散文作品寄他帮助推介的话,但觉得他主编的《语文教学与研究》是教育期刊,纵使其中的"教师文萃"栏目发表文学作品,我的身份与此不符。其间也写过几篇散文,没好意思寄他。1995年秋,我到寺坪调研,忆起最初参加工作在该地发展长毛兔的往事,写了散文《皮家坡之忆》,报纸副刊嫌文字长未予刊发,我试着寄给晓苏,他果真在"教师文萃"栏目刊发了两个页码,让我冒充了一回教师。不过,自此之后,限于身份不当,也担心给晓苏制造麻烦,我便没再寄作品给他。

1997年我调襄阳工作,一切都需从零开始。公文任务更加专业,工作标准要求更高,加之妻子调动、孩子上学、操心住房等等,文学兴趣便有些淡了,写的读的都少了。数年里,也知晓晓苏小说创作成就斐然,但除了读过他的《五里铺》外,其余大量作品关注、阅读都不多。当然,也因为一个时期社会阅读多元有变,即使阅读文学作品,我也偏于散文,由此中断了与晓苏的联系。但是,晓苏这面故乡鲜艳的文学旗帜一直飘扬在我的脑海里,每每提及,我仍像当年为他们考上大学一样地为他高兴、自豪。

2

不知不觉,如今我们都已步入"奔六"岁月,脚步不由自主地慢了下来。正所谓一代人有一代人的际遇,随着新媒体时代的到来,手机成为最便捷的阅读工具。也是店垭籍的八零后明瑞,身在北京,心系故土,创办了《家在保康》微信公众号，坚持刊发保康人写的文章。晓苏作为享誉当代文坛的著名作家，竟一直高度关注、支持这个平台，不仅经常把自己的作品提供平台转载，而且对平台发表的许多文章进行精准点评，激发了众多保康人写作的热情，提携了一大批保康草根作者。

晓苏的热心参与和悉心扶持，也使我重拾散文创作信心。我们互加了微信，打开了本已早有的神交之门。三年多来，利用业余时间，我写了三十余篇散文在《家在保康》《地名古今》《中国散文家》等微刊、报刊发表，其中多篇得到了晓苏的点评。他的点评有时简洁明了，如"喜欢读敬东的散文，有想法，有文采，有韵味"（《草原在南顶》）；有时感同身受，如"亲情散文一旦融进地域文化元素，顿时上了一重境界"（《送二叔走路》）；有时诙谐调侃，如"作者对岳父都爱得这么深沉，对妻子爱到什么程度便可想而知了"（《怀念岳父》）；有时誉词满满，如"敬东散文，自成一家"（《静谧的海参崴》），对我早年写的八千余字的《天留奇绝在傣乡》，他甚至说"敬东厉害，大器早成"，颇让我汗颜、脸红。他还借助点评我的长篇游记《西路苍茫》，指导《家在保康》微信平台办精办细——他写道："敬东的文字，需要逐字逐字地咀嚼，才能品透尝尽，一目十行，走马观花，绝对开卷无益。因此，我特别欣赏分段连载这种发布方式。好东西是不能一下子吃完的，吃完了也消化不了。而且，连载还能形成悬念，让读者念着想着，等着盼着。再说了，眼下微信公众平台这么多，重要的不是数量，而是质量。与其每天发一篇粗制滥造的，不如每周发一篇精雕细刻的。"他的这些点评都是通过手机微信平台阅读后的有感而发，真情实意，饱含期冀。

去年我加入省作协会员，晓苏作为省作协副主席，第一时间在微信群里发布"祝贺散文家敬东入会"的消息。我知道自己几斤几两，称"家"断是不够格的。他的真诚祝贺，他的拔高称呼，对我是莫大的鼓舞和鞭策，是温馨的激励和提携。

3

"华师"初见晓苏，算来已有二十五载我们未曾谋面。而近些年里，他频频回乡体验生活，讲习文学创作，创办"教授下村季度讲堂"，参与乡村文化振兴等等，有时我知道，有时活动结束回省城后我才知道。在互邀相聚上，他约我回保康相见的次数要比我约他到襄阳相聚的次数多。而每次，或因他到襄阳时我在外地出差，或因他约我时我不得空闲而遗憾错过相见。今年六月底，晓苏在店垭开展"家风建设与乡村振兴"讲座，二十九日晚，他"微"我："敬东好！欢迎明天来马良做客。"次日是周日，而我们周日加班已成惯例，我只能抱歉说去不了，被动邀他来襄阳相聚。七月三日，他又"微"我："敬东，周五有空吗？请来马良做客。"无奈我正陪省委政研室调研组调研，不能前往；九月二十七日，他再次"微"我："敬东好！明天有空吗？请到马良我家吃晚餐。"可惜节前事稠难以抽身，我回复"十一"假期一定去马良拜见他。

  我并无什么建树，晓苏却这样看重我，三番五次地邀约去他家里做客，我实在感动不已。十月二日值班毕，我便打电话说去马良（他们兄弟五人在此为父母盖了别墅）看他，他告诉我他在油菜坡老屋帮忙乡邻办喜事，我说我先回保康，等他忙完再去马良见他。不一会儿，他"微"我："如果你不怕苦，欢迎到油菜坡我老屋吃午饭。"我欣然应允，告诉他我从襄阳直奔万寿高速出口。他问我一行几人，还问我夫人姓名，并发来定位，详告下高速后的路线；其间，估摸我的车程后又几次打电话指点进村之路；离下高速还有十分钟时，他问我车子底盘高不高，我说是妻子开的小波罗，他让我就到高速出口等候，他派底盘高的越野车来接。其心细如丝、热情满怀，令我与妻子为之动容。

  在越野车的引领下，穿过密集的树林，绕过层叠的梯田，我和妻子到了晓苏老屋。老屋不老，坐西向东，簇新，洋气。来不及端详，迎上来的晓苏与我两手相握，四目相视，欢欣充溢心扉，笑意写满脸颊。他的微笑没变，头发依然黝黑浓密，白皙的圆脸上虽然增添了岁月的沧桑，但抿嘴一笑，灿然如淑女一样妩媚。

  午饭前，他领我参观由他设计、出资重建的老屋。迎东而开的大门门楣上，镶嵌着著名作家徐则臣题写的晓苏父亲大名"苏天铨老家"牌匾；宽敞的客厅正中墙壁，悬挂着晓苏父母的合影，两旁依次是其兄弟间、妯娌间及小辈们的照片，北侧楼梯间设置的是一排别致的书柜，摆满了他各种版本的文集；东墙及二楼走廊，有序挂着一幅幅多位知名作家的墨宝、女儿的画作以及他与妻女的生活照，二楼南墙壁则并排挂着他们兄弟五人的单照。顺走廊往南入室，他说在这间房子里特别有灵感，已有多篇小说诞生于此。

我随他来到东窗口，透过明亮的玻璃，窗外风景一览无余。稻场边，苏父五十多年前栽植的花栎树，高大粗壮，枝繁叶茂，树上的橡子已经成熟，落了满地；下拉视野，坡下悠长的山坳里，呈南北向横亘着一脉山岗，长约千米，树密林茂，酷似一条富态的卧龙，分不清哪头儿是首，哪头儿是尾；远处，黄坪、白蜡坪尽收眼底，白龙洞河绕村而流；东西南北，四山蔓延，遇口即封，逢缺便补，把数个村落围得严严实实；晓苏老屋所在的望粮山踞守于西，东北南三面合围之山，舒缓交错，豁然在目，好一个辽阔而又藏风聚气的风水宝地。最为奇特的是，紧挨晓苏老屋西北角，竟有一孔龙洞，泉水四季不涸，碧澈如镜。我忽然明白，晓苏把数年前售出的祖屋回购重建一新，也许不仅仅是留恋他们如今都有出息的兄弟五人都出生在这一风水宝地，不仅仅是留恋这里的水土滋养了他们兄弟五人的甘苦童年，而是要把这里作为他观察、思考、研究乡村变迁的标本，作为他了解乡亲所思、所想、所盼的基地，这里是他的根，是他取之不尽的创作源泉。他对我讲，退休后会每年回来住几个月，融入这里的空气、阳光、水土、故人。

其实，晓苏的精神世界从来就没有离开过故土、故人。自2012年以来，他坚持每年清明节回乡参加苏系家族清明大会，祭奠祖先，与苏氏长幼一块朗诵族训族规，就苏系家族过去一年创造生活的成绩进行回顾总结，对存在的问题进行探讨分析，结合新的努力方向提出改进办法，并作词制作族歌，将族训、族规、族歌及历年清明大会情况报告编印成册，供苏系家族参照执行。在当下乡村族系凝聚力日渐式微、乡村家族自治缺失、乡村治理载体不足的新情况下，这一由晓苏倡导、以文化为引领的苏系家族活动，可谓开创了乡村治理新风，提升了乡村精神文明区位，堪称现代乡贤融入乡村治理的典范。

在新中国七十华诞这个特别美好的"十一"节前，晓苏在又一次回乡组织开展以《美丽乡村需要动人歌声》为主题的"教授下村季度讲堂"活动后，不急于返回省城，而是留下来参加曾经的乡邻的喜事，为一对新人喜结良缘发表热情似火的祝辞，用真诚的祝愿和赞美，鼓励一对新人创造新的生活，劝慰一对新人的父母放手放心孩子们的成长与进步。接下来，他沉醉激越的乡间唢呐，他分享地道的故土喜宴，他与乡亲们插科打诨，他同从小一起长大的伙伴忆叙陈年旧事……什么是不忘初心？什么是深入生活？什么是扎根人民？晓苏以其俯身大地的行动自觉，以其泥土芬芳的优秀作品，给出了自己最好的回答。

4

开饭了，晓苏将我与妻子引至餐厅，偌大的圆桌摆满了店垭风味的各种菜肴。让我诧异的是，桌上还放着印有"苏天铨老家"标识、晓苏临时书写的客人姓名座席卡，这时我才明白了途中他问我妻子姓名的缘由。我与妻子的席卡摆在主宾位置，客人除了我与妻子外，其余均是晓苏亲戚，有爷辈苏系会长苏安发，有父辈舅舅王盛英夫妇，有平辈堂姐、堂嫂、表弟夫妇。晓苏——介绍后，我表示要让老辈子坐主宾位。晓苏说："老辈子是我的亲戚，你是我的客人，亲戚常聚，客人不常来，这样坐长辈们不会有意见。"

客随主便，我只好忐忑入席。舒服的是晓苏不喝酒，与其一样，我也无此奢好，便以果汁代酒宾主互敬，又轻松敬了各位苏家亲戚。席间，晓苏频频劝我与妻子品尝诸菜。晓苏爱人没有同来，我纳闷一大桌好菜是谁的手艺？只听晓苏对其表弟、表弟媳说："表弟在外创业，十一回来看媳妇，昨晚的恩爱可能还没透墒，但是，我现在要麻烦弟媳，你去帮忙再炒两个素菜来。"他风趣幽默的话语引得一桌人都乐了。这个时候，堂姐、堂嫂要争着去炒菜，表弟媳红着笑脸抢先站了起来。晓苏对她说："弟媳你最年轻，你最漂亮，还是你去炒最合适。"表弟媳兴致勃勃地去炒菜，不一会儿便端上来一盘切得极细的土豆丝。我看懂了，这一大桌有腊蹄子汤、腊肉炒炸胡椒、土鸡爪、青椒炒肉丝、牛肉片、小白菜、秋南瓜、土豆丝、蒸红薯等荤素搭配的佳肴，是晓苏堂姐、堂嫂、表弟媳团结协作的成果。接着，晓苏又说起了堂嫂的逸事。他说堂嫂年轻时长相漂亮，与堂哥互相对上眼后，由于那时思想封闭，不好互表爱慕，堂嫂便心生一计，在田里插秧时见堂哥从身边走过，故意歪倒在堂哥身上，便由此"失身"，堂哥从而非她不娶。大家又被堂嫂的故事逗得哈哈大笑。

都说晓苏是个有趣的人，他的生活有趣，他的为人有趣，他的小说有趣，不想他在亲戚堆里也是这样有趣，用善意的玩笑让大家开心开怀，用巧妙的玩笑令堂嫂、表弟媳争相下厨。

前不久，在写了五百余万字小说之后，他的首部散文集《桂子山上的树》出版了，读者好评如潮，称他的散文妙趣横生，耐人寻味，有晓苏式的幽默。于是，在他签名赠送我的多部著作里，我首挑《桂子山上的树》开读。果然，无论是写人与事、山与水，还是书谈与话、感与言，甚至序与跋，几乎每篇都让我忍俊不禁，让我情愫升华，让我欲罢不能，让我受益匪浅。果然，文如其人，其诙谐有趣的文字像他的人，其自然质朴的文字像他的人，其深情款款的文字像他的人，其底蕴深厚的文字像他的人。

见晓苏，真是见到了一个令我快乐的人！

（稿于 2019 年 10 月，原载《家在保康》微信平台第 1284 期）

天上有三个月亮

"明哥,今晚上咋有三个月亮在天上啊?"五岁的小丫忽然向明明问道。

"你又说瞎话了,没听东院王奶奶讲么,天上只有一个月亮。"比小丫大两岁的明明全然是副大人的神情。

"是嘛,是嘛!"小丫指着天空撒娇地:"你看那个快要落下双牛山的,恁亮的不是月亮是啥子呀?"

明明哈哈大笑起来:"月亮不在东就在西,咋会跑到北边去哟?"其实,明明说得也不够准确,月亮有时还会在中天呢,只不过那时他已是梦乡里的小客人或是没有注意罢了。

"那——你说双牛山上挨着天的,恁亮的是啥子呀?"小丫不甘认输。

"那是省城来的钻矿的叔叔,在双牛山上打井钻矿石出来,夜里都不停呢!"显然,已上小学一年级的明明知道的事要多一点。

小丫"哦"了一声,又指着东山山尖上雪一样亮堂的灯光说:"这个在东边的可是月亮喽。"小丫晓得东边,妈妈对她讲了,太阳升起来的地方就是东边。

"你又错了!"明明转身指着西天的一钩淡黄色的月牙说:"那才是月亮呢。"

小丫扬着脑袋望了月牙好久,又有话问了:"这个真的月亮,能走路的,咋又被恁尖的东西挂住了呢?"

明明仔细一瞧,忍不住笑了起来:"哈哈,那是水电站竖的避雷针,它好高呀,月亮是被它挡住了!"

小丫揉揉眼睛，又记起了她心中的东山的月亮："明哥，你晓得的真多，那东边山尖上的亮东西究竟是啥子呢？"

"那是……那是……"明明鬼精灵，他也不知道，却说："我撒泡尿了来告诉你。"说着，一扭身进了自家的院门。

片刻工夫，他喜滋滋地冲出院门来，小丫还傻等在杏树下。他来到小丫身边故作神秘地问道："小丫，你知道村里人家的小电影，是咋样放出人影来的吗？"

"不就是从电视机里放出来的嘛。"小丫觉得明明的问话简直是多余，仍然追问道："东边那亮东西究竟是啥子，你还没告诉我呢。"

"东边那亮东西跟我们看的小电影关系大着呢，要是没有它，全村人都看不成小电影了。"明明很有些拿腔拿调的，"那是电视差转台，它统管着山四转好多村子的人看小电影呢。"

"它咋管得着我们看小电影？"小丫有些不相信。

"这个，反正……我也不晓得，反正刚才爸爸说了，过不了多久，国家的'小锅盖'就要送上家门，我们可以坐在家里直接看卫星转播的小电影了。到那个时候，东山的差转台就可以不要了。"

明明不自觉地泄露了刚才跑进屋里问爸爸的秘密。不过，小丫没注意到这点，只是叹息道："那天上不就少了一个月亮了吗？"

"哈哈，你又没想转，卫星在天上转播电视，飞来飞去的，不比东山那个'月亮'美气多了嘛！"

"呵呵，呵呵，是呀！是呀！"小丫笑了，甜滋滋地叫道："天上还是会有三个好看的月亮啊……"

（稿于1983年5月，原载1983年6月1日《襄樊日报》副刊）

构 筑
―― 魏琦素描

同在一座小城,却因太多的忙碌你我无缘相识。可在湖北保康县的文化圈里,魏琦,这个名字挺响亮。

前不久,在县美术展览会上看到你的作品,印象很深,相信你是有实力的。据介绍,你近些年十五次夺得商业企业徽标设计第一名,二十多次杀入五强,其中百分之七十的作品在沿海省份和特区中标获标。

人生总有机缘。单位恰有文集请你搞装帧,电话说过意图,条件是尽义务,你欣然应允。仅仅一个星期,你便相约去看样稿。

你站在印刷厂门口等我。一米七以上的个头,身材瘦削,眼睛有神,果然不乏我想象中的干练、自信、热情的风姿。

"啊,你也瘦!"根本不用介绍,一声感慨,两心共鸣,我们便没有了初识的隔膜。

"太忙,没有面请,实在抱歉。"我说。

"电话更方便,有海派风格。"你快人快语。

"不忙看样稿,先去欣赏你的杰作如何?"

"杰作算不上,苦心倒是真的。"你领我来到你家——一间十五平方米的房子,家具、床铺占了三分之二的空间。我诧异一位县政府引进的科技人才、一位小有名气的美术设计师、一个厂团委书记和工会副主席的三口之家竟然如此狭小。

你却平静地说:"按县里的优惠政策,我是可以住得宽一些,但条件……再说,我是一名党员,若把事业构筑在不符厂情的条件上,这心里也不踏实啊。"

早听人说过，你是江汉平原上一位农民的儿子，看重文化的父母原本希望你从"状元之乡"（湖北天门连续数届高考都为全省各县市第一名）考上"状元"。可你迷上了绘画。1984年，十九岁的你出走武汉，一边在建筑工地打工，一边在工学院美术系做旁听生……两年辛苦，你拿到了专业证书，可你不是统派生，工作没有着落……

天生我才必有用，改革的大潮呼唤人才。你应聘来到鄂西北深山区保康，挑起了县印刷厂设计室主任的担子。数年苦心构筑，县里的绿茶、木耳、香菇以及磷化、食品、建材、森工等数十种工农产品，无不因你精美的包装设计而增值；四百多个县内外用户的装潢设计浸透了你辛勤的汗水；五十多个单位和个人的文集封面留下了你奉献的手迹……你是一位"红娘"啊，艺术作品与工农产品一经你的嫁接，便繁衍出厚重的内涵，喷射出夺人的光彩！

然而，你这个"红娘"独领风仪也苦心孤诣。

一个强音符诞生的周末之夜，你陷入了冥思苦想。彻夜殚精竭虑，直到凌晨四时，已是第二十二张废稿……"交电批发"……你焦躁……交……绞……蓦地，你心中升腾起一股热浪，迅疾提笔描摹了一个椭圆，采取反白手法将j—d—p—f四个字母，绳索般绞结为"交电批发"……

比例。修正。画洁稿。细细审视了不知多少遍，你如释重负，图案正合创意——反白部分上下延伸，无遮无拦，中间形似"无穷大"符号，简洁隽永，于和谐稳定中透出一种旋转突破的力度，不仅体现了"交"的内涵——工商、商商联合营销的行业特征，而且寓意着公司开拓进取、不断发展……果然，在一千一百多份征稿中，你的作品脱颖而出，被选为标模，铸造成湖北襄樊市交电批发公司徽标。

你递过来一摞作品手稿，说这都是自己夜深人静时的一点感悟——

红勋带形成一个"A"字，碧绿橄榄枝变形为"S"，金色五角星闪耀其间，这是会徽（"深圳市社会治安基金会"）。"A"形金字塔象征稳定，"S"代表深圳·社会，五角星寓意治安之光……其变异却易辨的主题构筑，简约但充实的空间处理，不露笔痕的色彩敷染，体现了深圳在改革开放中维护社会安定和国际友好贸易的治安特点，也透露出你精工于形而倾心于意的构筑智慧。难怪这一会徽在全国众多的应征者及严格的评审筛选中唯你独摘魁星呢!

你丰收的花朵可谓五彩缤纷——广东省商业厅征集商徽,你夺得第一名;广州市东乐商场通过《羊城晚报》征集场徽,你以"乐在其中"的鲜明主题摘取了桂冠;珠海房地产开发公司和深圳黄金台电子工业公司征集徽标,你捧走了金杯;深圳威盛医疗器械有限公司征集厂标,你突出"无规矩不成方圆"的企业管理理念,作品获特等奖;上海金桥大厦有限公司征集徽标,你在四千余份稿件中脱颖为第二名;第三届中国文字字体设计大赛,你夺得季军;《中国青年报》征集刊徽,你获得优秀奖;《自学指南》杂志采用过你的封面;中国大洋协会通过《人民日报·海外版》向国内外进行会徽设计招标,在激烈的角逐中,你一举中标,荣登榜首。

也许没有人会想到,这个国际性组织的权威标志,竟会是一个年仅而立的后生之构筑。此举不啻是对徽标设计界的一个信号,一种挑战⋯⋯

捧着你金色的收获,我请你谈谈感怀。你说:"在发达国家,'构筑立业'早就是一种战略,他们视工业设计为产业命脉,尊企业徽标为兴业图腾。这一'无形资产'效应也愈来愈为我国工商企业所重视。徽标、商标设计的前景十分广阔,可惜我的知识面还太窄⋯⋯"

最是虚心留劲杰。告别时,你仍一再对我说:"这只是静夜的一点感悟,一如静静的夜,我只想默默地去构筑百奖,希望不要写我。"

可是,魏琦,就冲你一如静静的夜默默构筑百奖的宏愿,我也要为你道一声祝福⋯⋯

(稿于 1992 年 7 月,原载 1992 年 8 月 14 日《中国包装报》副刊)

捉蜈蚣的孩子

中午一场暴雨,下午天又放晴了。镇南的小河,本有些浑浊,但经晴空一映,扑入眼帘的却是一河碧浪。

晚饭后,我照例去河边柳林里读书。走至阅读的老地方,只见一个男孩只身在一堆乱石跟前翻着卵石。蓦地,他好像捉住了什么,双手紧密配合着一阵忙碌……

这孩子,一个人在这里玩啥游戏呢?

走到他的身边,天呵,我的心颤抖起来。这孩子一双灵巧的小手,"游戏"的竟是一条令人生畏的绿幽幽的蜈蚣。这孩子简直太无聊了,也许他还不懂得蜈蚣会分泌毒液伤人。一种责任感油然而生,我急促地喊道:"快弄死它,快用石头砸死它!"

难道是哑巴?这孩子连头也没抬,仍旧自若地"玩"着那绕来弯去的蜈蚣。我被他从容的神态所震慑,眼睁睁地看着他用两手按住蜈蚣头部,将一根极薄的竹片的尖端插进它的头部,又将另一端插进它的尾部。那刚才还活灵活现的蜈蚣受不住竹片的绷劲,纹丝不动了。这孩子一系列娴熟的动作和坦然的神情,全然是个大人。

他真是哑巴吗?我这样想。但是,当他明亮的眼睛与我疑惑的目光相碰的时候,他那满是汗珠的双颊上绽开来一对甜甜的笑窝:"吓着了吧,叔叔。"

嘿,他不是哑巴!他分明是个灵气而知礼的"神童"呵!我也笑了:"你这孩子胆子这大!叫啥名?几岁了?"

"我叫家宝,十岁,捉蜈蚣是我的拿手好戏呢。"

好干脆的孩子！我格外喜欢起他来："讲讲你的拿手好戏吧。"

家宝从柳枝上取下来一大串蜈蚣，这是他一下午的收获。他说暴雨后的乱石堆里蜈蚣最多也最好捉；说捉蜈蚣的窍门儿不大，按住它的头部后剔除那对带毒腺的前足就可放心捉了。家宝说得在理，说得轻松。

他讲完，我问："捉蜈蚣做啥用啊？"

"做药用呗。供销社八角钱一条收购呢。"

"买一条蜈蚣换一根冰棍么？"

"叔叔小看人。"家宝鼓起了小嘴，"我和姐姐订了'合同'，她当老师，在暑假里辅导我下学期的课程，我用卖蜈蚣的钱买一个顶顶漂亮的笔记本谢她。"

"呵呵，叔叔想错了也说错了，真不能小看家宝啦。你们的'合同'订得很有意义！"

听到夸奖，家宝高兴了："我抽空干，争取下学期上学不让爸妈给我交学费。我的学费加书钱也就四五十块，一个暑假捉百十条蜈蚣就是七八十块，剩下的钱买笔记本谢姐姐，要是她辅导我学习的成绩大，我就再奖她一支好钢笔。"

望着这么一个纯真、知礼而追求上进的孩子，望着这么一个才十岁的捕捉蜈蚣的孩子，我还有什么话问，还有什么觉得好奇呢？

我只觉得，应该记下这个孩子的甜甜的笑容……

（稿于1984年5月，原载1984年6月7日《襄樊日报》副刊）

稚拙的步履

调入这座城市，犹如稚童之启蒙，处处需蹒跚学步，从头开始，常常要受制于人，如履薄冰。原先在家乡县里那种游刃有余的景况不再，取而代之的是一种莫名的隔膜。

在最初那段调适环境的日子里，我无时不被自卑所困扰，对家乡的失落和对人生的无奈，更是无情地咬噬着一颗彷徨的心。我总觉得，自己这一被人称好的人生转折，其实是很幼稚的。

心情的黯然不期因一次聚会而释然。那是先我而来这座城市的那座深山电站的老同事为我接风的一次聚会，十二三人中，从政的，经商的，搞技术的，办实业的，仍做电工的……大家欢聚一堂，平等相处，忆往说今，纵情谈笑。

我作为餐桌上的重点，大家轮番与我碰杯，因为不胜酒力，我来了个"重点转移"：

"请诸君为在电站既'开花'又'结果'的惠举杯祝福吧！"

惠在电站工作时间最长，爱情花而有果。其夫挺是大学毕业分配到电站的外地人。早先，别人是寻取各种方式调离偏僻而单调的电站，惠靠的是自己的努力考上了水利电力学院。学成回站，与挺成家，共同担负电站的行政与技术领导。十多年里，两口子比翼双飞，站上人有口皆碑。直到几年前，才先后来到这座城市。但是，闲不住的挺又告别妻女，支边去了西藏——他俩，真是让人钦佩的一对。

我的"重点转移"非常成功，大家群起与惠把盏。就着酒劲，惠推出了自己的"爱果"："小矢，你爸今天不能来为叔叔阿姨敬酒，你代表你爸给叔叔阿姨敬斟一杯吧。"

小矢十二岁，留着运动发，扑闪着一双美丽的大眼睛，懂事而大方地捧起酒瓶第一个给我斟酒。

惠介绍说："这是郝叔叔。"

"郝叔叔？是不是写我们电站的那位郝叔叔？"

惠点头称是，小矢顿时满眼敬意地把我看了又看。喝过她替她爸的敬酒之后，小矢又给我斟满一杯："郝叔叔，我代表我自己敬你一杯！"

"为什么？"

"晴日，坝里的水，就像碧绿的明镜，倒映着天光、山色、树影和雾带；丰水期，坝上的溢流，宛若迎风悬挂的一匹白练，发出巨大的'哗哗'声，那倾泻的激流所腾起的水雾，与游移在河谷里的岚霭汇合一处，使你不禁联想到生活的壮丽……"

我目瞪口呆，这是我十五年前写的那座深山电站散记的内容，一些句子我早已淡忘，却不料小矢姑娘竟能如此流利地背诵！

小矢见我发愣，连忙解释道：

"那年我随妈妈从电站到这里上学，学校发的乡土教材上有您这篇散记。老师在辅导阅读时，特别提到我就是从课文上的电站来的新同学，并让我回答本文描写了电站的哪些景色，融入了作者的哪些思想感情，我回答得很好。同学们因此都很羡慕我，纷纷主动与我交往，争着向我了解电站的山水景物，我与城里的同学们很快有了交往和友谊。我为自己出生在电站而自豪，也一直想见到写电站的您，谢谢写电站的您！"

小矢的诚挚谢意，使当年我们在电站生龙活虎的工作与生活景象跃然眼前……十五年过去了，我不知道自己在二十一岁时写的这篇稚拙的散记能被编入这座城市小学的乡土教材，更不知道这篇稚拙的散记，能给一位同我一样初到这座城市而感到孤独的小矢姑娘带来人际间的沟通和心灵上的慰藉。

一篇稚文，一星亮点，自有一种精神、一种力量。其实，这座城市早就在接纳我，早就给我发出了"船票"，只是我来得迟了些，取得的这张"船票"旧了些……

回望走来这座城市的步履，我们聚会的一群没有哪一位不认为没有哪一步不稚拙，尤其是那最初的自卑与彷徨，更是大家在人生路上转折时不可逾越的阶段。

或许，唯有昨天稚拙的步履和今天稚拙的自卑与彷徨，才可以铸就明天成熟的信念与辉煌吧！

（稿于1998年8月，原载1998年11月13日《襄樊晚报》副刊）

童言味觉

儿子上幼儿园的第一天,在家里说好到园里不哭的,我与他妈妈从园里离开时尚且还好,但我们走后,或许是受其他小朋友哭撵家长的感染,他也哭了起来,并且很可怜:"呜呜……我好恨自己长大了哇……呜呜……长大了,爸爸妈妈就送我上幼儿园啦……呜呜……呜呜……"。如此边哭边诉,惹得他一下子成了幼儿园里的"名人"。

中午接他时,老师们兴致勃勃地给我说这事儿,惹得我好笑也好怪——三岁的儿子何以哭出这样的话来?仔细想来,儿子的"哭语"不仅反映了他由个体走向群体对事物变化后的怪诞思维,而且包蕴了他对初入幼儿园这个"大社会"缘由的理性思考。你看,他认为初上幼儿园不适的原因是"恨自己长大了",这一思维的表述令我们成人始料不及,怪诞中蕴含着理性呢。

有一次,我与儿子(四岁半时)绕着新买的圆桌玩游戏——看谁先抓住谁。他突然停下来说:"爸爸,你在后面跑,我跑快点抓住你了,你是在前面;我在后面跑,你跑快点抓住我了,我是在前面。我俩一样在后面,也一样在前面。"我听完他的话后,连声称对,并表扬他是爱动脑筋的好孩子。儿子在游戏中的这一感语,应该说是相对主义的精彩发现吧!

杏子成熟的季节,儿子近五岁。一天晚上,我们一起吃杏子,儿子问:"爸爸,杏子在树上是活的,吃进肚子里会死吧?"我说:"可以这样看,杏子在树上熟透后掉在地里可以长出小杏树,吃进肚子里,把杏核当玩具,小杏树就长不出来了。"儿子迅速接过话头:"那我把杏子的'骨头'(杏核)埋到花盆里让它活吧!"儿子对"吃杏子"问题的提出,可以说是他从不同位置对杏子生命状态进行思维的结果；同时，他还界定了杏子的生死条件，最后再为杏子的"生"找到了"出路"。

我每天必看电视新闻，妻喜欢看电视剧，看动画片则是儿子的"专利"。对这种看电视的"格局"，不足五岁的儿子也宣布了自己的发现："爸爸是'新闻'，妈妈是'电视剧'，我是'动画片'。"嘿，他竟然"修"了一回"辞"，从看电视这一事物中捕捉到了一种真谛，其评论不能说没有哲理味儿。

美国当代哲学家马修斯曾经说："幼童与生俱来就有运用哲学的能力。"幼童的思维怪诞、神秘、朦胧，完全不受常识的支配和干扰。儿子的一些哲理性稚言，绝不是凭其知识和经验所说，而是对事物的疑惑和惊奇的一种自然探询。所以，他的提问也好，"发现"也好，都未滑入既定思维的轨道，跌入既成经验的陷阱。因此，儿子的提问不仅鲜活，而且评论还具有独特的哲理味儿，这就不足为怪了。

由此，我想到，现在流行的对幼童过早过量的知识化灌输，往往对幼童的提问给予既定的常识性解答，虽然使幼童思维的稳定性、现实性、理解性、逻辑性得到了增强，但相对来讲，却弱化了他们固有的惊奇性、想象性、疑惑性和创造性。不难想象，这将导致幼童思维的平庸与机械。

我觉得，对于幼童思维智能的培养，应禁忌机械性的经验灌输，那些既成的大量常识，只能作为扶助性方法加以应用。较为适当的办法则是侧重于对幼童思维智能的"哲理性"培养，找准其早期教育的"聚光点"，开放方法，循循善诱，以点燃幼童思维的火花：

——这是童言带给我们的一点味觉吧。

（稿于2000年10月，原载2000年11月6日《湖北教育报》文艺副刊）

祝你一路过关

在列车餐厅认识了茜与其父。

茜紧紧依偎于父亲肩头,双眼红肿;茜父神情黯然,一脸沮丧。

正想问父女俩有什么苦衷,一位高额头的列车员过来劝茜:"吃点饭吧,别再哭了,情绪坏了,怎么唱得好歌?你现在是什么事情都要放下,怎么对唱歌有利怎么做,努力变坏事为好事。"

"昨夜一宿未睡,到现在三顿饭都没吃,又哭了好几场,"茜父一边对列车员诉说一边爱怜地擦拭着茜又涌出来的泪水,"都怪我不小心,都是我的错。"

茜父懊悔的脸色使你不得不动恻隐之心。

我与他们攀谈起来。原来茜父是陪女儿去福州参加东南电视台举办的"银河之星"歌手擂台赛的,因为从家乡重庆开县乘汽车至达州未赶上直达福州的列车,只得挤上一百七十八次,到武昌再转车去福州。

可是,在达州挤车时,茜父为防窃特意缝在裤袋里层的两千五百元现金,还是被扒手破裤掠走,父女俩一下子失去了一多半盘缠,而这笔钱是双双下岗的茜之父母数年的积蓄。为了节省,父女俩不仅压根儿未想过乘飞机,而且连卧铺票也没舍得买。父女俩计划到福州后,住最便宜的旅馆,吃最廉价的饭菜,用四千元在南方大都市度过三个星期的赛程。

可是,现在就只有茜衣兜里装着的一千五百元了。

我问茜的演唱实力如何,茜父自豪地说,女儿在本地是个"名人",十七岁从万州师范艺术班毕业,两年来,在市里和县上举办的演唱比赛中屡获头奖。

茜接着告诉我，她早于三个月前就作了准备，将自己演唱的《白发亲娘》《东西南北兵》《山丹丹花开红艳艳》的录像带寄过去，原以为没啥希望，不想一周前却接到了东南电视台的参加正式竞赛通知。说这些话时，茜的脸上露出了一丝欣慰的微笑。

我问茜父为何夫妻俩都下了岗，他说他们两口子原来都在供销社工作，这些年一直亏损，上班也拿不到钱，现在搞买断经营，自己又无经济实力买断门店，不得不双双下岗帮人看店。

他又说，女儿唱歌有一定基础，他与茜母全力支持。这次南下，手头本来很拮据，但觉得女儿是第一次出远门，怎么也放心不下，陪着她，让她有份安全感，也增加她一份自信心。钱财是奴才，去了又回来，可不该"去"了不该去的地方啊……

可怜天下父母心。把女儿视为希望的茜的父母，在倾其积蓄陪护女儿奔赴希望的路上，出师不利，遭窃遇恶。然而，有恶必有善。一百七十八次的列车员们把父女俩请到餐车，免费提供饭菜，捐助心意，劝慰开导……这浓浓的真情厚意成为父女俩的意外收获。

武昌站到了。留下出差费用，我向茜递过去自己的五百元捐助："祝你一路过关，取得佳绩！"

茜刷地又滚出了泪珠："谢谢叔叔！谢谢叔叔！"

真的，我极希望这感激的泪珠变作她获奖时喜悦的泪珠！

（稿于 2000 年 11 月，原载 2000 年 12 月 9 日《襄樊日报》副刊）

难忘"萝卜丁饭"

上世纪六十年代末,教师各回原籍,因为父亲成分不好,我们只得搬到"根正苗红"的母亲娘家——银杏寨。

从河水碧蓝、阡陌稻香的平川迁徙到山高坡陡、缺水少坪的山旮旯,那种骤变的生存环境的巨大落差,在我幼小的心灵上烙下了深深的忧伤——我不懂,我们为啥要从车水马龙的平川搬到偏僻闭塞的山寨?在感到天空也变得小了许多的新的生活环境中,白天,我万般失落,无尽地思念着平川的田渠、小河里的游鱼和阡陌上的蛙声……夜晚,迁徙途中的一些留在记忆中的山泉水、青石板、大屋场……像路标一样清晰地浮现在我忧郁的梦境里。常常从梦中醒来,躺在床上痴迷地盼着有一天能沿着这些"路标"返回到神往的平川去……

住在银杏寨的舅家,时间稍长,舅母与外婆便因我们的"滞留"而有了农村常见的矛盾。自然,外婆是向着我们的。

我们终于搬出舅家,在"下屋"(土改分给外婆的地主住房,有上下两个天井院,下天井院的三正一厅为"下屋")另立门户,外婆也随我们住在了一起。

不久,公社中学复课,父亲被通知赴教,母亲则留在寨上小学任教。在银杏寨过活的五年多里,父亲一直在几十里外的几所公社中学调来调去。那个时候政治挂帅,阶级斗争的弦绷得很紧。父亲出身富农,处处小心行事,竟致许多个星期天也难以回家。大约从九岁开始,我就常随母亲下到小镇,购买我们一家的商品粮。四五年间,我背负的粮食由十几斤增到二三十斤;八里路程,又是负重上坡,每次买粮,我和母亲都累得汗流浃背。可心里总有一丝甜意——因为,我们的商品粮里,大约有百分之三十的稻米。在银杏寨,唯独我们一家有此细粮呢。

寨上都是旱地,主产苞谷,那时不兴商品经济,产啥吃啥,一年四季,寨人都是半粗粮半瓜菜(土豆、红薯、萝卜)地过活。哪家老人生病,实在想尝稻米,唯有到我家或借或换(以苞谷糁)一碗半升。我曾亲眼目睹,有家老人生病后,将从我家换回的稻米,用瓦罐熬药一般煨成粥,老人喝过之后,病竟似去了一半的清爽。

那时候,母亲、弟弟、妹妹及我,粮食每月定量加起来不足百斤。可是,到我家要求兑换稻米的寨人却越来越多,尤其是几户在平川没有任何亲戚的农家,为了过年能吃上稻米饭,非到我家换米不可。这样,我家有限的稻米终于不经换了。为了不让乡亲们失望,外婆唯有节省稻米。于是,除了过年过节我们能吃上一顿纯稻米饭外,平时的主食总是黄(苞谷米)多白(稻米)少的"两搀饭",甚至隔三岔五地还要吃几顿苞谷糁与红小豆合煮的"泥巴饭"。这种饭呈暗红色,不干不稀,香软可口,其实很有营养。可在我幼稚的感官上,总觉得没有那雪白的稻米饭好吃。真的,那时我们孩子家视吃一顿稻米饭为最大的快乐。

银杏寨出产一种婴儿一样长、一样胖、一样白的萝卜。进入农历十月,生产队连缨带蔸分到户的萝卜,每家都能堆满半个堂屋。我家因只有外婆在队上分口粮,分得的萝卜很少,外婆便在菜园里种了一块。外婆种的白萝卜生吃极甜,土窖不易泡心。在干燥的冬季,吃这种水汪汪、脆生生的白萝卜,简直是一种奢侈的享受。然而,外婆对它的另一妙用,至今想起来也堪称一绝。

记得那年入冬后,忽然有一天——并非过年过节,我们竟吃上了久违的雪白稻米饭——准确说,是白萝卜丁搀稻米做的饭。外婆的"萝卜丁饭"做法其实很简单,先将吊锅(鄂西北与鄂西南交界一带用模具铸造的一种吊在火塘上煮饭的圆锥形铁锅)里的水烧开,放上一定比例的稻米小煮一会儿,再将预先剁成米粒一样大小的白萝卜丁添加到吊锅里去,然后用一支长柄铁勺慢慢搅匀,在饭将熟未熟时,从吊钩上摘下吊锅,煨到火塘里的红火灰上,单面向火,定时转动,四面烤完即熟。从火塘里提起吊锅,待"熄火"一两分钟后,揭开吊锅盖,那种混合着稻米醇香和白萝卜清香的特殊饭香直扑鼻息，沁人肺腑；加之更有我们孩子企盼的雪白的感观刺激，我和弟弟、妹妹们一时胃口大开，美美地吃饱了肚子。可是，外婆为节省而把稻米与白萝卜的比例大约放在三七开，萝卜本身水分大，又有下气、消食之功，所以外婆的"稻米饭"是不经饿的。于是，外婆改进做法——将新鲜的萝卜丁饭放上油盐，经厨屋的大锅一炒，既省了做菜，又吃了受饿。只是，"萝卜丁饭"的折耗更大了，外婆每每要用特号大吊锅蒸上满满一锅，才够全家人吃上一顿。

有天放学回家，火塘里的吊锅飘出了奇异的香味，煮溢的米汤滴在柴火上油似的噗噗燃烧。外婆笑看着我们："看嘎嘎（鄂西北与鄂西南交界一带方言，即"外婆"）今儿给你们做啥好吃的。"

饭端上来了，呵，真香！奇怪的是，雪白的"萝卜丁饭"里，星星般地点缀着油腻红亮的肥腊肉丁，伴着热腾腾的蒸汽，腊香扑鼻而来。我不禁口水四溢，未容细品，两碗咸淡相宜、鲜美可口的异样"萝卜丁饭"便入了腹、饱了肚。外婆爱怜地看着我们狼吞虎咽的吃相，轻声说："噎住了吧，下次嘎嘎再做给你们吃。"

果然，此后每隔一段时间，我们都能吃上一顿萝卜肥腊肉丁饭了。这种添了腊肉末的"萝卜丁饭"，与以前的油盐萝卜丁炒饭大有不同——因为未经锅炒，口感新鲜，味道纯美；因为掺有肥腊肉丁，吃后耐饿，增长精神；因为有白萝卜丁的抑制，腊而不涩，油而不腻……后来，我听说这种"萝卜丁饭"有止咳嗽、治痰喘、消腹胀之疗效。我想，所谓"萝卜上街，医生失业"的俚语，深意就在于此吧。

困难出智慧，苦难见真情。"萝卜丁饭"——外婆这一独出心裁的"发明"，不仅满足了我们幼稚的"稻米饭"情结，滋养了我们苦涩的童年；更节省出一些稻米，使我们这个"臭老九"家庭与银杏寨的乡亲们结下了真情，共渡了患难……以致后来我们迁离寨子的时候，乡亲们含泪相送，依依不舍，那种真挚的感情金钱难买，予人教益……

"萝卜丁饭"——我童年有滋有味、有情有调的难忘的饭！

（稿于2007年7月，原载2007年8月23日《四川政协报》副刊，入选2016年1月10日《南方杂志》2016年"吾土吾乡"征文）

"洒了心疼"
——写在外婆诞辰一百周年之际

小时候吃饭,总会不经意地将些饭粒或菜肴拨弄出碗外,洒到地上或桌面。每值此时,外婆最常说的一句话是"吃了不心疼洒了心疼",并往往还补上一句让小孩子感到害怕的话:"饭洒在地上是要被雷打的",以此提醒我们吃饭不要跑冒滴漏,用餐也要专心专意。

外婆没有文化,自然不会用"锄禾日当午,汗滴禾下土;谁知盘中餐,粒粒皆辛苦"之类的警世古诗赐教。但外婆质朴而富有哲理(质朴在于通俗易懂,富有哲理在于温饱不足的年代,家人吃得再多她都不会心疼,而洒了是浪费她则非常心疼)、吓唬而确能警醒的话语,犹如一条"定心真言",让我受用至今。

上世纪六十年代末至七十年代初,母亲在外婆所在的村小、父亲在二十多里外的公社中学任教,我们的商品粮按月定量供给,父母各二十八斤,我们兄妹各二十二斤。我们正长身体,菜肴油水却不多(油每人每月定量四两),只得以多吃主食来弥补长身体之需,"粮荒"在所难免。外婆为此想出了"瓜菜代"的办法,或用红小豆、萝卜丁掺进主食里,或用南瓜、土豆、红薯块垫到饭锅里,从来没让我们饿着肚子。

那时候每个周末,我们都等父亲回来吃饭,一般都要等到掌灯时分父亲才能到家。于是,大家欢天喜地,就着一盏挂在土墙上用小号墨水瓶制作的煤油灯,围着一张经年漆黑且桌面凸凹不平的小方桌开始吃饭。由于光线昏暗,土屋不够宽敞,人一多,大家胳膊肘儿触触碰碰,饭粒菜肴难免洒泼。每每至此,外婆与父亲便抢着将掉落在小方桌上的饭菜夹起来放进嘴里……这一幕,在这种时候这种场合几乎每次都有上演,这似乎已是他们的一种习惯,而我们小孩子家也习以为常地以为这是大人们的"必须动作"。

我至今记得外婆做饭下米时的一个细节——那时我家有个葫芦瓢,满满一瓢米正好一家人吃一餐,每次下米,外婆总是在舀满一瓢米之后再抓一把(有时甚至是两把)回放到米缸里。有次我憋不住问外婆为什么这样做,外婆幽幽地告诉我:"一顿省一把,十顿省一餐"。我顿时明白,这省下的一把或两把米,外婆是要用"瓜菜代"的办法加以填补的。正可谓苦难出智慧,在艰苦的岁月里,外婆做到了既让我们每餐吃饱,又精打细算着"顿省一把,多食一餐"的长远。

外婆教人节俭的俚语很多,比如,"不喝酒,不吸烟,一年省头大黄尖(耕牛)"、"勤俭永不穷,坐吃山也空"、"吃不穷,喝不穷,算计不周一世穷"、"紧紧手,年年有"、"细水长流,遇灾不愁"等等。但外婆并不常把这些俚语挂在嘴上,而更多的是用最平凡最日常最直接的行为给我们做示范。

在我童年的记忆里,生产队里每年秋收后的田野,总少不了外婆那小巧的"遛秋"(捡拾收割后的遗留)身影;即使有限的一点自留菜地,外婆也总是把它种得满满当当,一年四季皆可从中收获餐桌上的需要;从外回家,外婆从不空手而归,手里不是一根柴禾就是一把猪草,或是一抱既可做燃料又可垫猪圈的包谷秆、枯树叶,有时甚至会兜回一泡菜园需要的牛粪。自己劳作之余以及我们放学之后,外婆总要带着我们去田边地头打猪草,并对我和妹妹打的猪草分别过秤(谁打得多谁得表扬),在村上的那几年,我们家竟然每年腊月都可宰头肥猪过年;并且,每逢新年,全家人都能穿上外婆与母亲一针一线纳的"千层底"新布鞋。但是,家里好吃的,一般只有来了客人和过年过节,外婆才会拿出来让我们解馋。四年级时,我迷上了《水浒传》,每天晚上都要就着小煤油灯看上几回,时间久了,外婆心疼煤油,便在本来很小的墨水瓶式油灯里留下不足三分之一的煤油,燃尽为限,剩下的故事再吸引人也只能躺在床上想象了……所有这些儿时的生活细事,当时我们自然感知不深,甚至于觉得外婆特别吝啬、苛刻。

然而，日深品质现，事久益处显。在我们顶着"紧箍咒"历经童年的苦涩与温暖的岁月渐行渐远的时候，在外婆以九十二岁高龄离开我们、今年一百周年诞辰的时候，在不经意间我亦走进知天命的门槛的时候，回首过往，外婆的勤劳与节俭，外婆的精心持家与"抠门"之举，外婆朴实无华的"吃了不心疼洒了心疼"的家训，如同一笔特定时间、地点、条件下形成的独特而不朽的精神财富，深深根植到了我们的血脉之中，又如那年复一年春天的夜雨，潜入到了我们人生所有的春夏秋冬。

几十年来，无论生活清苦还是物质充裕，我们全家一直都把克勤克俭、爱惜物品、敬畏食物作为一种操守，把细水长流、省能补贫、俭可助廉奉为一种境界。不仅上下人老四代不抽烟、不嗜酒，而且特别反对胡吃海喝、暴殄天物。尤其年过七旬的父母，退休十几年来，一直坚持经营几分菜园，享受着自劳自食的乐趣。他们勤俭的品格，良好的心态，健康的身体，是一种珍贵家风的承传，更是我们做儿女的一种福分。

但愿外婆九泉有知，在您百年诞辰之际，谨以此文谢您家训之智，慰您在天之灵！

（稿于 2014 年 4 月，原载 2014 年 4 月 15 日《襄阳晚报》副刊）

家有灵龟

儿子自幼喜爱小动物，带他去野外玩耍，那些小蚂蚁、小蚂蚱、小蚯蚓、小甲壳虫……都特别让他好奇和快乐。而夏天领他去清溪河里戏水，每次也有他的收获——小鱼虾、小螃蟹，甚至小青蛙，都会在他的玩具塑料桶里装上几尾或几只，带回家由他养在小鱼缸里。

儿子四岁那年，我每次下乡他都要求给他逮只小龟回来。每次下乡我也都留意着。可稻田大量农药的使用，抑或人们的过度捕捉，我们小时候河沟与田渠里常常见到的野生龟再也难觅它们悠然自得的踪影了。

后来，朋友听我说儿子想养一只小龟，帮我弄到了一只正宗的野生龟。记得那天把仅有儿子拳头大小的浅黑色小龟带回家时，儿子高兴得手舞足蹈。他从此视小龟若珍宝，把小龟的饮食与起居照顾得无微不至，甚至为小龟用纸盒精心制作了有门有窗的"龟房"。炎夏里，他每日必把小龟拿到水盆里为其降温消暑；冬天到了，他找来棉絮放在纸盒里为小龟驱寒保暖。

我知道，野生龟是以水草、水中微生物或菜叶为主食的。从前，在农村老式住宅的天井院里，只要养只野生龟，就不担心院子里排水的"暗龙"被堵塞，因为"暗龙"里留存的废菜叶、葱蒜剥落物等都是龟的口中餐。为此，初养小龟时，我给儿子说喂点菜叶或剩饭即可。但儿子坚持要喂很纯的瘦猪肉。这一喂不打紧，却从此改变了小龟的食性——非纯瘦猪肉，这小东西根本不吃，即便是夹杂在瘦肉里的一丁点泛白的油膘，它都要用它尖利的前爪把油膘剔除后再食。

从深秋开始，小龟便不再进食，只是偶尔在阳光很好的午间，自行到

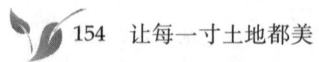

阳台上闭着眼睛晒晒太阳。春暖花开以至整个夏天，则是小龟快乐成长的日子。这期间，它并不待在儿子为其制作的"龟房"里，阳台、客厅、卧室、厨房、卫生间，它觉得哪里舒适便待到哪里。渴了，它会光顾卫生间的西角，那里低凹，常常洼着一汪清水，自然是小龟解渴的最好去处。饿了呢，小龟则会无声地缠着你，你在客厅它到客厅，你到厨房它跟到厨房，长长地伸着脖子，圆圆地睁着一双清亮的眼睛，盼着你把它拿到水池里喂它瘦肉。在整个夏季，妻必在冰箱里为小龟备着一块上好的瘦肉。

那年夏天，小龟接连两次历险，却都化险为夷，在劫而归。第一次，妻中午忘了倒盛垃圾的撮箕（一种用铁皮制作的垃圾筐），不想小龟钻入撮箕内呼呼大睡，晚上妻倒垃圾时连同小龟一块倒进了楼梯间的垃圾道。之后两三天里不见小龟出来要东西吃，儿子寻遍了家里所有可能藏匿的地方也未能找到小龟。正急得哭时，妻恍然大悟，分析是自己倒垃圾一起把小龟倒掉了。于是赶紧拿了铁铲，到楼下垃圾出口处掏了十多分钟，终于把灰头土脸的小龟给翻了出来，儿子破涕为笑，把浑身脏臭的小龟放到水龙头下一阵好洗，才还了小龟的本来面目。自此，每次倒垃圾，我们都要检查一下撮箕里有无小龟。然而没过多久，小龟又一次失踪了。在第四天没出来吃东西时，儿子慌了似的在床下、家具空隙、房间角落找了个遍，仍然不见小龟踪迹。还是妻子聪明，她将春上腌制鸭蛋剩下的一袋草木灰提出来，把手伸进去细一搜索，果然找到了小龟。这一次，小龟倒是没有上次那么脏臭，但它真像被腌过的鸭蛋一样，弄得鼻眼嘴脸不分，龟甲上更是染了一层白霜。

小龟两次历险的那年，我从县里调市工作。次年暑假，儿子与妻来市里看我，儿子便坚定地带上了小龟。妻说，近三百里路程，儿子一直把小龟抱在怀里，生怕它会丢失。因为暂时没有住房，我临时栖身于机关会议室里间的休息室，床与办公桌是单位配置的，我只随身带了个皮箱。小龟的到来，应该说是我们从老家搬来的第一件"家当"。

暑假过后，儿子转到市里就读，妻也借调来市工作。一家三口栖身于办公楼上，小龟也就在这里陪伴我们度过了三个春秋。因为没有冰箱，在夏天小龟进食期里，妻每天都要操心为其买一小块瘦肉；儿子害怕它走失，总是不忘嘱告我，在单位用了会议室之后，记着关好门。以致后来办公室的同志们都知道我家养着一只野生龟，大家观看后纷纷称其为"灵物"。

"灵"字真是对我家小龟的最好概括。现今的城市，豢养宠物是一种时尚。可我总觉得那是城市的脏乱源与噪声源之一。就拿养狗来说，我所在的机关大院，多次发布过禁养令，可一直有禁不止。以致几乎每天夜半，一阵狗吠会惊扰你的香梦；又常常在院内花园散步，冷不丁窜出一只依仗人势而凶相毕露的狗，弄得你魂飞魄散；更不用说在花园小径上，你会不幸踩中狗们无意置放的"地雷"了；还有都市报三天两头都有消息说城市的疯狗又咬了人……而我家小龟，既不会在半夜三更大呼小叫地惊人美梦，也不会把脏物排泄于花园小径污染一方净土，当然更不用担心它会用一副凶相吓人或疯了咬人。它在我家闲庭信步，悠然自得……

初夏，我终于搬到了机关单元房里。房子是室里老主任住过的旧房，八十多平方米，款式亦陈旧，虽不很宽敞，但毕竟有厨有卫，生活起居要比住办公楼方便多了。搬家那天，依然是儿子把小龟抱到了新家。在客厅新装潢的瓷地板上，也许过于光滑，小龟每走一步，四肢都要超前地向前移送而站立不稳。这样，只要它一走动，都会听见它腹部的硬壳碰击地面的"嗒嗒"声，有时走得急了，竟像快步移动的马蹄声呢。

搬了新家，有两件事真的让我们感到了小龟的灵性。一件是，小龟似乎知道我们的卧室铺的是木质地板，从来不进我和妻子以及儿子的卧室；有时我们在卧室说话，它凑热闹似的走到门口，伸长了脖子看着我们，却怎么也"不越雷池一步"，兴许是它怕自己的利爪抓坏了木质地板吧。另一件是，春夏秋进食期间的排泄，小龟都是极有规律地排到卫生间的门角处，几粒苞谷籽般大小的黑色粪便，在白色瓷地板的映衬下显得很是扎眼，只需用巴掌大小的卫生纸轻轻一擦就清理得干干净净。

小龟的灵性，更在于它可净化人的心灵。它伴随着儿子由幼童到翩翩少年的成长，也看着我和妻子从而立到不惑的跨越，小龟在我家生活的十多年里，每当工作及仕途遇到烦恼、儿子学习受到困扰与挫折、浮躁的社会及纷繁的尘世让我们感到困惑、带着一身疲惫回家落座于沙发上的时候，小龟"笃笃"地迈着悠然的步伐，伸着长长的脑袋，亮着清亮的眼睛，憨态可掬，安详而贞静地看着你，你便会油然迸发静由心生、境由心造的哲思——"风物长宜放眼量","看破浮名意自平","退一步海阔天空"……这些警示个人操行、让人心平如镜的诤语,一下子漫过心头,如纯洁的空气,把郁闷的心结涤荡得晴空一样的明媚。

少动而好静的小龟,你求静求纯的皈依,超然物外,滴水穿石。你宁静从容、从不一惊一乍的精神境界,灵性地启迪和昭示着我和我的家人……

(稿于2005年10月,原载2006年第3期《野花谷》文学杂志)

高中毕业三十年

弹指之间，卅载流过，恍然若昨，相聚小镇。

虽然没有豆蔻年华时的容颜，却有花季岁月纯真的笑脸。稚气早已为成熟所取代，锋芒亦内敛为谦和，偏执更磨砺为达观。不再有对理想与前途的憧憬和向往，不再有迷幻般的追求和焦躁般的渴望。殷殷关切的是对现实生活的平实互问，对人生际遇的良多慨叹，当然也有对情窦初开那青涩、朦胧恋情的追忆与感怀……人生不老，只是成熟，时光无言，洗尽铅华。童年是一场梦，少年似一幅画，青年像一首诗，由梦到画而诗，转瞬之间，我们如一部小说的中年也走过了半程，我们演绎的小说情节和故事大纲引人吗？耐读吗？

我们这届高中生，毕业于注定要在中国历史上大书一笔的改革开放元年。芸芸众生，人活百年，走向社会伊始，我们巧遇1978，我们赶上1978——这不能不说是一种机缘，是冥冥之中上帝对我们的眷顾。1978，我们从一个崭新的历史时期出发，迈步在改革开放的征程上，经受着改革大潮的洗礼，迎接着多种多样的挑战，书写着个人的历史……不敢说我们对社会有什么作为，但我们投身改革开放三十年，见证改革开放三十年，也成长和成熟于改革开放三十年。

1978—2008，它虽然只是时光隧道中的一瞬，却承载着我们这一代人生最重要阶段的命运——或春风得意，或曲折艰辛，或征途多舛，或柳暗花明……人生的酸甜苦辣，喜乐悲伤，发生在这三十年里，定格在这三十年里，也镌刻在我们已显沧桑的脸颊上……

我们这届高中生，是特殊年代教育体制下出炉的"非正品"。我们仅用九年时间（小学五年，初、高中各两年）就完成了从小学到高中的基础学业。我们虽然生逢其时——以1978应届高中生的身份参加了全国恢复高考制度后的首次高考，却没有一人能在当年考上大学。始于我们这一届，全县十一个公社中学就地初升高（仅延续两届），因为时代背景、教育体制、师资力量所限，那时候的农村基础教育，主要是围绕广阔天地施教。我们从初中开始，即分为农机、农技班。紧跟当时形势，语文作文教授的是如何写批判文章，数学教学则常去田野用绳子丈量土地亩数，外语根本没有开设。唯一让我们农机班感兴趣的是学开手扶拖拉机——但也只是讲讲原理，个儿大的同学去练练手摇发动机，而没有一个同学真正"手扶"过一回。劳动是主课，学校有几亩挂在半山腰的学农基地，种植苞谷、棉花、芝麻，从用锄头挖地到播种，从担农家肥上山施肥到除草、收割，都是老师带着我们干；我们甚至在学校操场边打窑烧石灰勤工俭学，去生产队参加夏收夏种，去茶场挖茶园，去林场植树……每周都组织一次劳动，学期结束的成绩单上有劳动这门成绩，劳动好则是优先入团的重要条件之一。可以想见，我们在基础教育阶段学到了多少文化知识呢？没有知识的理想就更为稚拙了。我记得我们男生，那时最大的理想是将来能去做放映员或邮递员，因为那时放映队轮回到生产队放映，放映员可以天天看电影，而邮递员则可天天骑自行车送报纸信件，那是多么好的工作和享受呢！

　　我是随父亲在小镇就读的。镇子位于沮河、鸡冠河两河相汇处，历史上是方圆百里物资集散地，直到现在，其中心集镇的辐射作用依然在方圆百里发挥得很好。因此，那里人气很旺，我们那届高中生相对其他公社多好几成。1978年7月，在经过无所谓（那时高考对我们似有似无，因为大家底子薄，没有竞争意识，也无什么压力）的高考后，百分之九十的同学回生产队真正进入了广阔天地，而我们十七名非农户口的同学，作为中国历史上最后一批城镇下放知青，在十六至十八这个花季岁月里，去了离小镇十余公里的水田茶场接受贫下中农再教育。

　　到了秋季，一同下放的姚军同学与七八名农村同学入伍参军，我们很多同学相约小镇，为他们敲锣打鼓送行。离开校园半年多里，隐约有同学传递信息——某某同学已经结婚成家，某某同学当了生产队长，某某同学顶父母的职参加了工作……上世纪七十年代末的农村中学生,年龄参差不齐,我们那一届同学相差六七岁之多,最小的十五岁,最大的已有二十二岁。因此,结婚成家、当生产队长、顶职参加工作都在情理之中。1979年秋,随着知青回城政策的落实,我们从下放点上陆续走向了工作岗位,其中有两位同学考入师范就读——这似乎是我们小镇1978届同学最为集中的最后信息。

自此,不论身在农村还是城镇,大家怀揣着自己的梦想,寻找着各自的生活坐标,沐浴着改革的春风,工作、学习、生产、致富、恋爱、婚姻、家庭……忙碌奔波,艰难奋斗……同学之间的联系骤然少了,直至慢慢隐没、消遁……

三十年过去了,人生庸常,碌碌就是作为。沧桑历经后,"不惑"过半时,人的怀旧意识和忆往情结却与日俱增,尤其是对懵懂青春时代朝气蓬勃生活的追忆与留恋,竟常常在秋潭般的心湖上掠起一道道涟漪……那并不遥远的往事不断从记忆深处浮现出来,强有力地引发着一个相聚畅言的愿望。可见,一个人年少的记忆和烙印是多么深刻,它绝不会随着年岁的增长、金钱的多寡、地位的高下而遗忘。

经在县里工作的几位同学倡议,我们市里几位同学响应,由新康、承波、修智、凡柱等几位同学提供经费支持,仍在小镇工作的凤章、登文、正云等几位同学具体操办,我们分别三十年的同学,在2008这个具有纪念意义的金秋里汇集小镇,相聚曾经的校园。虽然全部同学只到了百分之七十,虽然其中百分之八十来自农村,虽然他们那一张张典型的中年人的脸,看上去皮肤无光,额头多皱,甚至有三位同学带着蹒跚学步的孙子出现在聚会的现场,但热烈喜庆的气氛丝毫没有受到影响。我们在当年的操场上排着整齐的队伍,在灿烂的秋阳下庄严地升起国旗,豪迈而嘹亮地唱着《歌唱祖国》,仿佛一下子回到了意气风发的青春时代,心中不禁升腾起与改革开放共步三十年的自豪感!

三十年后今相聚,我们手拉着手,肩并着肩,你拍着我的胸,我捶着他的背,他呼着我的乳名,我叫着你的外号,大家喜悦地拉着家常,聊着心里话,寻问着生活状况,诉说着时光的飞逝、人生的无常、生活的艰辛与快乐;我们温馨地回忆着当年校园的趣事,彼此"揭发"着令人忍俊不禁的"坏事",有的甚至解密着彼年豆蔻青涩的"情史"……凡柱同学嘴里叫着"团长",把一直生活在农村的自雄同学拉到我的面前,他居然还记得这是当年看电影《渡江侦察记》时,我看自雄同学长得像国民党团长给其起的外号,惹的我们哈哈大笑……大家以心交心,相互信赖,品味青春,快乐今朝,欣喜溢于言表,言语朴实无华,友情真实自然!

三十年后今相聚,我们小的四十五六,大的五十出头,正可谓往前一步是人生,退后一步是黄昏。踏着三十个春夏秋冬一路走来,生活虽然疲累了我们的身心,却鲜活着我们的责任;岁月虽然沧桑了我们的容颜,却稳健着我们的步伐。在三十个春秋的人生舞台上,我们不论身处何地,不论事业成败,不论地位高下,不论家庭贫富,不论子女争气还是淘气,大家无一不在浓妆重彩地扮演着属于自己的角色,用自己的阅历和智慧,用自己的辛勤和汗水,实现着自己的人生梦想,守护着自己的一片精神家园。

三十年后今相聚,岁月已远,青春如暮日的繁花,在晚风里缓缓飘落。我们彼此注视着一张张曾经熟悉而今又有些陌生的脸,似乎才懂得了以集体意识梳理生活、归总思绪。我们留恋过去,我们亲近少时的伙伴,我们慨叹曾经熟悉的地方如今沧海桑田;我们有失意的落寞,有疲惫的怅然,有苍老的轮廓;我们笑过,哭过,拥有过,失去过,珍惜过。细细品味人生,用心回眸旅程,才觉咸淡适宜,才会荣辱不惊,才能体悟在繁杂的尘世里,只有真诚的友情可以使人恬淡,只有温馨的亲情可以使人安宁!

高中毕业三十年,三十年后今相聚——也许,这将是今生最珍贵的记忆……

(稿于 2008 年 7 月,原载 2008 年 10 月 10 日《襄阳晚报》副刊、《红袖添香》文学网站)

党校不了情
——我的三次党校学习琐记

谨以此文献给在中共襄阳市委党校工作和学习过的全体教职员工及所有同学!

——题 记

1

又是春意盎然之时,又是春雨润物之际。

我踏着春天的脚步,穿过古城的街巷,来到位于襄城红花园利民街十六号的市委党校——报名,登记,领书……像是倏忽之间,十四年里,我这是第三次进入党校学习了。

掐指算来,刚好每隔七年,组织上便让我到党校"回炉淬火",作为一名党员干部,每隔几年就到党校汲取营养,淬砺自己,这是多么的必要啊!

2

回想十四年前,也是在绿意悠然的春天,我从保康县委办公室副主任任上,与当时的县交通、商业两名局长一起,参加市委党校第十七期科(局)级干部班学习。班上的五十三名学员,分别来自全市十一个县(市)区(樊东、樊西、郊区、襄城)和市直部委办局。当时,党校没有教学大楼，我们在学员宿舍对面的平房里上课，除了学习邓小平同志南巡谈话这个主体内容外，还就江泽民同志倡导的领导干部学习科技、文化、财政知识，开设了相关课程及电脑基本操作、公文写作等。那时党校教学条件简陋，教室地面凸凹不平，课桌座椅陈旧，课余文体活动极少，甚至我们学习电脑操作的机房也是租用的。但是，在那短短两个月的学习中，我不仅弄懂了邓小平同志南巡谈话的精神实质，搞清了只有改革才能解放和发展生产力、市场经济不是"社"与"资"的本质区别、共同富裕以及"两手抓，两手都要硬"等一些重要理论问题；还学会了电脑基本操作，尤其肖芳老师为我们讲授的公文写作更是让我受益匪浅。

第一次上党校，我就充分感受到了党校在干部培训方面的独特魅力——她既是干部繁重工作时候"间隙充电"无可替代的载体，也是干部相识结友、交流思想、畅谈工作、相互学习的最好途径。

至今，我还珍藏着我们十七期科（局）班学员的通讯录和肖芳老师《实用文体写作正误评析》一书。

3

2002年9月，在我调任市委政策研究室农村科长五年多后，组织上第二次派我到市委党校学习，这次上的是中青年干部班。

走进党校大门，一切都变了，设计完美的七层教学大楼巍然屹立，图书室、教学室、会议室、学术报告厅一应俱全。在宽敞明亮的302教室，我们五十八名学员度过了难以忘怀的四个月美好时光。班主任张晓虹是位随和、细心、敢为的老师，在她的引导下，我们那期中青班形成了虚心学习、善于思考、团结向上的良好氛围。

相比第一次党校学习，这次学习的内容要丰富、系统得多，学习的形式也要灵活而有意义得多。

在学习内容上，既有邓小平同志建设中国特色社会主义理论、江泽民同志"三个代表"重要思想，又有社会主义法治、公共行政管理、领导科学、中国入世等基本理论知识。更为可喜的是，学习期间适逢党的十六大召开，党校作了专题学习十六大精神的预期安排，我们在聆听辅导授课的基础上，反复研读十六大报告原文，全面系统领会报告精神实质，通过饱食"理论大餐"，围绕坚定信念、增强宗旨、求真务实、当好"三个代表"的总体目标开展思想锻炼，更加坚定了政治信念，明确了奋斗目标，提升了理论素养……

在学习形式上，党校既安排专题讲座，又组织我们到沿海经济发达地区考察，更有社会调查和案例教学。因为我长期在县、市委办公室（政策研究室）从事文字工作，受到老师和同学们的信任，在大家的帮助和鼓励下，我代表课题小组执笔撰写了《襄樊旅游产业发展的战略与对策构想》的调研论文，代表全班学员起草了《借鉴先进经验，加快襄樊发展——赴沿海经济发达地区考察培训的报告》，并参与主编了《学习·研究·参考——中共襄樊市委党校2002年秋季中青班案例教学成果荟萃》一书。该书收录了全班学员撰写的三十七篇调研论文，文章涉及汽车产业、旅游开发、农业产业化、民营经济、小城镇建设等，对全市经济社会发展进行了全景式认识和分析，被党校常务副校长姜家林同志称赞为"融理论学习与实践研究于一体，具有操作性、启发性、参考性，是党校案例教学的效果实证和教学创新的成功之例"。

值得提及的是，在第二次党校学习期间，我利用难得的相对集中时间，将调襄阳工作五年多来的笔耕成果汇集成册，定名《古城思絮》，经过精心编校，在我们结业典礼的时候，将其作为一份特殊礼物，赠予给朝夕相处了四个月的同学们。在大家的赞誉声中，我在心底深深感谢组织上给我提供的党校学习机会——《古城思絮》动议于党校，编校于党校，成书于党校，所以，她是我第二次党校学习中的一个特别收获！

4

光阴似箭，岁月如歌。转瞬七年过去了，己丑年，我接受组织安排，第三次到党校学习。

这次学习，正值全市上下开展深入学习实践科学发展观活动、推动襄樊经济跨越式发展的背景，能在此时有一个到党校集中专门时间、潜心静气读书的机会，的确得之欣喜，值得珍惜。我深感，作为一名为市委决策服务的干部，虽然在过去的工作实践中对科学发展观有一些认识和理解，但仅仅停留在一得之功、一孔之见的水平上，在系统学习、贯彻落实和科学运用上还有很大差距。而这次党校学习为我学深学透、真懂真用科学发展观，进一步提升搞好政策研究工作的能力提供了一个特别好的机会。

从入校第一天领到的印制精美的教学计划表上得知，党校围绕科学发展观这个主题，把学习时间安排得非常紧凑。每周除了上午老师课堂授课外，下午至少有两次以上专家、部门讲座或是中央党校远程教育授课。同时，还安排了学员分析、社会调查、"科学发展与跨越式发展"主题教学活动等；除发放《当代中国科学发展观》《领导干部大课堂》、《政府执行力》等学习读本外，还发放了包括加强和改进党校工作、锻炼与修养、党校管理规章制度等在内的《党校学员手册》。这使我感到，党校不仅在教学内容上紧扣主题，与时俱进，富有干部集中培训特色；而且在管理上走向了正规化、科学化。

或许是一种缘分，依然是在302教室，七年后的今天，我又坐在了这里。所不同的是，教室环境大有改善——柜式空调、款式新颖的课桌座椅、多媒体教学设备……坐在这种装备现代化的教室里，不由得你不认真听、用心记、潜心思。

依然是在302教室，七年后的今天，我又一次深切感受到了同学们整体素质的优秀——课堂听课时的鸦雀无声，记笔记时的认真专心，拷贝课件、互动发言时的积极踊跃，学员竞相为老师和同学们续茶水的热心快肠，静音接听手机、抽烟解乏自觉步出教室的细小之举；还有，无论是参加拔河、篮球比赛和野外趣味运动会，还是参加学校文艺晚会大合唱排练；无论是清明节去烈士陵园扫墓，还是到农村、企业、重点工程考察调研，那种人人全心参与、个个身心投入的团队精神与集体荣誉感；还有，当原定全班学员赴宜昌考察突遇变故——组织上不支持出市考察的指示下达后，学员们冷静正确对待，理解、支持并服从组织决定的大局意识……所有这一切，都让我认识到了什么是素质，什么是能力，什么是党性，更让我在亲身体验中受到了只有在党校学习才能受到的深刻教育。

依然是在302教室，七年后的今天，我再一次在这里如饥似渴地聆听授课，动脑思考，与同学们互相交流，互相学习，用科学理论武装和充实自己。在这里,我们围绕"科学发展与跨越式发展"主题教学活动,带着题目去考察、去取经,结合工作实际去切磋、去探讨,深入思考,字斟句酌,撰写调研报告,为市委、市政府提供决策依据。在这里,我们创新学习交流形式,创办《党校学习简报》,在班委会推举我为"简报"责任编校后,我自觉加班加点,精心润色同学们提供的每篇稿件,为确保简报质量和时效付出了自己的辛勤努力。

5

两个月,在人生历史长河中,仅仅是短短的一瞬。但在党校这片值得顶礼膜拜的净土上,我们受到的是锤炼,学到的是党的最新理论,得到的是政治素质的提高。一堂理论课,可以让我们明白一个大道理;一部警示片,可以让我们产生思想上的震撼;一次社会考察,可以让我们反思为经济发展服务存在的问题,促使我们认真去探求解决的办法……

亲爱的党校,我们要走了。当我们回到各自的岗位,投身社会经济实践,面对复杂繁琐的工作,置于纷繁交错的矛盾,感到能力与素质有所欠缺的时候,我们还会回到党的学校来进行再培训、接受再教育,你一定还会以你的温暖与厚重再次接纳我们的虔诚!

亲爱的党校,我们要走了。依依不舍的情感发自于内心,浓浓的同学情谊永志不忘!

亲爱的党校,我们要走了。但你——亲爱的党校,已经在我的心里定格,清晰无比且凝固到永远!

(稿于 2009 年 5 月,本文在中共襄阳市委党校 2009 年春季县级干部班结业典礼文艺晚会上由任伟、郭方芳朗诵,原载中共襄阳市委党校校刊《襄阳论坛》2009 年第 3 期)

有缘那片山水
——我的尧治河记忆

1

逝者如斯。一晃,尧治河锲而不舍艰苦创业已经走过了三十个春秋。

三十年来,伴随着国家面貌、人民面貌发生的深刻变化,尧治河的面貌日新月异、惊世骇俗。由三十年前"吃粮靠供应,用钱靠救济"的极贫村,变成了"中国十大最美乡村""中国十大幸福山村""中国最美休闲乡村"国家生态旅游示范区"国家4A景区""国家绿色矿山",连续数届被评为"全国文明村"。

凭着"要苦先苦干部,要死先死党员"的精神底色,尧治河村党委坚持把党的宗旨的落实与群众利益的实现高度一致起来,坚持把艰苦创业的优良传统与改革创新的现代意识融为一体,带领群众砥砺奋进,向贫困宣战,变青山绿水为金山银山,走出了一条令人向往的共同富裕之路。

高寒、偏僻、贫困已不再是尧治河的代名词,取而代之的是畅达、美丽、幸福。如今的尧治河,山水美、矿区美、道路美、庭院美、村容美,就连天上飘的白云也美,人们呼的空气也美。村里无处不是景区,无处不是氧吧,山空灵、水清润、树滴翠、鸟欢唱……一幅"产业优、百姓富、生态美"的真实图景,似一面熠熠生辉的旗帜,高高飘扬在尧治河的青山绿水间……

"幸福都是奋斗出来的。"这么多年里,前去探寻尧治河奋斗奥秘的络绎不绝。作为政研工作者,我曾两上尧治河调研学习,在访谈、体悟、梳理他们奋斗历程的过程中，留下了难以抹去的尧治河记忆。

2

1999年11月，根据市委安排，市委政研室会同各家市级新闻媒体，奔赴尧治河总结艰苦创业、脱贫致富经验，树立农村基层组织建设旗帜。

十一月份已是初冬，天却下着夏季一样的雨。我们借道房县，当时从房县桥上乡通往尧治河的公路还没有硬化，坡大，路陡，弯多，还有相当部分的路段必须绕经悬崖峭壁；加之大雨冲刷，多处公路边沟被泥石堵塞，雨水溢满了公路坡面。从发动机粗重的轰鸣声中，可以断定，我们攀爬的盘山公路坡度绝对不小于三十五度。感谢云雾的笼罩，否则，路边深不见底的悬崖，不定会使我们捏出多少把汗来。

其实，我这是第三次去尧治河了。先前两上尧治河，分别是1992年冬和1994年秋。那时我在保康县委办公室工作，随县委领导来这里走边远，缘于当时的尧治河治穷致富已大有起色。作为一个三县（区）交界的边远村，县里对尧治河寄予着厚望，希望它能成为保康西南"贫困之角"脱贫致富领头雁。当时的县委书记李远继勉励村党支部：尧治河修路开矿办电的路子很好，艰苦创业，扎实苦干，一定会走出富裕之路。

之后几年里，我每年都听得到尧治河的好消息，可由于工作调离保康，一直未能如愿重上尧治河看看。

3

这次领命参加市委调研组前去总结尧治河经验，既感到欣喜，又觉得任务不轻。

雨越下越大，雾愈来愈浓。车子轰鸣着引擎，爬坡，爬坡，连续爬坡……一些较少进山的同志不断惊呼着路的危险，我一边安慰大家，一边假说险路马上就完了。其实，一直到村委会门口，公路都在险境中穿行。

村委会所在地梨花山海拔达一千七百余米。走下汽车，大家立刻感到了"高处不胜寒"，迎接我们的村党支部书记孙开林一边叮嘱大家添加棉衣，一边利用等待午餐的空闲，领着我们参观村委会办公室。

二楼一整层，全是办公室，门楣上的牌子有"村委会办公室""尧治河矿产开发有限公司""双龙矿贸有限责任公司""三福扶贫公司"等，还有党团活动室、经理室、会议室、财务审计室、微机室、检测室……不一而足；室内电话机、传真机、打字机、油印机、档案柜一应俱全。尤其是微机室里的互联网很是让人眼热（当时连我们市委机关都未普及互联网）。参观下来，心里倍感震撼，我们甚至都不相信这是一个地处神农架、房县、保康三地接壤的边远村的办公室格局——在村会议室，我看到了墙上挂的各种规章制度，获得的各种荣誉证牌与锦旗，更有一幅到2002年建成"鄂西北第一个亿元村"的宏伟蓝图；在经理（厂长）室，我看到了安全生产、岗位责任、目标考核、股份运作、劳动合同、财务审计、集体资产管理等一系列健全的企业经营管理办法；在党团活动室，我看到了政治学习、党团工会活动、企业员工文化建设、党团组织作用发挥等一整套规范的制度体系；在"三福公司"，我看到了产业扶贫、劳务扶贫、养老集中安置等详尽的扶贫帮困助老措施；在村会计室，我看到了全村1998年总收入实现四千万元，农民人均纯收入三千八百六十八元，上交国家税金二百五十四万元，村级固定资产达到二千五百万元等一组振奋人心的数据……

未及座谈，直观告诉我——尧治河，有"嚼头"。

4

吃过午饭，孙开林安排我们去二级电站扎营，说那里海拔只有千米，晚上睡觉暖和些。

车子沿着左旋右盘的矿山公路向谷底缓缓下滑，不时遇上满载磷矿石的大卡车，窄而陡的路面，多次逼停相向而行的车辆，小心翼翼地错车相让。矿山若隐若现在雨雾里，众多大卡车正在冒雨装车，但见司机将车厢对准用圆木搭成的漏斗，矿石从几十米高处顺着山势形成的自然滑道流入车厢，一下子就装满一车。

二级电站位于马面河与洞河交汇处，前后左右，四面皆岩，公路是劈开岩石从洞河沟里穿出来的。好在两河相汇，经过亿万年的冲积，使这里形成了大约四千多平方米的平坦之隅，又经巧妙设计，布局了电站机房、职工宿舍、村民会议室、招待所、停车场等。

"下雨天，座谈天"，带队的市委副秘书长张永安说，"下午请开林同志谈一谈总体情况，明天如果天气转好，我们就去村里走走，增加一些感性认识。"

老天似乎很善解人意，第二天果然云开天晴。孙开林带着我们穿洞河，越雷打岩，过老屋沟，上石草坪，汽车一直爬上了梨花山主峰，在一处可以鸟瞰全村状貌的地方停下来，下是千仞峭壁，上是茂密森林。纵目眺望，但见公路缠山绕岭，大大小小十几座山岭，凡有矿点、有农户、有耕地的地方，无不都有公路相接，而且所有路段无不都是劈岩盘山而筑，砌坎填方而成。铁锤、钢钻在石壁上留下的千万道印痕，无声地告诉我，尧治河人艰苦创业的精神内涵和让大山献宝的冲天干劲，是那样真实可信，是那样让人折服；它也印证了孙开林介绍的近十年来依靠自力更生，全村累计兴修村组公路一百一十多公里的事实。

下午，我们到二级电站大坝坝址参观。顺着幽深的马面河北上，夹岸峭壁紧逼，岩头怪石嶙峋，脚下满是大小不等的石头，近水的石头上长满了青苔，稍不注意就会滑倒。从电站机房到大坝三里多路，我们轻身穿行尚且疲惫不堪，而建设大坝所需要的数百吨钢筋水泥，却是孙开林带领群众全凭肩挑背驮一趟一趟运至工地的。望着巍然耸立的大坝，望着栽在危岩叠嶂间的水泥电杆，望着凌空飞架的输电线路，体味着尧治河人披荆斩棘、克难创业的艰辛，大家百般感慨，由衷赞叹。如今，大坝不仅已是尧帝峡旅游的重要景点，更成为尧治河艰苦创业的教育基地。

5

是夜，在一盏两百瓦白炽灯泡的照耀下，我们缠着孙开林"穷追不舍"，从不同角度（报社的文字系列报道，电视台的画面报道，电台的同期声报道，当然更有我们政研室对他的全方位访谈）向他刨根问底、挖掘素材。我与张永安同志甚至连续利用两个晚上与他促膝长谈，梳理村里发展路径，探寻基层组织建设闪光点……整整四天，我们才满载着尧治河艰苦创业、脱贫致富的素材打道回府。

归程上，张永安同志对我说，尧治河是你老家的一面旗帜，调查报告如何写，你要动脑筋。我知道，这次尧治河之行，是张永安同志特意向组织部给我请假，把已借调组织部为"三讲"教育搞服务的我又给"借"了回来。他选择我来做这项工作的考虑不言自明：一来我是保康人，去做保康事不会不用心；二来我过去在保康工作，熟悉山区情况，对尧治河克难攻坚拔穷根的认知感更深刻。领导自有高明的用人艺术，可领导并不知道我的骨子里原本就深嵌着化不开的故乡情结，我没有理由不把这项工作做得"没有最好，只有更好"。

回市当晚，尽管深感疲累，躺在床上却怎么也睡不着。孙开林与村、支两委团结带领群众治穷致富的一桩桩感人故事，在我脑海里一幕幕闪现，促动我开始构思调查报告提纲。当我将苦心孤诣拟就的提纲呈给另一位主抓这项工作的市委副秘书长陈文海时，他主张写成具有可读性的事迹通讯，配合市委《关于向尧治河村党支部学习的决定》一并到市报刊登。

当时我与妻子及十岁的儿子，住在机关临时安排的阅文室里，我的办公室则是临时厨房，用电炒锅炒菜、电饭煲煲饭。整整一个星期，我从办公室到寝室，从寝室到办公室，没有下过一次楼，没有会过一次客，日拼夜战，精打细磨，洋洋洒洒写出了一万二千余字的报告文学《一切为了群众》，并从调查笔记里摘录出"一切为了群众，一切想着群众，一切造福群众，一切依靠群众，改变贫困面貌，实现共同富裕就有根本保证和力量源泉"作为题记——这段字句来自采访灵感随记，用作题记再好不过。

在我把稿子呈给张永安同志审阅后，他大为赞赏，说没想到我能够把通讯也写得这样好。整篇正文他一字未动，只是与我一起对五个子标题进行了精准修改。修改后的子标题分别是：

"要苦先苦党员，要死先死干部"。尧治河村党支部"一班人"率先攀危岩修路，上悬崖架电，为群众开辟了一条脱贫致富之路；

"吃着祖宗饭，要想子孙碗"。尧治河村党支部破除急功近利的政绩观，坚持培植可持续发展的绵长后劲，为子孙后代栽上了不倒的"摇钱树"；

"共同富先要集体富，共同富必须家家富"。尧治河村党支部引入先进

管理机制,不断增强集体经济控制力,以此带动内扶贫困,外帮后富,把共同富裕的时代精神刻写在了大山深处;

"口袋满,脑袋空,今天富,明天穷"。对此,尧治河村党支部着力实施"四村"战略,使"两个文明"结出了丰硕之果;

形象是旗帜,形象可立村。共产党人的良好形象体现在哪里?尧治河村党支部回答:正勤公道是形象,廉洁惠民出实绩。

1999年12月3日,《一切为了群众》配合市委发出的向尧治河村党支部学习的决定在《襄樊日报》全文刊载,在全市上下引起了强烈反响,各地竞相前去取经,市委常委全体同志甚至集中到尧治河驻村三天,体验群众生活,学习尧治河精神。《一切为了群众》更是收入《高山之花》一书,成为全市干部"三讲"教育必读篇目,更成为载入尧治河发展史册的重要文章。

6

人生总有机缘。我与尧治河"再续前缘"是在盛夏林茂时节。

2017年7月7日,省委常委、襄阳市委书记李乐成同志到尧治河调研,为村党委一班人在带领群众坚持发展集体经济、实现共同富裕的进程中,深入践行习近平总书记2013年视察湖北讲话提出的"四个着力"(着力在推进经济发展方式转变和产业结构调整上取得新突破,着力在推进农业现代化上不断取得新成果,着力在保障和改善民生上不断取得新进展,着力在生态文明建设上取得新成效)所取得的巨大成就而大加赞赏,他指示市委政研室深度总结尧治河经验。

这份机缘再次降临于我。

7月12日,我同市级新闻媒体的七位记者奔赴尧治河,依然与十八年前一样,记者们从新闻角度进行报道采访,我则从研究角度进行素材收集。

这一次,我在村里整整逗留了六天,先后与六十多位干部群众座谈,入农户,进学校,下矿井,到景区,去加工企业,上财务档案室……只把尧治河的旮旮旯旯都走了个遍。

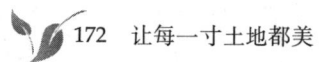

全身心地融入尧治河山水，细细体味随着时光的变迁，深感不变的是孙开林这个人，近三十年来，他坚持不懈带领尧治河人硬是把三十三点四平方公里的村子重建了一遍。与我们当年对他"穷追不舍"的时候相比，尧治河的变化堪称翻天覆地。

在我的记忆里，当年的村委会建在梨花山梁上，梁下是一个不大的停车场，场子西边不远便是深不见底的悬崖。如今却通过填埋一百六十多万方矿渣，削平近旁一座小山包，重建了六层高的村委会办公大楼，建成了梨花山文化广场，布建了国家级磷矿博物馆。如果不是导游介绍，我绝对以为村委会是易地而建。而当年泥泞难行的公路，已全部得到了拓宽、硬化，十多条隧洞不再让公路险象环生；尤其从戴家湾到梨花山顶再到老龙宫，数十公里公路如同一条优美的飘带缀系于悬崖峭壁间，竟然都达到了国家二级旅游公路标准；公路虽则仍需缠山绕水，却是全村循环，四通八达。一个被崇山峻岭包裹的村子，却拥有着三个国家4A级景区，一个尧文化研究院，一个鄂西北农耕博物馆，还有度假村、根艺厂以及跳出村域蓬勃发展的二十多家工业企业，村级集体固定资产已突破三十亿元，农民年人均纯收入超过四万元，高峰时为国家年缴纳税费三点五亿余元。村民呢，户户都住别墅，人人都有固定职业，都有股份收入。旅游产业的崛起，生态建设的持续，带来的不仅仅是满目的青山绿水，更昭示着村子转型发展的成功，印证着"中国十大幸福村庄"的名不虚传。

7

调研的那些天里，我每天都在激动中，每天都在思考中，每天都在朋友圈发一组甚至几组尧治河图片，并附上感言。

7月12日，我发了一组太极养生馆图片，感言是："尧治河把山区当景区建，把矿区当景区建，把群众生活区当景区建。今年五一开业的太极养生馆，房间持续爆满，吸引了多批北京退休老人前来休养。"

7月13日早晨散步，我发了一组山水景物图片，感言是："晨阳似金，天空如洗。尧治河的早晨，空气是甜的，山水是绿的。"当日上午实地考察戴家湾，我发图片并感言："戴家湾是尧治河最早露天开发磷矿的地方，如今却看不到一点山岩裸露的痕迹。村里通过矿渣回填，栽植银杏、山楂、紫薇等风景树，把矿区变成了景区。"

7月14日上梨花山考察，我发图片感言道："多次来梨花山，却始终未上过全村海拔最高的梨花山顶，今天了却了登顶心愿。在这海拔一千七百七十七米的山顶，远看神农架林海茫茫，近观尧治河旅游公路九曲回肠，深为村里打造全域旅游的大手笔而感动。"

7月16日在考察村民别墅小区后，我发图片并感言："建设精致，管理精细；乡村整洁，环境优美；安居乐业，收入稳定；村民荣誉感、自豪感超强，'中国幸福山村'的称号名副其实，令我们调研组叹服、佩服！"

8

直至调研结束，我仍感意犹未尽。

挥别尧治河，那片充满神奇的山水在我脑海里却愈发清晰起来。一路归程，我默默打了一路腹稿，在心里追寻着尧治河的精神底色，梳理着尧治河与时俱进的转型探索，体味着"实在，是尧治河人的品行；实干，是尧治河人的本分"（孙开林语）的底蕴……

我想起那天与孙开林整整一个下午的座谈，结束前我问："孙书记，您带领群众创业近三十年，已经把尧治河打造成了拥有多个国牌的现代化名村，一路走来，您对自己最满意的一件事是什么？"

孙开林连一丝沉吟也没有地谦虚道："不是我造就了尧治河，而是尧治河造就了我。这么多年来，我最满意的一件事是改变了村民观念。"接着，他用事例给我诠释："过去，我们尧治河人对嫁出去的女儿与女婿回娘家，是禁忌同屋就寝的，当然更禁绝外人在家留宿。而现在呢，百分之七十以上的农户将宽敞的别墅腾出来开办农家乐。到了夏季，前来避暑的城里人拖家带口吃住农家，户户爆满，却再也没有什么禁忌。"

孙开林还讲，过去逢年过节村里想搞台节目自娱自乐，村里人扭扭捏捏，上不了台面。现在村里开办尧舜文化大舞台，每月都有展演，旅游旺季甚至每天都有节目演出，而参演者全是尧治河村民，表演的节目集尧帝文化、荆楚文化、乡土文化于一体，既有地域特色，又合旅游者口味，还弘扬了乡村文化,增强了村民文化自信。

这就是孙开林,这就是我认识了三十年的孙开林!在他把一个极贫村带向全面小康的时候,他最满意的不是村子建得如何漂亮,不是村民物质如何富有,而是精神层面的村民观念之变迁,乡村文化之自信。

我知道,开林同志曾是党的十八大代表、并三届当选全国人大代表;还知道他曾经在清华大学演讲赢得过莘莘学子十九次掌声,当然更浏览过他在出席全国"两会"期间做客人民网,从一位村书记的视角侃侃而谈乡村振兴的视频……然而,让我没有想到的是,他的视野是如此开阔,他的实践探索是如此超凡脱俗,他引领的尧治河转型发展完全进入了一个新的境界——在实现"卖矿石"向"卖风景"转型之后,正在由"卖风景"向"卖文化"迈进。用孙开林的话说,叫做"过去靠精神,现在靠发展,未来靠文化。"

9

当然,采访中的故事有很多。让我回味良久的是与徐庆平的相遇。徐庆平这个名字我十八年前就熟悉,翻开那时撰写的长篇通讯《一切为了群众》,其中有这样一段文字:"村里有个叫徐庆平的孩子,1994年考上了襄樊卫校,全家人高兴之余,却为数千元学费犯愁,村党支部知道后,立即资助三千元。筹齐了学费的徐庆平,离村上学那天,久久站在梨花山的村委会旁,抹着泪水,眷恋着生他养他的故土……"

正是这位久久不愿离开故土的孩子,在他完成学业后毅然回到尧治河,追随孙开林创业兴村,在建设家乡中兢兢业业,奉献无悔的青春,成长为村属重点企业负责人。通过对他进一步的采访,我在《让每一寸土地都美》的报告文学里,再次写下了一段关于徐庆平的文字:"村党委委员、力澳矿业经理徐庆平,其管理的矿区分布在滴水岩一带,除了全面抓好力澳主业外,他对滴水岩村民小区的管理丝毫都不马虎。从环境卫生到用电用水安全,从村民素质教育到家风建设,从建立村民家庭档案到小区红白喜事操办……他样样事操心,件件事到场,组织和倡导小区七十多户人家,每月召开一次村民会议,每月进行一次环境卫生评比,每月开展一次文化活动，把过去落后的小区管理工作搞得风生水起，赢得了村党委的肯定和群众的称赞。"

采访中，我还观察到，尧治河村党委成员名单里一直都有着孙开林、许列奎、杨占杰最早创业"三驾马车"的名字，即是后来进入班子的党委成员也大都在十年以上。这么多年来，他们之中没有一个违纪的，没有一个被举报的，更没有一个掉队的。班子稳定、团结、廉洁、实干，凝聚力强，群众公信力高。这绝对与孙开林这位"班长"有着很大关系，他一身正气、廉洁奉公的人格魅力，始终影响和引领着尧治河村党委一班人团结共事，干净干事。

村党委委员、党政办主任吕泳和给我谈了这样一件事，每年春节，孙开林的爱人李志秀，都要当着孙开林的面把他获得的上百本荣誉证书拿出来，一本一本地精心擦拭一遍。每次，李志秀一边擦拭证书，一边都要意味深长地看着老孙。孙开林非常明白自己相濡以沫的爱人的用意——那是让他珍惜荣誉，不忘初心，任何时候都要把路走直，把村里和群众的事办好。

孙开林说："这么多年来，组织上给了我那么多荣誉，这既是工作的动力，也是一种无形的压力。唯有做好自己，带好班子，干好事情，才对得起党组织的培养，对得起群众的信任。"

10

这次调研，我是直奔尧治河遵循"四个着力"、实现共同富裕这个主题而去的。在素材收集过程中便想好了《让每一寸土地都美》这个标题，并尝试以报告文学形式来反映尧治河的巨变。为增强可读性，我精心构思了以"力"述"力"的表达方式，文内共设置了四个长标题——

之一："如果把资产卖光，没有了集体经济，谁拿钱搞村里的建设？谁来给群众办好事？谁还信任我们村干部？"——尧治河发展的定力来自坚持带领群众走发展集体经济、实现共同富裕之路；

之二：变卖资源为卖产品，变卖产品为"卖"风景，变"卖"风景为"卖"文化——尧治河发展的活力来自与时俱进的转型探索和对可持续发展的不懈追求；

之三：分房子，分股份；办"三福"，扶贫困……村里的发展每前进一步，村民的福利就提高一份——尧治河发展的魅力来自始终秉持共享发展的理念和发展为民的朴实情怀；

之四：只允许说"做得好，落实得了"，不允许说"我不管，我不当家"——尧治河发展的能力来自党委一班人敢于担当的行为自觉和干净做事的永恒法宝。

定力。活力。魅力。能力。以"力"述"力"，有力支撑了尧治河深入践行"四个着力"的行为自觉，尽显了尧治河发展的深刻底蕴，也使文章增强了感染力。

2017年8月5日，我揣着一万五千余字的《让每一寸土地都美》，再赴尧治河呈请孙开林审阅定稿。他利用一个晚上细致看完全文，提出了几处关键性的修改意见。我把修改后的稿子传给《中国报告文学》，立即得到了编辑部的认可，并很快插配六幅图片全文刊发。文章在市委政研室《专送参阅件》刊载后，得到了市委领导批示。不久，《领导参考》、《襄阳日报》、搜狐网、汉水襄阳、家在保康等媒体纷纷转载，营造了宣传、学习、推广尧治河经验的良好氛围，为全市深入践行"四个着力"、争当高质量发展排头兵提供了一份生动样本。

值此庆祝尧治河创业三十周年之际，我把相隔十八年两到尧治河调研的记忆，零散予以记之，以此祝愿尧治河的明天更加美好！

（稿于2018年6月，原载中共襄阳市委机关刊物《领导参考》2018年第10期，获"尧治河创业三十周年"全国散文征文大赛一等奖）

漂移在故乡里

乡愁是人类心灵最柔软的记忆，无论你走多远，无论你身处何地，它都是一个甜美的梦，一杯陈年的酒，一首激越的歌。记述乡愁，不是离乡强说愁，而是去沉钓一段具象的往昔，重播一部封存的胶片电影，把业已虚化、飘忽的乡愁激活，唤起我们对故土的眷恋，使我们的生命之氧有一缕清新……

——题 记

1

我的故乡保康是个奇特有趣的地方，巍巍荆山自东向西横贯全县中部，将其自然分割为南北两片。《左传·昭公四年》有述："荆山，九州之险"，由于山大坡陡，南蔽北障，保康向有湖北的"西北利亚"之称。

但是，荆山又是丰赡而富实的——楚之先祖，筚路蓝缕，"辟在荆山"（司马迁《史记·楚世家》），厚积实力，成就了开疆拓土、威霸春秋战国八百四十余载的伟业。

小的时候，我和弟弟、妹妹随做乡村教师的父母，辗转于荆山以南（也称保南）的欧店、歇马、马良、重阳、店垭等区乡（公社）的乡村学校，虽非颠沛流离，却是迁徙频密，往往一个地方只待一年半载便要转迁邻乡他隅（不知那个年代对乡村教师的调动为何那样频繁）。在随父母不断流离转徙的过程中，我幼小的心灵播上了一颗"漂移"的种子——搬家—安家—再搬家……循环往复，周而复始，总感到我的家是在流动中，

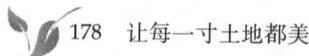

是在漂泊中，没有根基，没有定所。好在那个时候搬家简单，一根扁担，一只背篓，请上一个老乡（有时甚至只是父亲自己），挑起被褥衣物，背上锅盆碗盏，母亲照看着我们兄妹，在某一个暑假或寒假行将结束、新的学期将要开始的某一天，全家便缓缓走在了一条通往新的地方的崎岖山路上（那时候乡村没有公路）。少则大半天，多则一整天，我们便会来到另一所乡村学校。像搬离原校没有任何欢送一样地没有任何迎接，父母自己找到新校已经腾出来的一间土坯房，再如搬家时拾掇物品一样简单而迅速地安顿好新家，我们便在又一个新的环境里开始了新的生活。

这种高频率、小半径的迁徙，使我稚拙的步履几乎踏遍了保南的山山水水，感受到了荆山的奇特魅力和物产丰富。当然，也让我的童年充满了无奈奔波、不断调适的怅惘，饱尝了担惊受怕、嫩肩负重的艰辛。

2

荆山南，沮水源。源流一般都不浩大，因之，沮河的冲积平原便零碎而单薄。那些碎片似的袖珍平原，随了季节变换，如一方方绿的、黄的、褐的绸缎，却怎么都裹不住荆山硕大无比的脚。如果攀上荆山肩头俯视，那些小块平地则又幻化为一缕缕丝带，悠然飘浮于沮河两岸，为蜿蜒而流、柔声吟唱的河水轻轻打着节拍。而沿河的村庄呢，整体看上去便像了一幅工笔画——农舍，炊烟，菜园，村路，溪流，农田……因了大自然的枯荣而随类敷色，渐次描笔，轮回着艳丽、明快、苍涩与古逸的况味。

在荆山行走，必会遇见"山重水复疑无路，柳暗花明又一村"的惊喜。无论山怎么高，路怎么陡，只要耐着性子走上去，穿过密实的树林，越过幽深的沟壑，在山的半腰甚至山顶，都会有一畈好田、一脉清泉、一爿人家在等着你，给你带来辛苦跋涉后的欣慰与愉悦。

荆山山高水高，因了水的跳跃奔泻，因了水的弯弯绕绕，因了水的千姿百态，茫茫荆山，万物皆长，水所润泽的物产装点了荆山的每一道山梁，水所幻化的风情美丽了荆山的每一条山川，水把荆山变成了一个巨大的宝葫芦，随了四时风景的不同，年复一年没有止境地向人们奉献着木耳、香菇、茶叶、药材、核桃、板栗、柑橘、柿子、石榴等众多特产，而黄土地里的五谷杂粮，舍前屋后的七色菜蔬、土鸡土猪……无不地道纯正，食之味长香久。

这些土得掉渣的"荆"品，三千多年前滋养的是楚之先祖，厚植的是一个国家的强盛之基；而在20世纪六七十年代，养育的却是那个中国特殊时期的荆山子民，以及我的童年与我移动的家。

3

"文革"开始后的第二年，政治氛围愈来愈浓（我们小孩子自然感受不到）。这年我五岁，妹妹三岁，随父母在歇马公社茅坪小学生活。那时候没有幼儿园，我无忧无虑地整天领着妹妹在乡场上看热闹，只见一个由大人们用篾条编织骨架、硬纸剪裁衣服套身、头戴尖尖高帽（上书"内奸工贼"）跟真人一样站在木轮车上的假人，随着人们高呼"打倒×××"的口号，那掌控木轮车者拽一拽手里的绳索，篾纸人便老老实实地低头弯腰挨斗。有一天，我从已经停课数日的教室窗口，见一些人也在这样斗着我的父亲，随着"打倒黑帮张贵棠"的呼喊，我的父亲低着头、弯着腰、挨着斗。已经有些懂事的我瞬间感到了莫大的羞辱，赶紧牵着妹妹逃回家，关紧房门，生怕被人们发现也拉去挨斗。

若干年后我才知道，那场运动需要层层揪斗"代理人"，而延伸至大队一级"代理人"难找，队上便到学校寻找目标，了解到我爷爷旧社会是私塾先生，解放后因小有家财被划为富农，在任教马桥完小时直话直说，1957年被打成右派批斗折磨致死。这样，富农成分加上右派老子，噩运便降到了我父亲的头上——理所当然地成了茅坪大队的"修正主义路线代理人"。

幸亏父亲人好，又找不出其他政治问题，队上只是做了做运动的样子，以后并未再怎么揪斗父亲。可是，亲眼目睹过父亲挨斗的场景，亲耳听闻过打倒父亲的口号，我幼小的心灵还是布满了挥之不去的阴影，且此后常常受到小伙伴们的讥讽和欺负。有天傍晚，我跟小伙伴们滚"铁环"，在经过一处堰塘时，有个比我大的伙伴喊道："小黑帮，敢跑我前面。"话出手到，冲上来便推搡，没有防备的我一下子栽进了堰塘，连呛几口水后,我本能地抱住"龙桩"(堰内连接堰外灌溉渠道的木质闸板把柄)费劲爬上堰埂,小伙伴们都作鸟兽散了。满身泥水的我一路哭回家,父母后怕不已。母亲拿出棉袄给我裹上(时为初夏,因全身湿透加之惊吓,我全身发抖,母亲担心感冒给我裹了棉袄),神情幽怨地为我擦拭头上的水迹;父亲则严厉地罚我坐到门外去数天上的星星(长大后我才明白父亲的责罚其实是消除我当时心理紧张的最好办法)……

4

　　1969年秋,教师各回原籍。在那个什么都讲阶级出身的年代,我们随贫农出身的母亲从茅坪回到外婆所在的店垭公社白果大队是最好的选择。

　　白果距茅坪上百里,毗邻宜昌樟村坪公社三包垭大队。村子呈Y字形布展在三条山冲,冲冲都是平展展的塝田,塝田的山根边都有着深不可测的天坑,无论下多大的雨,天坑都能把雨水喝了。村子存不住水,又没有河流,看上去没有一点灵气(这也使我在以后的日子里总是忧伤地思念茅坪的沮河)。但奇怪的是,三条冲子塝田正中的堰塘,靠天蓄水,却绝少干涸,且清清亮亮。一冲一堰,一堰一片,周围的农户人畜饮水,都靠那口土堰。村上人家,户户都备有一口可容纳三五担水的木缸,一年四季,一早一晚,下堰担水者络绎不绝,堰水却总也担不尽、挑不干。到了冬天,代生产队养牛的农户,皆在傍晚时候由半大的孩子赶着挂了铃铛的牛去土堰饮水,牛铃叮当,牧童吆喝,甚是热闹。至今我都没弄明白,那牛在饮水时,前蹄踏在堰水里,甚至有时连粪便也拉在堰埂上,而堰水是不流动的,为何始终都能保持清澈?有时候,夏天的大暴雨一下子把堰塘灌得满满的,把堰水搅得浑浑的,却也只需一、两天的沉淀,便又是一塘碧水,如村子明亮的眼睛。

　　村子名为白果(银杏),村西那条冲子更被叫作白果树塝,却并不见标志性的白果树。外婆说,塝中间原本有着两棵千年白果树,枝冠大得延展到了两面山上,可惜1958年大办钢铁被砍伐送进了炼钢炉。

　　千年白果树对我们只是一个传说。可是,白果却是我和妹妹的出生地。在我和妹妹临产时,母亲都要从百里之外回到外婆身边静待我们出生,并在这里把我们养到满月,再背抱着我们返回到学校去。

并且,每年春节,母亲都照例带我们去外婆家过。听母亲讲,我三岁那年,刚放寒假,外婆就打发舅舅带着箩筐,两头摸黑地跋涉一整天,赶到歇马羊五小学接我们回家。舅舅来时轻松,回时却一只箩筐一个孩子,与父亲轮换担着箩筐内的我和妹妹,小心翼翼地下岭、涉河、爬坡。那天出发得晚了,加上冬季天黑得早,第一天竟只走至马良界山。晚上住在山垭上一个旧庙改造的客栈,门旧窗破,北风呼啸,客栈似冰窖一样。这一夜,父母一人怀里一个孩子,用他们的体温把我和妹妹一直抱到天明启程。

5

在白果,我们与外婆以及外婆后嫁的秦姓外公一起生活了五年。白果,成为我整个童年时期生活时间最长的地方。

可是,白果也并非是外婆的家乡,外婆是解放前随外公躲壮丁从邻县远安逃乱至此的。外婆讲,外公兄弟三人,国民党"三丁抽一",外公作为老大,"抽"他是必然。但外公和外婆当时已有了我姨妈、舅舅和母亲三个孩子,母亲才两岁,外公实在不想丢下嗷嗷待哺的孩子去当壮丁,便连夜带着全家逃到了保(康)宜(昌)界边的白果。可在白果的后山上刚把窝棚搭建起来,拉壮丁者就追撵而至,硬是把躲在卷席筒(篾片编织的席子,可呈圆筒形卷起来)内的外公搜走了。外公走时对外婆说他即使到了天边也还会回来,如果万一回不来,一定要把小丫头(我母亲)留在身边。外公一语成谶,从此音讯全无,外婆觉得再回远安也没什么依靠,索性就在后山拖儿带女,开荒度日,直至解放后嫁与秦姓外公。

秦外公也是被拉壮丁后机智逃脱的。他讲他是趁长官不注意,将石灰揉进眼睛装瞎被放回家的。由于出身雇农,为人正派,解放后被推选为乡贫协主席。在主持村里土改工作中,公平公正分配地主财产,将位于后山脚下的地主房屋分给了外迁来村、住着窝棚、寡母带儿的外婆,却无意间收获了外婆的爱情。他与外婆成家后,没有再育子嗣,视我舅舅和母亲为己出(姨妈已出嫁),养育他们成长。

我们回到白果,暂时结束了那种漂忽不定、频繁迁徙的生活。母亲任教于大队小学，只有父亲在万寿、断缰、重阳等几所学校调来调去。

我们的回家定居，着实让外婆高兴，她力所能及地为我们做好吃的，常常在忙完一天的活后，或在夏天场院边的石榴树下，或在冬季火屋的火塘边，教我们兄妹唱童谣：

> 一二三，
> 当阳关；
> 阳关道，
> 吹洋号；
> 洋号响，
> 打老将；
> 老将坏，
> 天让败。

又教唱：

> 推个磨，
> 拐个磨，
> 一升麦子做两个；
> 爹一个，
> 妈一个，
> 婆婆没得舔簸箩。

还教唱：

> 阳刺子，*
> 你姓阳，

---

* 一种寄生在树叶上的绿色毛虫，毒性很强，刺人后局部立即肿疼异常，但找到它后连同树叶一并摘下，用石头砸了涂于患处立刻可以消肿止疼。

我姓张；

砸你的浆，
抹我的疮；
你死了，
我好了。

这些童谣，既有爱憎分明的敌我元素，又具活泼幽默的生活气息，尤其那首《阳刺子》，更是直接教会了我日后在山上拾柴或放羊被"阳刺子"伤后自疗肿疼的办法。

6

然而，快乐的日子总会被生活的不易偷走一些。

回外婆家不到一年，便因我们的滞留，外婆与舅母之间出现了农村常见的婆媳关系紧张问题。我们只好与舅舅家分开居住，商定秦外公由舅舅养老，外婆由母亲养老。但不久秦外公得了哽食病，并致全身骨节疼痛，不仅干不了重体力活，而且看病吃药常有花费。这样，母亲干脆让两位老人随我们一起生活，搬住到了下院。

下院的房子是地主最早的老房子，共有四间，天星院两旁的主梁因遭白蚁蛀噬而成了危房。母亲请求队上支援几根修房木头得到了许可，每逢星期天，她都与从几十里外赶回来的父亲一起上后山伐木断筒，用绳索绑着拖回家。木料备齐后，利用暑假请乡亲们帮忙拆建，以"干打垒"方式在天星院的南北两面新盖了厨房与火屋（冬天取暖用），并打通"暗龙"（天星院子的下水通道），重立院门，使老屋面貌焕然一新。

新屋盖起后，外墙需涂一层麦糠泥浆遮挡飘风雨。有个周日，病中的秦外公指导我脱光双脚，去掺了麦糠的泥堆中反复踩踏，泥中的麦芒扎得脚板钻心地疼，他却笑着说，"造泥"（通过反复踩踏可使泥浆更软更粘）是男子汉的活呢。当然，他也看出我确实干不了此活，并未让我干下去，最终还是父亲把泥堆踩成了符合刷墙标准的泥浆。

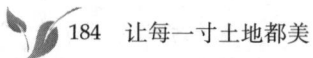

为了治好秦外公的病，父母不断求医弄药，但都不见疗效。后来母亲打听到一位包姓老中医，迅即请上门来为秦外公诊疗，开出了由枇杷叶、金银花、牵牛花、地牯牛、冰糖等组成的偏方。"一叶两花"村子里到处都有，冰糖用母亲积攒的糖票去购买也不难；地牯牛则是一种昆虫的幼虫，生活在房屋干檐及山上岩屋干爽的细土里，但干檐角落的地牯牛不易生存，要么做卫生被清扫，要么被鸡寻着吃了。于是，去后山岩屋捉地牯牛的差事便落到了我的头上。其实，这种神奇的小生灵挺好找，攀上岩屋，只要发现细土表面有小圆窝，那窝的底端便必有一只。不过要尽量选择大点儿的圆窝，这样捉将出来的地牯牛个头便大些。这地牯牛空有"牛"名，大者也不过稍大于米粒，通体黑褐色，呈条状花纹，头部有两根短小的触须，腹部多足，样子似虫非虫，没有虫子那样丑陋、瘆人。捉够煎药需用的七八只数量，用纸包好，飞跑下山，我便完成了任务。秦外公用此偏方煎汤口服几个疗程后，哽食病竟渐渐痊愈，但骨节疼痛之疾必须每天吃一包头疼粉或一粒安乃近才可遏制，以致抑疼成分让他上了瘾。直到后来我参加工作回去看他，给他带一瓶安乃近便是最好的礼物。

7

秦外公因病出不了工，外婆不得不每天都去生产队里挣工分（母亲及我们兄妹是商品粮户口）。每天晚上，外婆都要提醒我给她记工分（以便年底与队上的记工员对账计总分、分口粮），就着煤油灯，我把她的出工写在一个小日历本的记事栏里——挖岜头（修理田边）、打垡子（把犁起来的土块打碎）、烧土粪（冬春两季将庄稼秸秆或树叶杂灌与田土堆积一块烧制农家肥）、点种子、间苗子、围肥（在苞谷苗根部围上猪牛粪）、薅草、打苞谷叶子、掰苞谷、割黄豆、拔萝卜、砍苞谷秆子、深翻（有一阵子公社倡导冬季深翻土地）……从春到冬，一年四季，直把小日历本写得满满当当，不仅记录了外婆随季节变化所做的农事，而且连续几年都把她记成了生产队的劳模。

当然，这也得感谢秦外公，他虽干不了重活，却一直勤恳地做着全家的炊事员。外婆晚上收工以及母亲与我们兄妹从学校回家，总能吃到热饭热菜。而且，每顿饭必有一个下饭菜，也就是把某一碗菜的油荤或辣椒放得重点；农忙季节，甚至每顿晚餐都有一道"硬菜"——或是放了数片腊肥肉的炒豇豆，或是腊瘦肉丝炒青椒。不过，这道"硬菜"，秦外公往往会照顾外婆用得多些，常常在她饭碗的底部预埋一小铲。在我们看来，外婆做农活辛苦，多吃点好的那是天经地义。

秦外公还是一位好饲养员。春夏时节，他把外婆与我们放学后打的猪草，捋成把儿使刀剁碎，用洗锅盆碗筷的厨水（那时没有化学洗涤剂）浸一浸，再像药引子一样地拌些包谷皮或小麦麸，猪爱吃得很；到了深秋隆冬，则将猪糠（将春季树木新发的嫩叶以及夏季的构树叶、葫芦叶、南瓜叶、土豆秧，秋季的红薯藤等剁碎晒干，储备至冬季做猪食）放在厨屋的大锅里煮烂，趁热倒入猪槽，猪也吃得极欢。

这样，我们家每年的春节，都有一头很肥的黑毛年猪。每年宰杀年猪刮尽猪毛、破肚开膛、逢中剖为两半后，外婆都必到现场，见证把猪的半边及猪板油过秤，与旧年的年猪比较比较重量，赞一赞大家为养年猪所做的贡献；当然，也方便她有准头地回应乡邻们关于年猪的话题。记得有一年，我家年猪的半边竟然重达一百七十五斤，板油加肠油达到三十七斤（黑毛土猪个头小，重量一般不超过三百斤），成为生产队的年猪冠军，乡邻们无不称羡。

那个时候，我们兄妹与母亲的食用油每人月定量仅有四两，全家全年全靠一头年猪改善生活。所以，外婆和秦外公对喂养年猪特别用心，也特别在意年猪的肉、油产量。现在想来，在那艰苦的岁月里，外婆年年到杀猪现场过秤年猪，并非只是用以回应乡亲们嘴上有个说头，而是在新的一年还未开始的时候她就在谋划全家来年的生活。

8

外婆年近六旬，个头矮小，瘦削精干，做起农活来却不逊色于一名壮劳力。她性格刚强，做事泼辣，在外面从不认输，却从不与秦外公红脸。我们是外孙儿，但她对我们兄妹不娇不惯，甚至非常严厉。放学后，假期里，打猪草、拾柴禾、推磨、抬水、捡牛粪、砍站子（供黄瓜、四季豆秧

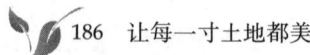

子攀附生长的木杆）、耙叶子（冬天上山将落叶用竹耙子收拢，用背篓背回家垫猪圈）……只要农家小孩子能做的事，她都安排我们去做，有时还规定数量标准。记得我上四年级的那年寒假，外婆要求我每天到后山拾两捆柴，到腊月三十达到三十捆。我便每天去后山砍割杂灌，捆成捆后扛至屋后靠墙整齐排好，让外婆清点。

有一年，母亲买了只母羊，一早一晚都由我赶着去后山放牧，后来，这只母羊生了两只小羊，更增添了我放羊的兴趣。我特别喜欢在雨天把羊赶至后山，戴着斗笠，披着蓑衣，唱着歌，看羊们抢吃露水草的样子。

大约从九岁开始，几乎每个周日一大早，我都要随母亲到店垭粮管所购买商品粮。三四年间，我背负的粮食由十几斤增到二十多斤……每次买粮，我和母亲都因为负重上坡累得汗流浃背，可心里总有一丝甜意——因为，我们的商品粮里，大约有百分之三十的稻米。白果全是旱地，主产苞谷，村人一年四季都吃粗粮。而我家不仅可以偶尔吃一顿"两搀饭"（苞谷米搀稻米），在年节里更是可以吃上雪白的纯稻米饭。

十二岁那年，我嫌与妹妹抬水前后步伐不一致，上坎下坎桶荡水洒，我干脆自个儿试着从挑半担水开始，不久竟可贪心地挑得起大半担水了。从此，家里的用水，被我一人包了，每天一早一晚，我都要去一里之外的土堰挑回一两担水来。

1974年秋，我随父亲到重阳中学上初一（这年母亲也调到了距重阳十里远的白腊小学），直至高一（那时的初、高中学制各两年），三年里，每周六的下午，我都从重阳步行三十八里，赶在天黑之前回到外婆家。周日早早起床，把可容五担水的木缸挑满，再补挑一担连桶带水放在天星院的石阶上，供外婆与秦外公使用一周。无论雨雪天气，每周都不间断；有时延缓了满缸进程，周日下午继续完成任务，那就只好在周一天不亮起床往重阳赶。在路过浑水堰的一处坟茔时，害怕得手心捏汗，紧张得小跑而过；往往走完八里路到了店垭街，天才放亮，这样我便赶得上第二节课了。

9

在初、高中的所有寒、暑假里，我都必回白果。

那些年，乡村教师的暑期不是集中培训学习，就是管理学农基地，父母还要带年幼的弟妹，整个暑假回白果待不了几天。我是老大，年长几岁，又是男孩，父母便放心地让我在外婆家待满整个假期。除了担水、帮外婆干些杂活外，便是每日上山拾柴。

那片按人头分配给外婆扒叶子、烧柴禾用的山林不足五亩，满山都是可以做木耳的花栎树，生产队规定不能砍伐，只能捡枯枝、割杂灌做柴禾。为了采得树干上的枯枝，我发明了一个独特的办法——在山中寻到一根杂木树杈，制作成木钩，用绳子牢牢绑在长竹竿上，拾柴时带上它，到林间一棵一棵地寻觅树上的枯枝。一旦发现枯枝，便欣喜地把竹木钩伸向树干，钩住枯枝的中后段，随着枯枝的摇摆上下"闪"一"闪"，再突然用力（有时整个身子随竹竿荡上去增加重力）下拽，只听"叭"的一声脆响，在枯枝落地的瞬间审势躲开，避过落枝伤到自己。冬天里，树叶都落光了，看上去枯枝与活枝没有区别，但只要用竹木钩钩住树枝，你就知道它是枯是活——枯枝硬实，钩子一碰，发出梆梆脆响；而活枝的绵软，则可通过竹木钩明确传导至手心，让你感知到它的鲜活。

其实，这样在山上拾柴是件很快乐的事，冬天使劲运动，全身暖和；暑天则有林荫遮日，则有山风吹来，凉快。更让人美滋滋的是，当钩取的枯枝够得上一捆柴的时候，便去割几根柔韧结实的土楠木条，打结成"腰子"（鄂西北方言，捆柴禾用的捆索），寻一棵粗壮的树干分前后铺好，将枯枝由粗到细一根一根地像砌墙一样地靠着树干码到"腰子"上，枯枝的断头须对齐整，随着枯枝逐渐码完，一捆高约六十公分、宽约二十公分的干柴便行成了。当然，最后还有一道工序——捆柴——将土楠木条的一头扭迁成环，将另一头越过柴捆穿进环内，用力手拽脚踩，让枯枝更加贴实，待前后两道"腰子"把柴禾捆扎理顺，搬起来靠树立住，满意地欣赏、歇息一会儿，便可扛上自己的收获，唱着《我是公社的小社员》下山回家了……

可是，经过几个暑、寒假的搜寻，我竟将分给外婆看护的那片山林的枯枝采尽了。而我们所在的三小队，农户相对集中，各家都把供自己拾柴、扒叶子的那片山林看得很紧，我根本不敢贸然进入。从初二暑假开始，我便与邻村新街大队的几个同伴，去到六七里外的三包垭或二小队的深山里拾柴。那里山大人稀，树林密集，干柴很多，农户看管也不那么严密。只是二小队里有个麻脸汉子，常常在山下喊话吓唬我们。后来大伙儿得知麻脸叫秦明发，当他再吓唬我们时，大家也在山上齐声回应："秦明发，满脸麻。"有一回，他气得撵上山来，大伙儿丢下柴禾便逃，我对麻脸说，我"嘎爷"（外公的意思）叫秦大茂，与你同姓，你别没收我的柴。麻脸说，你"嘎爷"我喊叔，那你也应喊我叔，叔让你把柴扛走。此后，我不曾再起哄叫过他"满脸麻"，而且也有胆量在二小队的山上拾柴了。

我拾柴禾一般都选择硬杂木，这样的柴木耐火经烧。而且，我把每捆柴禾都捆扎得贴实、整齐，扛回家秦外公将其一捆一捆码在磨屋的阁楼上。连续几个暑、寒假下来，竟然码满了半个阁楼。1985年我有了女友，在父亲任教的马良中学过罢春节，我带她回白果拜见老人，外婆特意把我女友引至磨屋，指着阁楼上未烧完的柴禾，说那是我的功劳，夸我小时候勤劳。

记得当时，我攀上阁楼查看自己的劳动果实，发现好多柴禾都长了锯虫，楼梁上落满了锯末。我问外婆，柴都快烂掉了，您怎不烧啊？外婆悠悠地说，放那里是个念想。我心头一热，眼里顿时涌出了泪花——一直以来一向对我们严厉的外婆，原本是有着一颗柔肠百转的绵绵之心的，只是我明白得晚了些。在那个家里缺劳力、生活负担重的特殊年月里，外婆支使我们打小干这做那，现在看来，那是她在勤能补缺思想支配下的一种不得已而为之的行为，在外婆的骨子里，她是深深爱着我们的。在她进入古稀之年里，她把我儿时的劳动果实作为她的一种念想，作为散发着一种勤劳之美的光环佩带给我，推介给我的女友，为她业已长大成人的外孙不动声色地增添着爱的砝码，可谓心细如丝，爱意如水……

10

上世纪八十年代中后期，父母先后从马良中、小学调至县城，我和大妹也在县直机关工作，我们的家才算真正结束了那种漂忽不定的情形。

1990年初夏，与外婆相依为命四十年的秦外公因为长年卧病在床，不忍再拖累外婆，乘外婆不在身边时，以我们想象不到的方式——用裤带一头拴着床头、一头系着自己的脖子，将身子滑到床下结束了自己对外婆的拖累。噩耗传来，我们全家赶回白果，母亲掏全部费用安葬了秦外公。外婆说，你们"嘎爷"走了，我在白果便没了牵挂。母亲说，以前接您到县城，你总是放心不下，这回就一起走吧。

外婆在县城跟母亲生活了十五年，其间仅回了一趟白果。但每到年节里，她总是念叨着白果；在晴好的日子里，总是站在阳台上久久凝望着西南方向——那里有她劳作了半个世纪的白果，有与她一起沐浴过四十年风雨而长眠于白果的秦外公；或许，在她的内心深处，也还有着被从白果后山卷席筒内搜走做壮丁而一去不复返的我的前外公，以及对他碎片似的回忆……

2006年秋，父母谋划把住了近二十年而未装修的房子装修一下，九十二岁高龄的外婆主动提出回白果舅舅家住一段日子。似乎是她自己已意识到了什么，离开县城时，她非得让母亲把给她准备的老衣全部带上，并把逢年过节或生日我们孙辈孝敬她、由她自己积攒的几千元现金交给母亲，果绝地回到了白果。

这年初冬，我从市里去保康调研，专程绕道白果看望外婆，她躺在床上竟然认不出我了。舅舅说外婆得了一场感冒后，意识就不大清醒了。握着她枯瘦的手，我不断自报着我是"海涛"的奶名，外婆最终知道了我是谁。她说，路那么远，你怎么有空儿回了？我说是工作顺便，专门来看您的。外婆艰难而满意地笑了笑。离开舅舅家时，我心情沉重地感到外婆在这个世界上的日子不是很多了，我嘱咐表弟有什么事随时通知。

外婆终未熬过年关。腊月初五，她没留任何遗言也没留什么遗憾地永远离开了我们。我与已调至外地工作的妹妹相约一起赶回白果，表弟对我们说，外婆是在他怀里离世的，走时面容安详，略带笑意。听表弟这样一讲，我劝在棺前痛哭的母亲说，外婆算得上高寿了，生前您该尽的孝没有未尽到的，她走得满意，您不要哭坏了自己的身子。母亲听我这么一劝，心里宽敞了许多。

整个通宵，我们全家与村里来的乡邻为外婆守灵，悲哀的孝歌悠悠地唱着——那是被列入国家首批非物质文化遗产的《沮水呜音》，寒夜里听起来悲怆中透出一丝诡谲……楚之呜音，人神景仰——那"呜呜"之声，是我们对外婆最好的送别与缅怀。

11

　　一晃,外婆已走十年,其间也曾去过白果给外婆送纸钱,却终是去得不勤。2016年春节前夕,保(康)宜(昌)高速通车。大年初三,弟弟开车带上母亲和我与妻子,仅仅1个小时便到了白果。

　　算来我家真正迁离白果已有四十余载,这么多年里,偶回白果也仅止步于老屋。

　　这次回村,祭拜完老人,我特意走到大塮的中央,去看担过水的土堰,去看塮边的天坑;又绕村一周,去看冲子里的人家,去看儿时的学校;当然,更是久久凝眸了一回拾过柴禾的山林,打过猪草的山冲……

　　儿时的眼界确实窄小,总以为白果缺水而没有灵气,山大而不见秀气。现在看来,白果却有其独特之美——冲子虽无河流润泽,却土地肥沃,适宜多种旱作物生长。山呢,规模庞大却并不高峻,且山山有树,峰峰有林;尤其村中心的那座山,一峰独起,在其东面像骆驼背一样蓦地凹陷为一个垭口,却又紧衔着东山,分割着前冲与后冲。小时候站在门前,老觉得它挡住了西边的视线,现在再看,它与西南面的天宝寨交相错落,双峰并峙,极有韵味。三条冲子的大塮中间,土堰依旧保留完好,堰水依然清澈似镜,或许是每家每户都建了自来水窖,无人再到土堰担水,通往土堰的路有些荒芜,土堰也显落寞,但却透出了一种原生态的美。

　　村上人家,传统土屋居多,屋后修竹依依,屋前菜畦青青,疑是春天提前来临。一路走村,我先后与李姓、谢姓人家在屋场边简单交流,并走进詹姓人家拜年。詹家老小正乐呵呵地围坐于火笼边取暖,外出打工的女儿穿着时尚,还带回了湖南籍女婿一起过年。我自报姓名,男主人吃惊地说,从你十多岁离开村子就没再见过你,如今也该五十多岁了吧;你母亲在村小教过我,我比你高一年级呢。女主人连忙要去做饭留我吃,我道谢说,舅舅家的饭须得吃啊,以后有机会再来吃嫂子的饭吧。

　　村里人的热情好客与淳朴厚道,村景的自然和谐与恬淡静美,使我的心田荡起了安妥的涟漪。是谁说过,人只在自己故乡的树下才得安憩。对于受特定历史时期社会因素影响而自幼感到漂移在故乡里的我来说,白果的意义正在于此。

　　白果，我长青的生命之树，这些年来，每每来此祭奠老人，我都会想起小时候外婆看着我们成长而自豪地讲过的一句话：

　　——你们，是我这棵杉树苑上发的芽！

　　（稿于 2015 年 11 月，原载《红袖添香》文学网站、《家在保康》微信公众号）

故园有痕

1

　　荆山幽深，藏不住马桥之秀；神农峻岭，挡不住马桥之奇。

　　虽然我未生长在马桥，但自我的父亲上溯数代，祖祖辈辈都在这片奇秀的土地上繁衍生息。马桥于我有着与生俱来的血缘关系，她是我正宗的故园。

　　既是故园，便有一份难舍的情怀，便有一种注定的缘分。

　　1980年4月，不满十八岁的我来到马桥电站工作，那却是我第三次回到故园。而第一次回马桥我只有三岁。

　　那个时候，奶奶（做教师的爷爷已于1957年被打成右派折磨致死）与姑姑、叔叔住在镇街中心魁星楼旁。我的回家让他们万分高兴，全家对我是"捧在手里怕掉了，含在口里怕化了"，在那艰苦的岁月里用家里最好的食物养了我半年。

　　不久"文革"来袭，奶奶这个右派之家风雨飘摇，在惊恐万状中被撵到了距镇子十里外的中坪大队第四生产小队，街上的老屋被充公做了药房。为了划清阶级界线，我们兄妹随了母姓（母亲成分好）。当然，我也不得不离开奶奶，离开故园，回到父母身边。此后十二年里，各种禁忌使我未曾再踏入马桥半步。故园的天地有多大？奶奶、姑姑、叔叔什么模样？在我的记忆里都是一片空白。

2

　　到了1978年夏，我高中毕业，国家开始拨乱反正，阶级斗争的弦不再紧绷，父亲让我回老家看望奶奶。

带着父亲画的路线图，我从马良车站搭乘一辆解放牌货车改装的敞篷班车，经过三小时翻山越岭的颠簸到达马桥街，再按图索骥找到已在中坪西山岗下居住了十二年之久而对于我来说却是全新又陌生的奶奶家。奶奶见到已长成大小伙儿的我喜极而泣，三个叔叔竟因戴着右派之家的帽子和身背富农家庭成分的包袱而均未成家，姑姑更是因之离异。但是，我的第二次回家让长辈们个个乐不可支，整日兴高采烈。

老家"新"宅是三间土坯房，只有西间的正屋搭建了半截阁楼，且逢中砌墙分为两间小屋，供三个叔叔栖身，奶奶与姑姑住着东间正屋，厨屋设在堂屋后间。堂屋与东间正屋顶上的主梁、木檐、瓦当一览无余，室内家具几无，空旷而穷困。门外不宽的土场边，倒是热闹地生长着三棵桃树、两棵石榴树和两棵花椒树，这些树的下方是半亩左右的菜园，屋后则是连着巍峨太阳山的一脉长岗，岗上少树，生长着大量荆棘与茅草。东边毗邻数户人家，屋舍错落，鸡犬相闻；乡场、菜园、小路间杂，树丛掩映，形成一个自然村落。

村前斜挂着数百亩旱地，地的下端正在开凿马桥电站引水大渠。工地上人山人海，热火朝天。当时，县里把半个县委都集中至马桥，调用全县两万青壮年劳力，按公社建制组成民兵团，自带粮食、工具，扎帐安营，实施会战竞赛，靠千万只铁镐、挖锄、锤头和钢钎，开凿出了十八里长、每秒二十五立方米流量的全县第一引水大渠。

在奶奶家近一个月的时间里，我去大渠建设现场看热闹，去后山岗上观风景，去粉青河里捉鱼虾；随二叔到笔架山拾柴，随三叔去神农架首府松柏镇卖梨，随小叔在鳌头山酒厂做一天一元二角五分工钱的小工……每天吃罢晚饭，我都与奶奶一家坐在土场的树下纳凉，听他们讲我三岁那年懵懂的逸事。奶奶讲有一次我盯着领袖的头像看了半天，突发奇问为什么毛主席的头梳得那么光溜；姑姑讲有好几回我撒泼地哭闹不止，拽掉了她的许多头发；小叔讲有次带我随奶奶去菜园，我摘了枚辣椒张嘴就咬，辣了嘴巴哇哇哭，他却挨了奶奶巴掌嘻嘻笑……可是，无论是奶奶、姑姑或叔叔，从不提及我极想知道的爷爷的事。或许是爷爷给这个家庭带来的"灾难"过于深重，令他们恐惧而不愿讲；抑或是阶级斗争的氛围把他们压抑得过于长久,刚刚有了一缕释压的清风他们分外珍惜;更或许是在我还未出生之时爷爷就带着满腔悲愤撒手人寰,他们不忍让我知道真相而平添心灵上的伤痛……长辈们的善意我似有几分明白,便也不去提"那壶不开的水",大家心照不宣地始终避免着爷爷的话题。

夏夜的月光下,奶奶家的土场上竟少有蚊子(是那两棵花椒树具备驱蚊功效)。常常在唠过一阵话后,三叔会唱起《红灯记》或《朝阳沟》的片段,嗓音浑厚,韵味十足。在我看来,三叔脾气相对孤僻,不苟言笑,却不想他的京剧和豫剧都唱得有板有眼,好像是在释放一种抑制了许久的快乐。二叔呢,性格沉静温和,脸上常挂着笑意,喜欢看书读报。那个时候书报不多,但他对不知从哪里得来的过时的报纸、废旧的书籍格外珍视,整齐有序地摆放在床头。更让我钦佩的是,二叔其实身有缺憾,他一出生从头发到全身的每根汗毛都呈白色,且天生高度近视,看书看报非常吃力。可是,从二叔身上我却看不出哪怕有一丝的自卑情绪;反而,他是家里最乐观的人,每天起得最早,担水,打柴,下地……样样活路抢先在前,吃苦耐劳,从无怨言。而小叔在家里最为受宠,大家都昵称他"幺娃子"。他英俊聪明,仅比我大八岁,时年二十三岁就已是方圆几十里手艺数一数二的木工师傅。奶奶说他初中没毕业就去做学徒,二十岁不到就出了师,这几年正是靠他的一技之长,家里才没有为油盐钱犯愁,甚至在我回家的日子里,断顿不断天地都吃得上肉也是他的贡献。因为小叔做木工活很辛苦,家里的农活二叔三叔全包了,奶奶从不叫他早床,起床后的洗脸水也常常是姑姑端到他的面前。

在回家的这段日子里,我见证的不仅是奶奶这个被压抑了许久、在农村可以称得上是半个知识分子的家庭(爷爷旧社会教私塾,解放后是公办教师,极为重视孩子教育,我的父亲与姑姑在县师范毕业从教,后来姑姑因病辞教。尽管家庭发生重大变故,三个叔叔也都读了完小),终于冲破一种无形桎梏获得精神解放后的隐隐欢欣;还体验到了奶奶这样一个普通人家——不因在相当长的一个时期内的精神痛苦而意志坍塌,更不因家庭顶梁柱的骤然折断、祖居地的被迫迁徙和贫困阴影的持续笼罩而人怠家败。叔叔们虽然男大还未当婚,姑姑虽然离异离职返回娘家,但全家心系一起,彼此善待,和睦相处,特别温馨。

3

在奶奶家,我去得最多、看得最多的自然是马桥电站浩大的建设工地。正所谓日有所思,夜有所梦,我竟常常梦见自己来到了电站工作。不想美梦成真,在经过一年的下放知青生活、半年的待业之后,1980年早春,我欣然踏上了故园的土地——马桥,成为我参加工作的首站,成为我二次成长的摇篮。

记得去电站报到那天,未等安顿好住房,我便迫不及待地沿着已建好的电站引水渠堤,疾步八里多路去拜望奶奶。土场边,桃花正恣意绽放;屋檐下,燕子正衔泥筑窝。正在侍弄菜园的奶奶、姑姑见到我后喜出望外,赶忙收工回屋,为我煮了一碗油而不腻的荷包蛋,一左一右地簇拥着我,笑眯眯地看着我把飘着葱花的五枚荷包蛋吃完。傍晚,三个叔叔收工回家,都为我能到全县最大的电站工作而自豪。自此,几乎每个星期天我都到奶奶家蹭饭吃,奶奶与姑姑依然像当年一样倾其所有,拿家里最好的东西做给我吃。

在电站工作的第二个春节,我留站值班,父母带着我弟妹来奶奶家一起过年。这是十多年来全家首次团聚,奶奶与父辈们特别激动,团年饭间,大家叙往说今,讲老道小,忆到以往的岁月虽难掩无法言喻的伤痛,但冲断不了的是大家的欢声笑语,掩藏不住的是那份永恒的亲情……从正月初一到初三,父母带着我们兄妹到马桥街、张湾村四处走亲拜年,并专门去镇街中心的魁星楼边察看仍未归还我家的老屋;父亲还领着我们首次进入张家祠堂祭拜先祖、追念先人,用传统仪式更是通过灵魂的洗礼让我们认祖归宗、续接族缘……

4

在电站的四个春秋里,故园亲情的润泽,故园乡土的芳香,故园山水的秀美……无不激荡着我年轻的心房。每至工余闲暇,我都要到周边的乡村、田野、山岗或溪涧徒步,去排遣一种青春的孤独,释放一种不可名状的隐忧。而每一次的漫步或野足,那村舍上空的炊烟,田野茁壮成长的庄稼,山峦上浸了初霜的红叶,溪涧里游弋的鱼虾,甚至是一场春雨、一声响雷、一片秋叶、一场瑞雪……在带给我如诗如画的故园美景的时候,也填充着我心灵上的淡淡期许。

故园似有一种无形的魔力,给我以迷津的指点,给我以方向的把握。不晓在哪个不经意的时刻,我就陡然觉得自己在往后的路上缺着一点什么,在个人能力的储备上少着一点什么。当然,国家变革春风的吹拂,社会变迁脚步的鼓点,也是有着一种无可抗拒的感召力,给人以向上的力量,给人以进取的精神,总让我向往着故园以外的精彩世界。

于是,我从每月二十四元五角的工资收入中拿出五六元订阅上十种文学刊物(那时每本文学月刊只有三角至五角)。当时流行"伤痕文学",或许我家受到的"文革"冲击及我孩童与少年时期感同身受很深,《伤痕》《灵与肉》《芙蓉镇》《被爱情遗忘的角落》等一大批小说作品,常常把我看得泪流满面,沉浸在小说人物悲欢离合的故事中不能自拔,小说主人公命运的跌宕起伏、家庭生活的悲戚辛酸,以及我们这个国家那段不堪回首的特殊历史,于潜移默化中丰富了我对生活的感知,拓宽了我对事物认知的眼界,当然,也让我从中汲取了文字构架方面的基本素养,引领我打开了混沌的形象思维空间。

1981年初,我订阅的《山西青年》开办"刊授大学",以刊授与函授方式教授文学理论知识,并配套出版讲义系列丛书、讲课录音磁带,全套需要九十多元。我当时月工资加夜班补助不到三十元,每月生活费开支十五六元,零用加征订报刊花去七八元,节省只有五元左右。可我特别想得到这套学习资料,便找到分管财务的阮永芳站长说明借钱理由,承诺每月从工资里扣减五元确保年底还清,阮站长立马批借五十元现金给我,加上自己积攒的四十多元,汇给山西青年杂志社,如获至宝地得到了全套学习资料。记得那套资料除了写作、现代汉语、古代汉语、现代文学、古代文学等当时正规大学中文系的课本外,还有老师们的讲义以及外国文学、现代文学、当代文学原著读本,加之配套的十多盒磁带,学习起来特别得劲。

那几年里,我的工余时间过得极为充实,有段日子甚至早晨六点就起床,或到电站尾水渠岸的小树林里背诵唐诗宋词,或去河滩的浅水湾边阅读文学原著，颇有鲲鹏展翅之志。随着读写知识的积累，也便有了尝试写作的冲动。我最先着眼的是电站的人与事，把电站的建筑与景物写成散文，把站上也是当时全县唯一的一名女汽车司机参与电站建设的事迹写成通讯，把电站的班组运行管理、产值完成等情况写成新闻消息。可站内报道素材毕竟有限，于是，我把视野扩展到农村、矿区，利用休息日，去寺岭、中坪、笔架、周湾等村搜集素材，甚至跑到二十多里外的白竹矿区探访，对农村春耕秋收、矿区探矿采矿等情况进行新闻采写，对观察到的事物也尝试着写散文、诗歌。不想，一篇篇"豆腐块"纷纷被襄阳报、襄阳广播电台、保康广播站、《保康文艺》采用，年年被地区和县里评为优秀通讯员。

5

一份耕耘，一份收获。1984年6月，我连续在《襄樊日报》（1983年襄阳地区改为襄樊市）副刊发表了《天上有三个月亮》《捉蜈蚣的孩子》《水不在深，有龙则灵》三篇散文，一时间，竟引得县里五六个部门"盯"上了我。县公安局甚至委派马桥派出所所长辛福荣到电站找我，着实把我吓了一跳，寻思自己并没违法呀，派出所怎么会找我呢？所长笑着对我说，是县里的黎副局长让他来看看我的五官与身高，怕是要调你去县上吧。不久，一纸调令却把我调到了县委办公室。

去县里报到那天，电站党支部书记周昌银专门派站上的女司机刘光莲开着东风"一四零"卡车送我，偌大的车厢里仅装着一张小叔用电站包装发电机拆弃的木板给我制作的小写字台，一个也是小叔打制的五屉柜，一口我到电站工作时父母送的暗红油漆的杉木箱子。这"三个一"放在车厢里没用绳索固定，随着卡车在拐来拐去的山间公路上的前行，它们在空荡荡的车厢内也滑来滑去，颇似我抑制不住的激动心情……

在县委办公室上班当周，辛所长说的那位黎副局长竟亲自到办公室来看我，不想她是位女局长，还是县委副书记靳军（后来担任过湖北省人民检察院检察长）的夫人，两位领导都是外地人，大学毕业分配到保康工作。当时黎局长在公安局分管政工人事，见到我的第一句话是："我倒要看看小郝是个什么样的人呀,那么多单位争着要你,我终归是争不赢县委啊。"而分管党群工作的县委副书记赵秉乾更是对我爱惜有加,他说多个单位找组织部调我,是他一锤定音,下令直接调到了县委办。我当时二十二岁未满,毛头小伙儿一个,不知天高地厚,但颇为县上的领导对我这样一个并未做出什么成绩的所谓"人才"的真心爱护与真挚关心而感动。

发生在我身上的这个故事,也印证了当年的领导是多么爱惜人才,当年的政风又是多么清正纯朴。我只是最基层的一名普通工人,没跑一丝关系,没送一分礼金,却能"一步登天"到全县首脑机关工作,这在今天看来怕是不可思议的事吧。

然而,更让我终生不会忘怀的是,赵秉乾副书记以及时任县委书记刘代启、县委办主任李清晏等领导对我的关爱远远不止于此,他们常常带我到乡村调研,直接教我工作方法,关心我的成长进步,甚至在了解我谈的女朋友是南下老干部女儿的时候,赵、李二位领导很是欣慰,说那就不用政审直接通过了(那时机关年轻干部所谈朋友需经组织政审)。1986年秋,襄阳师专中文系从全市在职干部中招收学员,给了保康十个报考名额,组织上竟分了一个名额给我。我一边工作,一边起早摸黑复习功课,终于不负组织期望,通过全国成人统一高考进入师专脱产学习,不仅获得了大专文凭,更使自己的知识素养有了一个系统性的提高。

对于我人生中的这种知遇之恩,我的感恩方式是任何时候都深爱保康那片热土,任何时候都不忘初心、努力工作,任何时候都尊重、爱戴我的几位领导。比如,刘代启同志2009年去世后,我在《楚天主人》发表了五千余字的怀念文章,并受其子委托撰写碑文,每年去给岳父岳母扫墓,我都要到老书记的墓地看看。

6

从1984年6月到1997年6月,除去在师专学习的两年,我整整在保康县委办公室工作了十一年。这十一年里,我以撰写调研报告、典型经验、文件讲话等公文材料为主,业余兼写新闻通讯、散文杂文,各类文稿不断被各级报刊发表、电台刊播，有的被收选入书，有的获奖。在县委书记李远继（1990年至1995年在任）调任襄樊市人大常委会副主任的时候，我把跟他搞了五年文稿服务、以他名义在各类报刊发表的文章复印装订成册送他纪念，他感佩不已。当然，我的成长也离不开李书记的关心与培养，正是他的鼎力推荐，我才从县委办调入市委政研室工作。

  到市工作的第二年，我满三十六岁，恰逢保康建县五百周年。俗话说"人过三十六，喜的喜来愁的愁"，而本命年里巧遇故乡五百寿辰，我用什么以喜驱愁、祝福故土呢？回首在保康工作的岁月，我计上心来，把自己撰写的四十余篇在省级以上报刊发表的调研报告、先进人物事迹通讯汇集为《大山通途》一书，献给保康建县五百周年，献给养育我的保康山水，献给培养我的保康人民。在书的后记里，我这样写道：

  "我平时无所用心，对发表的一些文稿未加细心收藏，一些报刊用稿后寄来的样报样刊，我随意塞入屉柜，很少翻动。十数年来，月积年累，及至工作调动，清理字桌书柜，才发现好几屉柜的样报样刊，灰尘厚积，'书鱼儿'四游。望着一大堆故纸，翻翻已沉入个人历史的文稿，我不禁为自己感动了一回——呵，过去的岁月我并未虚度。读读过去的东西，既能唤起一些辛苦的记忆，也能勾起喜悦的回忆……岁月流逝，青春不再。选编这本集子，尽管不能拽回岁月的脚步，却可以留住一段青春的足迹。"

7

  去年"十一"长假，我们全家与远在广东的姨姐一家回故园马桥游览，先到全国最美乡村尧治河一饱眼福。从房县下了高速，盘桓而上的高山公路上，旅行车辆络绎不绝。10月1日至3日，尧治河的游客竟逾一万六千人次。无论是在尧帝峡、老龙洞、野人谷，还是在磷矿博物馆、农耕博物馆，如织的游客无不赞扬尧治河，无不叹服尧治河。

  10月3日，尧治河宾馆及诸多农家乐均告客满，我便给小叔打电话让他联系镇上的宾馆。待我们傍晚下到马桥镇，小叔说镇上二十多家宾馆也都客满，让我们就住他家。细一打听，原来是神农架疏散到马桥投宿的游客过多——马桥，竟成了神农架游客的集散地。

好在小叔在镇上盖起了四层楼房，吃过小婶做的丰盛的晚餐，我们在宽敞的客厅聊家常，今昔对比，恍如隔世。小叔家已是全面小康，二叔与三叔仍居住于中坪，家境也大有改善，虽然他俩成婚晚，但堂弟堂妹们也都长大成人，有的成了家，有的在外打工，二叔的小儿子甚至考上了首都医科大学的研究生。

第二天天一放亮，我便来到魁星楼边，端详归还我家多年却一直闲置的老屋。老屋低矮破旧，墙为土坯，瓦是老瓦，陈旧的木门上挂着一把经年的锈锁，屋面的瓦砾多有损毁，瓦当间隙里生长着一些渐趋枯黄的小草。与周围新盖的邻居相比，老屋真的是鸡陷鹤群。

其实，对于眼前的老屋我是麻木的。因为从它的沧桑中我确实看不出一丁点我们这个家族在此生活过的影子。自上世纪六十年代中期以来，半个世纪过去了，老屋没有为我们这个家族中的任何一员遮蔽过风雨，提供过护佑，它留给祖辈、父辈们的是一段刻骨铭心的伤痛，直到现在，父辈们都不愿去触碰它，不愿去修复它，而是仍其无声地书写着一个家族悲喜交集的历史，也默默地把自己演绎成了历史……

从魁星楼下的城门洞一眼望得见河街，不宽的街道曾为粉青河的鹅卵石铺就，如今却早已被水泥抹平。城门洞上，杂草丛生，但红三军第七师政治部于1931年留下的"消灭军阀混战"的标语仍然依稀可见。穿过河街，走上新修的环城公路，环顾整个镇街，已是没有一点儿三十年前的模样。一栋栋楼房见缝插针似的崛起，虽然缺少应有的规划，但却透出一种现代化的气息；粉青河边建起了木质步道、花园、绿化带；环镇公路不仅宽阔，而且每条进镇的路口都设置了红绿灯、人行斑马线，颇有县城的味道。只是，河水愈来愈小，污染愈来愈重……哎，这是城镇化绕不开的沉重话题。

脚步不由自主地挪向了粉青河大桥，我知道，魂牵我心的是位于北岸的马桥电站。大桥下游河面上我们当年悠悠荡荡走过无数个来回的"闪闪桥"（将钢索两端固定至河的两岸，在钢索上横铺木板供人们渡河的简易桥），只剩下了河中心的几组水泥柱子与几根未撤走的钢索。因为电站引水发电，粉青河的水量宛如小溪，晨阳洒在水面上，使一群游弋嬉戏的鸭子更加生动活泼。

走进已被尧治河并购的电站，当年的单身宿舍、职工食堂、篮球场以及湘子泉亭（根据韩湘子在马桥的传说而建）的格局仍是没有改变，只是，我曾读过唐诗宋词的尾水渠堤岸上的树林不见了踪影。我想起上次来站距今整整二十年了——1996年夏，县委安排我与县政府办公室主任黄传邑带领县委、政府两办的笔杆子，在站上驻扎一个月，经过深入研究探讨，撰写出《保康之路》一书，使保康的发展战略得到了进一步明晰。这是我尽绵薄之力与同事们一起为保康做的一件较有影响的事情——却命中注定是在我的故园、我工作的首站为父老乡亲交上的一份答卷。

……

人有故园，故园有痕。如果说我在自己的故园有所留痕，那么用文字记下这些印痕，当是我对自己的血液里流着故园基因的一种认证吧。

（稿于2017年3月，原载《红袖添香》文学网站、《家在保康》微信公众号）

水田琐忆

> 作为共和国最后一批下放知青，2018——我们已走过了四十个春秋。但是，岁月的车轮并未碾碎我们的记忆，时间的长河也未淹没我们无悔的旅程。我们的知青生活尽管很短暂，但那是一段值得回忆的青春岁月，是一段难以磨灭的美好经历……摘其片断记之，聊作1978届高中生上山下乡四十周年纪念。
>
> ——题 记

水田这个地方，不只有冲坳里随四时更迭色彩的稻田，还有一座巍巍大坝拦截沟壑形成的水库，终年荡漾着养眼的碧波。水库西侧，茶山盘旋而上，弧形的茶行线条极为优美，终年都是绿油油的。库东呢，一脉山岗长满了松、杉与花栎，完美地充当着一库清水的屏障。去宜昌的公路由北往南绕库而过，路未硬化，只要有车驰过，便会扬起一路白雾般的尘埃。论地势，水田其实处在半山腰上，但却因为腰宽身阔，纳涧水，积沃土，聚灵气，成就了一方宝地。

上世纪七十年代，马良公社在水田兴办茶场，作为社办企业，1975年又被增辟为"知青点"。由此，水田便与我有了点缘分。

我高中毕业于1978年，这一年是改革开放之元年，但旧的体系还尚未废止，按照政策，城镇商品粮户口的中学毕业生，依然是要到广阔天地里去接受"再教育"的。于是，我便成了共和国最后一批下放知青的一员。

我们那一届符合下放条件（城镇户口，年满十六周岁）的同学共有十三人，奔赴水田茶场那天，公社与马良中学是为我们举办了隆重欢送会的。不过，公社一名领导在主持欢送会时，竟将"向知识青年献花"错说成了"向知识青年献花圈"，惹得与我一同下放的一位同学的祖母放声大哭。末了，她老人家踮着一双小脚找到送我们去水田知青点的卡车司机，千叮咛万嘱咐地要他小心驾驶。而当卡车把我们拉到水田水库大坝下的时候，我们纷纷要求下车步行，让卡车只拖着我们的下乡用品过坝，生怕载人过坝会将我们倾覆到水库里去。

知青点是一排"干打垒"的二层楼房，位于水库东侧坝肩北端，呈东西走向，与紧挨山边呈南北向的茶场职工宿舍构成了一个"L"型生活区。宿舍前是篮球场，不过，我们打球时非常小心，稍不注意用力过猛，篮球便会滚下水库坝肩，往南坠入水库，向西北则会滚落至坎下百米开外的公路上去。

在这样一个靠山近水的地方，我们度过了一段难忘的青涩时光。

我们下放水田已是金秋十月，茶场周边一畈畈青中带黄的稻田，一丘丘把苞谷叶子扎成把儿与苞谷砣一同晾挂在苞谷秆上的旱地，还有茶场的茶园正采摘着秋茶，农户的柑橘、柚子、石榴、柿子亦成熟在即，满眼的丰收景象着实让我们兴奋了好一阵子。

可是，茶场实行的是军事化管理，每天清晨六点，军号准时响起，我们需得与茶场职工一同出早工。秋季天亮得早一些尚可，冬季六点，外面还是一片晦暗，天又特别冷，有时候气温过低，哈出的气立马会在眉睫上凝成一层淡霜，所以我们总想躲在被窝里多暖和一会儿。常常是起床号响了老久，知青点带班的周书记在楼下吆喝几遍后，我们才睡眼松惺地扛着挖锄或十字镐到楼下集合，动作慢一点的往往只能去上个厕所，脸也来不及洗，牙也来不及刷。年轻人有活力，真正起得床来，我们男生不待周书记发话，便将挖锄或十字镐当枪端着，摆出冲锋的姿势，一阵风似地撵上出早工的职工队伍。

茶场职工大都来自周边农村，比我们年长许多，他们诧异地避让着我们的冲锋，好奇着我们个个都头戴一顶军帽的样子。说来有趣，那时候我们十六七岁的男孩子最想当一名解放军战士。本来我们高中毕业正值恢复高考，却因小镇教学质量差异，应届生里竟无一人考上大学。上不了大学就意味着必须回乡或下乡。在等待下乡的日子里，我们几位男同学不约而同地想方设法弄了顶军帽，向往着秋季征兵能当上兵（可惜后来只有一位同学体检合格入伍）。我对军帽尤为珍爱，为使军帽显得有棱有角，我精心用纸壳在帽内垫了一圈里衬（后来大家都做了效仿），这样戴在头上感觉自己气宇轩昂，仿佛真有军人的样子。也正是因为这顶军帽，整个冬季，清晨军号一响，我们男知青基本都能闻"号"而动，"冲锋"在前，率先进入挖茶山队伍的行列。

冬季是挖茶山、除杂草、烧土粪（积造茶园需要的农家肥）的大好季节。加上前三届未能招工或参军留下来的五位大哥大姐，我们十八名知青单独组成一个作业组，由公社调派的专干周尚义负责（我们尊称他"周书记"）。整整一冬，周书记带领我们开挖茶园、砍割茶山崁坎上的杂灌野草，并指导我们将杂灌野草堆积到一块，用铲锹把新垦的土块堆放其上，然后点燃杂灌枯草，使之慢慢燃烧。经了火的洗礼，加上草木灰的渗入，从而改变茶园生土属性，增加土壤有机质。类似"烧土粪"的实践，不仅让我们感受到了劳动的乐趣，也使我们知晓了古老农耕文明智慧。

我们下放第一年，国家每月补贴十元生活费，口粮则平摊在溪峪、榨溪、曾家垭三个大队，需要定期去队上分粮食。那个时候，生产队大都不通公路，即是有公路也没有条件用车去运粮食。这样，队上分的粮食只能靠我们自己或背或扛到知青点。

首次去溪峪分粮食，我们八个男生吃毕早饭出发，翻过张家岭，六七里路程全是下坡，一直快下到沟底才到了队部。看时间还早，我们在溪峪小学操场玩了老半天篮球，待生产队会计给我们秤了稻谷装袋，人均需扛五十斤返程。早晨我们吃的稀饭馒头，却忘了带上几个馒头，一大上午过去，大家个个饥肠辘辘，再要负重上坡返回知青点，实在是勉为其难。

或许人在饥饿的时候才更能急中生智，我们一下子想到了用稻谷去代销店（供销社在大队部设立的销售点）换食物的主意，一则可以充饥，二则可以减荷（当时想的是肩扛的稻谷少一点是一点）。代销店所售副食品不多，但其中有一种用红、蓝、白三色油纸包装的月饼，又香又甜，一角一分钱一个。当我们请求用稻谷换月饼时，代销员却连连摇头说不能以物易物，并说稻谷不属于代销店应收山货，即是换了也不知如何处理。代销员的拒绝打破了我们的美好幻想,大家只好去翻衣袋,你两毛我五毛(有的分文没带)地凑了二块六角多现金,购得二十多个月饼,就着代销员倒给我们的白开水,美滋滋地作了分享。月饼充饥后,精神果然大长,我们不敢再有耽搁,扛上稻谷袋子,一路走走歇歇,直到傍晚才气喘吁吁、十分疲惫地回到知青点。

有了这次分粮经历,后来去十里外的榨溪大队三小队分粮,我们不再自告奋勇单只男生前往,而是要求周书记把女生也派上,带上干粮,浩浩荡荡,一路说笑,翻山越岭去到队部,按照女生二十斤、男生三十斤的负重标准分配,很轻松地扛回了四百多斤稻谷。

当然,挖茶山、割杂灌、烧土粪、分粮食并不是我们在水田生活的全部。我们还特别渴求精神文化生活,看刚解禁的《红楼梦》,读迟到的《人民日报》(我们戏称周报),学习口琴笛子演奏,无端地大声唱歌,摸老远的夜路看电影等等。

我喜爱吹笛子,初中毕业典礼上曾表演过《扬鞭催马送粮忙》,自认为水平不错。所以工余饭后常在二楼宿舍走廊吹奏诸如《学习雷锋好榜样》《洪湖水浪打浪》《沿着社会主义大道奔前方》等等。

有天下雨未出工,我窝在被子里看小说,忽闻楼下传来美妙的笛声,正是我拿手的《扬鞭催马送粮忙》——从悠扬的过门到进入第一节热情、欢快的节奏,至第二节衔接处突慢而转入中板自由地、喜悦地,再过渡到第三节快板热情地、奔放地,直至结尾前的"仿马叫"继之舒缓地全曲结束,仿佛天籁之音,演绎得无比完美。尤其是那"仿马叫"的花舌音(利用舌头自然不断的震动),短促而有力,绵密而有颗粒感,真如马在嘶鸣,引得我急切地奔下楼去,原来是老知青杨宗敏站在自己宿舍门框处如醉如痴地演奏。

杨哥个子不高,白皙的脸上满是短浅的络腮胡,一双深邃的眼睛隐隐透出一种忧郁。他是七五届知青,不知什么原因一直还待在茶场,不想他的笛子却吹得这样好。我立马拜他为师,请教仿马叫的花舌音、仿马蹄声的双吐音(用舌尖轻吐)等吹奏技巧。杨哥热情地为我讲解、演示,并用喉音(运用小舌震动绵延至咽喉形成气流发音)与腹震音(利用腹部力度控制,使气息快慢、大小自如,以更好表现曲子情感)吹奏《蓝蓝的天上白云飘》《在那遥远的地方》，听起来似乎是有一位浑厚的男低音在伴唱，使曲子更添深情，更具有感染力，直把我听得目瞪口呆，把杨哥佩服得五体投地。

与杨哥高超的吹奏技巧相比，我掌握的那点打音（吹奏时将指头在笛孔上迅速地"打"几下，产生一定的碎音效果）、滑音（借助手指慢慢打开或慢慢闭合笛孔，形成唱腔似的效果）技巧，显得是那样微不足道，我更为自己在走廊上隔三岔五地炫耀而自惭形秽。杨哥的笛子吹得这样好，却"真人不露相"，到茶场快一个月了，我才第一次听到他优美的笛声。自此，我三天两头地向他请教，并跟着演练，却终因天资欠缺，笛子演奏需掌握的气、指、舌、唇等基本功，我最终未能完全学会，及至后来待业、招工、调动、复习功课、补上大学、恋爱成家，不仅无暇坚持演练，而且逐渐放弃了这一爱好，落得如今完全手生，想来遗憾之至。

深冬的一天，我们收工回场，得知马良当晚放映越剧《红楼梦》。当时很多知青正在传看这部刚解禁的三卷本小说，无论是已看过一两卷，还是未来得及看的，大家都对《红楼梦》有种神秘感。眼下竟能通过电影看《红楼梦》，十八里外的马良露天影院，立时像一块磁石吸引着我们的心。

我们上十位"影迷"一合计，去厨房拿上馒头，边吃边跑。一气小跑了五六里（碰到公路回头线便抄小路）路，才有一台手扶拖拉机（不知为何当时称其为"母猪"）撵上来，我们立即横着公路站成一排，拖拉机停下来后，我们对师傅说要赶去马良看电影，师傅答应捎我们一截。我们一哄而上，把小小"手扶"挤得满满当当。伴随着拖拉机载重冒出的黑烟，我们高兴地把电影《青松岭》插曲"长鞭哎那个一呀甩吔……哎叭叭地响哎……哎咳依呀，赶起那个大车，出了庄哎哎咳哟……"，改编成了"站成哎那个一呀排吔……哎求师傅带哎……哎咳依呀，骑上那个'母猪'，奔马良哎哎咳哟……"大家哈哈大笑，快乐无比，全然忘记了十余人挤乘手扶拖拉机的危险和冬天的寒冷……

到了镇上，《红楼梦》却在离镇子两里外的后坪大队放映，我们又马不停蹄地跑向后坪。不过，由徐玉兰、王文娟主演的《红楼梦》，真的让我们大开眼界，不仅好听的越剧唱腔我们过去闻所未闻，而且剧中主人公宝玉、黛玉的扮演惟妙惟肖，给我留下了终生难忘的印象。

除了这些，周书记还定期组织我们学习时事政治。我至今仍然记得，距1979年元旦还差一周，按照公社要求，我们扎扎实实、反反复复地学习十一届三中全会公报及党和国家领导人的讲话。联系下放以来多次学习"实践是践验真理的唯一标准"的讨论内容，我懵懵懂懂地感到大变革前夜的春风，已吹到了共和国的细小角落……如今四十年过去，历史已经证明，改变中国命运的十一届三中全会的伟大与正确性。

现在想来，我们那个时候身处最基层，在第一时间学习十一届三中全会公报，是多么难能可贵，又是多么无比幸运——我们真的赶上了好时代，1979年春末，大城市知青出现"返城潮"，水田知青点对我们也相应失去了约束力，我们有的回校复习备考，有的回家找临时工；到了秋季，国家有了政策，按照父母所在单位归口，我们都得到了待业安置。我的父母是教师，教育专业性强、难安置。父亲便给他的老相识——县外贸局张副局长写了封信，请求接纳我待业。十月初，我接到县知青办通知，去县外贸局报到待业，就此结束了知青身份。

我的知青岁月极其短暂，更无大城市知青远离家乡到黄土高坡改田修地、到云南边陲割胶耕作、到北大荒垦荒种粮那样苦累，那样艰辛。但四十年过去，我却依然怀念那段知青生活的历练，它像人生长河里的一朵浪花，常常绽放于我的心海深处，让我忆起豆蔻年华的美好。

（稿于2018年6月，原载2018年第7期中共湖北省委机关刊物《政策》；《光明日报》阅读公社"改革开放四十年·我的岁月故事"征文栏目选载）

第四辑

让每一寸土地都美

引擎之力
——记小水电给保康县带来的经济变化

在湖北省保康县，人们管小水电叫"引擎"。县里发展磷化工，加工林产品，乃至农田排涝灌溉都拿小水电当动力。小水电确确实实成了这个县经济起飞的"发动机"。

过去，保康人也挖煤，也开磷，也利用石头……但却是"挖煤用铁镐，开磷靠放炮、石灰使柴烧"；林产品加工更为原始，或以斧伐树，出售原木；或砍杆断筒，任其腐烂而长木耳、香菇。人们不认识身边的资源，自然守着"金山"讨饭吃；就是认识了，没有先进的手段去开采、利用，不能"点石成金"，同样富裕不起来。奇迹出现在小水电办起来之后。短短七八年时间，这一先导产业所生发的引擎之力，终于打破了过去低水平的产业格局，使保康这片古老的山水焕发出了前所未有的青春异彩。

在保康西北绵延百里的磷矿区，处处都可看见两条平行线，有运矿汽车奔驰的"地上跑道"，必有强大电流通过的"空中走廊"与之相匹配：这几年，保康人先后架设了七条总长四百二十多公里的矿山专用高压线，凭借小水电这个开山动力，向石头开战，从山腹取珠。而在没有小水电的时候，矿工们则在矿层安放炸药，用游丝般的软体导线，靠干电池引爆"电雷管"。据说这在当时是最先进的采矿技术。可是，千炮万轰，全县年矿产量也不过两万吨。如今，高功率的电采技术上山"催石开花"，既免除了矿工们的劳顿之苦，又数十倍地提高了开矿工效。1990年全县磷、硫、煤、硅等矿产量突破了六十万吨。

矿山开采只能算作保康的半条"石龙"，另外半条则是小水电牵动的磷化工业。入夜，凭借县城西郊熊熊燃烧的黄磷炉火，可以看到那里一字儿排开的磷酸、硫酸、三钠、五钠、磷肥等多个工厂和车间，这些厂和车间个个都是"电老虎"。但保康人却用充实的小水电把它们"喂"得饱饱的。

当然，物极必反，"吃饱喝足"后，它们也会排放矿渣、尾气，造成污染。保康人治污有方，加办一座年产四点四万吨的水泥厂包揽消化矿渣，还准备配套搞起尾气回收工程，开展综合利用。这里的决策者很有眼光，他们说：发电卖电、采矿卖矿富不了保康；只有搞带电产业加工增值，才能实现兴县富民。于是，有了美满的电矿联姻，有了最佳的电磷结合，也有了电——矿——化孕育出的十六个、可演化为五百多种的磷系列产品……谁能想到，这大山里的黄磷竟能远销到美国、日本及东南亚。

小水电在催动"石龙吐珠"的同时，也引发"木龙"献出了珍宝。坐落在城北的县纤维厂就是"木龙献宝"的缩影。

十年前，由于电力不足，设备落后，这个厂的产品无人问津，只得停产转干手工业，靠制作门窗桌椅维持生计。而如今，该厂从进料到成品，整个生产流程的十多道环节，全部实行了电气自动化，年吞吐杂木达八千吨，生产纤维板二百五十万平方米，产品规格达二十多种，年销售收入八百多万元，相当于过去的三十二个厂，成为响当当的省级先进企业。

茶乡店垭，七十年代开了千亩茶山，制茶全部使用柴火，质量低劣，号称绿茶，沏呈"黑茶"，年仅生产"大把抓"一万多公斤，却还为销售犯愁。近几年，茶乡二十一个村通了电，添置电力炒茶机二百五十四台，鲜嫩的叶片一经吱吱响的电锅，色、香、味便都有了。很快，全镇茶叶面积就跃至五千四百亩，实现了户均一点二亩茶，年产优质绿茶达十三万公斤，成为备受茶商青睐的宝地。

现在，这个山区县耳菇烘烤、中药炮制、油桐加工都用上了电，旧的生产方式已被淘汰，"磕头买，烧香卖"式的商品农业不复存在。"保康燕耳"驰名中外，"官山银峰"、"三坪锦峰"绿茶获得部优……林产品的深层开发，使保康形成了"以电兴特，以特建林，以林蓄水，以水发电"的良性经济循环圈。

1990年，全县工农业总产值二点四一亿元，县财政收入一千四百零三万元，人均纯收入四百五十一元，分别比电气化试点前的1982年增长一点八四倍、二点一倍和三点七倍。在工农业总产值中，工业占百分之四十九点八；在工业产值中，矿（山）化（工）行业占百分之五十四点二；在农业产值中，以林特产品为主的多种经营占百分之五十八点二。

这三组看似枯燥的比例数字，头一组说明了保康县的工农业已呈"分庭抗礼"之势，农业一统天下的经济结构已经坍塌；后两组则证明了"石龙"真的在吐珠，"木龙"确实在献宝。小水电这条"水龙"的引擎之力，把保康的"石龙"和"木龙"舞成了全县的经济支柱。

（稿于1991年4月，原载《人民日报》1991年5月18日第2版）

飞流吐珠绣山乡
——保康县实现农村初级电气化掠影

湖北省保康县群峰巍峨，山高水高，千泉百涧，终年不断，水能蕴藏量达十九万千瓦，可供开发容量十三万千瓦；地下宝藏甚多，已知的有二十多种矿产，其中磷矿量多质优，储量达十亿吨以上。开发小水电，对促进把资源优势转化为经济优势，无疑具有重要意义。

然而，由于种种原因，截止1978年，全县小水电装机总容量仅有两千一百千瓦。党的十一届三中全会后，保康县委、县政府确立了依靠"水龙（小水电）、石龙（磷矿石）、木龙（多种经营）"发展经济的战略。

三龙起舞，水为龙头。他们带领全县人民走以开发水电支撑工业发展、以工业发展转化水电优势的路子，开源"截"流，兴办水电，彻底改变了靠松脂、油灯照明，靠石磨、水碓加工的千古旧貌，实现了"溪河溢彩照宏图，飞流吐珠绣山乡"的夙愿，成为全国首批农村初级电气化达标县之一。

如今，全县已经建起水电站八十二座，总装机一万七千二百六十一千瓦。同时，他们还以国家电网为依托，兴建了六座变电站，架设了六千零三十四公里高低压输电线路，把单机一百千瓦以上的水电站联成一体，形成了发供用统一调度的"鸟"型电网。这只山里人梦寐以求的"吉祥鸟"，是怎样在山区的蓝天里展翅飞翔的呢？

1977年，各项事业得以萌芽，而保康却备受缺电之苦，仅有县城和三五个集镇用电照明，工业用电几乎是零。原县委书记刘代启亲任指挥长，带领干部群众，靠劳务积累弥补资金不足，从省市聘请技术员，经过两年多的艰苦奋战，在南河上建成了装机五千五百千瓦的马桥二级电站，使保康小水电的供电量一跃为过去的三倍半。

尝到了办电甜头，县委进一步下定决心，组建了常设办电专班，并组织技术人员，深入南河、沮河流域的深谷险滩，对水能资源进行详细勘测，确立了"全面规划，梯级开发，先易后难，多层办电"的指导思想，制定了"生产生活用电两手抓，资金上下内外多家筹"的具体措施。截止1989年，全县累计投入办电资金达五千六百七十五万元。

1983年，县里在南河支流上修建罗家坪电站。这个站装机一千八百九十千瓦，隧洞占明渠一半多。但坚强的水电战士，硬是凿通了总长三千六百多米的二十一个隧洞，写下了保康办电史上的光辉篇章。

紧接着，他们又把水电队伍拉向深急滩，打响了修建马桥三级电站的战斗。深急滩位于南河上段，夹岸高峰对峙，进谷仅有一条羊肠小道。车辆进不去，技术人员就用木船装上仪器、炊具进谷。水电大军则在半岩上修建公路，架设施工输电线、通讯线，仅仅用了三个月时间，就使施工重点转入主体工程建设。县水电局工程师饶振勃，长期从事野外测量工作，累得又黑又瘦，使本来不高的身材显得更加矮小。为了保康的水电事业，他的足迹遍及全县山水，汗珠洒落在所有电建工地。他是北京人，然而他说："我的根扎在了保康，我已是山里人了！"

正是因为保康山区有一大批热爱事业、献身水电的优秀"山里人"，保康的水电事业才日新月异，成效显著。仅1983年以来，全县就有二十二座电站落成发电，新增装机容量九千六百六十千瓦。目前，装机六千四百千瓦的马桥一级电站正在紧张施工，还有七万多千瓦的开发计划的前期准备工作接近尾声。

头雁领导好，群雁飞得高。在县办电站的同时，乡（镇）、村、组、户也根据各自的力量和自然条件积极兴办电站，全县乡村已拥有小水电装机四千三百六十四千瓦，并有十三户农民办起了家庭微型电站。

尧治河村，海拔一千六百多米，离县城一百二十公里，一百二十九户人家分散在方圆十五公里的沟岭岗坡间，山深林密，生活落后。但这个村的党支部有眼光，他们利用尧治河的优势搞水电，村组干部带头入股，以股份制办法筹款资金一百七十多万元。山路陡峭，车子上不了山，他们靠肩挑背驮运回了发电设备和输电器材。经过两个冬春的苦干，总装机一千三百八十千瓦的两座水电站竣工了，全村一百二十九户人家用上了电；谁能想到，在这只有松涛涧水遥相呼应的深山峡谷里，如今却是白天机器轰鸣，夜晚灯火辉煌，那发自肺腑的欢声笑语，汇向发电机的高歌，回荡在蓝天晴空下，青山绿水间……

　　有人说，保康农户居住分散，办得起电，架不起线；架得起线，用不起电。对于这个实际问题，保康县委、县政府做出决定：乡村每架设一公里十千伏以上输电线路，县里补助两千元专款；对于村组架设低压线路，也从技术、原材料、运输等方面给予积极扶持，从而有力地促进了电气化事业的发展，提高了办电水平。全县用于电网建设的投资达三千一百七十二万元，建起了以城（镇）区为中心的六个供电区，架设了一千三百六十公里的高压线，把六个供电区联为一网，并入国家大电网，实现了互补余缺，多余上网，保证了生产、生活用电。

　　在电网建设中，特别是在村组电网建设中，涌现了许多感人的事迹。李家管理区自然条件恶劣，经济基础薄弱。1988年，全区二十九个组、七百三十九户，只有两个组、六十三户通电。为了实现初级电气化，他们出售土特产品，变卖肉猪鲜蛋，组织劳务收入，户均集资一百六十五元，出义务工十五个，把二千一百五十根电杆栽在了峰回路转的危岩叠嶂间，把九吨多重的导线拉到了村组农户。

　　金斗乡是由过去三个区镇的边远村合并的，乡党委、乡政府把延伸电网作为聚拢群众的突出措施来抓，组织五十多名干部，分段包片，联组帮户，拉线架电。仅用一个冬闲，就架设了三百零五公里输电线，使九个村、八百七十个农户用上了电。

　　到1989年，保康县已有三百四十个村、一千八百一十二个组通电，分别占总数的百分之九十八点三、百分之九十三点六；六万一千二百八十八户用上了电，占总数的百分之九十三点四。

　　小水电事业的发展，使这个昔日"宁在河口拾破烂，不到保康当知县"的山区发生了巨大变化。1978年前，保康只有全民所有制企业三十一家，集体工业多是"零打碎敲"，全部工业产值不足一千万元。到1989年，仅县乡两级就办起各类加工企业一百五十四家，全县工业产值达一点五六亿元,比 1978 年增长十四点六倍。随着一座座水电站的落成,耕地自灌面积不断增加,全县建起电灌站七十九处,装机二千二百七十千瓦,使旱涝保收面积达到十八万亩。

过去的保康县城,"一盏汽灯照全城,一个喇叭响全城,一支烟卷游全城"。而如今,那轻歌曼舞的文化场院,那彩灯点缀的商业大楼,那闪烁着奇光异彩的电教荧屏,那灿如白昼的无影灯……无不显示着电的魅力。若选择一个晴朗的夜晚登临聚龙山巅,你会望见十多座乡镇街市,像一颗颗卫星镶嵌在崇山峻岭中。

海拔一千二百多米的九里川村,在七沟八岭间散居着一百七十一户人家。如今不仅户户通了电,而且靠电从一千多米的谷底把泉水抽上山尖,用上了自来水,结束了世代背水吃的历史。用水问题的解决,使这个村每年节约用工八千多个。村民有了充裕时间建设家园,如今不仅全村实现了"家家门前小花坛,户户屋后小果园",而且依靠采矿和家庭工副业,1989 年人均收入达到一千一百多元,成为高山致富典型,受到省委、省政府的表彰。

保康农村电气化事业的发展,对恢复和保持生态平衡,制止乱砍滥伐树木效果也很明显。通过兴办水电拦截溪流,整治河道,修建水库,调节流量,不仅防治了河水泛滥和水土流失,而且大大减少了农田被冲毁的现象,使许多过去超量砍伐的山场恢复了林木覆盖率。一个"以电养林,以林蓄水,以水发电"的良性循环的经济环境正在逐步形成,充分展示了振兴山区经济的美好前景。

(稿于 1990 年 2 月,原载《中国水利》1990 年第 3 期,获水利部举办的全国"铜梁杯"小水电建设征文三等奖)

一个新型茶乡的崛起
——店垭镇发展茶叶生产纪事

在群峰竞举的荆山南麓,有个闻名的新型茶乡——保康县店垭镇。这里相传是神农氏在荆巴山间采药发现茶树的地方。然而,沧桑变化,这个古老的茶叶产地到二十世纪七十年代末,仅在白腊村残存着九十四丛茶树……改革春风拂,茶乡终有幸。近些年来,古老茶乡奇葩异放,得以复苏;全镇茶叶地表规模接近万亩,有效面积五千亩,户均一点二亩,镇、村、组、校共有茶场一百三十九个(含未投产场),年产优质绿茶十一万公斤,产品俏销不衰,因了茶叶生产,这个昔日幽闭的山乡声名鹊起,成为备受茶商青睐的宝地。

金秋十月,我们慕名走访。一进到它的腹地,但见茶山葱翠如春,与山塬上一块块金黄的庄稼相映成趣,更有茶姑忙于秋茶采摘,景美人勤,振人心怀。我油然生出探访新型茶乡崛起之路的念头。

"我们镇百分之七十的农民靠兴茶致富。1986年以来,累计产茶三十二点七万公斤,农民获得现金收入三百九十二点四万元,地方财政收入中茶叶占到百分之三十以上。"一到镇上,党委书记孙礼智就给我提供了这组综合数据。接着,他又侃侃而谈,我们作了笔录——

店垭二十万亩山场,山不高且缓,水不深却清,自然地理条件较好。可在过去,山像一个巨大而沉重的包袱压在农民肩上,一点八万人口在人均不足一点四亩的耕地上刨食吃,年复一年不得温饱。

1984年农村产业结构调整之际,镇党委、政府深知这样下去不是出路。比起平原地区乡镇企业的崛起,其他乡镇运、建、服务业的起步,自身都有明显不足。于是，他们毅然把眼光投向山场，寻求山的丰富内涵，认为店垭历史上即是茶乡，且气候温和，雨量充沛，土壤多属于沙质酸性，熟化程度较低，具有得天独厚的植茶条件。一系列的分析比较之后，镇党委作出了重振茶乡雄风、发展茶叶经济的决策，提出了"奋斗五年，植茶五千（亩）"的目标。

谁知，动员令发到村组，许多基层干部和群众抱怨："庄稼地里的活都忙不过来，还种什么茶？"镇党委明白这是推托之辞，实行家庭承包责任制，富余劳力增多，大田生产根本不存在忙不过来的问题。但他们没有责怪群众，而是组织干部分头下村走户，访贤问计，摸清了不愿植茶的真实思想：一是有的村组干部认为，分田到了户，组织农民不像过去那样一呼百应，困难大；二是部分农民以为又是成千上万人上阵，再吃过去"一平二调"与"大呼隆"的苦头。面对现实，镇党委进一步宣传了"谁开发谁所有，多开发多收益，村组公用工开发，收入用于群众福利事业"的政策，制定了优先供应化肥、无偿提供茶籽、奖励大户等一系列鼓励垦荒植茶的优惠措施，作出了把植茶与否作为评比先进村组条件的规定……配合宣传，他们还给农民大讲发展商品生产的重要意义，详摆"一把锄头一根扁担，家家户户都能干"的劳力优势，细算一亩山地的植茶效益……渐渐地群众看到了自己守的是穷窝窝，而植茶才是聚宝盆，很快由"要我种茶"变成了"我要种茶"，全镇上下普遍把植茶视为致富工程，常抓不懈。到1988年年底，终于实现了植茶五千亩的奋斗目标。

一个新型茶乡的崛起，绝非它的领班人谈的这样轻松。垦荒植茶，较之具有一定基础的产业，其基本要求和投入更高、更迫切。对此，店垭镇的干部群众也有过苦恼和忧虑。但他们很快就体谅到国家的困难，不等不靠，以自己艰苦创业的意志，解决了开发茶叶生产的一个个难题。

在同干部和茶农的广泛接触中，我采撷到许多可歌可泣的事迹。

就说1986年冬吧，镇里规划拿下一千亩茶园的开挖任务，匡算抽槽需挖二十五万立方米土石，回填需八万捆渣子。这样大的工程量，要在一冬完成不是容易之事。镇党委深知"喊破嗓子，不如做出样子"的道理，在落实了植茶责任制之后，他们选择开垦面积最大的将军坡做示范，第一天就带领镇直五十多名干部职工参战。干部群众滚爬在一起，热火朝天的开山号子，弥漫了整个工地。

这年冬天，全镇村、组、校、户各自为战，广开茶园，房前屋后，荒岗闲丘，林林总总，成片连块，共计开垦茶园一千二百多亩。

当问及资金投入的解决办法，镇长姚圣龙不无骄傲地说："一冬开挖这么多茶山，镇上只拿了两万元的茶籽费，其他都是千家万户的劳动积累。"

好一个劳动积累！它意味着自力更生，意味着辛勤耕耘。店垭人正是凭借这一美好的劳动品德建设新型茶乡的呵！

"写写'茶'所长吧，"所到之处，茶农们几乎都带着崇敬的心情，向我提出这个要求。"茶"所长是原店垭财政所已故所长王连举同志，茶乡人都说他是为茶农致富操碎了心而去的。人们记忆犹新地回忆：早在1983年，王连举同志就认准了植茶是农民致富、财政聚财的好门路。为此，他披星戴月，走村串户，宣传植茶好处；并选择锅厂村做试点，买回良种、肥料，垦荒播种，施肥浇水……冬去春来，荒沙岗上长出了绿油油的茶苗，他赶紧引来群众现场传授经验，在镇党委的支持下，先后举办了三十七场植茶技术讲座，听课者达两千五百多人次。为把茶事搞成功，他的双腿没有闲过，两年时间，长江沿岸的主要产茶区他都去过，从种植、管理到加工、包装，他什么都学，经取回来后又毫不保留地献给茶农。在引进先进炒茶设备方面，也是他超前一步。店垭的第一部电力炒茶机是他从省城购回来的，店垭的第一批茶叶技术员是他带领在咸宁培训的。铁厂垭是个边远村，由于不通电，茶叶加工困难，还是他，把架电欠缺资金送到村干部手里……一个财政所，只有十几万元的生产周转金，他总是千方百计地筹划，恰当安排使用，尽量加快周转速度，让茶农得到实惠。正是他尽心尽意地帮助茶农致富，茶乡人才亲切地称他为"茶"所长；他人虽去了，但英灵却永远为茶乡人记取！

在店垭，像这样为了茶乡的崛起而劳苦奔波、出计献策的人，何止一个"茶"所长？

李发举，镇人大主席团主席，人称"老黄牛"。全镇所有茶园都留有他的足迹，洒有他的汗水；十四个新辟茶园村，从规划、开垦……直至受益，他都轮番具体指导；他已是奔六十岁的人了，又患有风湿关节炎，可他全然不顾，整天在茶山东跑西颠，一成半个月不回机关。"要说领导就是服务，老李可算是真格儿的"，茶农们这样称赞他。

赵忠存，格栏坪村党支部书记。他有一个朴素的观点："荒山植茶，不说收入，一年四季出门见绿心里也舒服。"这就是说，他讲的是植茶既有经济价值，又有绿化和观赏价值。于是，他定了一个规矩：村里每新增一户人家，都必须新挖一亩茶山。这样，村里年年有另立门户的，年年就有开挖茶山的。如今，全村茶叶总面积达两百五十四亩，年收入二十多万元，连续三年减免了农民提留。

李久坤，锅厂村茶场场长，茶农叫他"李技术"。这些年来他潜心制茶不放松，茶叶年年高产，产品连续获奖；他热心为村里一百一十户茶农提供加工技术，确保了单家独户经营茶园的产品质量。他这种以场带户、集约经营的做法，被襄樊市委副书记伍荣显称赞"是个创举"。

典型不胜枚举。常人皆知路是沙石铺成的。我倒觉得，店垭茶乡的崛起之路是靠一个个生动感人的典型铺出来的。

在镇长姚圣龙的陪同下，我们来到当年仅幸存九十四丛茶树、如今已发展至三百亩、茶叶产量超双万的白腊村。这里的山丘满布了旋转而上的茶树行，千万株茶树在秋阳的映照下，更其绿亮可爱。茶场的师傅给我们每人沏了一杯新揉制的秋茶，观之银绿隐翠，品之鲜爽生津，这色、形、味、香俱佳的新茶，勾起了我已拟好的采访话题——茶乡所包涵的新型内容是什么？

"就是从本地优势出发，以茶叶生产为主，组织多样化承包、企业化经营、系列化服务，去夺得规模效益。"姚镇长独到的精辟概括，更引起了我的浓厚兴趣。

责任制初始，店垭的干部也一度认为分得越细越好。1985年以来，他们一边新辟茶园，一边摸索老茶园的管理办法。镇党委在调查中发现，茶山没有分到户的白腊茶场效益很好，经验是能人承包，收入分成，大头归集体，集体又用来减免农民提留；茶事忙季，农民都乐意出工帮助。可谓集体、承包人、农民三者得益。便迅速推广这一经验，不仅使老茶园走上了统分结合、重获生机的新型发展之路，而且近四年来，集体统一组织新辟的三千五百亩茶园，也普遍实行这一办法，并派生出统一开发、统一经营、统一核算、统一分配和集体开发、邀伙承包、利润包干、逐年递增等多形式、多层次的经营活动，还辅之以经济合同和若干责任制，使集体茶叶经济得到了巩固。全镇二十一个村，有十个村的茶叶总产超万斤，收入过了十万元。

店垭茶事兴旺，还得力于他们始终注重双层经营。在完善集体茶叶经济组织的同时，镇、村、组都分别定有奖励措施，并具体从规划、引种、施肥、技术、加工、销售等方面为农户植茶提供全程服务。政策，奖励，服务，带动了农户垦荒植茶的积极性。目前全镇植茶农户达到八百三十五个，出现了植茶年收入六千元的大户。

"服务是个难事，你们是怎样让茶农满意的呢？"我问。

"抓关键环节。"姚镇长接话很快，"就说鲜叶加工吧，这可是茶农最担心的事，柴火人工做茶，质劣卖不出去；炒茶机价高，农户买不回来。我们及时推广李久坤的做法，采取集体带农户，两条腿走路的对策，农户鲜叶采摘后可以一次性作价转给集体加工，统一包装销售；也可以集体收取加工费后为农户加工、包装，他们自销。这个关键包袱一打开，等于解了茶农的所有后顾之忧。"

以发展名优茶为动力，提高经济效益，这是店垭发展茶叶生产的又一特点。1986年，栾家坡茶在全镇首创省优产品。镇党委立即组织人员分批分期就地取经，提出了多创名茶、批量生产的要求。于是过去"养老采"、"养大采"的不合理采摘改变了，嫩采、净采、勤采、随采随制等技术环节在全镇普及了，严把杀青、揉捻、复干、出厂"四关"的经验总结出来了，于是产品俏了，知名度高了，扶持发展名茶的部门多了。近三年来，各部门共扶持资金及物资折款五十三万多元，全镇新盖厂房二百五十间，添置炒茶设备一百五十二台，培养茶叶技术员五百二十多名。

过硬的投入换来了令人欣喜的硕果。如今，店垭镇获省、市名优产品称号的茶场已发展到八家，一级名优茶也由过去几十公斤增加到四万多公斤，经济效益更是成倍增加。

采访结束之后，往往会问到来年形势，姚镇长告诉我们："明年有两千亩新茶园投产，预计全镇总产可突破十六万公斤，农民可得实惠二百五十万元。"

我不由感慨系之，如果说在店垭商品流通的大河中，茶是中流砥柱的话，那么，锻造中流砥柱的茶乡人，当可称谓时代的工匠！

（稿于1989年10月，原载《湖北日报》1989年11月26日第2版，收入湖北人民出版社《今日愚公》一书）

绿色旋律
——保康县发展绿色企业见闻

仲秋，鄂西北山国依然峰峰拥翠，崖崖披绿。在面积三千二百二十五平方公里、全境皆山的保康县，若去翻越横贯东西的荆山峰峦，你会见到一幅幅苍郁成片的经济植被图——寺坪油桐、两峪耳菌、店垭茶叶、大湾杜仲、聚龙山华山松，还有速生丰产的杉树林、泡桐地，规模可观的枣皮园、黄连坡，以及板栗、核桃、柑橘、柿子……大至上万亩，小则几十株，满眼葱翠欲滴，秋实盈枝，展示了保康山区兴办绿色企业所获得的累累硕果。

保康人是怎样谱写这支绿色旋律的呢？

1

山是保康的优势。但是，山造成的幽闭环境，一直困扰着保康经济的发展。山多耕地少，山高气候劣，粮食只能维持简单再生产水平；山深交通不便，山大信息不灵，发展乡村企业缺资少技，"消灭无企业村"，实践证明亦非科学。然而，保康农业经济若要长足发展，决计又离不开山。1985年，县委、县政府围绕建立"以发展多种经营为主的农业结构"重新认识县情，认为保康发展绿色企业得天独厚，潜力无穷。

非耕地资源：面积达三百六十七万亩，人均十二点九亩，是人均耕地的八点一倍；

地理气候：地形海拔悬殊（最高两千零一米，最低一百九十三米），气候立体分层（一山有几季，十里不同天），适宜食用菌、干鲜果、绿茶、中药材及其他野生副食品植物生长；

劳动力：年均剩余六万余个，且具有经营山场的传统技术于发挥生产活力；

本身因素：绿色企业属于劳动密集型产业，相对其他产业一次性投资少，并且设备需求简单，能源充裕，山场即是作坊，水土、阳光、空间即是"能源"，极为适应现阶段保康农村生产力水平。

于是，一支多声部的"山之曲"诞生了：

——指导思想。立足资源优势，坚持立体布局，长、中、短快皆抓，规模建设基地，依靠科技增效，实现强村富民；

——项目布局。高山以用材林、药本树为主营林造林，半山以食用菌、茶、药、果为骨干品种，河边以油桐、柑橘、速生丰产林为发展重点；

——八大基地。一百二十万亩耳林、一百万亩用材林、十万亩绿茶、五万亩油桐、五万亩药材、十万亩干鲜果、五万亩烟叶、两万亩桑；

——发展步骤。长抓林药，中抓茶果，短抓耳菌，快抓加工。

2

决策科学，上下贯通，很快就形成了国营、乡镇、村组、农户、学校多层次、多形式兴办绿色企业的可喜格局。据统计，目前全县共有绿色企业八百三十二个，长年从事生产的劳力五点八万人，已建成较大规模的基地六个，总面积达二百一十六点五万亩，其中耳林一百一十六万亩，用材林八十二点三万亩，油桐四点八万亩，青茶三万亩，药材二点四万亩，干鲜果三点六万亩，还有烟叶、油茶、生漆、银杏均在万亩左右，1990年总产值突破八千万元，占多种经营总产值的百分之四十二点五。短短五六年时间，保康的绿色企业就异军突起，绽放出朵朵奇葩，其潜在的永续效益尚不可估量。

3

保康的干部十分注重用政策调动和保护经营积极性。且不说县委、县政府专门就开发绿色企业发文件、作决定，总结九十余例典型全县推广、鼓励开发。单就群众舍得投入，乐于开发之事，笔者采访县委副书记赵秉乾，他说"其实，山里群众怕变心理十分浓厚，这是导致掠夺经营的症结。县、乡两级干部对此采取的对策是：多场合、多形式地重申谁开发谁受益，多开发多受益，以及享有经营自主权、折价转让权、后代继承权的政策，并签订合同，认真兑现，群众满意，干劲高涨"。

政策是个启动器，稳定就有好效益。保康六十一万亩荒山全部被农户承包，到1989年，绿化面积已达五十万亩，全县承包百亩以上荒山的营林大户二百八十三个，累计造林五点七万亩。省林业劳模孙贵明承包两千亩荒山，既育苗造林，又开发短线产品，开展粮、油、菌、菜、药间作，利用副产品养猪，年均纯收入七千余元，为林农创造了"谁开发谁利用谁受益"的生产模式。马桥镇黄龙观村农民李传新，承包荒山后，全家吃住于山，凭着勤劳的双手，开垦出八十二亩坡地种植杜仲；五年下来，累计绿化荒山三百七十亩，年营林收入超过万元，被湖北省委、省政府授予"农业劳模"。

4

开展适度规模经营，辅之以企业化管理，这是保康兴办绿色企业的又一特点。

一个秋阳高照的日子，笔者来到山不高且缓、水不深且清的店垭。这个镇二十一个村，村村有茶场，总面积达五千亩，户均一亩茶园还搭个零头，被誉为"新型茶乡"。采访中，有一个插曲令笔者感奋不已。传说明朝，一秀才依当地风土人情作联："穿山洞水格栏（地名）不住徐徐流（谐音刘）向（当地大姓）通城河"，数百年来无人对出下联。然而，今日茶农却轻而易举地对出了"蓝家坡茶（省优产品，代指茶乡）老街（店垭另名，泛指市场）畅销缭缭溢香富财源"的下联。茶，已被山区的商品生产者称谓"财源"，并攀附上"古文化"，这是如何的历史变迁呢？！

"今年全镇已产茶十四点五万公斤，收入两百六十八万元，为国家提供税收三十万元，靠了茶叶生产，十八个村减免或半减免了农民提留，二十所小学减免了学生学杂费",镇委书记姚圣龙简洁地介绍了这组综合数据后说:"获得如此效益,关键在于我们吸取了过去贪大求洋的教训,以"建设一处成功一片受益一片"为原则,开展适度规模经营,采取场长负责制办法,改大包干时期的分散承包为集体、能人牵头承包,自主经营,自负盈亏,自我发展,自我约束,形成了生产、加工、销售一体化"。

这种从一地经济优势出发,以一品为主轴组织系列化生产,获得规模效益的企业化经营做法在保康已经遍地开花结果——食用菌户均年收入一千三百余元的两峪乡是这样,年产三十万公斤油桐籽的寺坪镇是这样,户均种植杜仲一百余株的大湾乡是这样,创部优产品的官山国营茶场、三坪村办茶场更是这样……

5

山区开发苦在技术上。基于此,保康县兴办绿色企业,处处注意科技的有效需求,他们确立建设八大基地的初衷之一就是为了增强科技含量,以此为轴心辐射和扩散新技术,带动整个农村经济发展。

以开发名特产品为龙头。保康是全国著名的耳乡,为使质量上档次,县里先后组织六千八百余人次到外地参观学习、又与华农建立长期技术协作关系,曾十六次接来该院杨兴美教授指导生产,解决育菌种、砍杆、荫棚、烘烤等技术难题,使木耳、香菇单位产量大幅度提高,连续六年突破百万斤大关。县里还不惜本钱培养了一千二百多名茶叶技术员,使茶叶成为林特产品的后起之秀,产品由过去单一炒青发展到数十个品种,"官山银峰"、"三坪锦峰"被评为农业部优质产品,"九皇炒青""苏翁银剑"等十七个品种获得省优和市优。小厂创名牌,远近客户蜂拥而至,产品供不应求。

以普及实用技术为羽翼。县里固定三名领导专抓科普工作,各乡镇成立了科普协会,又从县直机关选聘一批科技工作者,兼任乡镇长科技助理;农林、科技等部门还定期广泛开展技术辅导,采取办培训班、专题讲座、技术咨询、现场示范等有效形式,从引种、栽培、加工等方面向农民传授知识,目前全县有一半以上的农民掌握了一至两项特产开发技术。

以培育后备技术力量为殿后。县里成立了林业、食用菌、茶叶、野生蜡梅、烟叶等八个学会和科研所,不断研究技术成果,以指导长远;县职中开办了茶果、林特专业;全县十七所初中,按照统一部署,毕业后集中一至两个月时间,学习并熟悉一门农林专业基础知识。

依靠科技进步,提高绿色企业开发效益,在保康已蔚然成风,农民普遍有了科技意识,用科技"金钥匙"打开致富大门成了山里人的新追求。

应运而生者,最富生命活力。在明爽的秋空下,信步保康山水,林网、果园、药圃、茶山参差错落,间架有致,这一"绿"多晶,经济、生态、社会"三效"共存的开发之路,确实给人以启迪。

（稿于1990年1月,原载《中国林业》1990年第2期,收入经济管理出版社《大潮歌》一书）

冰霜磨炼后　能开天地春
——记我国第一个野生蜡梅自然保护区

荆巴山系的这一隅，活脱脱就是一个花的世界。春夏之交，杜鹃争妍，热烈向上；夏秋时节，野芳簇簇，千姿百态；冬残春晓，漫山遍野，梅花怒放，冰莹玉洁，暗香浮动……这便是湖北省保康县野生蜡梅自然保护区。

保康是我国第一个野生蜡梅自然保护区，也是迄今世界上唯一发现大片生存蜡梅的地方。蜡梅与腊梅同种，但它们分属于两个不同的科。早在1186年，诗人范成大所著《梅谱》即给二者在分类学上作了区别："蜡梅并非（腊）梅类，以其花与梅同时，香又相近，色酷似蜜脾，故名蜡梅。"保康蜡梅是第四纪古冰川遗留的野生植物群落，当可称为一座巨大的"生物基因库"。在保康西北部的千山万壑中，良好地生长着馨口、檀香、黄白、红心、紫蕊等珍贵蜡梅一百多万株，总面积达四千二百多公顷。为全世界已知蜡梅分布最广、数量最多的地区。

据《本草纲目》和《中国药典》记述，蜡梅之根、茎、叶可理气止疼、散寒解毒，治跌打损伤、风湿麻木；其花解暑生津，治心烦口燥；花蕾疗烫伤，并可提制香精。这说明蜡梅不仅具有很高的观赏价值，而且还具有医疗、化工等价值。

然而，长期以来，蜡梅生在深山不为人识，沦为一般杂荆，农人或打叶喂猪，或伐杆作薪，或采籽当粮；当人们知其经济价值后，一些不法分子纷纷进山乱挖滥采——1984年6月，江南一伙流散人员私自在保康高价收购梅籽，致使长岭蜡梅生长区七百余公顷尚未成熟的梅籽损失殆尽；

本地一位农人依靠上山随意采挖蜡梅，成为名噪一时的"花卉大王"……

保护自然遗产迫在眉睫。保康县及一些蜡梅专家多次向有关部门反映情况，几位有识之士写出了《保护国家自然资源，抢救野生蜡梅》的文章，引起了湖北省政府主要负责人的重视。1985年1月10日至16日，由国家和湖北省环保部门组织的著名专家学者考察组一行三十余人，在保康实地考察后，一致认为保康野生蜡梅分布广、株数多，实属中外罕见，绝无仅有。1987年4月2日，全国和省环保部门主持的全省大自然保护会议在保康召开，会上宣布：经国家环保部门同意，正式成立"保康县野生蜡梅自然保护区"。保康由此成为不仅是我国第一个也是世界第一个野生蜡梅自然保护区。建区后，国家和地方共同投资建起了蜡梅保护处综合办公楼，修建了盆景园、根雕制作间，框围了蜡梅驯化基地，并在蜡梅集中生长区设立管理站，对五十四个蜡梅分布区实行了重点观察研究。

也许因为西有茫茫神农架、北有巍巍武当山，也许因为地处南部亚热带与北部温带、西部高原与东部低山丘陵"两个过渡"区域，天地才造化了保康这个峰攒峦矗、山水交融、"小天地"、"小气候"比比皆是的奇特地方。奇地生奇花。蜡梅这一珍奇花卉的轰动及殊荣，使本来山水花鸟风采兼备的古老热土更添卓然竞秀的神采。

你不妨到蜡梅核心保护区刺滩沟走走。这是一条绵延二十多公里的溪谷，生长着二十多万株紫条、黄白、红心、白型蜡梅，树高普遍在四至十米之间，为全保护区最优品种。每至岁末，夹山野梅对峙竞放，远远望去，上下重叠，依阴迎阳，雪一样蓬松，云一样舒卷；更有细碎的谷风，送来阵阵幽香，清逸芳洁，浸人神骨。倘徉谷中，溪声娓娓，鸟语婉婉，使你在深冬里亦平添一种"芳草隐清流，但听清流响"的恬适意趣。置此梅之丽而不冶、香而不艳、鸟添佳音的梦境之中，你会从中升华洁身自好的情愫，预知来年美好的春光！

来到管理处的院落，你会惊奇不已，迎门偌大一个花坛，中卧一头反刍的老牛，旁立一位悠闲的老汉，在那盘根错节的山坡上，长着嫩绿的小草、参天的大树（蜡梅主干）……面对这幅牧牛图，你会明白，蜡梅越老越稀奇，那老根怪蔸一经雕刻，形成的古桩蜡梅盆景，出口价格十分昂贵。绕院一周，你更是大开眼界，秀拔的梅干下，"灰熊出洞"、"鹿望东海""麻姑献寿""老妇赶猪""犟驴""野马"……一个个惟妙惟肖，古朴幽雅，其自然美姿和逼真造型巧夺天工……

由于保康风光绮丽，环境优美，温泉怡人，又与神秘的神农架毗邻，野生蜡梅的巨大魅力吸引了大批观光览胜的客人。保康县也正在深化开发以野生蜡梅为主体的"野花谷"旅游品牌项目，相信在不久的将来，保康蜡梅一定能在旅游、科研、经济等方面体现出不可估量的价值。

（稿于1990年4月，原载1990年4月28日《花鸟世界报》，1999年第1期《大自然》杂志）

满眼葱翠　秋实盈枝
—— 小记保康林特珍品

　　鄂西北保康县不仅景色秀丽，更有满山林特珍品，于绿海翠浪中溢出馨香，令游客陶醉。

　　若在仲秋，你到巍峨的荆山走走，定会见到一幅幅动人的特产经济植被图——耳林、茶山、药圃、果园，还有速生丰产的杉树林、泡桐地，规模可观的华山松、油桐坡……满眼葱翠欲滴，秋实盈枝，一派生机。

　　山是保康的优势，海拔悬殊的地形，立体分层的气候，对食用菌、干鲜果、绿茶、中药材及其他多种野生副食品植物的生长提供了得天独厚的条件。保康县按照高山以用材林、药本树为主营林造林，半山以食用菌、茶药果为骨干品种，河边以柑橘、速生丰产林为发展重点的布局原则，着力建设一百二十万亩耳林、一百万亩用材林、十万亩干鲜果、十万亩绿茶、五万亩药材、五万亩烟叶六大特产基地，并在发展步骤上做到长抓林药，中抓茶果，短抓耳菌，快抓加工。目前已建成基地总面积二百一十多万亩，1995年总产值二点七九亿元，占农业总产值的百分之八十。

　　保康是全国著名的"木耳之乡"，所产木耳形如燕，状似飞，故名"燕耳"。前人有诗赞曰："天香流影落空山，散在于林万木间，比似吴莼风味足，游人莫惜仰头攀"。经测定，保康燕耳含有丰富的苷糖、胶质以及碳水化合物和多种维生素，是高级保健食品。近些年，为使木耳质量上档次，县里与华中农学院建立长期技术协作关系，多次请专家前来指导生产，组织技术培训，解决了菌种、砍杆、荫棚等技术难题。全县木耳产量连续十年突破三十万公斤，不仅畅销国内市场，而且漂洋过海，远销日本及东南亚地区。

保康山谷多山菇。这里既有深受人们喜爱的美味香菌、珍稀贵重的竹菌，又有食之香脆的刷把菌、皮肉细嫩的青杠菌、肉厚味浓的荞面菌、蓓蕾如眯的鸡蛋黄菌、味与鸡肉媲美的鸡大胯菌；还有稀罕的冬菇、猴头。每年春夏之交，正是一般山菇生长季节，在海拔七百至一千八百米的崇山峻岭中，山菇肥头胖脑，竞相生长，让人目不暇接。这些山菇含有蛋白质、脂肪、碳水化合物、矿物质和多种维生素，是益寿延年的保健食品。保康山菇质量好、产量大，全县年产达六十万公斤，行销全国，出口日韩。

在保康的青山绿水中，翠绿的茶园占有重要位置；茶叶是常绿灌木，既有经济价值，又有生态和观赏价值，还可以美化环境。尤其是春天茶叶发，秋天茶花开，更是生机盎然，艳绿养眼。作为湖北重点产茶区，保康年产绿茶八十万公斤，共有三十多种优质茶叶产品驰名省内外。全县已开辟的八万亩茶园大都分布在海拔八百米左右的山塬上，周围苍松翠竹环绕，缤纷繁花镶嵌，朝夕云雾相伴，加之山中漫射光线强，昼夜温差大，土壤有机质丰富，农家肥源充足，所产绿茶别具风味，色、香、味、形具佳，茶水碧绿透亮，味甘爽口，饮之沁人心肺，唇齿留香。

乡谚曰："七月核桃八月楂，九月板栗笑哈哈"。世界四大干果之王，保康占居其二。这里的核桃个儿大、皮厚、出油率高；板栗更是籽、壳、木、叶皆是宝，栗籽营养丰富，是高级食用果味佳品；叶可养柞蚕，树皮及果壳含有单宁，可提取烤胶，栗木则是制作家具的上等材料。目前全县年产板栗约四十万公斤，市场供不应求。

人说保康是中药材的宝库。的确，这里已知的中药材品种达一百七十多种，年产量在一百一十万公斤以上，其中名贵品种天麻、黄连、杜仲、银杏、茯苓等蜚声国内外，还有何首乌、龙胆草、香附子、金银花、枣皮、砂仁、三七、白术、黄柏、川牛等四十多个主要品种，皆是组方常用药。

（稿于1995年8月，原载《中国特产报》1995年9月18日第3版）

大山通途

山头山沟六千六,云峰雾谷有公路。

——题记·保康新民谣

1

在素有"山国"之称的鄂西北,保康,更以"荆山,九州之险"(《左传·昭公四年》)闻名。

这个自古"县令鞭长莫及"(《保康县志》)的地方,虽有一个吉祥的名字,但因山高壑深、南蔽北障而内无市场,外少行贾,商旅之难转嫁到山民身上的代价是:"五斤木耳一斤盐,一张衣针三个(鸡)蛋"。

翻开保康的交通史,有着许多可歌可泣的民间修桥补路故事,但那种拓驿道、搭木桥的善事,仅仅是闭塞地理环境发育的一种朴素民风。

1958年,保康始有公路与汽车,然而,"路与外界未相连,车由木船拖入县";

——之后五六年里,横贯县境中部的荆山仍无公路通道,行政区划一县,却南北自然分割,人们往来凭双脚,物产交流靠肩挑;

——之后二十年里,全县公路林林总总亦不过五百多公里,全县百分之七十的村依然不通公路……

由此带来的负效应是"百货进不去,山货难出来",产品变不成商品,资源换不回活钱,缓慢的山区发展和单一的种植业经济互为因果,封闭与贫困恶性循环。

2

党的十一届三中全会后,保康县委、县政府在带领纯朴而勤劳的保康人民建立"以小水电(水龙)为主的能源结构,以磷化工(石龙)为主的工业结构,以多种经营(木龙)为主的农业结构"的三大经济支柱中,树立起"没有公路就没有经济发展"的新观念,把公路作为开山"利斧"、流通"动脉",千方百计确保先行建设,实现了起步迟而速度快。

据统计,改革开放以来,保康县共新建公路一百二十五条一千六百七十六公里,新架公路桥八十二座;全县公路通车总里程(含村组)达到二千一百八十七公里,平均每百平方公里的公路密度由改革开放前的十七公里增加到五十九公里,每万人拥有公路由改革开放前的二十点七公里增加到七十二点三公里,分别高于全省平均水平的零点八一倍和四点四倍。境内一百五十八条各种级别的公路,不仅沟通了百分之百的村寨,而且有十五个公路出口成为上通秦蜀、下达荆襄、中扼神农架与宜昌三峡的交通要道。

短短二十年,路绩惹人羡。集老、穷、边、险于一身的保康山区,是以怎样的热情和建设机制大搞公路事业的呢?

3

不言而喻,山区公路建设难度高、投入大,而资金紧缺又是一个普遍而现实的矛盾。对此,保康县的干部群众以感人的主观能动性,化解了一个又一个的难题。用原县委书记李远继的话说,叫做"谋事在人,成事也在人"。这位参加工作不久即在保康工交战线摸爬滚打的"本土人",也许是读高中时,要从保南的家乡步行一百二十多公里到保北的县城而备尝过徒步翻山越岭的艰辛,因此对修路有一种特殊的感情。他在这个县从副县长到县委书记干了整整二十个春秋,在八年副县长的岗位上,几乎一直兼任着公路建设的指挥长。他有一个朴素的观点:"有了干劲好筹钱",这种实践正是保康人智慧和勤劳的写照。

上世纪八十年代初,穿县城而过的清溪河上,仅有两座钢丝木板桥,人步其上,摇摇晃晃,俗称"颤颤桥"。1982年,县里筹建水泥公路桥,可县财政非常困难,仅能拿出二十万元建设款。作为指挥长,李远继建议县委、县政府动员机关干部和县城居民义务劳动,大伙儿分成若干劳动竞争小组,歇人不歇"干"地轮番义务搬石挑沙、拌浆浇灌……风风火火几个月下来,李远继指挥长请省交通厅领导来考察,时任厅长的王连东见一百七十米长的桥梁竟然已具雏形,大受感动,不仅很快拨来了扶持款,而且还给予了五万元的特别奖励。

改革开放以来,保康连续七届县委、县政府,就是以这种"干在先,要在后,有了银子还修路"的精神,接力带领群众苦干实干,坚韧创业。共争取国家和上级有关部门公路建设扶持款二点四亿元。在用好这些资金的同时,他们采取"县里拿一点,部门凑一点,受益单位提一点,群众自愿集一点"的办法,补充投入一点一亿元,使公路建设总投资达到三点五亿元。众多贫困村群众自发组织起来义务投劳修路,平均海拔一千六百多米的尧治河村,磷矿储量达数万吨,但困于没有公路,难以点"石"成金。1988年冬,该村村民住岩屋,顶寒风,战冰雪,白天攀岩打眼放炮,夜晚打着火把砌坎平路,凭着"蚂蚁啃骨头"的精神,硬是"啃"通了连接毗邻房县的六公里公路,使村里的富矿真正富裕了群众。一些富裕起来的群众,不惜把辛劳所得无私捐献给路桥建设。松垭村村民马大海,一次便拿出五千元积蓄,修建通村公路桥。这里的干部群众总结得好:"公路建设上去,社会经济效益就出来,钱花在路上,值得!"

4

公路建设是劳力密集型事业,针对山大人稀、线长面广的实际,保康县除搞好民工建勤、养护公路就近承包农户外,坚持把"集中作战,轮流换工,余欠补缺,互惠互利"作为一项制度,实施"长流水、不断线,逐渐连成片",不仅保证了劳力使用合理,而且依靠劳动积累,弥补了资金不足,使乡村公路建设得到了健康发展。

拥有六百多平方公里的寺坪是保北第一大镇,上世纪八十年代中期,通公路村还不到百分之二十。他们采取用工互利的作战方式，集中劳力推磨转圈，一年打通一处，数年坚持不断，消灭了公路"空白村"。龙坪镇素称"保康屋脊"，平均海拔一千四百多米，他们以村为单位轮流换工，在县修林区公路的基础上扩展村组公路，坚持十年苦干，共打通高山公路一百七十五公里，使全镇八十五个村民小组都通了汽车。据保康县交通部门粗略计算，改革开放以来，全县采取这种办法，用于乡村公路建设的总义务投工达三百二十万个，共修通村组公路九百四十公里。

5

在保康，修路是一种现象——林业部门修林区路，燃化部门修矿山路，水利部门修电站路，市县挂村扶贫部门修扶贫路，有经济实力的村修"自费路"，农户合力修"通户路"……每条路都与资源开发相配套，都与发展生产相结合，形成了"以公路促开发，以开发兴公路"的良性发展格局。

二十多年来，这里的有关部门共兴修各种专业公路四百多公里，受益村达七十多个。由于这些"部门路"有利群众，凡是过境村组，不仅征地、占地、拆迁等棘手问题不棘手，而且群众自发自愿参加修路护路，并管这叫"自己的梦自己圆，自己的事自己办"。

是的，山旮旯里跑汽车，过去一直是大山人的梦，现在遇到了"圆梦"的好时代，有谁不愿好梦不断呢？——这些年来，市、县一百多个部门在荆山深处挂村扶贫，几乎一致的行动是"要想富，先修路"，一些稍有积蓄的村组，也是把"汽车喇叭响村头"作为兴办群众福利的第一桩大事。人们有了普遍的公路意识，就连农村姑娘"看人家"（找对象），也由过去看柴方水便变为看"路方车便"。只要听说是修路，人们便像参加一项神圣的事业一样，上至七八十岁的老人，下到十一二岁的小孩，都要到筑路工地铲一锹土、搬一块石。许多农户不满足村组通公路，或屋场联合，或近邻相帮，自理费用大修"通户路"。横挂在海拔八百多米半山区的望粮山村，把通户公路列为"双文明户"建设的重要内容，实现了户户通汽车。目前，保康农村已有三万五千多户通了公路，占总户数的百分之五十一。

"保康修路难,如果不是全县动员,群策群力,多办法联合,多层次修路,单纯交通部门是断断不能取得这样大的成绩的。"县交通局负责人有感而发,对全民齐心修路很是感激。其实,交通部门的贡献更是功不可没。这么多年里,全县村级以上的公路,没有一条不是他们测量的;长五米以上的桥涵,没有一座不是他们设计的。为了求得费省效好,路桥技术人员劳其心志,精工测设,乐此不疲地担负起一处又一处的施工技术任务……

可以说,没有交通部门的优质技术服务,就没有保康公路建设的高速、健康发展。

6

省、市交通部门的领导非常赞赏保康修筑公路的激励机制。从1982年开始,县里对乡村每兴修1公里公路,从紧缺的财政中拿出两千至三千元补贴款。尽管这只是杯水车薪,二十多年累计下来也逾数百万之巨。

当然,吃苦耐劳的山区人民并不特别看重物质上的补贴,他们更需要一种精神激励。于是,每当一个村的公路开通,群众总要扎起彩门,燃放鞭炮,敲锣打鼓,像过年节一样庆贺肩挑背驮时代的结束。重要路桥通车,书记、县长剪彩讲话,更是已成惯例。这不是虚套的形式追求,而是对人们斗志的一种贴切自然的激发。

1992年5月22日,县委、县政府主要领导带领四十多个部门负责人,为百峰乡最后一个也是全县最难一个通车村——九路寨举行通车典礼。一年前,县委书记李远继曾对该乡党委书记余君华说:"你若修九路寨的路,县里支持资金、炸材,路通了,我带人上山贺喜。"

这一天,李书记就是借助兑现诺言来激励广大干部群众的——因为,九路寨通汽车,是过去人们做梦也没有想到的事情。这里离县城近三百华里,寨子四面临岩,突兀群山之首。旧社会土匪凭借天险,在寨西通往走马岭的"葫芦颈"处高筑寨堡,立"九路国"霸寨为王,由于易守难攻,成为保康解放最晚的地方。解放后,寨民为走捷径,拆除土匪堵封的"钻天洞",从人工凿就的石梯及一米多见方的洞口,手脚并用出入四十余载。

上世纪七十年代，几位寨民一起去交"统购猪"，把活猪绑在背架上弄出"钻天洞"后，一位寨民刚将背架上肩，不料那猪在背架上猛烈动弹，一下子连人带猪跌下万丈深渊，上演了惨烈的一幕悲剧……多少年来，寨上寨下产品交换，不知洒下了寨民的多少汗水与泪水。

可是，山不转路转，地不利人和。1991年冬至翌年春，在市、县有关部门的扶持下，百峰乡投劳八万多个，炸石劈岩，盘山凿路，把绕道五十公里（其中新修二十二公里）的公路，从"葫芦颈"处修上了山寨……

陈家院道班班长，在高寒路段一干就是二十五年，所带班组连续八年被评为省市"红旗道班"。1991年，县委把仅有的一个省劳模指标给了这位普通的养路工人。桥梁工程师望才鼎退休不退志，四年担负了十一处工程技术任务，县委在全县工作会上号召干部向他学习……

——有人说，保康修筑公路，难事变易是个谜。也许，激励机制的运用是其最大的奥秘吧。

7

希望在于路，出路在于路。

1978年前，保康县二十万千瓦的水能资源仅开发出两千千瓦。路通了，现代化的机械得以在峡谷生根开花，全县小水电装机现已上升为十一万千瓦，在建三万千瓦，河流溪涧成了名副其实的淌银的"水龙"！

保康有二十亿吨磷、硫、硅、煤等矿产资源，却长期守着"金山"讨饭吃。路通电通，"石龙"奉金。目前，全县年生产矿石一百二十万吨，其中百分之五十通过公路运销到县外，百分之五十实现了县内加工增值。

保康的崇山峻岭繁衍着一千多种生物，可过去人们一直怨山封闭，恨山贫穷。路通山门开，"木龙"献宝来。利用广阔的山场资源，农民营建多种经营基地一百八十万亩，木耳、香菇、茶叶、烟叶、高山无公害反季节蔬菜、干鲜果等上百种农林产品，成为特产商的抢手货。变资源优势为产品优势的农民，借助大山通途，自己买摩托、购轻卡，跑山寨、收山货、奔市场，再显变产品优势为商品优势的本领。全县长年经销土特产品的农民达六千多人，数以百计的农民还在沿海及内地中心城市建起了固定的销售网点。山门内外，货畅其流，农民收入大幅稳定提高。

  尝到公路甜头的保康人，为了使公路进一步适应社会经济发展的需要，提出了变数量型为质量型、效益型的指导思想，仅近三年，在上级扶持和本级财政支持下，即投资一点六五亿元，用于截弯取直险段、打通隧道改线、铺设旅游和矿山油路、建设村级水泥路及城镇出口路——

  公路，兴县富民的路，仍在大山人的脚下延伸……

  （稿于1995年3月，原载中共湖北省委机关刊物《政策》杂志1995年第4期，收入红旗出版社《来自改革开放第一线的报告》一书，并获全国"来自改革开放第一线的报告"征文三等奖）

"龙"腾县跃
——湖北省保康山区记变

被称为"湖北的西伯利亚"的保康县,其贫困在历史上以"宁在汉口拾破烂,不到保康当知县"相传。多少年来,缓慢的山区发展和单一的种植业经济,无法驱散笼罩在淳朴山民和秀丽山水间的贫困阴影。直到1978年,全县农村人均纯收入才八十五元,百分之九十的农户"油脂当灯夜里烧,妇女舂米累断腰",百分之八十的村组"人们往来凭双脚,物产交流靠肩挑"。同样困难的是县级经济,工业空白,商业不兴,县财政仅有二百八十九万元收入,居全省县级之末。

谁也没有料到,改革开放十八年间,保康县竟发生了难以想象的变化。如今,这里通电农户、通公路村、通电视信号率都达到了百分之九十五,乡级以上集镇电话可以直拨国内国际,县城规模达到五平方公里。1996年,全县工农业总产值近十亿元,财政收入四千二百零四万元,农村人均纯收入一千一百五十五元,分别比1978年增长十一点四倍、十三点六倍和十二点六倍。先后建成了全国首批农村初级电气化达标县,全国磷矿基地县,全省优质茶叶、木耳、烤烟基地县。

咬定青山——接力实施"三龙"战略

聚龙山由西向东横贯保康中部,登其海拔一千八百五十二米的顶峰,蜿蜒的山脊犹如一条巨龙。在其南北两侧,盘踞着亦如龙子龙孙一样的数不清的大大小小的山峦。聚"龙"山,名副其实矣。然而在过去,封闭的山地与人文环境互为因果，救济式的扶贫与惰性恶性循环。

穷，成了聚龙山的定语。

党的十一届三中全会以后，保康人重新认识祖祖辈辈居住的聚龙山谷，却发现每座山每条谷都聚积着尚待开发的宝贵资源——地面是山场，地下有矿藏，河谷蕴水能。过去怨山封闭，恨山贫穷，其实是思路封闭，办法贫穷。

思路一变，山门洞开。1982年，县委、县政府根据水能蕴藏量十九万千瓦、地下矿产三十余种和山场面积三百零九万亩的三大资源优势，确立了"三龙齐舞，致富保康"的经济战略，建立"以小水电（水龙）为主的能源结构，以磷化工（石龙）为主的工业结构，以多种经营（木龙）为主的农业结构"的支柱产业，推进资源开发利用，改变贫困落后面貌。

巧聚"三龙"，聚龙的子民们从此改变了过去盲目蛮干的做法。十八年来，县里班子先后换了五届，大家不搞"书记调动，规划重弄"，在"三龙"基本战略的指导下，一届比一届深化和完善了经济开发思路。

在具体实施中，各届班子根据不同阶段经济建设的实际提出了"围绕三大结构，开发六大系列（能源、化工、建材、多种经营、食品、森工）"、"稳定一个基础（粮食），确保两个先行（能源、交通），突出三大支柱（小水电、磷化工、多种经营），实行四路挺进（县属工业、乡镇企业、村级经济、庭院经济）"和"当家田＋地膜种植巩固温饱，多种经营＋庭院经济解决致富，小水电＋磷化工兴工富县，科技＋教育增强后劲"的开发方针。无论具体方针、措施如何变化，每届班子都不离开"三龙"战略这个根本。

1995年8月，原县长汪明新接任书记后，正值"九五"规划编制之时，他依然不换"戏本"，组织和带领调研专班，进一步吃透县情，提出了"强化一个中心（经济建设），加速'两大转变'（经济体制从传统的计划经济向社会主义市场经济体制转变，经济增长方式从粗放型向集约型转变），深化'三龙'开发（木龙、石龙、水龙），形成'四县'特色（特产名县、矿化大县、水电强县、旅游热县）"的经济发展指导思想，更好地确保了五届思路一脉相承，变不离"三龙"之宗、干不离资源开发的"接力赛"格局。

按照既定战略，保康各届班子注意克服急于求成和急功近利的短视思想，着力基础培植，不搞竭泽而渔，坚持见效慢、见效快的都搞，经济效益、社会效益都要。全县各级班子成员前后相接，左右相连，上下贯通，始终让"三龙"这一规律性、根本性的战略规范实践，指导开发，并由此紧紧抓住以经济建设为中心的"根"，做到"一根不动，百枝不摇"，全县上下，探索规律，越干越想干，越干越会干。

1996年9月，省长蒋祝平到保康县视察工作，最满意的就是这里的经济开发思路明晰，可行性强；大加赞许的就是这里的历届班子接力舞"三龙"，演好"连台戏"的经济发展举措。

抢抓机遇——优化开发"三龙"资源

保康县委、县政府认为，战略上的不摇摆，固然是山区开发的根本所在，但它仅仅是一个前提条件。要实现"三龙"齐舞，"舞"出实效，还必须使资源优势与客观机遇结合起来，并把发展立足于内力的发挥上。他们说："山区不是特区，外援只是外因，路在自己的脚下，我们要学会自己向自己倾斜。"

于是，他们一方面依靠主观能动性，集腋成裘，聚沙成塔，积蓄内力搞开发；一方面抓住"三龙"战略产业符合国家产业政策的机遇，论证立项，筑"巢"引"鸟"，争取资金搞建设；县里打破传统的投入模式，集中人力、物力、财力，实行有助于资源高效利用和优化组合的倾斜投入。1982年以来，累计注入"三龙"开发资金五点六五亿元，占同期全县经济建设总投入的百分之七十六点七。另据不完全统计，全县在"三龙"开发上的劳务积累达二千七百万个工日，相当于增加了经济建设资金二点六亿元。

保康的干部群众总结得好："人穷志不短，发展靠实干"。在艰难困苦面前，他们坚信：大干小难，小干大难，不干都难，苦干不难。他们认为，水电产业虽然投资较大，但一次投入，永久受益，并且生产成本稳定，还是全县经济起飞的"发动机"。

为此，他们紧紧抓住被国家列入首批初级电气化试点县的机遇，突出小水电的引擎地位，千方百计领先开发。县委书记亲任指挥长，一边依靠群众劳务积累弥补资金不足，一边上下内外多方筹措资金，动员干部群众、县直部门、磷化企业以及乡村企业，"九牛（保康县标）爬坡，个个使劲"，累计筹措二点四三亿元办电资金，循序渐进，梯级开发，长藤结瓜。落成了马桥一二三级、罗家坪、竹林口、琵琶干、孙家湾等一批骨干电站，使总装机容量达到二点五八万千瓦、年发电量突破一亿千瓦时，分别比1978年增长十二点三倍和二十一倍。同时，装机二点五五万千瓦的过渡湾电站已完成百分之七十的工程量。

县里还统筹兼顾，坚持"磷硫、热（电解）湿（硫酸解）、矿（采）化（工）"并举，把磷化工作为全县工业经济的"半壁江山"，通过吸纳先进技术、重点投入资金、改善矿产开采条件、兴办磷化工业小区等措施，培植矿化工业物质基础，先后上了二十多个投资较省、资源转化程度较高、社会经济效益较好的磷化工业项目，开发出了黄磷、磷酸、五钠、氢钙等九大类年产三十多万吨的磷系列产品，实现了"电—矿—化"资源转化的效益增值。

在建立以多种经营（木龙）为主的农业结构中，县里采取股份、租赁、拍卖、联合、承包等经营形式，把山场推向市场，使扶贫项目与基地建设、大田结构调整、产品加工销售捆在一起，最佳聚合生产力要素，最大限度地释放了山场资源潜力：他们因地制宜布局项目，建设"网块带"式的商品农业基地，确保乡镇有支柱，村组有主业，农户有项目。对茶叶、板栗、烟叶、药材等龙头项目，县里发文件，出政策，给予资金、物资、技术扶持，设立产品开发、技术创新、质量效益奖励，激发开发斗志，有效促进了"木龙"的规模经营和产业化发展，培育了林特产业的商品优势，从根本上实现了大田向山场、"吃饭农业"向商品农业的战略转变。

"栽果植茶，长久都发；种烟育菜，富得最快"。群众归纳的朴素道理，不单单反映了保康山区农业产出内涵的丰富，更印证了山里人观念的更新和价值取向的转变。茶叶大镇店垭，村村植茶，户户忙茶，历年积累下来，面积达到一万一千亩，户均二点二亩，去年产量达三十五万公斤，创收一千一百多万元，茶叶提供的镇级财政收入连续十年保持了四成以上的比例。欧店、百峰、歇马、两峪等乡镇，1996年种植烤烟三点三万亩，产烟七点三万担，农民获取现金收入三千五百多万元，财政创收九百多万元。过渡湾、黄堡、大湾、后坪、金斗等乡镇咬定板栗产业发展不放松，共计成片嫁接优质板栗基地九点一万亩……

一乡一业、一区（域）一品的专业化开发，构筑了保康耳林区、林木网、茶叶带、烟叶乡、板栗岭、药材坡的特产经济风景线。目前，两个十万亩——"两河"（沮河、清溪河）流域的百里高香茶叶带及荆山南北两侧的百里优质板栗带已基本建成，全县以茶、果、烟、药、菜为主的林特基地达到二十七点五万亩，以耳林、用材林为主的经济林达一百六十四万亩。1996年，以林特产为主的多种经营收入实现四点六九亿元，占全县农民总收入的百分之七十点六。

以"软"补"硬"——加快"三龙"经济进位

山区的客观条件，致使同样多的"硬件"投入，开发效果却差于别类地区，"软件"上不去，更会影响经济发展。基于这种认识，保康历届班子都注意坚持"以软补硬"策略，加快了"三龙"经济的主动进位。

他们把解放思想摆在"软件"建设首位，每年都组织几批干部到发达地区学习考察，并开办邓小平建设有中国特色社会主义理论辅导班、市场经济知识培训班，消除各级干部固有的自卑、依赖和满足等贫穷文化心态。

观念一变，大赚其钱。地处神农架脚下的马桥镇，不怕"肥水"外流，奉行"让利在先，得利在后"，租赁、合资、买断、股份等全方位开放开发一起上，累计引进资金一点五二亿元，吸引县内外三十多家企业和部门进镇兴办矿产、水电企业，成为全县经济大镇。该镇海拔一千六百米的尧治河村，1988年还是个特困村，这些年靠"这一手"引资八百多万元，凿岩修路，引水办电，搞了五家股份合作企业，使矿石有了出路，水能化为明珠，从一个集体空壳村跃迁为拥有固定资产一千三百多万元的高山富村。

县里注重营造"三龙"经济的外围环境，着力改善基础设施。改革十八年间，共新修公路八十八条一千五百七十公里，使县、乡、村、组、户五级公路达到二千一百公里。他们还以县城为龙头，以边界、中心集镇为重点，加紧小城镇建设，提高其综合服务功能。仅 1992 年以来，就投资一点二亿元，开通了万门程控电话、移动电话和自动寻呼；完善学校、医院、科技馆、体育馆、有线电视台、客运站、集贸市场，以及宾馆、蜡梅公园、温泉度假村、五道峡风景区等二十多项重点公益和生产生活设施，既促进了山区面貌的改观，又改善了投资环境，吸引了外地客商。

保康还把发挥政治优势作为物质生产的另一种"软件"常抓不懈，先后建立健全了县"四大家"成员联乡（镇）挂线包厂、领导目标管理、赛区工作竞争、厂长利益风险、重奖功臣等一系列严密规范、硬账硬结的制度，倡导"说一句算一句句句算数，干一件成一件件件成功"的实说实干作风。在 1996 年工作总结大会上，县里拿出五十多万元奖励实干先进。精神与物质两个荣誉杠杆，使全县上下团结实干蔚成风气。县政协主席姜昭周，1982 年分管小水电建设时任县委副书记，十五年来，他的岗位几经变更，但县委对其分工始终不变，他先后与政府分管小水电开发的三任副县长紧密配合，为保康的小水电开发做出了突出贡献；原人大常委副主任尚宗光，离休不离"岗"，从 1988 年开始，连续七年一头扎在烟叶种植技术推广上，为保康烟叶进入全省优质烤烟基地立下了汗马功劳……

实干兴"龙"，"龙"劲绵长。全县上上下下这些年的不懈努力，为保康的长远发展打下了基础，蓄积了后劲。"三龙"支柱产业，预计到 2000 年，除在建的五万千瓦的寺坪电站外，全县水电装机可达五点六万千瓦；磷化工产值可达六亿元；农民则可从多种经营这个"绿色银行"里支取五亿元"存款"；加上蓬勃兴起的温泉度假村、古桩蜡梅和野生牡丹珍奇花卉、五道峡风景区等旅游开发，保康"特产名县、矿化大县、水电强县、旅游热县"的迷人风采，必将吸引更多的人们关注这片古老的热土！

（稿于 1997 年 3 月，原载《中部开发报》1997 年 4 月 29 日第 2 版）

一切为了群众
——保康县尧治河村调查纪实

　　一切为了群众，一切想着群众，一切造福群众，一切依靠群众，改变贫困面貌，实现共同富裕就有根本保证和力量源泉。

——题记·摘自采访笔记

1

　　尧治河，地处鄂西北保康县、房县、神农架林区交界的高山之巅，全村平均海拔一千六百五十米，素有"四月雪，八月霜，六月早晚寒气凉"之说，由于山高坡陡，峡深谷窄，又有"上山碰鼻尖，下山碰脑勺"之谓；散居在三十三点四平方公里山岩谷畔的一百五十户六百二十七人，"喊声听得见，见面得半天"……恶劣的自然环境，使昔日的尧治河人饱尝了与贫穷苦寒相伴，与现代文明隔绝的辛酸。直到1988年，这里仍是"四塞之巅，（公）路电不通，山货不出，外货不入"，人均粮食不足两百公斤，人均纯收入仅三百元，近半数的户住危房、草房，人们望山兴叹，见岩发愁……

　　然而，从1989年到1999年，尧治河人十年磨一剑，在村党支部的带领下，自力更生，自求发展，以惊世骇俗的毅力，宣战自然，决战贫困，谱写了脱贫致富的光辉篇章——这十年，全村总收入由二十四万元增加到四千万元，农民人均纯收入由三百元增加到三千八百六十八元，上交国家税费由三千六百元增加到二百五十四万元，分别较十年前增长一百六十六点六倍、十二点九倍和七百零五点五倍;村级固定资产和村级积累从无到有,分别达到二千五百万元和五百万元。与此同时,村里实现了"五通四改两免",即户户通电、通公路、通电话、通广播、通电视信号,户户改灶、改水、改厕、改栏,全免农产税费和"三提五统",做到了"人人有活干,家家有钱赚",不仅跃居为保康县首富村,而且跻身于湖北省百强村之列。

一个曾以苦寒、极贫闻名的高山边远村,何以能在并不长的十年间发生如此巨变呢?我们调查认为,最根本的一条,是尧治河村党支部一班人,坚持了以强村富民为目的、以发展生产力为手段、以群众为依靠力量的群众路线,他们把群众利益的实现作为最大的价值取向,把开发和建设尧治河作为实现群众利益的根本途径,用群众赋予的权力造福群众,使党的宗旨的落实同群众利益的实现高度一致起来,使艰苦创业的优良传统与改革创新的现代意识融为一体,创造性地走出了一条具有自己特色的共同富裕之路。

"要苦先苦党员,要死先死干部"。尧治河村党支部"一班人"率先攀危岩修路,上悬崖架电,为群众开辟了一条脱贫致富之路

2

1988年,作为全国八大磷矿基地之一的保康县,磷矿开发已有十六个年头。而尧治河高品位、大储量的矿藏却依然在地层沉睡。原因是这里的山太高、岩太险、修路架电太难,没有公路电力,再好的资源也变不了活钱。

这年初冬的一天,村党支部召集党员寻策问计,时任民办教师、刚过而立之年的共产党员孙开林说:"改革开放已搞了十年,我们不能再苦熬下去、坐等扶持了。过去我们怨山封闭,恨山贫穷,其实是思路封闭,办法贫穷。"他接着分析:本县公路通至管理区,离村十八公里,但接通北面房县马里村的公路只有六公里,我们挤挤口袋,咬咬牙关,打通北边的路，牵来房县的电，开发地下的矿……孙开林"另辟蹊径"的致富思路，赢得了党员们的一致赞同。

主意是他提出来的，大伙儿自然要他来牵这个头。村上没有积累，孙开林掏出仅有的四千元积蓄，又贷款三千元，党员许列奎、黄正国分别抵上了自己的房产和小卖部……他们住岩屋，顶寒风，战冰雪，白天攀岩打眼放炮，夜晚打着火把砌坎平路，凭着"蚂蚁啃骨头"的精神，硬是"啃"通了连接房县的六公里公路。

六公里公路虽然不长，但它是尧治河有史以来的开山路，是尧治河人走向山外的阳关道，是振奋人心、凝聚群众的民心路。

3

孙开林因路名声鹊起。看着蜿蜒在峥岩峻岭间的公路，他深感群众的力量无比巨大，依靠人穷志不短的父老乡亲，尧治河的贫穷面貌一定能够改变。

他一面组织开矿，联系运输，销售矿石，增加积累，一面翻山越岭，踏勘架电线路。1989年上半年，孙开林与老支书樊明富、村主任杨占杰轮番下山，六到房县求援。精诚所至，金石为开。房县桥上乡水电公司被他们真心实意为群众脱贫致富的精神所感动，不仅破例同意接线供电，而且自此建立了长期合作的密切关系。

修路不易，架电更难。在危岩险岭上修路，还可一寸一寸"啃"出落脚的地方，而架设输电线，遇着悬崖峭壁，脚下不稳，稍有闪失就会粉身碎骨。还有更让人生畏的是，要把六百多公斤重的水泥杆抬上悬崖，并在崖墩上挖窝让电杆生根。对此，村党支部响亮地提出："要苦先苦党员，要死先死干部。"党支部一班人一马当先，与数十名年轻力壮的小伙子组成运杆队，歇人不歇肩地抬杆上崖。他们腰系绳索，挖窝栽杆，登杆牵线……

从夏到冬，不论晴天雨天，不论下霜落雪，他们一天不落的苦干一百十三天，赶在春节前把一百五十四根电杆栽在了峰回路转的危崖叠嶂间，把一百三十一公里的输电线牵到了山山坳坳的家家户户。牵电上山，不止是结束了尧治河油灯、松油照明的历史，更带来了生产方式的变革，开矿、修路用上了电风钻,打米、磨面、制豆腐用上了电动机,房屋建筑用上了搅拌机。

谁能想到,在这自古只有松涛涧水遥相呼应的深山峡谷里,如今却是白天机器轰鸣,夜晚电灯辉煌,那发自肺腑的欢声笑语会同运矿汽车马达的高歌,朗朗回荡在蓝天晴空下,青山绿水间……

4

然而,村党支部没有被初战告捷的喜悦所陶醉。他们深知,眼下搞的路、电基础设施建设,仅仅只是创业路上迈出的一小步。

要彻底解除束缚群众致富的枷锁,真正实现"路通山门开,山水献宝来"的愿望,必须使全村公路四通八达,组组户户通路。

凿通全村公路,难度超乎常人想象。由于尧治河的山体大都在八十度以上,公路坡度大了,载重汽车爬不上去;路面窄了,两车交汇不过来;转弯半径小了,汽车拐弯会发生意外。

为了解决这些难题,达到费省效好的目的,孙开林、黄正国等党员干部,以他们特有的爬山经验,摸索出了一套符合实际的测路办法——用两根竹竿比画坡路夹角,用步行上山喘气的粗细琢磨坡度的缓陡,从路的内弯划一条切线测算"回头线"内弯至路心距离不能少于十五米、公路内外沿距离不能少于二十四米……

他们采用上述办法,一段一段精心测设;利用村矿积累,一车一车购回炸药;组织群众义务投工,一年一年乐此不疲,党支部带领群众坚持实施"长流水,不断线,逐渐连成片"。从1989年到1999年,连续十年修路不止,累计投工二十三点六万个,投资三百四十七万元,完成土石方一百三十二万立方米。在没花国家一分钱的情况下,在深山峻岭间修筑了六十四点五公里村级公路,实现了"户户村民通汽车,个个矿点车穿梭"的梦想。

由于每段路都与资源开发相配套,与发展生产相结合,公路成了尧治河的开山"利斧"、流通"动脉"。1999年,全村磷矿产量达二十万吨,运销十七点二万吨,分别占全县的百分之二十八点六和百分之三十一;农副土特产品也物畅其流。路通人和,车流带来人流。目前,在村里打工的四百二十多人,分别来自四川、陕西、浙江、安徽等五省十多个县市;本村青年小伙购买摩托车达四十四部,大大方便了上山下岭,跑村串寨……

据测算,公路对尧治河经济的贡献率高达百分之九十五。村党支部高兴地总结:公路修出来,群众富出来,钱花在路上,劲使在路上,值得!

"吃着祖宗饭,要想子孙碗"。尧治河村党支部破除急功近利的政绩观,坚持培植可持续发展的绵长后劲,为子孙后代栽上了不倒的"摇钱树"

5

1993年春,老支书樊明富在向孙开林交班时,对新的党支部一班人讲:"路有走断的时候,矿有开完的一天,吃着祖宗饭,要想子孙碗。"老支书语重心长的话语,引起了大家的共鸣。的确,村里一千五百万吨的磷矿储量可开采几十上百年,但矿是不可再生资源,"开"吃山空,不仅会给子孙留下骂名,而且还将影响群众长久富、稳定富。

深层次的危机警示党支部,必须开阔视野,用新的眼光深化资源认识。针对潜在的水能、耕地、山场资源优势,他们确立了"开发小水电,改造当家田,建园调结构,植树满山川"的长效发展项目,并以磷矿带长项,以股份造优势,以苦干促发展,创造了一个又一个佳绩。

尧治河有两条溪流,常年流量分别为每秒一点二立方米,落差达近五百米,水能藏量四千多千瓦。可是,千百年来,水在河下流,人在山上愁。

1994年,村里有了几十万元积累,村党支部立即决定——以"蛋"孵"鸡",开发水能。

孙开林、杨占杰从房县桥上乡水电公司请来技术员,背上仪器,连续十多天陪着技术人员涉水越涧,穿谷爬岩,经过勘测论证,村里两条小河可修四级电站。他们进一步请桥上乡水电公司搞出了整体规划,四级电站总需建设资金两千余万元,村里现有积累可谓杯水车薪。

资金缺口从哪里弥补？村党支部跳出传统思维框框，着眼长远发展，思路豁然开朗——引"股"上山，开放办电，先易后难，梯级开发，分年建成。这样，既可明晰电站产权，明确集体利益与个人利益关系，调动群众投资投劳积极性；又可打出时间差，避免耗空村矿积累，影响磷矿产业发展。

有志者事竟成。正在寻找新的发展途径的桥上乡水电公司，了解他们的想法后，高兴地承诺提供图纸设计、施工技术、工人技术培训等，并拿出八十万元现金入股。

但是，股份合作办电在尧治河毕竟是开天劈地头一遭。为了消除群众疑虑，村党支部召开群众大会，为大家一笔一笔算明入股办电赚钱账。越算心里越清楚，越算心里越喜欢，你三千我五千，家境好的凑一万。群众一下子集资五十多万元，一夜之间，户户成了股东。党支部组织群众一鼓作气建成了一、二级电站。

6

为了筑坝蓄水，提高电站出力，1996年新春伊始，村党支部就带领群众浩浩荡荡开进了没有人烟的马面河。坝址马面岩，峭壁如刀砍，谷底终年少见阳光，河面上的绿苔又潮又滑，稍不留意就会崴脚跌跤。干部头里走，群众不掉步。筑坝需要数千吨沙石、水泥和钢筋，为了减少运沙劳动量，他们将制沙机拆卸成几大块抬到坝扯，就地取石制沙，竟在石壁上凿了一条深四十八米、高二点五米、宽三米的隧洞，制沙七千多吨。而四百八十四吨水泥和钢筋，则在党支部一班人的率领下，每个劳动力每天来回八趟，靠肩挑背驮，从一点七公里外的公路边运至筑坝工地。

经过半年的施工，已完成百分之六十工程量的大坝，却被一场突如其来的洪水冲得七零八落，面对毁之殆尽的坝基，党支部副书记、工程指挥长杨占杰与群众抱头痛哭……然而，擦干眼泪后，他向支部和群众立下了铁的誓言："即使自己累死，也要与群众一起把坝重新筑起来。"

这场洪灾，不仅没有冲垮尧治河人，而且更加激发了干部群众团结战斗的热情。施工搞到最关键的时候，村里除弱幼病残外，上坝参加义务施工的达四百五十多人。六七十岁的老人，上坝干不了重活，就给大伙儿烤馍馍、熬稀饭；放暑假的孩子则争先恐后地上坝搬卵石、填土方，人们就像参加一项神圣的事业一样，把心贴在了坝上……从1996年8月开始，杨占杰顶在工地，整整五个月没有回家，背明显驼了，人老了一大截。

苍天不负苦干人。又是赶在春节前，一座高二十七米、体积二点三万立方米、蓄水二十八万立方米的拦河坝，巍然屹立在马面河上。竣工典礼那天，尧治河人就像过年一样，家家都准备鞭炮，来到工地燃放，欢天喜地的场面，使党支部一班人激动得热泪滚滚……

拦河坝的竣工，不仅仅是尧治河干部群众战胜马面河的象征，更有积极意义的是，其"龙头坝"的调节作用，可使下游电站增加出力，年增运行收入五十多万元。

1999年1月，酝酿之中的三级电站正式上马。这个站装机八百千瓦，二千二百米的引水渠几乎全部挂在悬崖上，攀崖凿洞，他们已有经验。可机房与前水池的扬程高达一百零五米，仰角足有八十五度，要把直径五十厘米、重近二十吨的引水钢管安装在峭壁上，却非一件易事。孙开林、杨占杰经过反复比较，采用绞磨机牵引办法，解决了钢管上山问题。随之，他俩身先士卒，领着焊工在百米岩头焊接钢管……仍然是杨占杰，顶在工地，死保工期，死守质量；孙开林则负责解决外围难题，他俩紧密配合，合理调度，不到十个月，就完成了建站任务。

六年来，就凭这种百折不挠、克难制胜的拼搏精神，尧治河村党支部带领全村群众，累计引资吸股八百多万元，义务投工二点七万个，建成了总装机一千六百千瓦的一、二、三级电站，为子孙后代栽上了不倒的"摇钱树"。

这三座电站年总发电量八百三十七万千瓦，年创产值二百六十万元，实现利税一百八十六万元，村民每年从中可以分红一百一十六万元。村民章继才入股三千元，两年已分红一千五百元，他说："再有两年，本钱回来，以后赚的就是稳当钱。"

建成三级想四级，搞了小的想大的。1999年冬天，他们继续与桥上乡水电公司合作，紧锣密鼓地开展筹备工作，计划来年开春后正式兴建装机二千二百千瓦的四级电站，预计2001年竣工发电。到那时，全村总装机将达三千八百千瓦，年创收六百六十余万元，小水电这棵"摇钱树"将更加枝繁叶茂。

7

开发，发展了经济，却也给村里的耕地、山场资源造成一定损失。对于筑路、开矿、修电站带来的一些"建设性破坏"，村党支部一班人看在眼里，痛在心头。

他们懂得一个朴素的道理——村里的优势在山，致富靠山，如果一味搞掠夺式开发，导致生态环境恶化，最终会走上"山穷水尽"的绝路。而要保证可持续发展，实现群众长久富足，必须开发与培植并举。村党支部集思广益，搞出了一套以短补长、以矿养农（林）的好办法。他们从磷矿收入中提取农林资源补偿基金，实行有奖改田建园、有奖植树造林、有奖调整结构……不仅奖出了干劲，奖出了效益，还奖出了村民从根本上致富的本领。

过去，村里一千四百亩耕地，百分之八十挂在山上，百分之二十浸在冷水沟里，由于没有"当家地"，广种薄收，亩均粮食产量仅有一百二十多公斤。从1991年开始，他们一边利用冬闲，集中劳力炸石砌坎，改坡地为梯田；一边鼓励农户改造承包地，每改造一亩梯田或冷浸田，给予五百元奖励。九年坚持下来，全村人均"当家地"搞到了一点五亩，昔日跑水、跑肥、跑土的"三跑地"变成了"三保地"。1999年，在调减四百亩耕地种植经济作物的情况下，粮食产量却比1989年增长了二点三倍。

俗话说："山里没有树，野物也不住"。村党支部一班人深知，树多了水才多，水多了发电才多，电多了群众的分红才多。针对近年开发磷矿对山林破坏较大的实际，村党支部果断宣布：停止一切砍伐，关闭全部炭窑，实行矿开到哪儿林造到哪儿，路修到哪儿树栽到哪儿，并对植树造林功臣实行重奖。目前，全村已植树十八万棵，恢复矿山植被六百多亩，营造经济林一千六百亩，开辟药材基地一千一百亩，无偿为农户提供树苗八万多棵。

村里对农业结构调整更是出手大方。每年负担运费将化肥、良种、地膜、农药统一购回，分送到户；1996年，花六千多元从省畜禽公司购回一头"约克夏"良种公猪，改良了村里的"眉葫芦"老品种；1997年，制定了结构调整的激励措施，即农户庭院经济年收入四千元、年出售辣椒二千五百公斤、年出栏六头肥猪、年产粮三千五百公斤、年产洋芋四千公斤，五项目标全部达到的户奖励一万元和一台彩电，达到其中一项者奖励两千元。

三年来，全村共有四十七户农业结构调整优胜户受奖。以"奖"促"调"的创举，从根本上改变了尧治河人的传统种植习惯。村民许连福大搞科学养殖，1998出栏肥猪四十八头，受到村一万元奖励，全年养猪总收入达四点五万元。他感慨地说："村里有这么好的政策，如今就是一老拍实搞农业，也能长发稳富！"

"共同富先要集体富，共同富必须家家富"。尧治河村党支部引入先进管理机制，不断增强集体经济控制力，以此带动内扶贫困，外帮后富，把共同富裕的时代精神刻写在了大山深处

8

告别贫困，共同富裕，这是尧治河村党支部最执着的追求。

村党支部认为，共同富先要集体富，集体富了不愁大家不富。为此，他们把村办企业作为集体富的根本，大胆引入先进管理办法，不断完善经营机制，有效壮大了生产规模，实现了企业的效益发展。

在尧治河，六家骨干企业，从经理、厂（站）长到员工，人人都有岗位责任制；从财务审计、劳动人事到股份运作、承包合同、集体资产，项项管理都有健全的制度；更有政治学习、党团工会活动、安全生产、目标考核等制度体系作保证。其规范化的管理，效率优先的分配机制，人人关心集体资产营运的氛围，都令人难以置信，这是偏僻大山里的村办企业。

尧治河的党支部成员，分别都是各个企业的负责人。孙开林既是支

部书记,又是"双龙"矿贸有限公司董事长、总经理,他常常告诫大家:"国有企业亏损了,可以破产拍卖;我们村办企业搞'泼'了,亏的是集体,损的是群众。"

为了把企业搞得个个赚钱,他们走出大山学刘庄、学邯钢,结合自己的实际嫁接先进机制,强化内部管理,实行倒推生产成本,饱和每个员工的工作量,对产值、利润、工资基数、上缴税费等,按月审计核算。在收入分配上,对干部强调奉献精神,工资上封顶、下不保底,对职工收入则上不封顶、下保底,规定年收入最少不低于八千元。这种"干部担风险,职工无风险"的分配机制,充分体现了干部责任重于泰山、职工效率优先的原则,起到了人人关心企业兴衰、个个愿作贡献的激励作用。

为了掌握市场信息,他们购回电脑,建立"信息高速公路"。网上交易矿石,山外的大市场如同近在咫尺,有效扩大了磷矿产销量。

为了增加磷矿销售利润,他们分别在十堰、白浪租地兴建了一千多平方米的两个货场,减少中转环节,直接面向用户,年净增销售利润一百五十多万元。

为了解决单一卖矿、增值率低的问题,他们办起了年产一点五万吨的矿粉厂,使村里每年增加产值四百五十万元,利税六十七点五万元。

为了多方增加集体积累,他们让公路入股增值,与神农架、钟祥联合开矿,使一条十二公里的公路折价入股,占有百分之二十五的股权,集体每年净增纯利二十万元。

1999年,全村企业总产值三千二百万元,实现利润四百四十六万元。由于集体经济控制力的不断增强,尧治河走上了"积累——投入——再积累——再投入扩大生产"的良性循环发展之路,群众共同富裕有了坚强的后盾。

9

尧治河富了起来,但瑜不掩瑕。一小部分弱智户、懒惰户,靠村里无偿救济,却总是"春上给种子,秋里发粮食",以致越扶越贫,越扶越懒。

共同富必须家家富,这部分人怎么富?成了压在党支部班子心上的一

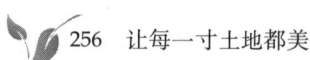

块石头。

1996年秋后,党支部一班人结合了解全年收成,分头登门接触弱智户、懒惰人,发现有力无智的"哑糊",其实很能干活,只因为不会理家,才致"今天吃了明天的饭,明天还是端空碗";而那些懒人,则纯属没有志气找富路,"宁愿厚着脸皮吃救济,不愿勤勤快快置家当"。

孙开林与支委们一分析,认为还是党支部没有尽到责任,缺乏对这部分人的组织与引导。经过商议,村里成立了集福利、扶贫、服务于一体的"三福"公司,集体拿出三十万元作为公司扶贫启动资金,挑选踏实肯干的陈隆万担任经理,另外选配五名能干人,具体负责带领他们勤劳致富。

首批进入"三福"公司的二十二名特困村民,分成两个班,农忙时,公司及时组织他们互相换工,搞好播种、收割、藏晒,保证有个稳当的口粮;农闲时,公司带领他们承包村里特意留给他们的修路、植树、改田等工程,由公司跟村里结账后,按出工日支付工钱。

村民刘志平原来因为不愿找致富门路,家里穷得没盐钱。1997年,在"三福"公司收入一点二万元,买了木器加工机械,实现了快脱贫、速致富。

三年来,全村像刘志平这样通过"三福"公司帮扶走上脱贫致富道路的已有三批共二十六户,占全村特困户的百分之九十。"三福"公司班长王章华说:"'哑糊'年收入,超过村干部。他们干一天,收入最少不低于二十五元,一年能挣七八千元。"

"三福"公司使"哑糊"户有了稳定的收入来源,村党支部又想到,这些户因为智力不够,有的屋场偏僻,吃水困难;有的住房年久失修,陈旧破烂;还有的孤家独户,发生意外无人知道。为此,他们采取村里先垫支资金,日后从弱智户在"三福"公司的收入中抵减的办法,成立扶困房建队,按照"三间正屋,三间偏房,猪栏厕所,水泥稻场"的标准,选择近水、靠(公)路、向阳、缓坦的地方,统一规划设计,为全村十二户弱智人建起了每栋造价二点五万元的扶困房,使他们住上了做梦也没有想到的宽敞住房。

村里有六位孤寡老人,原来分散居住,各组照顾。尽管生活不愁,却孤单少伴，生活寂寞。对此，村党支部投资十万元，盖起了全县第一座村级福利院。除添置一套新的日常生活用品、安装地面卫星接收器、配置大彩电外，村里还划拨几亩粮菜地，安排一名温和厚道的中年媳妇作为福利院工作人员，专门负责老人们的生活起居，使孤寡老人真正实现了老有所依、老有所养、老有所乐。

依靠自己的力量，开展移民扶贫，这是村党支部为加快群众共同致富步伐的又一个创举。原第五村民小组的十七户人家，居住在海拔一千七百四十米的"山上山"里，一年四季云遮雾罩，生产生活环境极为恶劣。为了提高他们的生活质量，村党支部分别在其他四个村民小组，选择适宜地方集中兴建了四个居住小区，迁移安置了四十六名原五组村民。对他们撤离的地方实行封山育林植药，办起了村林场、村药材场。

10

与尧治河接壤的天花、白果两村，连同尧治河一起，过去被称为保康县西南的"贫困之角"。尧治河先富一步后，对过去的"穷朋友"热心帮一把、带一项，把新时期"共同富要先富带后富"的精神刻写在了大山深处。

1992年年底，当时的县委书记李远继同志到尧治河调研，对村里发展路子给予肯定的同时，倡议把天花村带起来。不久，两村建立了联合党总支，孙开林任总支书记。

尧治河村党支部把帮助天花村脱贫致富看作自己的神圣职责，首先组织本村劳力与天花村的干部群众一起，修通了连接干线的十公里公路，又帮助筹集二十六万元的开矿铺底资金，派出技术员进行开矿指导，利用自己的业务关系为他们建立了稳定的矿石销售渠道……一条路，一个矿，把天花村引上了治穷致富的金光大道，1999年，该村人均纯收入达一千五百四十六元，成了名副其实的脱贫村。

白果村地处尧治河下游，由于路电不通，又无磷矿资源，村子穷，人心散。近年来，尧治河村党支部把该村作为又一个帮带对象，一边上门为村组干部打气鼓劲，一边从本村积累中拿出二十八点五万元资金，帮助打通了出山公路。请来技术人员对该村水能资源进行勘测，目前已搞出了电站建设规划，拟与该村联办一座装机两千千瓦的电站，使白果村的干部群众看到了致富的曙光……

"口袋满，脑袋空，今天富，明天穷"。对此，尧治河村党支部着力实施"四村"战略，使"两个文明"结出了丰硕之果

11

口袋满，脑袋空，今天富，明天穷。

尧治河村党支部一班人深深懂得这一道理。他们明白，群众从物质上解决温饱并走向富裕后，必然对生存环境质量和精神文化生活有一种新的追求——也就是更需要精神富有。

为了解决和满足群众的这一需要，村党支部着力实施教育兴村、科技强村、依法治村、创建新村的"四村"战略，促进了两个文明的协调发展。

十年前，尧治河的青壮年文盲、半文盲占劳动力总数的百分之三十，劳动者素质的低下，曾严重阻碍了村里的发展。

以往鉴来，下一步向农村现代化发展，今天的教育是根本大计。

村党支部远见卓识，对投资基础教育在所不惜，先后拿出五十多万元，按照两大片村民居住分布，兴建了两所标准化小学，配置了电化教学设备和学生寄宿生活用品，对学前班以上的小学生实行了封闭化教育；对民办教师的工资给予补贴，使他们拿到与企业职工一样多的工资。对在三十公里外镇中读书的学生，花七万多元购买一台面包车，专门用于周末、周日接送学生，既解决了孩子们上学不方便的困难，又消除了家长们牵肠挂肚的担心。使他们安心劳作，轻装致富。为了促使学生奋发进取，村支部明文规定，只有初中文化程度的，村里今后不安排工作。对初中毕业未考入高中、中专的学生，村里则负责联系学校并资助入学。村支部还设立了"升学奖励基金"、"上学无息借款准备金"，对考上高中、中专、

大专的学生，分别给予一千元、一千五百元和四千元的奖励，考上名牌大学的奖励六千元。

村里有个叫许庆平的孩子，1994年考上了襄樊卫校，全家人高兴之余，却又为数千元学费犯愁，村党支部知道后，立即借支三千元。筹齐了学费的许庆平，离村上学那天，久久站在梨华山的村委会旁，抹着泪水，眷恋着生他养他的故土。

这些年来，村里已奖励和借支五十多万元，用于二十三名学生到大、中专就读。村党支部很有眼光，他们说：这些孩子即使不能回村工作，山外多个家乡人，村里就多一条路，多一个信息源。

12

为了有效实施"科技强村"战略，真正提高经济增长内涵，村党支部投资十万元，与县成人中专签订合同，在村里办起了中专文化班，对五十多个村民进行为期三年的学历教育；村里还开办农民文化补习班，扫除了青壮年文盲；先后分四批组织村民走出去，学习科技种植、养殖知识；聘请专业人员举办科技讲座，对村民进行种养技术、经营管理、电脑操作等实用知识培训；对村办企业职工实行"学历升级激励机制"，即按职工现有小学、初中、高中学历，分别交纳八千、五千、两千元的风险金，凡升至相应高一学历者，退回风险金并给予同值奖励，大大调动了企业职工学习科技文化知识的积极性。目前，全村已有百分之八十五的户有了一个种养业常规技术"明白人"，村里的良种运用率、三肥配套率、地膜种植率都达到了百分之百；养殖业则实现了饲料加工、生猪人工授精、畜禽疫病防治等"一条龙"的全程服务。

13

群众的事情坚持依靠群众来办，让群众真正成为政治生活的主人，这是尧治河村党支部"依法治村"的显著特点。

他们按照"依法立制、以制治村、民主管理"的要求，把从中央到地

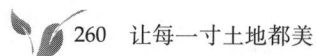

方的法律、法规和有关政策规定，同本村实际相结合，以民主选举、民主决策、民主管理、民主监督为核心内容，从村级组织管理、经济发展、社会治安综合治理、计划生育和妇幼保健、山林土地及环境保护、文化科技教育、文明形象及道德规范、正确处理三者利益关系等方面做出具体规定，编印了《村民自治章程》，经群众讨论修改，村民大会审议通过后，发到各个农户，并由村与组、组与户签订落实责任状，不仅使村干部可以放心大胆依法行使行政管理权力，村民个人也知道从哪些方面、用什么方法参与村务、监督干部、管好自己。与此同时，他们还建立了村民代表议事会、计划生育协会、企业工会、红白理事会等组织，通过发挥这些组织的作用，党支部有了更多精力抓经济发展。

依法治村，民主管理，使群众的法律意识和民主意识大大增强，不干违法事，关心集体事，在尧治河蔚成风气。连续十年来，村里无刑事案件、无赌博、无偷盗、无非法姘居、无封建迷信、无非法传教、无计划外生育、无群众上访，被人们誉为高山"八无村"。

14

创建新村，重在建设。

村党支部把群众生产、生活硬件环境建设看得极为重要。这些年来，累计投资四百八十多万，铺设光纤电路，为群众开通了程控电话；建起了电视差转站，安装了二十二套地面卫星电视接收器；成立了调频广播站，办起了黑板报、《村情简报》；兴办了卫生保健室、文娱活动室、图书室、档案室；新改了八十多处自来水。还采取奖励措施，鼓励农户建花坛、栽风景树，盖男女分设厕所、砖瓦结构猪圈及牛羊栏……

与精神文明载体建设相配套，村党支部根据群众的心理特点，在全村组织开展了以"立家规、正家事、兴家业"和评选"十星"农户为内容的文明治家活动，把艰苦创业、勤劳致富、扶贫帮困、勤俭持家、孝敬老人、和睦邻里、助人为乐等传统美德融入文明新村的整体创建之中，形成了遵纪守法、倡导"四有"、诚实劳动、克勤克俭、崇尚科教、务实创新的良好氛围。在"十星级文明户"创建中，村里规定：达到九颗星以上的家庭，每年享受六十元电费补贴，低于九颗星的则不予补贴。评星活动半年一小评，年终一大评。半年小评时，哪颗星被摘，就由村组干部集中帮助解决，直到重新挂上这颗星为止。目前，全村九星以上的农户达一百四十七户，仅剩三户为八星。文明新村的创建，使尧治河呈现出了一派社会主义新农村的景象。

形象是旗帜，形象可立村。共产党人的良好形象体现在哪里？尧治河村党支部回答：正勤公道是形象，廉洁惠民出实绩

15

形象是旗帜，形象可立村。

十年来，尧治河村党支部把抓好自身建设作为凝聚群众建设社会主义新农村的重要保证，把为群众利益而拼搏奉献作为实现党支部每个成员个人价值的根本途径，在群众中树立了身体力行、正勤公道、敢想敢干、惠民为公的良好形象，与群众一起塑造了"务实苦干、超前争先、负重创新、团结奉献"的"尧治河精神"。

随着集体经济控制力的增强，村干部手中的权力也逐渐变大，如何经受考验、用好权力、造福群众？村支部首先约法三章："要求群众做到的，党员干部先做到；要求党员干部做到的，支部班子成员先做到；要求村支两委成员做到的，支部书记、村主任先做到。"

为了有效接受群众监督，他们在坚持"三会一课"的基础上，建立了村务公开、廉洁办事、民主评议干部、乘车租赁、凭票陪客等二十多项规章制度，做到了办事有监督、行为有规范。

这几年，村办企业买了四部小汽车，为了避免公车私用，村党支部采取买断经营的办法，汽油、修理、司机补助一律由经营者承担，对村干部公务用车，根据其业务量的大小，村里每年给予不等的租车补贴，乘一次车交一次钱。对村干部陪客实行"餐券制"，每餐交一券，一券两元，由村干部自行购买。村干部建房和购买大宗商品资金来源、企业进入、宅基地审批、计划生育指标安排、干部报酬等等，都给了群众一个明白，留了自己一个清白。

每年年终，村干部都要对照自己的分管工作，进行一次述职，由群众评议打分，九十分以下为不合格，如果连续两年评议分在九十分以下，干部则自动下台。孙开林说："我们的干部是群众管的，干好干坏群众说了算。"

为了充分发挥无职党员作用，村支部随湾就片，将全村划分为八个党员责任联区，每个联区推选一名德高望重的党员任区长，对农户"两个文明"建设的具体内容实行"四联六包"。每月十五日召开支部大会，形成惯例，检查汇报联区落实情况，并在《村情简报》上予以通报。村党支部还注意为党组织吸收新鲜血液，1993年以来，已发展新党员十三名，保证了党员队伍的活力。

16

党支部书记孙开林一身正气、勤政为民的人格力量深深影响和带动着党支部一班人。

孙开林的胞弟孙开柱，小时候因病致聋，家境不很宽裕，老母亲放心不下，要求孙开林给予工作安排，村干部也多次劝他将开柱安排到企业，或作为扶贫对象安排进"三福"公司。可孙开林对大家说："这个规矩坏不得，自己搞了特殊，身子正不起来，村里的事就要出麻烦"。他说服母亲，一直坚持自己接济弟弟，而没有安排开柱到村企业拿一份"轻省钱"。

孙开林不仅是不徇私情的表率，而且还是无私奉献的楷模。

他任村磷矿矿长期间，按照合同结账，他个人可领三十万元奖金。可他觉得，村里的发展还需要增加投入，硬是分文不取，把这笔奖金留给了集体。

这几年，他先后被评为全省"扶贫先进个人"、全省"优秀党员"、全省"十大杰出青年"、全县"有突出贡献先进个人"，共获奖金一点五八万元。可他认为，工作是大伙干的，自己不应得这么高的荣誉。他除了给妻子留下一千元，"奖励"她对自己的工作支持外，其余全部交给村里，算作了集体积累。

1997年，他翻修住房后，有着很好合作关系的房县桥上乡水电公司，恭贺了一台电冰箱，他掏出二千五百元折价款，交了集体。他不抽烟，也少喝酒，平时业务往来有人送的烟酒，他一律交给村委会用作来客接待。

他给群众办了许多好事，乡亲们商议过许多回，要给他过一个生日。可上十年来，他的生日这天，就是"逮"不着他……

"班长"做榜样，大家紧跟上。十年来，支部几名成员没有一人以权谋私、贪污挪用，也没有一人落伍掉队、不讲奉献。在他们心里，位置就是责任，领导就是辛苦，工作就是幸福。党支部副书记、村主任杨占杰已在本岗干了十七年，四十六岁的黄正强担任村党支部副书记已有二十三年，可他们从不认为自己在班子里时间长、资格老，而是尽职尽责，默默工作；支部委员许列奎、黄正国也与孙开林一起走过了十年创业路，情同手足，劲使一处。这么多年来，班子成员之间从未有过磕磕绊绊，大家心底无私，心系一起，想为群众，干为群众，在群众心目中有威、有为、有位，形成了凝聚群众、凝聚事业的坚强战斗集体。

17

面对新的世纪，尧治河村党支部的斗志更加豪迈，决心用三年时间突破"三关"——使全村农业总产值超过亿元、利税超过千万元、人均纯收入超过万元，争取全国有位置、全省进百强，把尧治河建设成"鄂西北山区第一村"。

我们有理由相信，这朵绽放在高山之巅的"双文明"之花，将会更加鲜艳夺目。

（稿于1999年11月，本文作为中共襄樊市委作出《关于开展向尧治河村党支部学习的决定》的重头文章，刊发于《襄樊日报》1999年12月3日1版转4版，收入湖北人民出版社《高山之花》一书）

让每一寸土地都美
——保康县尧治河村践行"四个着力"、实现共同富裕纪事

着力在推进经济发展方式转变和产业结构调整上取得新突破,着力在推进农业现代化上不断取得新成果,着力在保障和改善民生上不断取得新进展,着力在生态文明建设上取得新成效。

——题记·摘自习近平总书记2013年视察湖北讲话

楔 子

每一寸土地都美的地方叫尧治河。

尧治河因尧而名——相传尧帝"其仁如天,其知如神"(《五帝本纪》),在其得知有条恶龙危害尧治河一带子民之后,派遣儿子丹朱前往降伏,并通过治理河水让丹朱养性修善,终使一方百姓回归安宁。

传奇续千古。如今的尧治河,却是因美而名。这里,山水美,矿区美,庭院美,村容美,就连天上飘的白云也美,人们呼的空气也美,村里无处不是景区,无处不是氧吧。山空灵,水清润,树滴翠,鸟欢唱……走进尧治河,就走进了现代版的世外桃源——

村里村民别墅成片,地下磷矿科学开采,河谷电站梯级开发,尧帝神峡曲径通幽,野人谷中静水流深,石草坪上梯田层叠,滴水岩下太极养生馆清静恬适,梨花山弯文体中心别具一格,三面洼里村级寄宿制小学美如花园,戴家湾、老屋沟地质公园树高草绿;还有融声光电一体的中国磷矿博物馆,集传统农业器具搜罗、农事体验大成的农耕博物馆,显古色古香

的尧文化传播研究院，拥有喀斯特地貌奇观的老龙宫、野人洞；另有正在打造的马黄沟高端文化旅游度假区，龙池高山湿地公园，利用磷矿采空区设计的地质博物馆、防空博物馆、白酒博物馆、励志文化馆等项目建设更是如火如荼……

一个地处神农架、房县、保康三地接壤的边远村，一个最高海拔点一千七百七十七米、版图面积三十三点四平方公里仅有一百六十三户、六百六十四人的高山村，一个祖祖辈辈贫穷、新中国成立三十多年后仍然"吃返销粮，用救济款"的极贫村，自1988年至今不到三十年里，却奇迹般地走出了一条令人向往的共同富裕之路，把偏僻、高寒、贫困之巅建成了"中国十大最美乡村"、"中国十大幸福山村"、"中国最美休闲乡村"、国家生态旅游示范区、"国家4A景区"、"国家绿色矿山"、"湖北省地质森林公园"，连续三届被评为"全国文明村"。

2016年，全村实现总产值三十八亿元，村集体固定资产达三十亿元，上缴国家税费三点五亿元，农民人均纯收入四万元，企业两千余名职工人均收入六万元。同时，村里森林覆盖率达百分之九十五，矿区植被恢复率达百分之百，真正实现了"绿水青山就是金山银山"的目标，从整体上迈入了小康。

像是神话，更像是一部当代史诗，一切都是那么让人难以置信，一切却又是那样真实地在这方美丽的土地上演绎。

尧治河发展的奥秘是什么呢？

"如果把资产卖光，没有了集体经济，谁拿钱搞村里的建设？谁来给群众办好事？谁还信任我们村干部？"——尧治河发展的定力来自坚持带领群众走发展集体经济、实现共同富裕之路

1

尧治河的发展起步于上世纪八十年代末，依靠村支两委干部团结带领群众艰苦创业，开矿办电，苦干十年，实现了初步脱贫致富，村集体也有

了部分积累。

这个时候，民营经济大潮涌起，上级领导要求尧治河顺应"县域经济民营化"大势，将村集体磷矿、电站改制为民营。村里一些有头脑的人，甚至已经备好了购买矿山的资金；个别村干部也跃跃欲试，准备牵头承包经营磷矿和电站，并信誓旦旦保证："缴够国家的，确保集体的，余下的算自己的。"

上级有要求，村里能人有愿望，班子内的成员有想法……村党支部书记孙开林却硬是不开这个口子，坚持不改制、不承包、不整体出售矿山和电站，铁心要把集体的资产放在集体的"账本"上，带领群众走"发展集体经济、实现共同富裕"之路。

在村支两委会上，孙开林引导大家一起回顾劈山修路、开矿办电、艰苦创业的历程，一起回忆致富路上乡亲们的辛苦付出与鼎力支持，然后掷地有声地讲："如果把资产卖光，没有了集体经济，谁拿钱搞村里的建设？谁来给群众办好事实事？谁还信任村党委和我们村干部？"

他铿锵有力的"三问"如三记重锤，一下子敲醒了一些班子成员的"异梦"，使村里的"领头雁"们首先统一了思想，稳定了人心，明确了方向。

2

当然，许多村外人并不明白孙开林的心思，有的好心朋友还为他算了一笔大账。如果搞民营，作为村里的"当家人"，他肯定拿得到品位高的好矿，再携手亲朋好友搞"单干"，一定会成为全县首富。

可是，孙开林却宁愿不当这个"首富"，也要坚持带领群众走集体经济发展之路。他曾无数次饱含深情地向来访客人讲述过这样一个故事——

创业初期，他与村支两委成员带领群众兴修马面河二级电站拦水大坝，靠肩挑背驮把近五百吨钢筋水泥、两万余方沙石料从峡谷小路运到工地。经过艰苦奋战，大坝建成在即，一场特大暴雨形成的巨大山洪，却把大伙的努力冲得一干二净。正当一些班子成员叹息绝望之际，全村六百多村民，上至七十多岁的老人，下至六七岁的学生，没有人号召，纷纷从七沟八梁间汇集到工地,默默参加义务劳动。正放暑假的孩子们力气小,哪怕是搬一小块石头也要加入到大坝重建中来,年迈的老人则全天守在工地为大伙烧水做饭……通过全村老少齐心协力,电站大坝重新屹立在了马面河上。

"这么好的群众,如果丢下他们只顾个人致富,作为党员干部,我们将永远心无安处,我们就不配做干部!"

这么多年来,孙开林与村党委(2004年成立村党委)一班人总是把群众的"好"记在心间,把在建设与发展关键时候乡亲们的鼎力支持记在心间。为此,村里始终保持着发展集体经济、实现共同富裕的定力,不为发展中的这"热"那"热"所左右,保持着一份朴素而坚定的信念,一门心思地把力量用在村里,把发展放在村里。

3

一个时期以来,城市房地产持续红火,很多了解尧治河实力的开发商,甚至从保康走出去的领导同志,都力邀或建议孙开林带着队伍进军房地产业,搞多元化经营。有的提出只借尧治河的"牌子"无须投资多少,有的慷慨许诺帮助拿最好的地块、给最优惠的政策。可是,孙开林在村党委会上坚定地讲:"隔行如隔山。我们尧治河靠开矿、办电起家,吃的是本土饭,干的是'直巴'活,这'热'那'热'都抵不上我们把尧治河的建设搞'热'。我们尧治河的劲儿要使在尧治河的土地上,我们尧治河的资金要投在尧治河的建设上。"

信念如金。二十九年来,尧治河用于集体经济发展、企业并购、村民福利和公益事业建设的总投入突破五十亿元。

村里建设与发展的盘子大了,用钱的地方自然就多。如何把有限的资金用在刀刃上、用在后劲上、用出效益来?考验的依然是村党委一班人的定力。

2010年,上级考虑保康磷矿资源虽然丰富,但进行深加工建厂没有好的地盘,便协商在襄阳近郊建设磷化工业园,发展"飞地经济"。上级首当其冲地鼓励尧治河去投资建厂,村党委一班人经过慎重研究,认为村里正在近便的马桥镇,投资四亿多元建设磷化工业园,如果再到襄阳投资建厂,不仅会造成重复投资,还会大幅增加磷矿运输成本,得不偿失。于是，村党委决定不盲从、不跟风、不唯上，坚持把发展重点放在自有实力的可控、可为上，有效避免了重大浪费与损失。

而在县属企业改制的机遇面前，村党委则正确把握发展大势，毅然出资二点七亿元，并购了总装机一点八万千瓦的五座县办水电站及县酒厂、枣阳大汉光武酒业及村域以外的一批磷矿企业，为做强村办企业、增添发展后劲、壮大集体实力奠定了厚实基础。

太极养生馆本是村里的重大招商引资项目，但投资方一拖五年不予追加投入，搞成了市、县重点督办的烂尾工程。村党委在2016年春节后的经济工作会上对此专题研究，认为随着村里旅游业的崛起，旅游旺季游客住宿接待已成老大难问题，如果养生馆迟迟不能竣工，不仅影响的是村里旅游业的发展，也有碍于尧治河"最美休闲乡村"形象。于是，经与投资方多次磋商，请评估机构评审，以两千万元果断回购该项目，追加八千多万元投资，组织得力专班负责项目续建。经过一年多的紧张施工，于今年"五一"正式投入营运，到七月底三个月时间就接待来自北京、山东及省内游客两万人次。

4

这些年来，但凡到过尧治河的人们，都有一个共同感受——村里抓发展的定力强、底气足，村干部干事创业的精神面貌好、办法多。的确，尧治河的干部无论是赴京进省跑项目，还是到外地招商引资引智；无论是到金融机构争取发展资金，还是到职能部门报批诸种事项，总是神采奕奕，信心满满，定力超强；根本勿须请客送礼，勿须使用什么"潜规则"，都能比较顺利地把事情办好；村里的旅游发展事宜甚至被湖北省旅游委列为特事特办"直通车"。

对此，村党委副书记、尧治河集团有限公司总经理王定旭一语破的："以集体的名义去办事到哪儿都觉得堂堂正正；去办公家的事到哪儿说话都有底气，都讲得通道理，都赢得到支持。"

这，就是尧治河的本色所在——走集体经济发展之路，就能有强壮的发展气场，就能保持好的发展定力，就能与乡亲们携手共奔富裕。

变卖资源为卖产品，变卖产品为"卖"风景，变"卖"风景为"卖"文化——尧治河发展的活力来自与时俱进的转型探索和对可持续发展的不懈追求

5

磷矿，固然是尧治河走向富裕的根本资源，但矿是不可再生资源，即便是村里尚有数千万吨储量，也总有挖尽的那一天。那么，尧治河的发展现在靠什么提质增效？尧治河的子孙后代未来靠什么创造幸福生活？这一直是村党委思考、探索并在实践中凝心聚力所做的一篇大文章。

文章要破题，自然是矿石。村党委清楚，挖矿卖矿村里仅仅挣了个"力气钱"，而外地磷化工企业把矿石买去每深加工一次就赚十几倍、甚至数十倍附加值。必须改变原矿原卖这种简单生产方式。孙开林带领村党委一班人多次外出考察磷化工产业发展情况，了解市场、技术、人才信息，深感磷矿深加工没有技术人才就是"痴人说梦"，没有巨量资金投入就是"空中楼阁"。

方向对头，决心已定，思路就是出路。村党委决定，不惜代价聘请专家、引进技术、培养人才。他们一方面建立院士工作站，请"两院"院士赵玉芬、裴荣富、胡永康到村指导技术，用高薪"挖"来磷化工专家，系统提供磷化工产业发展技术支撑。另一方面，分批选送有文化的年轻职工走出去学习技术。仅此一"请"一"送"，村里就花了六千余万元。

接着，村里又掏出全部积累，抵押集体资产到银行贷款，动员干部职工及村民入股，共计筹措资金四点二亿元。2009年新春伊始，在距村二十五公里的马桥镇红岩湾，一座占地二百五十六亩、可生产黄磷、赤磷、五钠、磷酸钠、次磷酸钠、氯偏钠等十个磷化工系列产品的尧治河磷化工业园，轰轰烈烈地动工开建了。由于有各路技术专家现场指导，仅用一年时间，一期年产一万吨黄磷车间即顺利投产；2012年，总产量三万

余吨的赤磷、五钠、氯偏钠等七个产品相继投产。其中，次磷酸、次磷酸钠等产品俏销美国、瑞典、东南亚等国际市场。

说到生产的红火，红岩湾化工厂厂长助理樊光普抑制不住内心的喜悦："生产高峰时，全厂四百五十名职工昼夜加班加点，十个产品实现了全部达产，年工业产值达二十亿元。"

村党委副书记、股份公司董事长许列奎更是扳着指头一笔笔算账，他说出来的结论是：通过加工转化，十个产品综合算账，每吨矿石增值达十二倍，工业园一年卖磷化工产品的效益，超过了全村十四个矿点一年卖矿石的效益。

磷化工业园开发的成功，更加坚定了村党委"变卖资源为卖产品"的决心和信心。

村里的磷矿运输一直分南北两路，从北路运出山的矿石，有一部分被房县华兴磷化工业园包销。一天，孙开林在查阅生产报表时，发现"华兴"包销的矿石量急骤下降，细一打听，得知是其生产经营出了问题。

俗话说"吃着碗里，看着锅里"，孙开林感觉机会来了。他立马带人前往了解情况，果然，对方向他发出了合作邀请。孙开林喜出望外，他早就在考虑，马桥红岩湾磷化工业园虽然生产红火，但那里环境容量小，产品外运成本高，而房县高速公路即将开通，"华兴"厂地开阔，在此养"鸡"生"蛋"大有可为。他当即诚恳表示愿意合作发展。回村后，他在党委会上讲了投资房县、扩大磷化工加工规模的想法，得到了班子成员的一致赞同，随即决定投资一点二亿元，买断"华兴"部分磷化工企业。经过更新技术设备，加强生产管理，尧治河在房县磷化工业园内的磷产品深加工，每年消化矿石三十万吨，为村集体增收两亿多元。

6

"转型发展是个大课题，也有个认识上的渐进过程。"孙开林坦率地讲，"2004年，投资三百二十万元买断邻近的野人谷、野人洞（隶属房县）景区五十年经营权，以及后来陆续投资两亿多元开发尧帝神峡景区，基本初衷是想借助发展旅游，吸引外来游客促进新农村建设中的环境改善和村民生活方式转变。"

囿于自然地理条件,尧治河村民世代远离城市文明,传统的生产生活方式,使村民一直保持着"猪圈鸡笼挨屋根,生活垃圾顺手扔"的习惯。即便是村里统一建了别墅小区,出台了环境卫生管理办法,但仍难有效解决农户卫生条件差的问题。分析原因,就是因为没有一种无形的外部监督。

为此,孙开林与班子成员商量,提出开发马面河,用发展旅游的办法,吸引外来游客进村,影响和鞭策村民改变生活习惯,从环境卫生这个"根"上让新农村面貌真正"新"起来。

想法摆出来后,与他并肩共事三十年、彼此知根知底的许列奎,怎么也想不通孙开林的"异想天开"。他说:"打通马面河的公路,形成全村循环,这事我赞成。但搞旅游,一次性投入那么大,见效周期那么长,村里的其他发展也要钱,搞泼了,这个风险怎么担?"

孙开林深知老搭档的善意。他给老许也是给大伙解释说:

"从近里讲,搞旅游引人气,助推新村真正'新'起来。村里花大力建别墅小区,解决群众住得好的问题,村容村貌上了档次,却没有人来欣赏。如果把旅游发展起来,城市里的游客来看尧治河的景,来看尧治河的环境,就等于是用眼睛提供了一种无形监督,村民的卫生环境就会逐步好起来。往远里看,旅游资源是尧治河的第二大资源,尧治河不仅山水好、植被好、空气好,而且尧文化深远,甚至还可以把磷矿采空区搞成风景、搞成看点。另外,村子处在武当山、神农架旅游的节点上,将来周边高速公路贯通,游客量加大,人们路过尧治河而没有景看,白白让好的旅游资源浪费掉,这是我们现在当干部的一大憾事。再说了,我们这辈人过了,后代们再把磷矿开尽,如果将来没有优势产业作支撑,子孙们真该骂我们端'子孙碗'了。所以,搞旅游必须想到长远,抓在眼前。"

孙开林分析透彻、深入浅出的一席话,消除了老许的担心和大伙的疑虑。

7

说干就干,干就干好。村党委专门组建尧神生态旅游有限公司,请

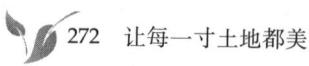

来高端旅游规划专家，按照马面河的自然景观分布与尧帝传说故事，精心设计打造"三湖五峡七园九滩十瀑二十四桥"系列景点，形成了一峡多景、步步是景的独特景观；并将马面河改名为尧帝神峡，以此扩大景区知名度。在景区建设中，为了不破坏峡内的自然生态，对全长八公里的游步道，采取落地与栈道、与吊桥、与拦河坝相结合的办法，不砍一棵树，不挖一块石，依山就势，随水赋形，精致铺建。为了防止水土流失，用钢筋焊接筐篮，就地取材，装上河里的卵石，码放于游步道山根一侧，形成集过滤山水、遮挡泥土、美化游道等多种功能于一体的"风景墙"，既生态环保，又符合本土特色；对沿峡十公里的旅游公路，则紧贴山岩凿石铺筑，开凿了总长三点六公里的十二条隧道，不仅保护了自然景观，还增添了一道"创业景观"。

村里立足发展全域旅游，在投资三点四五亿元突出打造野人谷、野人洞和尧帝神峡样板景区的基础上，又先后投资二点三亿元，开发了老龙宫、中国磷矿博物馆、农耕博物馆、太极养生馆、梨花山自然风景区等一批设施配套、景观相连、富有个性化的系列旅游产品。同时，他们还把矿区当景区建，把生活区当景区建，通过回填矿渣、修整山体、改造梯田，以及栽植风景树、花草、药材等工程措施和生物措施，将戴家湾、老屋沟、雷打岩、石草坪四个磷矿采空区，分别打造成了以"节约苑、环保苑、和谐苑、生态苑"命名的地质公园和高山农业观光园；按照"村在园中，厂在绿中，房在花中，人在景中"的思路，把滴水岩、龙门口两片村民生活区建成了花园式住宅区，成为既是可供游览的景区，又是可为游客提供食宿的休憩区。他们甚至别出心裁，把村里的六个自来水厂和五个污水处理点也建成了小景点、小花园、小生态园；把为填沟造地（建设场地）挖取土石方遗留下来的小山头也建成了石径盘桓、亭阁飞檐的观景台……

如今，走进尧治河，就是走进了"画"中。去年以来，前来观赏这幅秀丽"画卷"的游客达五十六万人次。旅游，不仅彻底改变了村里卫生环境，而且带动了农户三产发展，村民们比着开办"农家乐"，比着把卫生环境做好吸引游客食宿。2016年，全村旅游业综合收入突破二点五亿元，成为名副其实的继磷化工之后的第二大产业。

8

可是，尧治河村党委一班人并不满足现有景区开发和景点建设。孙开林说："把风景资源简单开发成景区景点，这不是旅游。旅游中有文化，只有融合进文化的旅游才是真正意义上的旅游，才能称其为旅游业。"

那么，对于尧治河这样一个深山村，怎样才能深化旅游业的文化内涵？孙开林提出的构想实在而可行——要让游客在尧治河"听得到尧的传说，看得到尧的故事"，不枉祖上赋予的"尧"名。

他们从"尧"字做起，组织"寻尧"专班，查阅数百万字有关尧帝的历史文献与专家学者研究成果，获知尧帝出生于河南尧山，工作生活于山西临汾。禅位于舜后，年迈的尧帝到尧治河一带寻找儿子丹朱，并在此发明围棋，与子对弈，进一步磨练丹朱心性。据此，孙开林先后带队两赴尧山，三到临汾，与当地尧文化研究专家深入探讨尧帝的历史作为及尧帝文化的根脉、起源、传承与影响，并邀请尧文化专家到尧治河实地考察，提出建议，丰富打造尧帝文化品牌的思路。

根据尧文化学者提供的历史资料，2014年，村里兴建了全国首座尧文化传播研究院。接着，又与人民日报《人民论坛》杂志社联合举办两届"尧文化与中国梦高峰论坛"，与中央电视台联合举行由聂卫平、常昊为裁判的"尧帝杯"全国业余围棋公开赛，深入挖掘、推介、宣传尧帝文化；村里还统一制作"百尧石"中堂，建设尧帝故事文化墙，让村民在潜移默化中领悟、传播尧帝文化精神。

与此同时，村里把尧文化切实融入旅游建设之中。以尧帝创立的农耕文化为依托，兴建农耕博物馆，搭建集尧帝文化、荆楚文化、乡土文化于一体的尧舜文化大舞台，定期向游客提供丰富多彩的"旅游文化大餐"。在尧帝神峡峡口，一块巨大的临摹历代帝王墨宝的"百尧石"，已经成为游客"到尧治河一游"的留影标志；而峡内根据尧帝故事精致布建的"寻子园""对弈园""降魔园""部落园"等景观更是引人入胜。目前，村里正在根据专家建议，对全村十二个公路隧洞依次把尧帝的传说故事，以图文形式镌刻于隧道洞壁，每个隧洞则以尧帝生平节点渐次命名，用声光电技术予以绘声绘色地描述，形成一道远古文化与现代文明相融合的独特人文景观。

9

对开矿形成的数十公里的地下矿洞，村里也不"放过"，孙开林充满激情地讲："我们要让矿洞成为矿区二次增值的重要载体，让游客在尧治河感受到'地面处处是风景，地下处处有文化。'"眼下，他们利用矿洞这一独有资源，在地层规划布建的白酒博物馆、地质博物馆、励志文化博物馆、探洞运动体验休闲馆等项目正在紧张施工。

不仅如此，村里还以"文化特色小镇"、"森林小镇"建设为风向标，与北京天赋集团合作，引资六亿元打造马黄沟高端文化旅游项目，目前已进入规划评审，基础设施建设全面启动。该项目运用"文化＋旅游＋特色小镇"开发模式，融文化产业与休闲旅游、国学文化、传统技艺、电子商务于一体，打造聚集高端要素的文化产业综合体，走以文化要素提升产业层次、推动传统文化创造性转化和创新性发展，既传播先进文化，又发展产业、增加效益。其独特的开发理念和运营模式经媒体报道，在业界引起了不小轰动，北京、香港、云南的投资界"大咖"和众多企业家给予高度评价和关注，可谓"开建即火"，前程似锦。

日前，帮助尧治河申报创建国家5A景区的北京江山多娇文化旅游规划设计院，在全面了解村里的旅游发展作为之后，改变了原来他们认为"缺乏唯一性和独持性"的评价，称赞尧治河矿区、景区、生活区"三区"融合发展有特色、有创新，对帮助申报和创建国家5A景区充满了信心。

"如果5A级景区创建成功，尧治河每年的游客将突破一百万人次，旅游综合收入将达十亿元以上。到那时，我们就把磷矿封存起来留给子孙后代，靠永不贬值的旅游产业，真正实现转型发展、绿色发展、和谐发展。"

这是孙开林代表村党委对不远未来的美好憧憬，也是他对实施"三变"（变卖资源为卖产品，变卖产品为"卖"风景，变"卖"风景为"卖"文化）战略、做活转型发展大文章的美好归纳。

> 分房子，分股份；办"三福"，扶贫困……村里的发展每前进一步，村民的福利就提高一份——尧治河发展的魅力来自始终秉持共享发展的理念和发展为民的朴实情怀

10

"地无三尺平，出门路难行。"这是尧治河地理环境的真实写照。过去，全村一百六十户人家，哪儿有缓坦的地势就在哪儿落脚生根，传统的土坯房分散在七沟八岭间，形成了五个村民小组，既不方便村民出行办事，也不方便村里统一管理和服务。一些住得特别边远的农户一旦出现意外天灾人祸，村里帮助处理都不知道情况。这一直是挂在村党委一班人心头上的一件大事。

2004年，党中央提出了建设社会主义新农村的号召，村党委以此为契机，聘请规划设计专家，由村集体统一出资五千二百万元，在水源好、地势缓的村南龙门口、村北滴水岩，按照"一片一区、一区一景、一景一特"的布局，集中兴建了一百六十栋村民别墅。

小区设计既连户成片，又单门独户，一式二层小楼，上下二百四十平方米左右；并统一配建用电、用水、有线电视、互联网等生活设施，依地就形建设活动广场、花园、绿带；为方便农户养殖，还特意在小区适中位置统一建设猪圈、鸡舍，内设煮猪食的灶台、放饲料的杂间；同时，结合村庄综合整治，投资三千余万元，建设五处污水处理系统，确保小区生活污水集中处理。

谈起村民小区建设，村党委委员、办公室主任吕泳和如数家珍——

小区建设共需用地三万多平方米，可龙门口与滴水岩适宜建房平地不足两万平方米。对此，村里用矿渣填垫沟壑、"生"地建房，累计填垫矿渣一百三十多万立方米，并用矿渣打粉制砖制砂，变废渣为建筑材料，不仅解决了无地建房问题，还为矿渣处理找到了出路，实现了生态、经济、社会"三效"共生。

小区建起后，为了公平公正分房，村党委根据家庭收入与人口状况，

研究制定了既刚性又充满温情的办法——家庭成员在本村企业上班，年工资收入超过八万元的，不享受补贴；家庭成员在村企上班，年收入在二至八万元之间的交二至六万元；对既无家庭成员在村企上班、又或者因病因灾因智而经济条件差的十二户村民，则享受免费入住政策。

如今，尧治河在行政建制上的村民小组已经名存实无，原来住在"老山间"里的一百二十六户村民，集中迁居至小区别墅，成了住在农村里的"居民"，像城里人那样享受着现代化设施带来的生活便利。

在滴水岩小区，一身新衣的村民胡国玉美滋滋地说："我们做梦都没想到能住上这样'亮飒飒'的房子，过去住土房子，把人越住越土气；现在住洋房子，不穿干净点就觉得与房子不般配，想不洋气都不行。"

11

如果说"分房子"使村民一次性享受到了集体经济的"大餐"，那么，"分股份"则让村民实现了"长流水"式的领取集体工资的待遇。

用股份制发展经济，尧治河实践早、尝到的甜头早。创业初始，开矿办电缺资金，村里的办法就是募股。一路走来，村党委在探索中充分感受到了股份制在集体经济发展、村民共同富裕中的独特魅力，它不仅可以确保村集体企业治理结构清晰、规范，更有着凝聚全体村民、员工关心企业发展的巨大作用。为此，在集体经济壮大之后，村党委更加注重把"股"用活用好，通过创新股份分配方式，实现集体与村民共富更加公平、更有质量、更可持续。

在股份配比中，首先确立集体"公有"地位，村集团公司占股百分之三十六，为最大股东，居绝对控股地位。余下百分之六十四的股份，则为集团分公司和两千多名企业员工、六百多名村民所有。村里要求全员皆"股"，但并不是谁钱多就可以多购股，谁钱少或谁没钱谁就少购股或不购股。他们设置了个人上限不超过五十万股、下限不低于二十万股的标准，对于部分经济条件差、下限难以达标的村民，则由村集体垫钱帮其入股，再从每年分红款中抵扣偿还。这样一来，既杜绝了少部分人股比过大、分红过多的问题，又确保了全民参股、利益均沾分配机制的合理。

2013年，村党委决定拿出五百万股无偿分配给村民，目的是进一步增强村民集体荣誉感。在确立股份分配条件时，他们根据村民履行职责义务、遵守村规民约、家教家风等情况，列出二十三条具体评分标准，由村委会逐户逐人评定打分，得一分便分五千元股份。在村民获益的同时，有效推进了村风民风建设，增强了村民集体感、归属感、荣誉感。

如今的尧治河，家家有股份，人人是股民，每年每户平均从集体企业获得的分红收入超过五万元。

12

集扶贫、服务、福利于一体的"三福"公司，创办于1996年。当时，村里拿出三十万元启动资金，挑选责任心强的党员陈隆万担任经理，对村里有"力"无"智"的二十二户智障人家进行帮贫扶困，组织和引导他们修护村级公路、种植药材增收脱贫。

至今二十一年过去了，陈隆万已是六十五岁的老人，经他带领公司员工帮扶的农户早已实现了脱贫致富，而他却仍然担任着"三福"公司经理。他现在管理的十九名智障者，被村民们称为园林队。也就是说，这些智障者成了村里的"园林工人"，他们有着一份稳定的工作，更有着一份可靠的收入。每天出工由"三福"统一组织，根据工作量记分，一天完成十分工作量，便可收入一百元。

2016年，这十九人从村会计、三福公司副经理章治兰那里领取了四十七万元工资，人均二点四七万元，加上村里配送的股份分红，每人年总收入都超过了三点五万元。同时，村里在为他们购买除与全体村民一样拥有的家庭财产保险、人身小额保险、村民养老保险、合作医疗保险之外，还专门为每人购买了一份人身意外保险；"三福"公司则为他们提供劳保用品、就餐就医、财物管理、保险办理等服务，使他们生活得有滋有味有尊严。

谁能想到，曾经力气无处使、生活自理难的智障者，如今却成为有活干、有钱拿、有各类保险的村级"蓝领"。

随着村里生产生活设施日益完备，"三福"公司还担负着小区卫生保洁、旅游公路清扫、石草坪农业观光园种植管理等任务，而他们也不仅限于引导智障者务工，对年纪稍大、体质较弱的村民，只要身体许可、自己愿意，都可到"三福"务工增收。目前，仅固定的保洁员就有二十二名，按劳取酬，收入稳定。村民在家门口打工，既方便照顾家庭，又无额外生活开支，出工灵活，工作愉快。

13

尧治河村民的好福利由来已久。早在上世纪九十年代中期，村里就为村民减免了"三提五统"、农业税、九年义务教育学杂费，并实行升学奖励制度，对凡是考取高中、大专、本科和研究生的学生分别给予四千元、六千元、八千元、一万元的学费补贴。

集体经济发展起来之后，村里在公益设施建设、村民福利配套方面紧紧跟进。统计显示，二十九年来，村里用于公益设施、福利事业建设的资金总额达五点六亿元。

比如，为让村里的孩子享受到优质教育资源，先后投资一千六百多万元，三次对校园进行改造升级，形成了花园式教学楼。教学楼内现代化电子教学设备、图书室、活动室、寄宿寝室、食堂餐厅、空调热水应有尽有，且学生全部免费食宿，成为城市学校举办夏令营的必看景点。

再比如，村民的各类保险全部由村集体买单，员工的"五金一险"企业出资部分，一分不少，按月交足；对村民及员工患大病、村里老人去世，村集体的账本上专门有着"大病救助"备用金、抚恤金的细目；对"两个文明"建设有功者，村里设立专门奖励基金，每年都对劳动模范、创业先进个人、十佳职工、十佳妯娌、和谐家庭、优秀儿女等实行物质褒奖。

还比如，对村民共享的公益设施建设，村里更是舍得投入。二十九年来，用于村级公路、输变电、自来水厂、有线电视、移动信号基站、村民广场、村民讲堂、污水处理与垃圾集中清运等设施建设的资金达五亿元。

14

"人民群众对美好生活的向往，就是我们的奋斗目标。"这么多年来，尧治河村党委在凝心聚力发展集体经济的同时，始终把群众最关心最直接最现实的利益放在心中，抓在手上，落在实处，让发展成果更多更公平惠及群众，具体践行了习近平总书记的讲话精神，生动诠释了"增强人民获得感"的内涵。

发展才是道理，发展才有魅力。尧治河熠熠生辉的发展成果，尧治河人幸福美满的笑容，折射出的正是这片灵山秀水发展的魅力。

只允许说"做得好，落实得了"，不允许说"我不管，我不当家"——尧治河发展的能力来自党委一班人敢于担当的行为自觉和干净做事的永恒法宝

15

尧治河建设的体量那么大，开发的景区那么美，发展的实绩那么好，许多人在感叹之后，都不禁要称赞村里领导班子的能力与水平，都不禁要问他们善作善成的法宝是什么？

对此，孙开林的回答简洁而有力："党建是根本，担当是标尺，干净是本色。"

16

二十九年来，尧治河的党组织不断壮大，由单一的村党支部到与邻近的天花、白果两村成立联合党总支，再到2004年被县委批准成立村党委，党员队伍由当初的十七人发展到现在的二百二十八人。随着企业规模扩大，员工增多，村党委抓党建带队伍促发展的力度也持续加大，坚持企业办到哪里，党组织就建立到哪里，党的活动就开展到哪里，党的先进性就体现在哪里。

根据总体发展需要，他们实行村党委、村委会、尧治河集团有限公司"三块牌子，一套班子"的管理模式，对村域内外的二十四家分公司（企

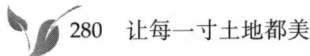

业）普遍建立党支部，村党委十二名成员交叉任职，分别兼任分公司（企业）党支部书记、经理，实现了党组织建设、党员管理、党的活动全覆盖，确保了村党委的决策在企业经营中不折不扣的落实。

村党委认识到，企业有了一定规模之后，党建引领发展的作用就更加重要。因此，他们始终坚持党管企业不动摇。多年来，春节后的第一个会议都是村党委（扩大）会议，就新一年的发展盘子，从目标规划到实施路径，从责任分工到绩效考核，逐项进行细致研究，充分吸收大家的意见与建议，最后由党委集体讨论，形成决定。为确保执行落地，村党委配套出台考核办法，压实责任，对企业高管人员每月只发百分之四十工资，其余百分之六十的工资纳入绩效考核，完成任务者，除领取全额工资外，另外给予个人百分之二十的工资奖励，硬账硬结，奖惩兑现。

村党委副书记席永久分管招商和融资工作，今年村党委分给他的任务是争取五亿元发展资金。他变压力为动力，带领招商引资队伍长期在外奔波，经过不懈努力，争取到了北京天赋集团六亿元投资规模，使马黄沟高端文化旅游项目得以顺利实施。

在党员干部队伍建设上，村党委坚持正确的选人用人导向，唯能力而不唯关系，对优秀员工进行重点培养，吸收到党的队伍中来；对优秀党员选拔到关键重要岗位，推荐进入党支部班子。先后在村民和企业员工中发展党员一百二十七名，选拔优秀党员干部六十九名。

村党委高度重视党的活动开展，通过认真开展群众路线教育、"两学一做"活动，提出"哪里有困难，哪里有发展，哪里就有党员"的要求，不断强化党的宗旨教育，促使他们发挥先锋模范作用。村里有个精神病患者，所住房子年久失修，可怎么劝说都不愿搬到山下小区来住。村党委决定在老房旁边为他新建两间住房，借助"两学一做"活动，号召全体党员运送建房材料。党员们组成运料队伍，利用休息日，用肩扛、背篓背、箩筐抬，把十多吨砖瓦、水泥搬运到了距公路3里多远的建房现场，很快帮助盖起了新房。

在近年磷化工市场低迷、经济下行面前，全体党员干部没有一个灰心的，没有一个离开的，大家坚信困难只是暂时的，平静应对挑战，坚守岗位干事。

村党委副书记、集团总经理王定旭说:"正是因为村党委坚持以党建引领发展、注重发挥党员示范带动作用,我们的企业才没有一个关门的。开门就意味着发展,就意味着尧治河的事业朝气蓬勃。"

17

在党委班子成员中,大家都记着这样一句话:"只允许说'做得好,落实得了',不允许说'我不管,我不当家'。"

这是孙开林对班子成员提出的一个基本要求。话虽朴实,但却蕴含着一种新时代的责任担当,凸显着村党委一班人的"标尺"意识。

尧治河村的党委分工很特别,由党委成员兼职的企业负责人,都必须承担企业所在地一方的管理之责。

2015年8月,村党委委员、尧治河磷矿经理黄传宝,在村统一组织的环境卫生大检查中,因村宾馆卫生间被评为不合格,不仅同宾馆相关负责人一起受到通报批评,而且作为党委班子成员,企业驻地在此没有担起监督、管理、提醒之责,被罚扣一个月工资。

规矩在前,受到经济处罚的黄传宝心服口服,坦率担责。

一次通报批评,一月薪水处罚,警醒的却是班子成员中"我不管,我不当家"的甩手掌柜思想,增强的是全体班子成员对村里大小事务负责到底的担当意识。

村党委委员、力澳矿业经理徐庆平,其管理的矿区分布在滴水岩一带,除了全面抓好力澳主业外,他对滴水岩村民小区的管理丝毫都不马虎。从环境卫生到用电用水安全,从村民素质教育到家风建设,从建立村民家庭档案到小区红白喜事操办……他样样事操心,件件事到场,组织和倡导小区七十多户人家,每月召开一次村民会议,每月进行一次环境卫生评比,每月开展一次文化活动,把过去落后的小区管理工作搞得风生水起,赢得了村党委的肯定和群众的称赞。

今年五月,湖北电视台第十五届"春满楚天"——全省地方台春节文艺节目展评颁奖暨"文艺家走进尧治河"活动在村里举办,需要一个像样的文化书院做背景。离现场录制开播仅有一天时间,文化书院背景却不尽理想，另选其他背景又与活动主题不附。在此为难之际，孙开林与分管旅游、机关的党委班子成员，带领员工昼夜加班施工，孙开林守在现场督办直到凌晨四点，建起了全新的文化书院背景，让节目制作人惊叹不已，赞赏不已。

2013年12月，国土部部署鄂湘川黔滇五省磷矿行业实施"三型矿山"（资源节约型、环境友好型、矿地和谐型）创建。面对没有规划、没有资金、没有技术等困难，孙开林要求分管矿山的许列奎、黄传宝、徐庆平，不讲客观困难，务必要"做得好，落实得了"，让"三型矿山"创建按时达标来证明干部的担当与作为。

孙开林虽然施压的是矿山负责人，自己却操心在前，带领大伙跑京赴省，争取政策与项目资金，聘请专家上门指导；组织矿山干部与骨干员工，赴澳大利亚、新西兰考察学习矿山治理经验，让大家开阔视野，从思想上转型。接着，开源节流，从集体自有资金挤、从银行抵押贷，加大配套投入力度，累计投入两亿多元，通过三年努力，使全部矿山企业实现了信息化管理、机械化作业、（矿渣）无害化处理。同时，全面实施矿区道路硬化、矿区饮水安全、矿区梯田改造、矿区植被恢复等工程，使"三型矿山"顺利通过国家验收，被国土部命名为"国家绿色矿山"，被省国土厅授予"地质公园"，成为鄂湘川黔滇五省磷矿行业"三型矿山"创建的楷模。

18

在尧治河村党委成员名单中，一直有着孙开林、许列奎、杨占杰最早创业"三驾马车"的名字，后来进入班子的党委成员也大都在十几年以上。这么多年来，他们之中没有一个违纪的，没有一个被举报的，更没有一个掉队的。班子稳定、团结、廉洁、实干，凝聚力强，群众公信力高。

在谈到辞掉公职到尧治河一干十五年，而且越干越想干的原因时，党委副书记、原十堰市公务员席永久，党委委员兼村党政办主任、原保康县机关干部吕泳和异口同声地讲："吸引我们的是尧治河有孙开林这个好带头人，他一身正气、廉洁奉公的人格魅力，始终影响和引领着我们团结共事,干净干事。在尧治河这个平台上,搞建设、抓发展没有杂音,有想法、有问题说在当面,同志关系非常融洽,一起工作心情舒畅。"

2015年8月,省委巡视组进驻保康,认为尧治河企业多、经济总量大,预想会有一些问题,会收到一些信访件。可是巡视组在保康工作两个月,却没有接到一封有关尧治河的举报信。巡视组亲往尧治河驻扎,却也无一名群众或企业员工上访。在村集团财务部和村委会会计那里,巡视组看到了让他们信服又佩服的两份账单:一份是2003年孙开林当选县委常委,组织上将其身份转为公务员并发给一份工资,可孙开林让县里直接将这份工资转给了村集团公司财务部;另一份是2007年以来国家通过转移支付发给村主职干部的一份工资,孙开林则让村会计直接入了集体收入的账本。到今年七月,这两笔工资总额达一百四十万元之巨,归属却是村集体。这么多年来,孙开林坚持只在村集团公司领取相当于副职的一份工资。

作为当家人,一些通过与尧治河企业经营交往的获益者,在逢年过节时总会送一些礼品礼金,孙开林坚守拒收底线。对于不知情放在家里的、或考虑以后仍有经营交往不好拒绝的礼品礼金,他一律上交村集体,由村集团公司财务部和村委会会计室登记上册,共达一百二十多笔、三百五十余万元。

在做到廉洁自律的同时,孙开林还严格管理身边人,对于因管理失察出现的问题,他勇于担责,依规认罚,教育和影响大家更好履职尽责,干净做事。

2013年,一位建筑商承接村里的工程,私下以高息方式筹措建设垫资。工程建设中,村里检查发现存在质量问题,经查是其用偷工减料方式减少投入,以期收回高息筹资成本。通过深究,发现为孙开林服务的司机,参与了高息借贷谋利。孙开林得知情况后,专门召开全村干部群众大会,检讨自己对身边人管理失察问题,宣布自己认罚一个月工资,责令司机全额退回所收利息,要求大家进一步加强对本人及身边人的监督。

每年春节,孙开林的爱人李志秀,都要当着孙开林的面把他获得的各种荣誉证书拿出来,一本一本地精心擦拭一遍。在一大堆荣誉证书中,仅中央、省级党组织和政府颁发的就有三十多本。每次,李志秀一边擦拭证书,一边意味深长地看着老孙。孙开林非常明白自己相濡以沫的爱人的用意——那是让他珍惜荣誉，不忘初心，任何时候都要把路走直，把村里和群众的事办好。

孙开林说："这么多年来，组织上给了那么多荣誉，个人三次当选全国党代表、全国人大代表，这既是工作的动力，也是一种无形的压力。唯有做好自己，带好班子，干好事情，才对得起党组织的培养，对得起人民群众的信任。"

19

为了确保干净干事，早在 2005 年，孙开林就召集党委成员研究订立了个人事项报告制度——村领导班子成员在个人经济收入、建房、买车、家庭成员红白喜事、私事外出等方面都必须报告村党委，并进行年度公示，接受群众和企业员工监督。同时要求，企业高管不允许在外投资、入股办企业。

2006 年，许列奎的两位朋友邀他入股一起到枣阳开发膨润土矿，每年个人至少可获利四十万元。许列奎如实向村党委报告，孙开林明确说"不"。他对这位老搭档不留情面地说："你是董事长，如果在外另搞一份产业，分散的不仅是个人工作精力，还会开一个不好的头。如果大家都去另搞一份事情，就会干不好集体的事情。"老许二话不说，反转去做朋友工作，让他们带着股份把枣阳膨润土矿引入了尧治河集团，成了村集体企业，使村里每年增收三百多万元。

这些年里，村里项目建设不断，为了杜绝不廉行为带来工程质量问题，村党委规定：决策工程的不管工程，管工程的不验收工程，验收工程的不定价工程，定价工程的不付款工程。这样，伸向工程的"黑手"在每个环节都被斩断，监管人员也有底气较真管理，一旦发现质量问题，立马"掀"了重建，工程承建者心服口服，不敢不把工程质量搞好。

20

肩负使命，心如止水。

在这个伟大的时代里,以孙开林为班长的尧治河党委一班人,个个担当有为,人人干净干事,把共产党人的精神底色,把发展为民的殷殷情怀,镌刻在了大美尧治河的每一寸土地上!

(稿于 2017 年 7 月,本文原载中共襄阳市委机关刊物《领导参考》2017 年第 9 期,《襄阳日报》2017 年 8 月 19 日第 1 版转第 6、7 版,《中国报告文学》2017 年第 9 期)

第五辑

记忆不会远去

茶乡魂

初夏，我去店垭茶乡采访，汽车沿着鄂西北保（康）宜（昌）公路向东南奔驰，约莫三个小时，便到达了目的地。

店垭，山不高且缓，水不深且清。一进到它的腹地，但见山丘苍郁——矮的是茶树，高的是耳林，茶绿林青，葱翠欲滴，与山塬上一块块金黄的小麦相映成趣，赏心悦目。晚霞里，女人们在茶园采摘，男人们在麦地挥镰。使人们感到这里的确是林茂粮丰、人勤景美的一块宝地。

在镇政府稍候晚饭，我为一路风光所倾倒，急不可耐地提出要到茶园走走。可好客的主人泡了香茶，让我先休息好，明天再去走访不迟，还建议我到财政所访访原所长王连举。

翌晨，当杜鹃欢快的歌声把我从朦胧中唤醒的时候，窗棂上才只闪进来黎明的微光。"枕上杜鹃啼，匆匆早起时"，怕耽误大好晨光，我立即起了床，向一处近便的茶园走去。

这是一处梯形茶园，茶树行沿山丘旋转而上，在山下往上看，面前犹如竖立了一架云梯。我一边信步登"梯"，一边仔细看茶，那浸了晨露的千万株茶树，像刚出浴一般鲜亮可爱；那枝冠上重重叠叠的"毛尖"，更是饱含晶莹的露珠，好像鹅黄色的单瓣花卉，一行行、一簇簇竞相开放，轻风中微微颤摇，溢出清香，令人沉醉。

茶丰人早。我刚上到茶山半腰，就见晨雾里有两个人影，走近一看，认清是母女俩。来到她们中间，我一边学采茶，一边攀谈起来。大婶告诉我，他们这里从老辈就种茶。一旁的女儿插话说："宋代就有哒，垭子口有一块地从前还专门种植过'贡茶'呢。"

"就你晓得多。"大婶白了女儿一眼,"可除了那一块茶地向朝廷进贡外,古来种茶都只在田旮地旯儿,不当回事儿。要说有专门茶园,还是七十年代开的百十亩。可那些年势头不对,'大锅饭'把人心吃散哒,茶园无人专心侍弄,可不见如今这种兴旺景象哦!"

在县里,我看过资料,店垭全镇目前茶园面积达八千多亩,已是大婶说的那个年代的八十多倍了。

"大婶,这几年茶园为啥兴旺了呢?"

"要我说,除政策合心外,那就是我们'茶所长'的功劳哒。"

"茶所长?"我疑惑着。大婶的女儿接着说:"茶所长为我们茶农致富操碎了心哟!"我问她:"你能谈点他的具体情况吗?"她向母亲伸伸舌头。我知道,山里妹子有讲究,不随便与生人答话。"翠竹,客人让说你就说吧,"得到母亲允许,翠竹才打开了话匣子。

"好政策刚传到山里那会儿,农民思富,但一时摸不准富门。正当一筹莫展的时候,'茶所长'找上门来,鼓励我们植茶致富。他说我们这里土质好、气候好,种茶历史长,茶叶生产潜力大,是农民致富的好门路。可那时大部分人认为植茶是技术活,难侍弄,不如种庄稼保险。为解除大伙顾虑,'茶所长'整天走村串户,算账对比:一亩山地种粮,两季只能收千把斤,收入仅有三五百元;而种茶可收茶叶三百多斤,现金收入可达一千六百多元。村里人听哒,个个信服。没有种茶技术,'茶所长'给镇政府建议,去宜昌邓村学习人家亩产六百斤的经验。取经队伍回来后,'茶所长'选择锅场村作试点,他买回种子、肥料,亲自播种、浇水、整枝……冬去春来,荒沙岗上长出来绿油油的茶树。接着他又组织所里的同志配合镇政府,一个村一个村地推广植茶技术,全镇茶叶生产就这样红火起来哒。"

大婶接过话头:"格栏坪村的三十一户茶农在'茶所长'的帮助下,拿出一百五十亩坡地植茶,几年下来,每年都产茶四、五千斤,发哒茶财。"

翠竹又说:"随着人们饮茶水平的提高,高档精制茶走俏,用柴火人工炒茶落后哒。'茶所长'急茶农之所急,立即挑选有文化的青年,送到外地学习电力炒茶技术,又从省城买回几百台电力炒茶机。对不通电的几个村,他操心从上面争取扶持款,帮助组织劳力架电。这些年,我们的茶叶年年获评优质奖,这里面有他的一片心血呵!记得他曾在报纸上说:'财政工作涉及千家万户,作为一个共产党员,帮助农民致富,实现财政增收,是我应尽的责任。'正是由于他一心扑在茶叶生产上,我们茶农才敬佩地称他为'茶所长'!"

"他是贴心帮我们致富哇。我们谢他,他却说,你们收入多哒,财政收入也会多,要谢的应是党的政策好。可这样的好人……却走哒……他走的前一天,从上面领奖才回来,走的那天上午还在茶园里转,回家路上病就发哒……上山那天,茶农送他的花圈摆哒里把路,茶农的泪用手捧。可他……魂儿还是走哒……不回来哒。"大婶说着,禁不住唏嘘起来,翠竹在一旁动容,我也深深为王所长的事迹所打动。

辞别母女俩,我抑制不住内心的激情,想为茶乡的人、茶乡的情、茶乡的景写点什么。可突破口在哪里?"魂儿还是走哒",一个"魂"字启迪了我的思路。我决定去财政所再补些材料。可所里"铁将军"把门。同志们都到哪里去了?相邻单位的同志相告:正是采制茶叶的黄金季节,财政所的干部都分头下村了。

啊,我的灵感一下子涌了上来,大婶的话有对有错,"茶所长"的英魂未走,音容宛在,精神永存呢。

(稿于1987年3月,原载《保康文艺》1987年第3期)

莫道桑榆晚　余霞尚满天
——记共产党员、退休干部尚宗光同志

"退休只是工作岗位的转移"

1988年1月，年近花甲的保康县人大常委会副主任尚宗光卸任退休了。一下子离开工作岗位，这对操劳惯了的老尚来讲，感到是那样的手足无措，寂寞，惆怅。一连好几天，儿女们总是看见他一个人伫立在阳台那盆"晚香玉"前，静静地凝思……

"爸爸，您辛劳了大半辈子，退下来了，就舒舒服服地好好玩几年吧。"细心的女儿理解他，宽慰着他。

"您万一寂寞，就去联系几家专业户，搞点技术承包，分成一些'外快'，可以吗？"儿子知道爸爸身体还健康，搞多种经营有经验，是个"闲不住"，玩着兴许对他身心不利，这样开导他。

"老尚啊，该轻松轻松了，还心事重重做什么哟，走，一起搓麻将去！"老同事们这样劝他。

按理说，到了这个年龄，养养花，钓钓鱼，抱抱孙子也在情理之中。可他却不置可否地笑了笑，又陷入了沉思。是啊，他怎能不深思，在家乡工作三十八年，村、乡、区、县每个层次都干过，大山里的一草一木都是那样熟悉，过去左左右右，反反复复；淳朴的保康人民只能过着衣可遮体、食难饱腹的生活，这几年中央制定了富民的好政策，群众生活水平也有较大提高。正当致富之路越来越宽的时候，自己却退休了。难道每月只领国家一百多元钱，却在家庭小天地里种种花、养养鸟，了此有生之年吗？

不！家乡仍是全省贫困县之一，还有少数农户尚未真正解决温饱。无视贫穷，坐享清福，端着人民的饭碗，不为人民办事，这不是共产党员应有的品质。于是，他向组织表达了自己的愿望："共产党员有晚年没有闲年：退休只是工作岗位的转移，为党为人民奋斗终身的誓言还没有实现。我要求义务工作，做指导全县多种经营生产的'业余顾问'，把自己的一技之长献给家乡人民。"

组织上接受了他的请求，明确他抓烟叶生产的试点工作。

组织的信任，更坚定了尚宗光同志的工作信念。没有技术，他与同志们一道从外地请来专家给烟农讲课，搞产前培训，又联系技术员具体指导生产。他自己则买来栽培烟叶的书籍，孜孜不倦地从头学起，在技术人员面前，他像小学生一样不耻下问，虚心请教，在很短时间里掌握了烟叶生产的基本技能。

"指示话少说，具体事多办"

按照常理，退下来的同志即使搞工作，也只是开开会，陪陪客，转一转，就很不错了。不少同志认为，退下来再插手工作，一是与在岗人员关系难处理，二是与基层群众关系难处理。可尚宗光同志在工作中，却与同志们配合得默契自然，与群众关系水乳交融，他的法宝是什么呢？

他说："退下来了，指示话少说，具体事多办，大话、空话指导不了生产，只有靠扎扎实实的作风，才会受到群众欢迎。"

早春二月，余寒未消，他就奔波在崇山峻岭之中，忙着测量土壤、选点定户。到了播种、育苗、移栽、烤制等关键时候，他在点上一住就是十天半月，全县七个试点村他轮流住，一百五十三亩试验田他块块到，想办法，拿主意，解决实际问题。春上播种，适逢干旱，重阳试点组织了几十担水桶，准备挑水浇地。他粗略一算，五十三池苗床，要挑一千多担水，既浪费劳力，又只能保住眼前。他发动群众连夜修整旧渠，引渠灌水，苦战一夜，终于将渠水引进了苗床地。

移栽时节，旱情未解，茅坪试点的烟农们产生了等天下雨的畏难情绪。他来到点上，采取扶持一户、指导一片的办法，蹲在联系户吴克明家里同吃同住同劳动。镇党委领导知道后，考虑他住在群众家里不方便，特地到村里接他去镇上住，他对来接他的干部说："我是来帮助栽烟的，住到镇上舒服是舒服，就怕群众心里不舒服；你们抗旱也很忙，就不要管我住哪儿了吧。"山里群众素有"天旱不栽烟"的说法，传统观念禁锢着人们的头脑，尚宗光同志用事实来说话，他亲自动手挑水抗旱栽活了二十棵烟苗，叫来烟农现场说法，消除了群众顾虑。为了抢住季节，六十岁的他，骑自行车在坎坷不平的山区公路上跑了三十多里，借来抽水机，安排把电灯牵到地里搞"夜战"……一连三天，他都与群众通宵达旦地干。为使烟农切实掌握下肥规律，他在吴克明五点五亩的烟地里做示范，两千多公斤混合发酵肥料，又脏又臭，他坚持自己撒，边撒边讲如何看田施肥的道理。一天下来，累得腰酸腿软，可到了第二天，他又精神抖擞地与群众干在一起。苗栽上了，他又住下来指导群众浇水保苗，直到烟苗全部成活后，他才放下心来。

  烤制技术的高低直接影响到烟叶质量的好坏。为了把好这一关，尚宗光同志头顶烈日，从保北到保南，一一检查烤炉。七月中旬的一天，他接到庙坪试点烤不出好烟叶的消息后，匆匆赶到现场，看到只有"青二"、"青三"等级的烤烟，他大吃一惊：这么劣质的烤烟，卖不出好价不说，更重要的是会挫伤烟农的积极性。他看在眼里，急在心里。骄阳似火，大地生烟，人们在室内吹着电扇还叫热，可尚宗光同志不顾年迈体衰，硬是冒着摄氏四十度的高温，钻进密不透风的烤炉里查找问题。经过观察分析，他认为烤炉漏气，保温性能差是烤烟失败的直接原因。他亲自动手，帮助重糊烟炉，改建火道。当他钻出烤烟炉时，人们发现他跟掉进泥坑里一样，不仅浑身上下被汗水湿了个浸透，而且满身泥污，群众心疼地让他换衣休息，他却又赶到其他烤炉……八天时间，他亲手改建了九座烤炉。当一杆杆菊黄色的上等烟出炉时，烟农们笑了，他也笑了。接着他又给县委副书记赵秉乾建议，集合全县烤烟技术员召开现场会。由于措施得力，烤烟质量普遍上了一个等级，每公斤烟叶销售价格提高了二点一元。经初步测算，一百五十三亩试验烟地可收烤烟二万四千公斤，国家多增税二万六千多元，农民每亩多获利四百元。

  办试点，想长远，这是尚宗光同志的又一工作特点。海拔七百七十余米的李家湾离公路四公里,从平地上山,是"竖起来的路",年轻人步行,也心跳气喘,同志们劝他不要上山,叫烟农下来吩咐吩咐就行了。可他语重心长地说:"明年在二高山上推广烟叶,李家湾的试验至关重要。不通车的地方就不去,搞遥控指挥,这样的作风要不得。"他先后五次上山,不仅准确掌握了李家湾的气温、日照、雨量、空气干湿度等自然条件,而且还详尽记录下烟叶育苗、移栽时间、株行距、株高、叶片数、烤制及燃料消耗等一系列数据,为来年在半山扩种烟叶提供了第一手材料。

他常对抓多种经营的年轻同志说:"干我们这一行,千万不能抱临时观点,要有一个全盘考虑,有一个干了今年想明年的思想。"办点之余,他对测定一地的有机质含量、土壤氮磷钾含量及了解小气候、搜集小资料、进行小调查特别下功夫。哪个茶园该施肥,哪个果园该修枝,哪家农户的木耳、香菇该翻铺,在他的笔记本上都密密麻麻地记载着,同志们都说:尚主任的笔记本就是指导多种经营生产的"工具书"。他则实诚地说:"心里有底子,手头有数据,指挥生产才能不打瞎火。"

"退一万步讲,我还是个共产党员"

尚宗光同志继续为山区人民不知疲倦地工作,有人敬佩,有人不理解,也有人背后说些风凉话。今年三月,他去重阳试点,途经八斗坪,发现该村所栽的三十亩柑橘,抽槽回填不标准,密植不合理,这不仅影响成活率,而且至少要延长试果期两年。"返工"——他当即做出决定。一听说要返工,干部群众一时议论纷纷,甚至有人公开反对,"一个退了休的人,干吗还管这么多事?"而他不管这些,以高度负责的态度,耐心地向大家讲清了返工柑橘挂果早见效快、不返工更加劳民伤财的道理。并下到果园里带头牵绳定点,重新栽苗,指挥群众垅行培土六十厘米高,苦干两天,直到返工栽完之后才满意地离开橘园。

抗旱十万火急的时候,茅坪村二组二百六十四亩水稻朝不保夕,可年初从县农机公司购回的潜水泵不能在河里抽水,村组干部来到经营单位,要求换一台抽水机。这从经营部门来讲,不予调换也有他们的道理。尚宗光同志知道此事后,找到公司领导协商:为了支援抗旱,应该急群众之所急,作为特殊情况变通解决,让群众少受损失。可是,换抽水机村里还相差一千元现金,一时拿不出来,他立字为据,主动做担保人,把机子先拉回去抗旱。事后,公司的领导对这件事有些难言的想法。在该公司工作的女儿知道后也窝着火,回家后就抱怨起来:"你这个老爸啊,退休了还给人家找些麻烦,弄得单位不喜欢,到底为啥事啊?"他和颜悦色地对女儿说:"办事情总是有人喜欢,有人不喜欢,这要看站在哪个角度说话。对群众有益的事,就是有人不喜欢,我也要去做。不错,我是退了,可退一万步讲,我还是个共产党员,对群众有益的事看着不办行吗?"

尚宗光同志从无特权思想,从不滥用权力。在家乡工作几十年,且不说没有为一个亲戚开任何方便之门,连自己的老伴至今都仍是一个临时工。去年,他的一个侄女从市农校毕业,想到他是老农业局长,只要动个嘴,工作都好安排。于是,侄女找到他想请他说情留在县城工作,他却"按兵不动",最后侄女被分到马良镇农技站工作。后来,侄女又找他想调个舒服一点的单位,他说:"国家培养你三年,学的是农业技术,怎能跳槽不搞农业呢?"侄女听了他的话,安心扎根农业技术工作。

有人说:"退了休,万事休。"尚宗光同志却是职退志不减,人老精神在,他的精神力量是什么呢?

用他自己的话说,那就是凭着热爱家乡的一颗赤诚之心,抱着为家乡人民多办实事的信念,把余热献给党和人民,才是最快乐的。

莫道桑榆晚,余霞尚满天。

(稿于1988年10月,原载《襄樊日报》1988年10月27日第1版转第4版)

望粮山上望苍翠
——记湖北省人大代表、望粮山村党支部书记郑兴寿

当年关羽由楚入蜀,在此眺望军粮行色,望粮山因而得名。然而,传说终归是传说,千百年来,这个地处荆山深处的小村名不见经传。倒是有民谣说:"世代斗笠田,望粮眼望穿",直到1982年,全村人均粮食不足二百五十公斤,人均纯收入才六十七元。而今,这里却成了闻名全省的农业先进单位。1990年人均生产粮食八百一十二公斤,人均纯收入九百八十六元。漫步村里,但见林网、茶山、果园、药圃间架有致,农舍、村路、沃田、渠堰布局井然,树翠花香,泉响鸟唱,一派生机勃勃景象。正是这片苍翠的色彩,使望粮山人摆脱了贫困,走向了富裕。

这"苍翠之路"的开拓者,便是连续两届当选湖北省人大代表、保康县望粮山村党支部书记郑兴寿。

1982年,郑兴寿三十挂零,走马上任,正遇改革春风扑面,他高兴地领着大伙儿开展土地承包。可是,长期贫困,积重难返。这一年,虽然粮食产量比上年增了三成。然而村里二十多个缺劳力、缺智力的户"困难病"更重了。

面对严峻的现实,郑兴寿陷入了沉思。他找齐党员、干部,开宗明义:"党的政策是让我们过上富日子,如今地分了,但集体没有散,党章规定的宗旨没有变,我们当党员、做干部不能各顾各,而应齐心协力,共同致富望粮山。我愿在大家的监督下带好这个头。"感情真挚,言辞恳切,党员、干部们的心一下子贴近了……

1983年春节,郑兴寿拜年几乎"拜"完了全村农户。访困问计,锁

眉思索，找到了乡亲们不得温饱的症结——居山吃山，穷则砍山，越砍越穷，越穷越砍……如此恶性循环、穷雾何日能散？他向自己发问——那三千八百亩零乱不堪的杂灌、次生林不可以培植菌林、改造为用材林么？那九百亩荒山不可以植树种果、垦茶兴药么？恢复森林覆盖率，还愁下雨土肥流失、天旱泉眼干涸么？只有山清水秀，才能粮食丰收呵。

恰值此时，林业"三定"开始了，接着又是"两山合一山"。一时间，山随田走，四面楚歌。面对"分"的浪潮，郑兴寿冷静思索：中央的政策无疑是正确的，但中央也要求从实际出发，"宜统则统，宜分则分"。山场是望粮山的主要收入来源，也是治穷致富的希望所在，如果分光到户，原本脆弱的集体经济更成无源之水。这不仅有悖于中央富民政策，也违背望粮山的实际。通过反复揣摩"统"、"分"内涵，他的心里亮堂了——实行统分结合经营，用两个积极性治山用山养山。

他兴奋地把这一想法提请给村党支部，连续主持召开了三宿干部会议，集思广益，群策群力，设计出封山、责任山、自留山"三山分治"，收益比例分成的统分结合经营方案：

——把成片用材林作为封山，集体所有，轮封轮开，严禁乱砍滥伐；

——把杂灌、次生林作为责任山（山权、林权集体所有），农户就近分管；

——把荒山作为自由山，零星树木一次作价到户，自主经营。

山场收益集体与农户比例分成，集体所得用于兴办公益事业。方案合情合理，责权利关系明确。当初主张分光山场的村民，自然而然地解开了思想疙瘩。

植树造林，改造山场，投入必不可少。资金缺乏，劳务弥补，郑兴寿的办法总是比困难多——全村劳力，每年每人用于治山养山的公用工不得少于二十个；每年每户必须保植保活一百棵树。定了规矩，他专抓党员、干部户，检查评比亲自把关，自己干的那份则让其他十二名党员集体打分。年年如此，互比互促，党员、干部示范在前。于是，年年冬去春来，望粮山的绿色总是又有扩展和延伸……

1987年，郑兴寿发现划到户的荒山绿化滞后，便强化统一经营层次，将农户无力经营、一直撂荒的山场收归集体统一绿化，植果种茶；对农户开发荒山，由集体统一项目，统一质量，统一定点，免费提供种苗，鼓励发展小茶园、小果园、小药园。为了确保种苗质量，他不计报酬，四处奔波，走遍了邻近三县的大部分苗圃，经过详细鉴定比较，以最低价购回最好品种的茶籽及果、药苗。为了搞好适地适种，他与村组干部，一户一户地看地势、查土壤、量面积、定品种，做到了宜茶则茶，宜果则果，宜药则药。为了掌握林果技术，他自费四百多元，订阅《中国茶叶》《湖北科技报》《农村新技术》等十多种报刊，把果树灭虫、整枝、嫁接，以及茶叶管理、药材加工等技术要点，分门别类抄在笔记本上，逢会必说，到户必讲，有求必应，真正充当了省科协授予他的"科技示范户"角色。

郑兴寿有句口头禅："以严取胜"。的确，在望粮山的《村规民约》里，毁树一棵罚款十至十五元，私自出售一根木材罚款五十元，树木被盗查无结果，由管理户赔偿山本费，还有无证砍伐、私售木柴、封山放牧等十多项处罚制度都写得一清二楚。有个老资格的党员砍伐九棵幼树，并出言不逊，郑兴寿晓之以理："您过去是干部，对村里贡献大，现在作为党员，大有党章管，小有制度管，群众就看我们党员服不服制度……"话未说完，这名党员便掏出了九十元罚款。

在兴山之道上，郑兴寿并不只有"罚招"，他的"奖法"亦独具特色——凡完成山场经营公用工者，每个工日奖零点五元，超额完成一个工日奖二点五元；对农户小园经济前二十名者奖；对超额完成年度植树任务者奖；对山林管得好者奖……

依靠健全的双层经营体制，郑兴寿带领群众在疏林地、荒山和四旁（田旁、园旁、屋旁、堰旁）累计植树二十二万余株，发展经济林四百六十亩，培植菌材山一千七百亩，扶育用材林两千亩，绿化了九百亩荒山，建成了五千零六十亩以山林为主的绿色企业基地。目前，全村林木蓄积量达一万二千多立方米，价值一百八十多万元；葳蕤的绿色基地每年还可递增价值六万余元。十年来，郑兴寿还组织群众生产茶果药菌，共计创收七十二万多元，集体年均分成五万多元，农户年均增收三百一十余元。

林业的生态效益远大于它的经济效益。前不久，中共湖北省委副书记钱运录到望粮山村视察，盛赞他们"山林管得好，是山区生态示范村"的时候，郑兴寿才仔细品味了绿色效应的甘甜。

望粮山森林覆盖率的恢复,使水源涵养增多。全村十九个泉眼,过去遇旱大部分会枯竭,而近些年旱情严重,泉眼却少有干涸现象;田、路、塘、沟等林网林带的形成,使风灾、雹灾减少,水土流失得到有效遏制;山场林木丛生,每年为农户提供农家肥四万多担,使土壤有机质含量大大增加;林木葱郁,招来了多种禽鸟,使山林、农田虫害减少……

有序的生态系统,为粮食增产创造了良好的小气候。1983年至1990八年间,全村粮食产量平均递增百分之十二点六,单产由大包干前最高的一百一十七公斤提高到1999年的三百六十二公斤。农田经营顺畅,群众治山养山的干劲更为高涨,形成了"以山促田,以田兴山,林粮相长,林茂粮丰"的可喜生态农业格局。

集体有了积累,郑兴寿精心筹划,先后从山场收益中拿出二十八万元兴办福利、服务事业;架电、修路、改水、建小学,实现了户户通电通公路,百分之八十的户通自来水;连续七年减免了群众提留;对村民人身、农户房屋及耕牛实行了集体保险;村里负担运费,统一购运生产资料,保证了群众购买化肥、良种、农药、农膜"不出村",兴办水利设施,设立生产奖励基金……

在这条绿色纷呈的新型集体经济之路上,郑兴寿带领群众走得畅快、矫健而潇洒。

(稿于1991年6月,原载《中国环境报》1991年7月18日第2版)

他，遂宏愿而去

——记已故全国农村电气化先进工作者田国基

在今年四月全国农村电气化工作会议上受到国家计委、水利部表彰的四百六十一名先进工作者中，有一个带黑框的名字——田国基。

1991年1月8日，一颗赤诚晶亮的红心仅仅跳动了四十八载，便停息在工作岗位上。噩耗传出，湖北省主管部门及保康县委、县政府的领导们震惊了：一心扑在农村电气化建设上的田国基同志怎么会停止了领导保康人民向电气化奋进的"马达"？

在追悼会上，那熟悉他的上百名泣不成声的水电职工道出了真因："田局长，您是积劳成疾才英年早逝的呵……"

1966年6月，田国基结束了八年铁道部队的测工生活回乡，来到水电局任技术员。利用山区丰富的水能资源建设电站，改变家乡面貌，立时成了这个年轻共产党员的愿望。可是，水电工程需要多学科的综合技术，做一个称职的技术员，仅有测量技能远远不够，还必须具有地质、水文、力学、电学、建材、施工等多方面的知识。这众多的"拦路虎"没有使田国基退缩，他把理想深深地植根于实践，在自学《水利工程施工》《电工学》《工程管理》等三十多本技术书籍的基础上，以工地为课堂，把工程方案的确立和实施当作教科书，把施工的每个环节作为巩固练习，把攻克技术难关作为验收考试，潜心水电技术，虚心请教内行……终于，他成了保康县水电工程的"全把式"。

1977年，在探讨马桥二级电站坝址方案时，技术人员们争论不休。在此涉及百年大计的技术关口，由于田国基掌握了第一手材料，他大胆提出了自己对坝址选择的观点——从外观上看,保康与神农架交界处的雷公滩,两岸露头岩石较长,且无断层,作为坝址有基础;从岩石的走向及倾斜度测算,能够肯定两岸岩石在河床底层可以接交;从地质上分析,雷公滩岩石属于灰质页岩,下潜速度慢,河床泥沙覆盖浅。所以把这里作为坝址较为理想。他理论联系实际的分析,赢得了省、市专家的赞同。结果,仅用38天、坝基就浇出了水面。

从田国基1975年担任县水电局副局长到1984年主持全面工作及至去世,这十六年,是保康水电建设的黄金时期,工程一个接着一个,而每个工程,他都担任两个角色——副指挥长(指挥长由县长担任)和技术负责人。于是,如何用技术减少工程开支成了他殚精竭虑的事。厂房整体大梁吊装保康还没干过,1978年吊装马桥二级电站大梁时,只好请省水利安装团施工。田国基看到因缺少这门技术,县里要花费许多额外资金,感到很不是滋味,便在安装团施工期间,天天蹲到现场,处处留心观察,不耻下问,详细记录吊装程序,掌握了这一技术。此后,清溪河二级、马桥三级、竹林口等骨干电站的整体大梁吊装,都是由田国基指挥,县内水电工人自行施工的,先后节省资金五十多万元。

1983年冬,清溪河二级电站坝基清挖接近坝肩时,因导流出现问题,大面积塌方随时可能发生,迫使工程停了下来。有关技术人员提出搞二次导流,但这个方案既耽误工期,又多开支五万余元。紧急关头,县长临阵悬榜招贤,许多技术人员担心搞得不好会前功尽弃,不敢揭榜。田国基出差刚到家,一听说有险情,便马不停蹄地赶到工地,察看现场后,迅即组织五百民工,采取分层衬砌、逐段加固、突击施工的办法,制止了险情。事后县长要给他发奖金,他说:"能使工程投资少,就是我最大的快乐;工程不出问题,就是对我最大的奖赏。"

"钻田沟、住工棚,没日没夜泥水中。"这是水利工程特有的工作环境。田国基深知,愈是环境艰苦愈要身先士卒。1975年修建清溪河大堤,工程搞了七个月,他没有一天不"泡"在工地,哪个工段问题多他往哪里蹲,哪里施工难度大他往哪里跑,群众说:"有田局长在,我们就感到踏实。"

1982年夏天,他带领一班人搞测量,低血钾突然发作,全身麻木,昏倒在山上。同志们将他背到树阴下，采取急救措施才使他苏醒过来，看见大家停下活计围着他，他说："我一会儿就好，你们别因为我停了工。"同志们深受感动，在炎热中加快了施测进度。

行政、技术领导双跨，不是外出奔波，就是野外作业，生活长期没有规律，身体常常"超负荷"运行，使田国基这个一米八二的硬汉子染上了风湿、高血压等多种疾病。

1989年春，他在武汉为项目跑资金，突感舌根发僵，四肢发麻，他明白自己高血压犯了，但他坚持办完事。在回保康的路上，右半部身体完全失去了知觉。这次，他不得不住院治疗。为了让他安心养病，分管电气化工作的县委、县政府领导交代同志们不要打搅他。可他操心着电气化达标工作和两座在建电站的工程质量及进度，三番五次让同志们到病房汇报，为工作出主意、想办法。病情刚有好转，他便要求出院，县领导去劝阻，他说："国务院把我县列为全国首批一百个电气化试点之一，今年建设到期，能否通过达标验收，不仅关系到保康人民的荣誉，而且涉及到下一步的深度开发，眼下大家都在打攻坚战。我躺着实在心焦，让我带些药出院干点力所能及的事吧。"

田国基就是这样，向来都把党和人民的利益看得高于一切，不计较个人的苦和累、病和疼，只要没有躺倒，他都在愉快地工作、无私地奉献。

是的，田国基同志是积劳成疾才英年早逝的。从参加保康第一座水电站建设到实现农村初级电气化，他整整为家乡的水电事业奋斗了二十五个春秋，全县五十二条溪河处处留有他的足迹，一百一十多个水利水电工地都洒有他的汗水。当昔日"松脂、油灯照明，石磨、水碓加工"的旧貌幻化为今日"万家灯火熠熠生辉，百座工厂机声隆隆"的时候，他却永远地走了——怀着保康电气化未来的灿烂宏图。

（稿于1991年5月，原载《中国水利报》1991年6月12日第2版，获该报举办的庆祝建党70周年"为党旗增辉"征文二等奖）

追忆刘代启同志

作为领导干部,他在任时,我们可以不为他的实绩歌功;他离任后,我们也可以不为他曾经的辉煌立传。但是,在他干干净净地离开我们却为我们留下抹不去的记忆的时候,我们便没有理由不为他留点纪念的文字。

2010年12月15号,是刘代启同志逝世一百天忌日,谨以本文祭奠和纪念敬爱的刘代启同志!

——是为记

1

庚寅年九月六日,原中共保康县委书记刘代启同志因病与世长辞。在哀乐低回的悼念大厅,前来告别的老领导、老部下及生前好友络绎不绝。怀着敬重的心情,挪着沉重的步子,我与大家缓缓地绕灵柩一圈,寄托着对一位朴实的老人的哀思……

五月的一个雨天,我与先福前往老书记家看望他。那时他从山西治病一年多回来不久,是病重难治而回的。所以知晓老书记的情况后,先福专程从保康来襄阳,约我一同去探视老书记。由于长期病痛,过去一直面色红润、精神抖擞的老书记,如今躺在病榻上脸色苍白,瘦弱无力。虽然连说话的力气也缺少,听力也不济,但看着当年他在保康做书记时身边的两个年轻人来看他,他打起十二分精神,声音微弱却吐词清晰地给我们说了许多保康的往事。人名、地名以及往事的前头后尾与来龙去脉都说得丝毫不差,我和先福都很惊异老书记有这么好的记忆力。但在他时断时续地叙述中，我们感到心里酸酸的——无情的病魔正折磨着老人，吞噬着老人无多的岁月。

不知不觉，老书记就和我们拉了一个多小时的家常，我们不忍再打扰老人静养，便起身作了握别。

不想，这一别却成永别。

如今虽与老书记阴阳两界，但他朴实无华的性格、求真务实的精神和严谨细致的作风，我和我当年在他身边工作过的同事，还有众多的保康干部群众都难以忘怀……

2

保康全境皆山，自然条件恶劣，过去一直是荆巴山系贫困带上的特困县之一。

1978至1988年，刘代启同志整整在保康做了十年县委书记。这十年，是保康经济社会发展思路确立、丰富、完善和打基础的十年。在十一届三中全会精神的指引下，刘代启同志与县委一班人认真总结保康正反两方面的经验，分析长期贫困的原因。他精辟地概括：受自然和非自然因素的影响，在过去相当长的一个历史时期，保康未能从山区特殊条件出发，而是一味"跟着平原跑，出力不讨好"，导致"宝在山上睡，人在屋里穷"，端着"金碗"讨饭吃。通过拨乱反正，重新认识县情，他同县委一班人把"解放思想，实事求是"作为全部工作的总开关，坚持立足"山"字，力求"实"字，围绕"干"字，针对山场、矿藏、水能资源优势，组织论证并提出了"以多种经营（木龙）为主的农业结构，以磷化工（石龙）为主的工业结构，以小水电（水龙）为主的能源结构"的"三龙齐舞"的治穷致富方略，团结带领全县人民，在困难的环境中开拓进取，艰苦创业，扎扎实实地做出了打基础方面的重要贡献。

那十年，通过坚持不懈的发展以林、菌、茶、果、畜等多种经营为主的农业经济，彻底扭转了农村大面积的贫困状况。尤为值得称道的是"水龙"开发，在只有五万现金、十吨炸药前期投入的情况下，刘代启同志利用当时特有的历史条件，动员组织全县两万精壮劳力，组成"民兵团"，自理口粮，自备工具，亲任指挥长，率领八名县委成员与群众打成一片，背水一战，硬是靠一镐一锄的坚忍不拔精神，举全县之力建起了保康第一座装机五千五百千瓦的水电站。与此同时，还上马了一批磷矿开发和工业项目，建成了一批重要的基础设施……

实践证明，"三龙"战略非常正确。二十多年来，历届保康县委、县政府遵循这一方略，接力舞"三龙"，实干兴百业，把保康建设成了经济长足发展、群众生活安康、生态环境美好的锦秀山乡。

抚今追昔，凡是走过保康之路的干部群众，提起当年发展思路的探索与形成，提起"三龙"战略的实施与硕果，没有不称颂、感念刘代启同志的。

3

人生有幸。1984年5月，党组织为我提供了为县委领导服务的机会。调入县委办公室工作的第三天，我便跟随刘代启同志到素有"保康屋脊"之称的大水乡，调研高寒山区农村产业结构调整情况。

当时，农村实行联产承包责任制不久，保康河谷地区粮食产量有了普遍提高，但平均海拔一千七百多米的大水乡，是个"五月雪、八月霜，秋分十天雪花扬"的高寒山乡，庄稼"种早了不得出，种晚了不得熟"，群众吃粮一直靠供应。由于山高坡陡，群众购粮也是"买得起，背不起"。作为一名已在保康山区工作三十多年、与群众结下深厚感情的县委书记，这一直是压在刘代启同志心坎上的一块石头。

在为期三天的调研中，他带着我与明树同志走遍了大水乡的山山岭岭，深入养牛、培菌、种药、植树专业户，与乡村干部群众广泛座谈。通过细致的调查研究，他为大水乡确立了"一畜、二菌、三药、四林、五（加）工"的脱贫致富之路。并反复向基层干部强调：高山粮食生产，决不能搞广种薄收，要利用好当家地，普及地膜苞谷种植，其余土地该退则退，以利还药、还林、还草，搞立体开发，发展多种经营。

他把这次调研所得整理成调研报告，省委内刊《湖北情况通报》予以全文刊发，在全省高寒山区引起了反响。同时，大水乡按照他指的路子实施脱贫致富攻坚，仅用两年时间就基本解决了温饱，一些村组和农户还走上了致富之路，其中十字冲村更是成为全省高寒山区脱贫致富的先进典型。

大水之行，是我到县委办工作后刘代启同志用其独到的领导智慧给我上的生动的第一课。他那种务实的调研作风，为群众探索脱贫致富路子的求实精神，对客观事物的敏锐研判力，以及把调研成果迅速演绎为正确决策的决断能力，深深感染了我，并一直影响和指导着我以后的实际工作。

4

实，是刘代启同志最为鲜明的领导风格。

上世纪八十年代中期，保康境内的公路几乎都是土路，而且湾多窄险。县委、县政府机关没有轿车，领导同志出门都是乘的帆布棚吉普车，由于密封性差，下乡回来没有不是灰头土脸的。可是，只要不开会，刘代启同志最喜欢的事就是坐上这种老式吉普车，沉到基层，去了解实情，解决实际问题。

他到基层有个特点，就是走的是边远，进的是农户，住的是穷乡——大水、麻坪、台口、金斗、李家、百峰等十多个边远乡（当时的体制是区辖乡），我都随他走过、住过。

记得1986年炎夏，他带领民政、水利等部门负责人，到寺坪区考察边远村治穷致富情况。我们一行弃车徒步，涉鳝鱼河，走稻场坪，过峡口、金堂，住板庙；再走升石坪，翻宦官山，下樟木沟，住台口，历时三天，步行六十多公里，走访了六个村数十户群众。每到一地，刘代启同志都认真听取意见，征求建议，现场提出了许多切实可行的治穷致富办法。

因为刘代启同志的影响，那些年，保康县委成员几乎达成了默契——每当春夏秋冬之交、年关之前、生产关键季节或天灾之际，大家都自觉分头深入到最贫困的边远乡村，进"四门"（校门、店门、厂门、福利院门），看"两户"（弱智户、五保户），广纳群众意见，就地解决实际问题。

刘代启同志每次走边远，至少都要解决一到两个实际问题。那些年，边远乡村突出存在着行路、用电、饮水、住房等"几难"问题。刘代启对此提出了"组织上实行干部包干负责,劳力上村组统一使用义务工,资金上集体和国家共同筹集"的办法,先急后缓,分批解决。在他的亲力亲为和带动影响下,经过全县干部群众的共同努力,到他离任的1988年年底,保康县百分之八十的农户通了电,百分之八十五的村通了公路,一大批群众吃水难和住草房危房的问题得到了根本解决。

5

刘代启同志心系群众,心细如丝。我至今还记得他为山村小女孩买鞋的故事。

1985年盛夏的一天,他到油房街乡调查了解群众生产、生活问题。在乡供销社收购门市部,当看到一位十岁左右的女孩出售一小捆名叫通草的药材仅获得零点八元钱时,小女孩很不高兴的表情引起了刘代启同志的注意。他走近小女孩,和蔼地问她叫什么名字,家住哪里?小女孩怯怯地回答她叫关明竹,家住黑虎村。这时,刘代启同志发现她竟然光着双脚,立刻明白了小女孩不高兴的原因。他心里一阵难过,思忖:黑虎村距乡供销社有十二里路,小女孩赤脚走这么远,一定是想用药草换双新鞋,无奈钱不够数才那样不高兴。他问我山里的孩子夏天穿什么鞋好,我说"解放鞋"很适宜。刘代启同志当即掏出三元钱为小女孩买了新鞋,小女孩立刻转忧为喜,高兴道谢而去。

回到办公室,我把这件小事以《县委书记与赤脚女孩》为题,写了篇小通讯寄给报社,《江汉早报》(现为《楚天都市报》)配了"编后"在头版刊登。《编后》说:"保康县委书记刘代启掏钱为山村赤脚女孩买新鞋,不仅是发自同情之心,更重要的是意识到了自己对改善贫困地区人民现状的责任感,意识到了党交给自己的神圣使命!"

可以说,刘代启同志关心群众生产、生活体现在时时处处。在我的记忆里,他下乡检查工作,半路遇见负重的群众,只要吉普车上还有空位,总是让司机停车捎人带物。他特别重视群众来信。他说过,保康山高路远,交通不便,群众有难处上访很不方便;处理好他们的来信,也是自己了解民情、联系群众的重要渠道。1985年,他让县委办公室专门建立

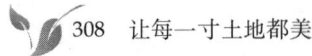

了群众来信阅批查办登记簿，对给他的来信嘱咐工作人员按照政策界限分类归口，交由部门负责处理，重要的他亲自督办处理。有一次，他收到青年农民陈永阳想发展庭院经济，却苦于找不到门路的来信后，随即批转科委负责回信，提供信息、技术，并将自己订阅的《农家顾问》中有关庭院经济的知识做上重点号，邮寄给小陈。1986年4月，武汉大学哲学系学生王开荣致信刘代启同志，请求为他家排忧解难。王开荣是店垭区黄坪村人，其父年初病逝，其母身体多病，一弟就读初中，一弟辍学帮母种地，全家欠款一千五百多元，本人面临辍学危险。刘代启同志阅信后，当即打电话给店垭区委书记张敬益说，保康出一个大学生不容易，决不能让王开荣同学辍学。他批示："暂从救济款中解决五百元，以后他家和他学习中的暂时困难，请民政部门给予资助。"5月29日，我随他到店垭检查工作，他带上店垭区委负责人，专程登门看望王开荣母弟三人，帮助王家研究脱贫措施，当场解决了六头仔猪和三百斤化肥款，鼓励王母把王开荣培养成才。

据我的记忆，仅1985、1986两年，县委办公室《来信阅批查办登记簿》就记录了刘代启同志阅办的群众来信近千件。1986年6月，《襄樊日报》记者张鸿志得知他认真处理群众来信的新闻线索后，专程到保康采访，想为他写篇报道。他坚决不同意写他个人，而是扳着指头列举出善于修路的区委书记张敬益、一心为民植茶的财政所长王连举、坚持义务为乡亲接生几十年的村妇女主任范延清等几个典型，并亲拟了《"路"书记》《"茶"所长》《范医生》等报道题目，让我陪鸿志同志去采访他们，在《襄樊日报》推出了一组"山区建设者剪影"的报道，极大地鼓舞了基层干部的士气。

6

1988年秋，刘代启同志即将调任襄樊（现襄阳）市人大常委会副主任，但他仍然坚持着深入基层调查研究的好作风。

那些年，金斗乡九里川村党支部带领群众艰苦创业、脱贫致富的事迹非常突出。但刘代启同志觉得村里的致富经验总结还不够到位。金秋九月,他带上我,到时任九里川村党支部书记刘应志家住下来,白天走村串户看矿山、访富经,晚上与刘应志等村组干部促膝交谈,并一再叮嘱我,这次来总结九里川的经验,要上升到一定理论层次,执笔是你小郝,你觉得啥时候挖够了素材,我们就啥时候撤。我们在刘应志家住了两晚,搞了两天调研不算,又到乡政府住了一晚,与乡干部深入座谈,从各个侧面反复挖掘素材。

在组织材料的过程中,刘代启同志根据当时山区农村经济社会发展和村级党组织建设的实际情况,结合自己的思考,让我着重从发挥村级党支部战斗堡垒作用、发展村级集体经济、加强村级制度建设、办好村级公益事业等方面去挖掘九里川的精髓,从理论层面揭示九里川的发展真谛。由于有他精心独到的指导和现场调研迸发的真知灼见,我代为起草的《九里川调查》,被《党政干部论坛》杂志全文刊发。

在我的记忆里,这个调查报告是第一篇比较系统而理性总结九里川发展经验的文章,也是第一篇被省级刊物宣传九里川的文稿。此后,九里川成为全省村级组织建设先进典型,省、市领导多次视察推介,本、外地基层干部纷至沓来学习取经,通讯、小说、报告文学、电视剧等各种体裁的宣传铺天盖地。可以说,正是刘代启同志的深入调研,才引爆了九里川这个闻名遐迩的典型——典型需要培养,更需要用智慧去发现。

7

1997年6月,我从保康调到襄樊市委政策研究室工作,在市委大院生活区,每每与已退休的刘代启同志相遇,他总是亲热地拉拉我的手,聊上一会儿,问我工作顺不顺心,爱人调动弄好没有,父母身体健康如何,那份和善与慈祥,让我十分感动。

刘代启同志退休后仍然善于学习和思考问题,始终忘不了在故乡保康近四十年的工作历程。我清楚地记得,党的十五大(确立了邓小平理论地位)后,有一天他突然打电话给我,说他通过学习邓小平理论,结合自己在保康的工作实践,写了篇体会文章,让我给看看怎么处理。我马上来到他家里,阅读了他的《坚持求实精神,促进山区发展》手稿,文章用"在不利因素中坚持求实精神，可以找到最佳发展思路；在困难环境中坚持求实精神，可以在夹缝中求发展；在普遍矛盾中坚持求实精神，可以解决好特殊矛盾"三个小标题，非常有感情地回忆了他在保康工作时，几件关涉发展大计的确立和实施的前因后果，深刻揭示了唯有坚持邓小平求实理论，山区发展才有出路的朴素道理。我读后深受教益，仅在文字上理顺了一下，推荐到市委机关刊物《决策与实践》发表。不久，他又写了篇保康发展小水电的经验文章让我提提建议，我再次到他家里，通过与他一起回顾保康小水电建设历程，进一步丰富了文章内容，我帮助打印后寄给《地方电力管理》杂志，很快也被采用。

8

在退休生活中，刘代启同志其实很注重身体保养，打太极拳、走步、禁烟少酒等等，他都做得很好；更是坚持早睡早起，不沾棋牌，身体状况一直不错。

每年，他都要回保康住上几天，走走脚下的故土，看看故乡的山水，会会老同志、老部下。

2007年夏天，我对他讲，当年随他一起下乡住过的台口乡，寺坪电站竣工后，现在已成水下世界，那里的河面宽了，山上的树密了，景色比从前更美了，什么时候让先福（时任寺坪电站工程指挥部负责人）接你去看看。他说那真得去看看。随后不久，先福接他回去了却了这个心愿。

不想，这却是他最后一次去看保康山水，最后一次到魂牵梦绕的故土亲近那里的一草一木。一向身体很好的他，因为尾脊骨炎难以痊愈而体质每况愈下，数度住院都无疗效，直至远赴山西中药医治仍然效果不佳。

自然规律，人不可拒。在他最后的日子里，他无比依恋的仍然是保康故土。

老书记走了，他走过了七十九个春秋，静静地消失在了人世间。他已不知道自己留下了什么，也不知道有多少父老乡亲、老部下及亲朋好友的痛楚追思。可是我们知道，他以他朴实、务实、扎实的人格魅力，他以他对保康默默无闻而又显著的贡献，他以他心系故土的一腔赤诚——故乡的

灵山秀水骄傲地接纳了他圣洁的归魂:

——2010年9月8日下午5时整,老书记的骨灰,落葬在青松翠柏掩映的保康陵园。

(稿于2010年11月,原载2010年12月18日《汉江时报》网络版、2010年12月24日《今日保康》专稿版、《中国乡村发现》网、2010年第6期《楚天主人》杂志,收入中国文联出版社《人物保康》一书)

记忆不会远去
——追忆李远继同志

1

2018年7月4日18时,我最尊敬的老书记、原襄樊(襄阳)市人大常委会副主任李远继同志因病医治无效逝世,享年七十六岁。

病魔无情地夺走了老人的生命,但他老人家留给我的美好记忆将永远留在我的心中。

4日晚,我出差回市,天正下着大雨。二十二时二十二分,刚躺到床上,手机响起,来电显示是和华,我心里一咯噔,知道大事不妙,果然,和华悲伤地告诉我:父亲走了……并问我用什么方式通知老人家曾经工作过三十一年的家乡保康县,我告知通过市委组织部发讣告比较合适。

窗外,雨越下越大——上天也在为老人的离去而哀恸。

就在一周前,我还与妻子到市中心医院重症室看望过老人。那天,我与妻子一人握着老人的一只手,他只能用眼神与我们交流——其时,老人已因肺部大面积被癌细胞占领,呼吸受阻,医生不得不切开喉管借助呼吸机为老人治疗。我知道,老人有许多话要说,但病魔已经让他丧失了说话功能。我与妻子只能摩挲着老人的手,轻声说一些可能对老人已经无用的安慰话,心情无比沉重。十来分钟后,医生催促我们离开,说不能让老人过久激动,否则不利治疗。

病来如山倒。仅仅一个星期,老人就真的永远地离开了我们。

哀痛之中,回忆他在保康担任领导期间带领干部群众苦干实干、坚韧创业，为山区脱贫致富所做的打基础、管长远的非凡贡献，回忆曾经作为老书记身边工作人员他对我的教诲与关爱，回忆我在成长路上老书记对我的培养与提携……一点一滴，历历在目。我深为在人生路上能够遇到老书记这样的好领导而荣幸，也深为自己在他担任保康县委书记的五年中能够为他服务而感到自豪。

他对我的培养之恩，他对我的关爱之情，一生一世都感激不尽。

2

追思老人，我感到自己坚持做得最正确的是，在老人退休后的十多年里，每逢老人生日与春节前夕，我都会去看望他，而春节后也总是要去老人家里吃顿饭、聊聊天。每次看到老人健康、慈祥、和善的样子，心里总会涌起由衷的祝福。

自打三年前彭姨走后，老人身体每况愈下。先是身体陡然瘦了下去，再是看到他散步，步履由过去的轻快到后来的缓慢再到拄上拐杖。有时遇上，我或是陪他走一程、唠唠嗑，或是帮助整理一下未扯平的衣领，看着他日渐衰老的情形，心里总是酸酸的。

去年腊月二十七日晚，我去看望老人，告诉他第二天启程去广东陪在那里过冬的父母过春节，老人叮嘱我路上注意安全，并代他向父母问好。正月初五，在归途上，便接到老人的电话，约我与妻子大年初六去他家里吃饭，心里倍感温馨。在襄阳，我们没有其他亲人，逢年过节，到老人家里走动走动，拉拉家常，那是一件特别暖心、特别惬意的事。可是，生命的存在是不能以个人意志为转移的——老人在彭姨走后的第三年里也随老伴而去……从此，我的年节里，便是少了一个温馨、祥和的去处。

3

哀悼老人，记忆永在。

我的思绪回转到了1990年。

这年初秋，刚满四十八岁的李远继同志，由保康县长转任县委书记。

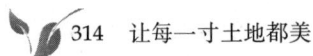

当时我任县委办公室调研科长，李书记下乡或到企业调研，常常带上我一同前往。作为全市唯一的全山区县，当时保康的贫困程度还很高。县里针对山场、矿藏、水能资源优势，提出的"以多种经营（木龙）为主的农业结构，以磷化工（石龙）为主的工业结构，以小水电（水龙）为主的能源结构"的治穷致富战略（亦称"三龙战略"），需要在战术实施上寻求突破，需要有一系列项目做支撑，需要有一种过硬的作风作保证。

李远继团结带领县委一班人从这"三个需要"出发，不唱"折子戏"，接演"连续剧"。通过系统调研，他更加具体地提出了"当家田+地膜种植巩固温饱，多种经营+庭院经济解决致富，小水电+磷化工兴工富县，科技+教育增强后劲"的发展路径，稳扎稳打地推进"三龙战略"实施。

4

在"木龙"开发上，他针对全县农村自然资源分布状况，依据区域环境和资源条件的趋同性、生产特点和发展方向的一致性、开发路径和主要措施的类似性，理出了"抓纲撒网开发，分类指导致富"的实践思路。他讲，抓纲撒网，就是把县内富裕村的经济模式作为纲绳，抓在手中，网"撒"一片；分类指导，就是把各个致富典型置于全县农业资源系统，分别出资源类型，变富裕村的个体模式为区域整体模式，实现开发致富。

为了确保这一思路落实落地，他让县委办组织调研组，对一批率先致富村逐个进行认真解剖，并专题听取汇报，亲自归纳总结了林粮、茶粮、烟粮、矿粮、畜菌药粮、集镇六种农村经济发展类型，将全县十六个乡镇的三百四十三个村，一一分别对应发展类型，细化其所处的地理位置、海拔高度、所拥有的资源、面积、人口，分类分层确立脱贫致富目标，制定发展措施。同时，按照县委、人大、政府、政协领导分工，安排大家牵头分片召开农村六种经济类型发展推进会；对茶、菌、烟、畜、药、果等特色农业发展，研究出台扶持政策，全面促进了农业自然资源的有效利用，加快了以多种经营为主的"木龙"开发，全县茶叶、烟叶、食用菌、林果等多种经营基地面积大幅增加，农业结构持续优化，农民收入年年攀升。他以此实践为例，撰写了《一种类型富一片，六种类型富全县》的经验文章，被新华社《内参选编》刊发。据我掌握的数据，1995年他离任保康县委书记时，全县多种经营基地面积已达二百四十八万亩，农民人均纯收入较他上任时的1990年整整翻了一番。

在"石龙"开发上，他果断提出发展磷化工深加工，以工兴县。当时，很多人对山区"以工兴县"不以为然，没有信心。但李远继"以工兴县"的情结由来已久，早在1970年二十八岁时，他就是县工业局局长，从1976年任县革委会副主任到1984年担任县委副书记，这八年里，他一直分管工交工作。因此，他对工业与交通特别有感情，也特别有贡献。他常说，山区有山区的好处，保康虽然全境皆山，但磷、硫、硅、煤等矿产蕴藏量达二十多亿吨，这是平原所没有的巨大优势，利用好了，山区工业发展不会比平原差。但是，山区也有山区的劣势，那就是修路难，因为交通不便，长期守着"金山"讨饭吃。那些年里，他带领交通部门积极向上争取资金，建议县财政拿出一定专项资金，组织沿线受益群众义务投工投劳，甚至使用许多土办法开山炸石，砌坎护坡，铆足了劲儿地领修矿山公路，先后修通了朱家场至九里川、后坪至高桥河、两河口至白竹、马桥至九里川、城关镇至管驿等十多条总长四百余公里的矿山公路。有了这些矿产集中分布区的公路，过去运不出去的矿石一下子变成了"金疙瘩"，磷、硫、硅、煤等矿产开采量大幅增长，1992年总产量突破七十万吨，使十年前名不见经传的地下矿藏跃居为名列第四的全国八大磷矿基地之一，为保康工业发展奠定了良好基础。

同时，他也深知，单一卖矿挣的只是"力气钱"，外地把保康磷矿买去深加工，赚取的是数十倍附加值。卖矿只是工业积累的权宜之计，改变原矿原卖这种简单生产方式，必须加快发展磷化工深加工。他多次带领工业口的同志外出考察取经，结合保康小水电资源丰富、开发势头好的实际，提出以小水电开发支撑磷化工发展、以磷化工发展转化小水电优势，走"磷硫、热（电解）湿（硫酸解）、矿（采）化（工）"并举之路。通过吸纳先进技术，发挥已有物质基础作用，先后上了十八个投资少、资源转化程度高、社会经济效益好的磷化工业项目，开发出了黄磷、磷酸、三钠、五钠、氢钙、复合肥、硫酸、矿粉等年产二十余万吨的磷系列产品，有效克服了发电卖电、采矿卖矿的单一再生产，提高了工业经济效益。

在"水龙"开发上,他与县委一班人紧紧抓住保康列入全国首批一百个农村电气化试点县的机遇,接力前届,毫不松劲地一手抓电源建设,一手抓电网延伸。他在县委常委会上讲:"对于小水电开发,我们一定要建成一个,发挥效益一个,手里在建一个,眼睛再盯一个。"1990年,马桥一级电站尚在建设之中,他便组织专班去跑过渡湾电站立项,积极寻求合作开发伙伴。而当过渡湾电站同葛洲坝集团成功合作上马后,他又安排组建专班,去做装机六万千瓦的寺坪电站前期工作。这些电站都分布在南河流域,南河纵贯保康西北,上与神农架接壤,中与房县搭界,下与谷城相交,流域梯级开发衔接非常重要,开发牵涉问题很多。在马桥一级电站建设淹没赔偿、过渡湾电站尾水衔接、寺坪电站前期工作协调等重大事宜方面,他都是亲自出马,多次前往毗邻区县,积极主动请求商议、协调、谈判,解决了开发建设上的一个又一个难题。

过渡湾电站装机二点五万千瓦,相当于当时全县小水电装机容量总和。该站如能顺利竣工,保康的小水电才能成为真正意义上的支柱产业。因此,李远继特别重视该站建设,视其为保康小水电的"翻身工程",亲自担任指挥长,处理完工作之后,头一桩惦记的就是过渡湾电建工地。在工程关键节点,他甚至三天两头蹲到工地,掌握施工进度,调配建设材料,解决棘手问题。经过四年多的艰苦努力,过渡湾电站如期建成发电,大大强化了山区小水电独特的引擎作用,增强了"三龙"齐舞的内动力,使保康呈现出了"水龙"开路、"石龙"吐珠、"木龙"献宝的生动发展格局。

5

按照上世纪九十年代初的贫困标准,保康县当时尚有三十六个村农民年人均纯收入不足三百五十元。这批特困村像是挂在李远继心上的一块石头,常常让他寝食不安。

1991年腊月,他跟我讲,要去走一走特困村,挖挖贫困根源,探寻脱贫路径。结合春节前集中开展的县领导走边远活动,他带着我及民政、财政、扶贫办的同志,来到马桥镇南沟村。

这是一个近乎贴在南河峭壁上的小村,一百八十多口人散居在山巅岩畔,一百四十多亩耕地全都挂在坡上。由于地形陡峭,修路不易,是当时全县为数极少的不通公路村。村里大部分农户靠打猎、挖药材谋生,生活异常贫困,被当地干部群众戏称为"难搞村"。

那天,我们一早从镇上出发,车到鳌头山,便只能步行登山。为了减缓攀爬险路的紧张情绪,李远继与大家说着玩笑话,活跃着气氛。拽着树枝,杵着树棍,我们用了一个半小时才进入村子。因为农户居住过于分散,一个上午过去,我们仅走访了五六户人家。在向镇村干部了解全村贫困状况后,李远继当即让民政、财政的同志,解决一批棉被、棉衣供村民过冬,又特别追加一笔救济金,让特困户过年。他对镇、村干部讲,党和政府不会让特困村群众永远贫困下去,长远看,像南沟这样不适应生存的村,要整体搬迁出去,或并入周边磷矿资源已得到开发的村,实行以富带穷。他鼓励村干部抓好眼前工作,把政府扶持落实到户,确保群众生活不出问题。后来,南沟村合并到了依靠磷矿开发致富的九里川村,不适宜居住之地的农户都实现了搬迁。

春节后,他又带我上百峰、去赵家山、到黄堡,还深入毗邻地区房县的安阳乡做比较调查,通过走访十多个边远特困村,了解到贫困原因主要来自自然地理条件恶劣、生产生活设施落后、社会基础结构薄弱、村级班子素质不高、外部关心支持不够等。对此,他提出要加派扶持帮困力量、加强村级组织建设、加大集体经济份额、加快治理开发进程、加紧文化科技传输的"五加"措施,集中财力物力人力帮助特困村改变面貌。他将这些思考写成调查报告——《加强特困村建设,促进经济平衡发展》,被国务院扶贫办《开发与致富》杂志刊登。根据"五加"要求,县里调整扶贫政策,倾斜扶持特困村发展,集中解决水、电、路等基础设施落后问题,并着力扶持发展烟叶、茶叶、食用菌、开矿等一批富民产业,为特困村注入了发展活力。

6

李远继在保康担任领导职务多年,一直保持着平易近人、和蔼可亲、质朴厚道、雷厉风行的人格魅力,其极强的亲和力与立说立行的作风契合得无比完美。

从做副职开始,他先后与四届领导班子的五十多位同志共事,近二十年里,他没有与任何一位同志发生过无原则纠纷。做了县长、书记,他更是尊重其他班子成员意见,作风民主,团结一致,感情融洽,班子凝聚力、向心力强。当时,让市委最放心、最满意的就是保康的领导班子团结实干氛围浓、坚韧创业干劲足。

作为县委书记,李远继特别善于把上级党委的要求同保康的具体实际相结合。在我的记忆里,那几年里,他先后倡导建立健全了县委成员带头联系群众、深入基层调查研究、干部参加劳动、县领导包乡(镇)联厂带项目、党政领导政绩考核、廉政手册等一系列制度。在用制度管好干部的同时,他更注重用行动带好队伍。每次,省、市会议一结束,他都是急匆匆地赶回县里,在第一时间传达贯彻精神,征询班子成员意见,研究落实措施,并带头扎到基层或企业,了解发展中的问题,解决落实中的矛盾,既从全县高度进行战略部署,又从具体发展环节指导战术实施。对一年办哪几个事、一段抓哪几个事、全年成哪几个事,他都是成竹在胸,一步一个脚印,有序组织实施。其以身作则、立说立行的作风,影响和带动了全县各级干部的事业心,使干实事、不混世、留足迹成为干部队伍中的一种风尚。

因此,他任县委书记的五年,是保康历史上发展最快最好的时期。不仅全县经济总量实现了翻番增长,而且百分之九十八的村通了公路,百分之九十七的农户用上了电,百分之八十二的自然村吃上了自来水,同时还彻底消灭了边远农户住危房、草房、岩屋的现象,从根本上解决了过去深度贫困状况,奠定了脱贫致富奔小康的坚实基础。

1993年年底,省委同意推荐他为全国百名优秀县委书记人选,受省委组织部委托,市委派出调查组,总结他带领全县干部群众扎实奋斗、艰苦创业、初步改变保康贫困面貌的事迹。我向调查组具体从兴县富民战略实施、山区公路建设、重大工业项目开发、团结实干作风、清正廉洁等方面谈了他对保康人民的奉献。市委调查组以《大山的儿子》为题写出人物通讯,《湖北日报》《领导工作研究》等报刊发表时,特别加上编者按,希望各级领导干部从李远继同志扎根山区、勤政为民的先进事迹中得到启示,真正做到为官一任,造福一方。

7

做事风风火火，处理问题不过夜，对看准的事决策果断……保康的许多干部都知道李远继在工作中是个急性子。但是，他对群众、对基层干部、对身边工作人员，却心性平和，感情朴素，坦诚相待，关爱无声。

长期的基层工作，使李远继有着一大批农民朋友，他们有的是农村专业户，有的是村组干部，其共同特点是踏实勤劳，作风过硬。一些原本贫穷的村子，因为有他们的引领，逐步摆脱了贫困，走向了富裕。比如在村党支部书记中，中坪村的黄立杰、寺岭村的陈世柱、陈家河村的李祥斌、三岔村的孙成华、大横溪村的老万等等都是他的真挚朋友。去到村里，李远继从来不端架子，与他们开玩笑、唠家常、指路子，喝他们自酿的苞谷酒，吃农家土菜，坦诚交流，毫不保留，把问题指在实处，把干劲鼓到实处。而基层干部为村上的事来县里找他，李远继也总是让办公室为他们安排好食宿，热情接待，并亲自帮助解决难题。

在我的记忆里，有一件事至今都让人感奋。

1994年元旦，李远继收到县一中学生胡家昌的来信，谈到在节日里看到的县城街头即景，从卖柴农民、拾破烂者的生活不易，联想到他老家农村税费过重、烟叶生产遭灾、自来水安装拨了款却没有落实、群众生活困难、学费高昂、患病难治的一些情况，并对官僚主义作风表示了不满，期待聆听李书记振兴保康的佳音。

李远继读罢此信，心情久久不能平静。在随后召开的县委常委扩大会议上，他逐字逐句宣读了这封来信，要求大家带头在年关前集中深入基层解决群众生活困难问题。并对胡家昌的来信作出批语，让县委办以简报形式印发全县干部参阅。他的批语写道：

> 县一中高三（3）班胡家昌同学元月2日给我的来信，情真意切，值得一读。尽管该生对全县社会经济发展的起点以及改革开放以来的巨大变化，不可能了解得十分清楚，在问题反映上有些片面。但他以一颗正直、善良的心，以朴实感人的言辞，从群众生活依然不尽理想

这个侧面，映衬了当前许多单位和个人客观存在的群众观念淡薄、奢侈浪费严重、公款吃喝屡禁不止、工作作风不扎实等倾向的丑陋。这表明，广大群众对不正之风的反感，对各级干部廉洁从政、关心群众的渴望。此信我已在县委常委扩大会上宣读，引起了大家的共鸣。1993年是大灾之年，加之一些政策因素，不少地方农业减产或增产不增收是个事实；部分企业也因多方面原因效益不佳，职工工资难以兑现。特别是春节临近，各级各部门对群众生活困难问题，更应引起高度重视，对有可能因此出现的不良苗头和困难必须高度警觉。各级领导干部要深入基层和生产一线，尽最大努力亲自安排好群众和职工生活，以坚强的党性确保不出问题，促进生产发展。同时，各级各部门尤其是领导干部要做到廉洁自律，切实禁止公款请客送礼和到基层低价购买农副土特产品，树立廉洁、务实、高效形象，密切同人民群众的血肉联系。为使思想上进一步形成共识，建议将胡家昌同学的来信印发县直部办委局和乡镇领导同志参阅。

编好简报，我觉得胡家昌的来信和李远继的批语具有较强的现实意义和普遍的指导意义，遂将简报寄给《襄樊日报》。元月十三日，《襄樊日报》在头版位置加评论员文章一并予以刊发，在全市干部中掀起了春节前深入基层解决群众生产生活困难的热潮。

1995年3月，已当选市人大常委会副主任的李远继（仍兼任保康县委书记至当年九月），接到陈家河村青年农民小陈来信，诉说自己发展养殖业遇到困难，建猪舍、买饲料缺乏周转资金，他将来信批转给城关镇党委书记尚平功，要求对有志青年农民发展养殖业给予支持，协调解决好其周转金不足问题。接着，他让我从办公室财务支出一千元带上，随他一起上门了解小陈兴办养猪场的情况，亲手将扶持金交给小陈，鼓励他勤劳发家，引领乡亲致富。

8

李远继特别关心年轻同志的工作、生活及成长进步。每年春节之后，他都要让妻子做一桌好菜，请办公室的年轻同志到家里吃餐饭，加深了解，交流感情，激励大家干好工作。

他对我的关爱与提携，至今我都觉得像个谜，有时甚至臆想是我上辈子修来的福。

比如，1991年夏天，我跟他去神农架协商淹没赔偿事宜，林区一位区长出面接待，谈妥协议后，区长留我们吃饭，为庆贺协议达成，区长按照神农架酒规，要求客人动筷子之前，每人必须饮一"泡子碗"地产酒。我平素不沾白酒，面对东道主的酒规进退两难，而区长却步步紧"逼"。正当无奈之时，李书记竟然端过我面前的"泡子碗"，代为一饮而尽。惊得区长连声说："还有这事，还有这事，上级为下级代酒？"我一时窘在那里不知如何是好，只听李书记替我解释道："小郝的确不会喝酒，请区长谅解。"

这件代酒逸事，令我万分感动。几十年来，每每忆及，我都要唏嘘良久，感叹老书记优秀的为人品质，感慨当年领导与部下关系的纯真！

再比如，1993年3月中旬，我随他上尧治河、到董家沟、去堰垭、下中坪，每走一村，他都为村里的发展指路子、鼓干劲。尤其是对尧治河的发展寄予厚望，他勉励村党支部书记孙开林说：你们修路开矿办电的路子很好，艰苦创业，扎实苦干，一定能把尧治河建设成鄂西北的一颗明珠。三天的调研，一路谈的都是村里的发展，压根儿没透一丁点关于我的信息。不想回县第二天，县委副书记汪明星便找我谈话说，鉴于我的工作能力与表现，县委研究同意，提拔我担任县委办公室副主任。对此我深感意外，跟书记跑了三天，他都没说过提拔我的话，怎会突然地就被提拔了呢？

我出生于教师家庭，父母打小就教我正直做人、踏实做事。为此，平时工作一直秉持的是"眼里有事情，心里想材料"，根本想不到投机钻营，更不会趋炎附势讨好领导。可我不知道，正是因为这种操守，才赢得了书记的信任。现在想来，那个时候的政治生态是多么纯净。

还比如，1996年秋，我与县委、政府"两办"从事文案工作的同志，集中在马桥二级电站撰写《保康之路》书稿。一天下午突然接到老书记电话，说他陪同市委副书记张振华在马桥调研，打电话主要是让我写个简历，他转交振华书记；并说他已向振华书记推荐我调研报告写得好，很适合到市委政策研究室工作。李书记的电话让我很是欣喜，但我从未向他提过调市请求。老实说，我在县委办干得得心应手，也未有过离开的想法。但老书记又说了，到市里方便孩子读书，各方面平台还是大些。俗话说，人往高处走，经老书记这样一劝，我便按要求写了份个人简历送他，后来便极少过问调动之事，依然安心着保康的工作。

不想，1997年5月底，我接到调令，要求一周内到市委政研室报到。现在说来像是神话——在我的调动中，我没向任何人送过一分钱的礼，没请任何人吃过一顿饭；即使到市里报到后，我也是空着两手去见老书记。也许，那个时候我真的是榆木脑袋，不懂人情世故。

可是，老书记却数次对我说，我是他的莫逆之交，是真朋友。一位我无比敬重的尊长，没有同过生死、共过患难，只有过工作上的交际、职责上的服务，却得到了他深厚的情谊、无私的关爱——这份厚重如山的恩情，这种情深似海的感情，如今已经无以为报，空留余憾……

我只能用我的拙笔写下这篇文字，深切追忆他的过往，沉痛送他最后一程——老书记，祝您一路走好，愿您在天之灵安息！

（稿于2018年7月，原载2018年第8期《中国报告文学》、2018年第8期中共襄阳市委机关刊物《领导参考》）

怀念岳父

> 1948年春节，毛泽东同志发表《将革命进行到底》的新年贺词，激励中国人民向国民党反动派进行最后的斗争。当年，成千上万的北方干部响应党中央的紧急动员和毛泽东同志的号召，随军南下，投身南方的革命斗争，为获取解放全国的最后胜利以及新中国的建设事业做出了杰出贡献。今年是南下七十周年纪念，谨以此文纪念那火红的岁月，纪念老一辈革命志士，让我们的纪念永不忘却。
>
> ——题　记

四月是岳父辛盛起的忌月。

作为女婿，清明节里，我与他的五个儿女齐聚保康，祭奠老人，追忆逝者，缅怀一位慈祥而伟大的父亲。

岳父离开我们已有七年，但他的音容笑貌时时刻刻都在我们脑海里闪现，他勤俭善良、敦厚豁达、乐观磊落、仁爱律己的优秀品格一直都在激励着我们。

回忆老人——对于我们做儿女的来说，既是一种怀念和感恩，更是一种幸福和甜美。

从此再无慈父

岳父这一生走过了九十二个春秋，他离开我们时距他九十二岁生日不足三周。

岳父走得很安静也很干净，就像他平凡、淡泊、清廉的一生——即便是在生命走向终点时，他仍不愿给家人添一分烦扰。

2010年11月，在广东江门工作的姨姐福芸将二老接去过冬，其间，福芸与大哥福泉（在江门女儿家帮带外孙）带着二老去香港、澳门、深圳玩了个遍。次年三月春暖花开，妻子福芝专程从襄阳去接二老回家。到襄阳那天，气温陡降，雨里夹着雪花。可岳父要我们带他去转一转襄阳城，并说这也许是他最后一次来襄阳。当时，我们虽然觉得老人的话说得怪怪的，但考虑到天气与二老从南方回来反差太大，同时二老高龄，旅途劳累，便坚持没有带他们出门。不想在襄阳没让岳父出门受寒，回到保康却在倒春寒里患上了感冒，经过住院治疗和在保康工作的福强、福刚弟兄俩的精心照料，身体得以恢复。可岳父闲不住手脚，一出医院就到小花园里侍弄花卉，不慎致使肺部二次感染，酿成再医难治，给我们留下了永远的伤痛和遗憾。

岳父二次送医不久即转来市中心医院抢救，其间医生只允许我们分头穿戴无菌衣帽到重症室看他，而对每一个进去看他的子女，他都清醒地、可着劲地嚷嚷着要回保康。经过五天的抢救，医生最终宣布岳父多器官衰竭，现代医疗技术也无力回天。

2011年4月18日晚，在他五个儿女及我的护送下，岳父踏上了他工作生活了六十三年的第二故乡——保康的返程之路。一路上，岳父几乎一直在痛苦呻吟，当救护车到达保康医院时，他却一下子安静下来。儿女们都知道，这是他如愿以偿回到自己眷恋的土地、心灵得到最后安妥的表现。这一夜，我们通宵未眠，陪着他稳定地度到了天明。

4月19日上午，大家分头去做后事准备，病房里留下了福芸、福芝与我。福芸是医生，她引导着福芝，一块泪眼婆娑地一点一点仔细地为老爸擦拭身体，我则一盆一盆从病房东头的锅炉房里端来热水，姊妹俩一共用了四盆热水，把老人的身体擦拭得干干净净，清清爽爽。岳父似乎很享受两个女儿最后的孝道，不再发出病痛的呻吟，呼吸均匀地安睡了。我们守至中午，见无异常，便留下保姆大嫂看护，回家用餐并收拾一些老人的物品，却不料在没有一个亲人在身边的时候，岳父竟悄悄地永远安睡了过去。

据保姆大嫂讲，岳父走时没有留下只言片语，没有离别前的任何痛苦，甚至没有动一下自己病痛的躯体，他走得异常安静，异常安详，也异常让人想象不到。我们赶至医院大放悲声——

老爸，您疼爱了儿女们一辈子，直到最后走，您也要安静地让儿女们吃顿饭，考虑的是儿女们不忍痛别的感受——不让儿女们直面您的离去，添加更大的痛苦。可是，您这一走，阴阳两隔，儿女们从此再无慈父……

在大家的哀泣声中，岳父却是那样安详，满脸的慈祥一如他还活在我们中间——是啊，七年来，老人时刻都活在我们心中，也必将永远活在我们心中！

两 次 遇 险

公历 1919 年 5 月 7 日，岳父出生于山东省泰安市一个叫良庄的农民家庭。由于战乱频生，家境贫寒，岳父没有读什么书，未及成年就学做木工。1944 年，日寇的铁蹄已踏遍了大半个中国，老家山东更是让鬼子洗劫得民不聊生，岳父在家乡参加抗日，担任村长、组工会长，并于 1945 年 4 月光荣地加入了中国共产党。1945 年 8 月，日本投降后，他在当地又以副乡长、组织干事的身份参加抗击国民党反动派的斗争。1948 年春节，毛主席发表《将革命进行到底》的新年贺词，激励中国人民向国民党反动派进行最后的斗争，岳父响应党中央的紧急动员，随军南下，分配到鄂西北保康县，投入解放保康的伟大事业中。

从泰安平原到保康山区，面对山高坡陡的自然条件与复杂的地理环境，面对穷凶极恶的国民党残余势力与狡猾的地方武装，岳父与战友们一边熟悉山区环境，一边侦察敌情，研究消灭敌人的战术，先后参加六次大大小小的战斗，直到保康全境解放。

从南下保康到解放保康，岳父先后担任歇马区公所助理员、马良区公所武装干事。在这一特殊而复杂的转折时期，岳父常常一个人或在深山老林里蹲点观察敌情，了解敌人行动规律；或去村里做群众工作，动员人民群众参与剿匪。工作异常辛苦，斗争惊心动魄。他曾经给儿女们绘声绘色地讲述过他的两次遇险。

一次是1948年3月的一天，岳父只身一人到歇马茅坪一李姓保长家，晓之以理地做其思想工作，让他支持配合部队剿匪。不想保长表面同意岳父的说服教育，暗地里却与顽匪沆瀣一气，预谋留岳父吃饭用酒灌醉岳父，然后取其性命到土匪那里邀功领赏。饭局开始不久，岳父便机警地从保长的神态举止中察觉出异样，果断掏出手枪，猛拍桌子，厉声喝问保长藏有什么猫腻？保长被岳父凛然的气势所震慑，未等其采取非常手段，岳父持枪从容不迫地离开了保长家，避过一劫。解放后，该保长被逮捕审讯，供出谋害岳父之事，加之平时欺压百姓，横行乡里，罪大恶极，被政府法办。

另一次是在1948年盛夏，岳父接受任务，一个人到歇马柳树沟一带侦察敌情，路遇几名当地群众，遂向他们打探道路。不料其中一人与盘踞九路寨的土匪有亲戚关系，这人大概从岳父的山东口音里感觉到了他的来头，便把遇到外来人的信息传递到了寨上，匪首孙秀章立即派数名土匪埋伏到一些路口，准备伏击杀害岳父。在紧急关头，几位好心的村民让岳父加以提防。岳父不走大路走小径，穿密林、攀险岩、越陡坡，昼伏夜行，不仅迂回躲过了敌人的设伏，还摸清了地理状况和敌人的行动规律，为部队组织歼灭土匪提供了有价值的情报，得到了上级表扬。

其实，岳父并不是人们想象中的"山东大汉"，他个子小，身子灵活，行动敏捷，在深山老林里跑得极快，有时遇到险坡险情，他会坐躺在林中厚厚的树叶上，从山腰快速滑向山底。他们一起南下的战友都称赞他是一名出色的情报侦察员。

经过五十多名与岳父一同南下保康的战友近二十个月的艰苦努力，保康的群众基础扎实打牢，宣传舆论深入人心，情报侦察全面完成，解放保康的前期准备工作一切就绪。1949年9月10日，南下部队配合解放军桐柏军区第四军分区八十五团，一举攻破了盘踞三十余年、自称"九路国"、被国民党收编的土匪头子孙秀章的老巢九路寨，彻底消灭了保康的反动势力，谱写了保康革命斗争史的壮丽篇章。以此为标志，保康全境解放。

投身保康社会主义事业建设

岳父朴实无华，忠诚老实，胸怀宽广。任何时候任何情况下，他都绝对忠诚于党、忠实于组织,党所号召的事情,组织所安排的任务,他都会尽全力去完成,为新中国成立后的保康社会主义事业建设做出了应有的积极贡献。

解放初,保康本地干部少,培养需要一个过程,如果南下干部各回原籍,方方面面的工作势必难以开展。于是,上级党组织要求南下干部就地留下开展工作,培养干部,进行社会主义革命事业建设。当时,岳父在老家已有妻子和一个女儿,通过党组织做工作,岳父的原配妻子怎么都不愿意千里迢迢到保康山区生活,而岳父也绝不可能违背组织原则,以照顾家庭名义请求调回老家。当时的情形如果他开了回老家这个头,必会动摇一批留下来的南下战友。

为了保康的建设事业不受影响,岳父从大局出发,把个人的家事置于党的需要之外,坚决服从组织决定,同意在保康重新组建家庭,扎根保康建设事业。1950年年底,岳父同老家妻子解除婚姻关系,与岳母肖德秀重新在保康建立家庭,随后又将老家的女儿福英接到身边跟他一起生活。可以说,为了党的事业需要,为了保康山区建设的需要,岳父在他们那批南下干部以及那个特殊的年代里,做出了极具代表性的个人利益牺牲。可敬可佩,可歌可泣。

1950年4月,岳父担任两峪区第一任区长。面对刚从旧社会脱胎换骨过来的新社会,人民群众迫切需要了解党的方针政策,迫切需要党和政府做出符合广大群众利益的实际性工作。岳父带领区公所的干部跋山涉水,深入村户,不分白天黑夜地宣讲党的政策,细致入微地了解群众思想动态,贯彻落实《土地改革法》,发动组织群众参加土改,没收地主的土地,分配地主财产,保护中农和小土地出租者,组织发展农业生产,防止和打击旧势力兴风作浪。在短短两年半的时间里,使全区全面完成了土改任务,恢复发展了生产,稳定了社会形势。

由于工作扎实,成效显著,1952年10月,岳父被县委调任县建设科科长。建设科作为当时县里的五大科(公安、民政、财政、商业、建设)之一,担负着全县工业、交通、农业发展工作,任务艰巨,责任重大。尤其当时保康工业还是空白,岳父带领同志们从零起步,依靠、团结个体手工业者,组织他们先后兴办了白铁业(小五金、铸铁锅)社、竹木(家具、竹椅等）业社、建筑材料（陶烧砖瓦、石灰）业社、食品（土酒酿制、传统糕点）加工业社。在岳父担任建设科长三年半的时间里，全县发展国营工厂两家，职工达五十余人；公私合营工厂三家，职工六十余人；手工业社（组）二十三个，社员四百余人。

1955年4月至1957年6月，组织上安排岳父到襄阳行署党校脱产学习。这两年多的学习，对于岳父来说实际上是一次文化扫盲。过去的岁月，岳父一直风风火火扑在工作一线，靠手脚、靠记忆、靠嘴巴、更靠对党的事业的忠诚去开展工作。随着新中国成立后各行各业的理顺与发展，社会主义建设事业更需要有文化的带头人。岳父深信此理，勤奋学习，以优异的成绩结束了两年多的学习生活。

回到保康，担任半年的城关区长后，国家号召大办钢铁，组织上认为岳父抓工业有一定经验，便派他到马桥洞河铁厂担任党委书记。在六个月的炼铁运动中，岳父得出了一个朴实的"行不通"结论。他曾痛心疾首地给我们讲述，大办钢铁砍了那么多原始森林，砸了那么多家庭的铁锅，甚至动员几千劳力去不通公路的洞河铁厂，把基本无用的生铁肩挑背驮至县城，实在是劳民伤财。

好在那场闹剧持续时间不长，1959年4月，岳父由铁厂调任大安公社党委书记，半年之后又回城关担任公社主任。

1961年10月，岳父再次被调整到工交口，担任县工业（交通）局长，一直到1969年10月，岳父整整做了八年工交局长。这八年，岳父大都在工地担任公路建设常务副指挥长（指挥长由县领导挂帅）；这八年，也是保康解放后公路建设事业发展最快最好的时期。

保康之苦，苦在交通。民谣曰："保康石头多，出门就爬坡"。当时已解放十几年了，而保北到保南还没有一条公路交通动脉，行政区划一县，却南北自然分割。人们往来凭双脚，物产交流靠肩挑。

岳父上任不久，县里决定兴修通往保南、连接宜昌的保宜公路，全程一百二十二公里，需要翻越横亘县境中部的荆山山脉，其中的猴儿岭、红岩寺绝壁千仞，险峻无比，而板仓河、扁担河等峡谷深沟则满川都是高山滚落的乱石窖，况且那个年代建设公路根本没有现代化的施工设备。面对茫茫大山，面对危岩叠嶂，面对资金跟不上、技术手段差、施工安全隐患大,甚至有时连炸石头用的炸药也严重缺乏等一系列困难,岳父与工程技术人员没日没夜地守在工地,既当指挥员,又做协调员;既当安全员,又做施工员。一成个把月都难回一次家,硬是带领筑路队伍凭铁锤钢钎、镐锄铲锹,腰系绳索攀岩凿石,在绝壁上打眼放炮,靠人工一块一块地衬砌路肩石坎,一镐一铲地平整土石路面,用蚂蚁啃骨头的办法一寸一寸地往前开掘。从南到北的每个工段,哪里有问题岳父就出现在哪里,他小巧的身躯在这条保康南北交通大动脉上整整奔波忙碌了七年,倾注了大量心血。

可是,在保宜公路即将全线开通的时候,扁担河工段却出现了重大安全事故,施工人员在清理炸石现场时,一眼哑炮突然爆炸,造成五人死伤。岳父作为指挥长,必然要负领导责任,他立即向县委做出检讨,诚恳表示担负事故责任。1969年10月,岳父因此而被撤销工交局长职务,临时安排到县生产指挥组任一般干部。半年后,被重新启用为县革委会行政组组长(相当于现在的机关行管局长),为机关搞后勤服务。可是,由于岳父耿直刚正,在个别领导要求服务特殊化方面坚持原则,拒开方便之门,因而得罪了一位实权者。1974年3月,做了三年行政组长的岳父被降职为城关镇贫协主任,1978年4月调整至县林业局任副局长,直到1983年以副县级待遇离休。

回顾解放后岳父投身保康社会主义事业建设三十四年的历程,他的岗位数次变动,工作地点有好有差,领导职务有升有降,工作开展有顺有逆。可是,岳父不论岗位如何变动,不论任职时间长短,不论工作地方是贫困高山还是条件相对好的城关,更不论孩子多、家庭负担重,只要接到组织调令,他抬脚就走,按时报到,迅速开展工作,从无怨言,从不向组织讨价还价。即便是在工作失误、出现重大责任事故的时候,岳父也是勇于担责,诚恳认错,从不揽功推过、以功抵过。即便是在工作中坚持原则、得罪权贵、职务被贬的时候,他也不予计较,坚韧容忍,从不找组织辩白,以宽广的胸怀埋头把新的工作做好。即便是家大口阔(岳母的母亲、岳母的小弟弟都随他家生活,加上从老家接来的大女儿福英及与岳母生养的五个孩子,全家有十张口吃饭),生活困难,岳父也秉持清廉,干净履职,从不利用职务之便谋取一分一厘私利,靠与岳母勤俭持家、精打细算,用与岳母每月一百四十余元的工资,养活着一大家人口。

岳父正直、廉洁、勤勉的品行，岳父乐观、磊落、豁达的品格，深深影响和教育了他的子女，孩子们在成长的过程中从不娇生惯养，相互团结友爱，从小就自己的事情自己做。甚至个头不到灶台高，个个都学会了站在椅子上炒菜做饭、洗涮碗筷，上官山拾柴，下清溪河洗衣，到城边开垦种植小菜园，小小年纪，样样会干，让父母省心，让县上其他许多干部家庭羡慕不已。当然，长大后的辛氏兄弟姐妹，个个事业有成，公道正派，善良律己，俭朴不奢，堪称传承好家风的一面镜子。

充实的离休生活

岳父1983年离休时已经六十四岁，早已过了退下来的年龄。可他说："娘的（他的口头禅，并无骂人之意），身体还好呢，还能干事呢。"

岳父身体的确很好。他离休那年，我与福芝恋爱后去她家里，初识岳父，听他说话声音洪亮，看他做事精力充沛，红润的脸颊上总挂着笑意，一点也看不出是位离休的老人。

当时，岳父家住县城东头的林业局老家属院，离清溪河淤积起来的一块河滩不远，岳父便在那里开垦种植菜园。菜园足有一亩多地，全是他一个人一镐一锄开垦出来的。他还沿菜园修了引水渠用以灌溉，从官山砍来杂灌围在菜园周边防避他人侵占，直把那一亩多菜园种得满满当当。一年四季，一畦一畦的莴笋、白菜、芹菜、土豆、黄瓜、茄子、辣椒、四季豆以及葱蒜、芫荽等佐料，绿油油的特别养眼；到了春夏之交，有些品种的蔬菜开花孕实，菜畦黄白紫绿相间，岳父跟着心里也乐开了花。每逢周日，他就更来劲，不仅自己早早去侍弄菜园，还谁回家就逮着谁去帮他或翻地换茬，或上肥锄草，或浇水抗旱……当然，回家时大家都会喜滋滋地带着劳动的收获。

岳父的菜园不施化肥，即便长了菜虫他也不打农药，而是一条一条地把菜叶上的虫子捉走。所以，他种的菜绿色环保，味道鲜美。有时我们看他很累，劝他收缩一些面积，少种一些品种，达到锻炼身体的目的就行了。可岳父说他多种点是为了减少市场供应压力，可见他还受着计划经济思想的影响。但话说回来，自打岳父离休认真种起了菜园，家里吃的时令蔬菜、葱蒜佐料还真没去市场买过多少。但也有烦心的时候，因为岳父的菜长得好，也招来了爱占便宜的人，每当某一品种的蔬菜成熟，菜畦里总会丢失不少，岳父对此也只是"娘的，娘的"骂几句了事，而从来没去追究过谁偷了他的菜。我们笑他："老爸种了两份菜，一份自家吃，一份送别人吃"，他便也笑着说两声："娘的，娘的"，全当是与我们插科打诨。

当然，岳父离休生活的充实不单单体现在种菜上。他还喜爱养猫养鸟，热衷种植花草。在林业局老院专门选择一楼居住，把后阳台往外延宽，形成一个小花园，花的品种甚全，四季都有花开，把屋子映衬得一年到头都春光明媚。小花园里自建的鱼池，倒没怎么刻意经营，只是用来寄养购买的活鱼，方便吃个新鲜。

岳父离休后，仍然关注关心县里的建设事业，更是热心文化教育、扶贫助困等公益事业。有个时期，全国都搞教育"普九"达标，无论是保康第二故乡还是泰安老家建学校，他都不落一次地给予资金捐助。县一中增建教学楼，他二话不说捐上两百元；后来县一中迁建新校，他再次捐上五百元；老家良庄建校发函助捐，他亲自到邮局汇去五百元表示心意；保康是贫困县，一年一度的干部扶贫捐款早成惯例，岳父从不落空。1992年，县里建设过渡湾电站，作为当时全县最大的水电工程，自筹部分的资金存在困难，县里号召干部捐款（虽是杯水车薪，但向合资方表示的是决心与信心），岳父参加动员大会后，表示要去工地捐款，孩子们说到工地二十多里路，替他把捐款交去就行了。可岳父说他必须去亲眼看看工程，不顾已是七十三岁的高龄，用一上午的时间，骑着自行车去工地捐上五百元现金，成为县领导在各种场合号召举全县之力建设过渡湾电站的典型事例。他的这些捐款对于当时的工资水平来说算得上是"慷慨大方"的。

早在上世纪六十年代，岳父就拿行政十六级工资，后来随着经济发展工资渐涨，在县里相对来说是"高薪"，可直到岳父去世，他的存款却只有区区一万多元。他对钱的理解是钱多多用，钱少少用，家里的生活开支、人情费用，以及逢年过节给老家兄弟姐妹奉寄慰问金，岳父掏腰包总是乐呵呵的，从未在钱的问题上与岳母红过脸。而平时在家娱乐却为一张牌他会和岳母争得面红耳赤，"老小"状态表现得淋漓尽致。

孩子们周末回家，岳父都要亲自上街或买肉或买鸡留大家改善生活，而他自己的一日三餐却很简单。他有一个多年的习惯，每天天不亮就起床，通煤炉，烧开水，把几只暖水瓶装满后，便用一个固定的搪瓷缸打上两个鸡蛋，加一小勺白糖、一小勺芝麻油，用开水冲开搅匀，慢慢饮下，既是早茶也是早餐。然后，像一位十足的老农，拿着工具去菜园或花园忙活。而中、晚餐，岳父大都是一个馒头、一碗白开水、一碟咸菜，或一大碗清汤面足矣——这是他保留到最后的北方家乡的饮食习惯。即便是炖的有汤，岳父吃馒头也必须以白开水相伴，而从不用汤泡馍。

岳父还特别喜爱孩子。妻子福芝两岁多的时候，岳父一位姓王的南下战友没有孩子，见福芝机灵，很是喜欢，便向岳母提出过继福芝做女儿，岳母想到自己孩子多，生活艰苦，让福芝跟着王叔享福，同在县城也常常见得着，便初步答应了王叔的请求。可岳父回家听说后坚决不同意，他说再苦再难也是自己的骨肉，到别人家即使泡在糖罐里他也不放心。福芝讲，小的时候，只要父亲在家，每日早晨必会用自行车送她和弟弟福刚上学，他总把福芝放到自行车前杠自己的两臂间，把弟弟福刚放在后座。如果是冬天，岳父总会细心地为他俩套好手套，戴好围巾，再叮嘱一声"坐稳"，才开始蹬开自行车的脚踏。而三个孙女儿上幼儿园期间，岳父不是接就是送，每天至少骑着自行车乐呵呵地跑一趟幼儿园。我的儿子一鸣，小时候特别受他宠爱，每次回岳父家，第一个扑上去要抱的必是姥爷。

岳父的一生是劳动的一生，革命的一生，奉献的一生。他离开故乡扎根保康六十三年，虽说没有惊天动地的显赫功绩，但他一心为保康建设事业尽职尽责的敬业精神，一生两袖清风、廉洁奉公的为政品质，一辈子艰苦朴素、热爱劳动的美好品德，以及他爱家庭、爱儿女爱到完全忘了他自己的殷殷深情，于平凡中见伟大，于岁月中显光辉。

他是我们儿女心中永远的楷模！我们深深地怀念他！

（稿于 2018 年 4 月，原载《中国报告文学》2018 年第 9 期）

送二叔走路

暮春三月,莺飞草长,漫山花香,行车途中,我却无心看花赏景——我这是要去送二叔走路。

二叔患的是绝症。其实,二叔身体一向结实,七十有二的年纪,之前家里的三亩多地一直由他一人经营,三个儿子两个在外打工,一个在外求学,体弱的二婶只能帮衬一些家务。二叔成家晚,中年得子,千辛万苦地把孩子们拉扯大,正当颐养天年、享子之福的时候,却在进入"本命年"的岁头,肠胃竟不听了使唤,不仅消化不畅,还持续疼痛,去镇上医院打了一周点滴不见好转,不得已转至县医院治疗,被怀疑肠胃有严重问题,建议转市确诊。

接到在县里工作的弟弟的电话,我立即联系市中心医院预留病房。二叔来市那天,我请假到医院迎候,领他去住院部,上下电梯他尚能忍受疼痛自己行走。经过全面检查,确诊为肠癌晚期,且不良细胞已转移至胃,情况不容乐观。医生征求治疗意见时,陪他的两个堂弟孝心可鉴,坚持要手术治疗。其间,我请主治医生、护士长吃饭,让他们予以关照,手术虽然成功做了,但主治医生说病情逆转的可能性不大,嘱告尽心照顾一段吧。

在一个多月的治疗里,两个堂弟日夜轮班守护,但二叔仍是粒米难进,只能靠打营养针维持体能。我抽时间偶尔去看望,他脑子尚且清楚,每次都说给我添了麻烦,身子却是一次比一次瘦弱,气色亦渐次不如,手术疮口更是愈合极慢。最终,医生让回家静养。出院那天我在外地出差,只能在电话里与堂弟交流。其实我们心里都很清楚,医生是无治后才对二叔下的"逐客令"。

尽管对二叔病情的严重性在心理上有所准备，但当真的噩耗传来，我还是深深感到了生命的脆弱。一个人的身体无论曾经多么壮实，病魔依然会毫不留情地将其生命拿走，且速度之快让人始料不及——二叔从出院到离世仅仅二十三天啊。

父亲是父辈中的老大，我是我们这一辈的老大。父亲年高体弱，不能前往送别家弟。去送二叔走路是我的必须。

赶到二叔家已是傍晚，淅沥的雨点像上天的眼泪，密集地落在临时搭盖的灵棚上，似乎在为二叔弹奏着悲伤的挽歌。未有硬化的土场上，起了一层黏糊糊的泥巴，踩在脚底难以甩掉，让人心生狐疑——莫非是二叔在场院留下的足迹太多，要让来悼念他的乡邻和我们这些吊孝的晚辈在送他最后一程的时候，再沾一沾他的足印、忆一忆他的过往？

放下吊孝物品，我与弟弟走进灵堂，跪在二叔的灵柩前为他燃烧纸钱，敬奉香烛，祭洒奠酒，然后再深深地为二叔磕上三个响头。我对陪祭在侧的堂弟们说没想到二叔会走这么快，病生错了谁也无力回天，节哀顺变，把后事办好，让老人入土为安吧。堂弟们泪眼婆娑，感谢在市治疗时我提供的帮助。二婶则凄切地给我叙说着二叔走前的清醒、走时的安静与走后的事宜筹办。我安慰着二婶，想起奶奶晚年患病卧床，到屋外晒太阳、呼吸新鲜空气甚至入厕，大都是当时还未成家的二叔把她抱进抱出，细心地给奶奶喂饭喂水，百般照料，万般用心，替在外乡工作的老大——我的父亲尽责尽孝；直到奶奶百年归山，二叔都最尽心、最尽力、最耐烦，堪为我们这个家族的孝老楷模。

天完全黑了下来，灵堂里的孝歌唱起来了。由唢呐、皮鼓、马锣、镲子几样乐器组成的吹打乐激越而缥缈，打破了二叔灵堂幽暗、低沉的氛围，使整个屋场乃至雨中流动的空气都有了一种庄严、肃穆的奠祭色彩……这个时候，两位云台师（主持葬礼的司仪）一边节奏井然地击打着手中的边鼓，一边不紧不慢地用鄂西北特有的泪水鸣音调，以"嗯唱"的方式把二叔的过往现编成歌词填充进去……虽然唱词大都少韵无律，有时还卡壳于词儿编说不济，却可以以"嗯"补"拙"，于鸣音、闪音、跳音中把编不及时、编不圆台的唱词巧妙地淹没在诡谲的"嗯唱"之中。不加细听，那幽幽的孝歌是听不出什么破绽的。

坐在灵柩旁，我专注地听着孝歌，对两位云台师佩服不已。他们现编现唱的孝歌可谓是瑕不掩瑜，几乎将二叔一生的坎坷、勤劳、善良、节俭、孝顺、乐观、坚韧、容忍等优秀品格作了一个完整的勾画——从他青春年少家父被打成右派被迫随家人由马桥街迁居中坪村，到有一次砍柴失足掉下山岩被长在半岩的一棵老铁树挂住而获生；从中年娶妻生子、省吃俭用供子上学，到终于培养出一名首都医科大学的研究生；从坚持科学种田连年获得粮食丰产，到吃苦耐劳从不偷奸耍滑；从孝敬老人、勤俭持家，到为人善良、乐于帮助邻里乡亲……直把二叔平凡的一生描述得感天动地，让人更添怀念之情；加上那鸣音调的默契配合，于悲叹、悲怆中透出一种无法言喻的悲壮。我想，即便是一个大人物去世报纸重头刊载的生平，也恐怕赶不上此般悼念、缅怀、追忆一位普通百姓的艺术形式与祭奠效果。

是夜，我们为二叔守灵。暮春的雨一直下着，幽幽的孝歌一直唱着。

凌晨四时多，在激越的吹打乐、响彻云霄的鞭炮声与云台师虚渺的《还阳歌》里举行完"还阳"仪式，雨蓦地停了下来。看来二叔是很"阁"（鄂西北方言，交往、合得来的意思）天的，到了上午九点葬礼正式开始，天竟完全放晴，宁静的阳光照耀着整个葬礼现场，轻风也吹干了地面的稀泥。

二叔的墓地就在自家门前的菜园里，奶奶、姑姑已在那里安息多年。姑姑在左，二叔的新家在右，他们将永远地在极乐世界里陪伴着奶奶。

井（鄂西北山区土葬，逝者下葬的墓穴称"井"）在"还阳"之后已经发（掘）好，因为近便，众人捧抬着二叔的灵柩很快就来到井边，我们一群晚辈披戴着长长的孝巾，肃立于井的周围。"暖井"开始了——由二叔的大儿子继平在井底四角及中心五个方位烧毕纸钱，两位云台师站在井的二面手握法器，念念有词，一个说"一把金斗四角方"，另一个说："吾今提在手中央"，一个又说："高官不用黄金买"，另一个又说："全凭阴阳口中讲"。

末了，两位云台师接过酒瓶，一位往井底、一位向井沿分洒祭酒。祭词依然是有的。一个说"接之东京一把瓶"，另一个说"打开方井竹叶青"，一个说"此酒今日何处用"，另一个说"白鹤仙人祭龙神"。祭酒洒过两巡，三巡接着开始，只听主云台师突然提高了声调："一祭龙头，子子孙孙做诸侯；二祭龙腰，子子孙孙成英豪；三祭龙尾，子子孙孙有作为。"副云台师紧紧跟腔："龙要九龙齐会，脉要山水相随，头要乌纱帽戴，足要步踏金阶。"

说完，二位云台师齐声宣布："祭神已毕，大吉大利！"

众人再次拥上前去，一齐动手落棺入井，随着棺柩稳稳地落炕，我等孝子纷纷将孝巾绾盘于头顶，云台师则细心地指令着发井者将棺柩前后左右校正妥帖，叫过二叔嫡子填上第一锹黄土，再呼孝子们围拢……此刻，我们一大群孝子，呼啦啦将未及掩土的井穴围得严严实实，大家从头上取下孝巾，双手相托，形成兜巾，等待云台师"十撒五谷"，为二叔安位、抚魂，为孝子祈福、佑安。

两位云台师站在井穴正前方，一手拿着五谷盒，一手抓着五谷籽，仍然由主师领衔，但见手臂一挥，听得语随口出："一撒荣华富贵"，副师挥臂紧跟："二撒金玉满堂"；主师复撒："三撒三星在户"，副师跟撒："四撒四季旺发"；主师又复撒："五撒五子登科"，副师复跟撒："六撒六位高升"；主师还复撒："七撒七星高照"，副师还复跟撒："八撒八面威风"；主师最后撒："九撒九九长寿"，副师最后撒："十撒十全十美"。

这象征以神的旨意送别亡者、祝福族亲的"十撒五谷"，把整个葬礼推向了最后的高潮，孝子们虔诚地竞相伸展、端平孝巾，生怕少接了从天而降的五谷……我像其他孝子们一样，庄重地将接在兜巾里的五谷归拢，小心翼翼地揣进衣兜，视为二叔之神灵，以求保佑家人平安吉祥。

二叔，一位辛苦了一生的农人，一位勤俭了一世的父亲，一位过了一辈子简陋日子的逝者，在您回归黄土地的时候，您至亲至爱的家人，您血脉相连的族（姻）亲，您睦处以礼的乡邻……这样郑重其事地过滤您的灵魂，这样神圣地礼送您脱胎于泥土，使您的葬礼那么隆重，那么盛大，那么有仪式感，那么有传承性，您就心安理得地奢侈一回，一路走好，坦然安息吧！

（稿于2017年5月，原载《华文作家》微信公众平台）

后　记

　　昨天下午，我正聆听中共湖北省委常委、襄阳市委书记李乐成同志"不忘初心，牢记使命"主题教育党课，收到上海文汇出版社编辑老师短信，他告诉我，散文集《让每一寸土地都美》编辑已经完成。几个月来，编辑老师与我微信不断，电话频繁，就出版我的首部散文集从题材确定、内容筛选、篇目调整到图片选择、个人简介等等事情，不厌其烦，反复相商，并尊重我的意见，提出他的建议，编辑思路与精细作风令我十分感动。

　　把公文以外的一些闲散记录，整理出版一本集子，作为自己的一种人生履痕，是我由来已久的愿望。有幸得到项纯丹老师的帮助，并爽快答应为我的文集作序，这是多么幸运的事啊！我与两位老师远隔千里，素未谋面，更无丁点利益往来。两位老师对我的集子这样尽心竭力，认真负责，实在让我感慨良多。这种如水之交的真诚与信赖、爽朗与善良是如此的珍贵，这不就是锦上添花、不就是雪中送炭吗？！我所聆听的"不忘初心"的教诲，在两位老师身上体现得淋漓尽致——但凡能够保持初心的人，必是内心豁达、品行优良的人，必是做事肯为对方考虑、从不计较个人得失的人。在此，衷心感谢两位老师为我的文集所付出的辛勤劳动，衷心感谢两位老师给予我的无私帮助与真诚鼓励。

　　今天这篇《后记》，应该是我在市委政策研究室自己的办公室内写的最后一篇文稿。开笔不久，手机短信"嘟"地响起："出差回来刚听说，恭喜老哥！"是一位好友对我的祝贺。连日来，类似短信、微信多多，我的基本回复是："感谢勉励、支持！本想挂个参事、有个待遇便好。不想一不小心成了组织上'不让老实人吃亏'的典型。看来,任何时候踏实干事都是正理儿!"截至昨天,市委调我到史志研究中心任职的公示期满。这是我所没想到的。还有不足三年,我就到了退休年龄,按照以往干部政策,咋也应该"改非赋闲"。从县到市,我在党委办公室、政研室待了三十五年,一直从事幕后服务工作,我没想到组织上会把我安排到前台,尤其是在不足一届任期时把我提拔到"一把手"岗位。除了感恩组织、感恩这个新时代之外,我想,一个人只要老实做人、踏实干事,清朗的世界必有一双清朗的眼睛看着你,必有一种温暖的热情激发你,必有一份珍贵的关怀礼遇你。

作为机关"文字匠",我已累计撰写各类公文四百余万字,尤其在市委政研室工作二十二年来,我侧重于调查研究工作,先后撰写社会经济发展调研报告一百六十余篇、逾百万字。我将其中进入市委市政府决策、被各级党刊党报发表的八十三篇约六十万字整理出来,取名《襄阳报告》,也正待付梓印刷。

许多朋友问我是怎样做到一手写公文、一手写散文的?我回答写公文是本分,写散文是爱好,把二者有机结合起来不失为一个好的方法。说实话,我的很多散文素材都来自本职工作,也就是在做调研工作时多留心、多思考,而且这个思考要有理性与形象两种方式。用深入的理性思考来确保写好调研报告,服务决策;再用理性思考衍生而来的形象思维去写点散文,愉悦身心。这些散文贯注了我对家乡父老乡亲,对家乡的山山水水,对家乡的过去和未来的无限感情。当然,仅凭这种办法和这份感情不敢说能把散文写好,但我确乎是这样做的。

收入本书的六十篇散文,均是我以楚国发祥地——鄂西北荆山城乡的变迁为背景,通过对自然景观、风土人情、历史承传、建设成就、先进典型以及城乡统筹发展中存在的一些问题进行细致的观察和思考后,用白描的手法、诚实的叙述,来描绘"筚路蓝缕"之域改革开放以来的真实图景。那里的山间小路、林间小花,那里的美丽乡村、锦绣城镇,那里对逝者的哀挽送别,那里平凡的一人一事,那里奇美的一景一物……虽非荆山城乡物事的重大题材,但却客观、真实、准确、深切地寄寓了我的所爱所思以及我对故土沧桑变迁的无尽感怀。这里面,有的是我们共同的期冀,有的是我们共同的记忆，有的却是我们共同的成长与失去……在少数篇目里，我对工业化和城市化日益加快和耸然屹立的图景，我对农耕生活、农耕文化日益蹒跚远去的背影，表达了个人柔肠百结的担忧和怀恋，以此揭示在乡村振兴的新的历史时期，保护、传承和利用好传统农耕文化、人文精神与和谐理念的重要性。

收入本书的散文，大都在各级报刊公开发表过。我想，这也得益于我把写散文同搞调研相结合吧。因为其中不少篇目都具有纪实性、典型性、思辨性，只不过在写作过程中融入了一些人文视野、一些个人感怀。我没有多少散文理论素养，即或称得上是散文的文字，无不来自滋养我的荆山故土，无不来自甘苦自知的岁月磨砺，无不来自工作生活中的有感而发。我的散文观是言之有物。我一直认为，词藻再怎么华丽，语言再怎么优美，如果内涵不够，无病呻吟，那都不是好散文。

写到这里，想到自己当下的状况，心底忽然涌上来韩愈《进学解》里的一句话："焚膏油以继晷，恒兀兀以穷年。"在自然规律面前，人人都不可抗拒"岁月不居，时节如流"，我自知到了一个尴尬的年龄，但过往积年累月、勤勉尽职的精神不可以懈怠，始终老实做人、踏实做事的秉持不可以放弃。

珍惜时光，感恩时代——

因为，上苍虽然拿走了我的过去，但给了我一个新的未来。

作　者
2019 年 11 月 2 日于襄阳